语文新课标名家选

中国短篇小说精选

龙儒民／选编

阅读★殿堂 紧扣课标·精心批注·无障碍阅读

ZHONGGUODUANPIANXIAOSHUOJINGXUAN

让孩子阅读属于自己的经典，为孩子引读适合他们的名著

一本好书，就是一轮太阳，灿烂千阳，照耀成长

阅读的孩子，前途无可估量

线装书局

图书在版编目（CIP）数据

中国短篇小说精选/龙儒民选编．—北京：线装
书局,2010.9
（语文新课标名家选）
ISBN 978－7－5120－0241－8

Ⅰ.①中…　Ⅱ.①龙…　Ⅲ.①短篇小说—作品集—中
国—现代　Ⅳ.①I246.7

中国版本图书馆 CIP 数据核字（2010）第 187389 号

中国短篇小说精选

选　　编：龙儒民
责任编辑：赵安民　孙嘉镇　朱　华
排　　版：腾飞文化
出版发行：线装书局
　　　　　地　址：北京市鼓楼西大街 41 号（100009）
　　　　　电　话：010－64045283　64041012
　　　　　网　址：www.xzhbc.com
经　　销：新华书店
印　　刷：北京市通州富达印刷厂
开　　本：710mm×1000mm　1/16
印　　张：15
字　　数：221 千字
版　　次：2010 年 10 月第 1 版　2010 年 11 月第 1 次印刷
定　　价：24.80 元

目录 ——— CONTENTS ▶▶▶

中国短篇小说精选

语文新课标名家选

导　读

　　短篇小说是小说的一种。其特点是篇幅短小,情节简洁,人物集中,结构精巧。它往往选取和描绘富有典型意义的生活片断,着力刻画主要人物的性格特征,反映生活的某一侧面,使读者"借一斑略知全豹"。正如茅盾所说:"短篇小说主要是抓住一个富有典型意义的生活片断,来说明一个问题或表现比它本身广阔得多、也复杂得多的社会现象的。"这"也就决定了它的篇幅不可能长,它的故事不可能发生于长年累月(有些短篇小说的故事只发生于几天或几小时之内),它的人物不可能太多,而人物也不可能一定要有性格的发展",短篇小说又称为小小说。当代中国小说以文学的虚构和想象给我们记录下一个民族一个世纪的心路历程;其中有呐喊,有彷徨,有绝望,有希望,有爱与美的拈花微笑,也有存与亡的挣扎。

　　字数的多少,是区别长篇、中篇、短篇小说的一个因素,但不是唯一的因素。人们通常把几千字到两万字的小说称为短篇小说,三万字到十万字的小说称为中篇小说,十万字以上的称为长篇小说。这只是就字数而言的,其实,长、中、短篇小说的区别,主要是由作品反映生活的范围、作品的容量来决定的。长篇小说容量最大,最广阔,篇幅也比较长,具有比较复杂的结构,它一般是通过比较多的人物和纷繁的事件来表现社会生活的,如《红楼梦》。中篇小说反映生活的范围虽不像长篇那样广阔,但也能反映出一定广度的生活面,它的人物的多寡、情节的繁简介于长篇与短篇之间,如《人到中年》。短篇小说的特点是紧凑、短小精悍,它往往只写了一个或很少几个人物,描写了生活的一个片断或插曲。短篇小说所反映的生活虽不及长篇、中篇广阔,但也同样是完整的,有些还具有深刻、丰富的社会意义。如果把20世纪中国文学比作一条绵延不绝的精神长河,那么,短篇小说便是其中最绚丽多姿的浪花。一个需要澄清的事实是:与长期以来人们耳熟能详的鸿篇巨制相比,篇幅上的局限并不必然意味着短篇小说艺术品位或思想深度的匮乏;相反,在某种意义上,规模、篇幅上的限制恰恰为其注入了充沛的活力。

知识链接

小说的定义

　　小说是文学的一种样式，一般描写人物故事，塑造多种多样的人物形象，但亦有例外。它是拥有完整布局、发展及主题的文学作品。小说是以刻画人物为中心，通过完整的故事情节和具体的环境描写来反映社会生活的一种文学体裁。

　　小说的价值本质是以时间为序列、以某一人物为主线的，非常详细地、全面地反映社会生活中各种角色的价值关系(政治关系、经济关系和文化关系)的产生、发展与消亡过程，非常细致地、综合地展示各种价值关系的相互作用，其中爱情小说的价值本质是反映两性之间恋爱、婚姻与家庭关系的演变过程。

　　与其他文学样式相比，小说的容量较大，它可以细致地展现人物性格和人物命运，可以表现错综复杂的矛盾冲突，同时还可以描述人物所处的社会生活环境。小说的优势是可以提供整体的、广阔的社会生活。

小说的特点

　　"虚构性"是小说的本质，"捕捉人物生活的感觉经验"是小说竭力要挖掘的艺术内容，其感觉经验愈是新鲜、细微、独特、准确、深刻，就愈是小说化。"虚构性"与"捕捉人物生活的感觉经验"，是上述要素中最能体现小说性质的东西。小说塑造人物，可以以某一真人为模特儿，综合其他人的一些事迹，如鲁迅所说："人物的模特儿，没有专用过一个人，往往嘴在浙江，脸在北京，衣服在山西，是一个拼凑起来的角色。"任何一部优秀的小说，总有使人难忘的典型人物。人们可以通过这些艺术典型的镜子，看到、理解许多人的面目。故事情节来源于生活，它是现实生活的提炼，它比现实生活更集中，更有代表性。现实生活中的事件和矛盾是有始有终，有起有伏，并有一定发展过程的，因而小说情节的展开，也是有段落，有过程的。这个过程一般分为开端、发展、高潮、结局四个部分。有时还有序幕和尾声。在作品中，情节的安排决定于作者的艺术构思，并不一定按照现实生活中的事件发生、发展的自然顺序，有时可以省略某一部分，有时也可颠倒或交错。小说与作文一样，也注重描写和选材。一部好的小说就总能让人身临其境，而不像科学报告那样枯燥。作者总是能以优美的文笔、生动的描写和不可思议的想象把这个故事牢牢地刻印在读者的脑海里。以上说的是传统小说的一些特点。

小说的篇幅分类

微型小说

比短篇更短的小说完全符合瞬息万变的现代社会中忙碌的人们的阅读习惯。几乎每天都可以看到人们为这类的小说赋予一个新名词和新定义，例如极短篇、精短小说、超短篇小说、微信息小说、一分钟小说、一袋烟小说、袖珍小说、焦点小说、瞳孔小说、拇指小说、迷你小说等，族繁不及备载，连专门的文学研究者也很难如数家珍分叙其定义，一般人更容易混淆，故总论之。一般认为小小说的篇幅应在两千字以下。因为题材常是生活经验的片段，因此可以是有头无尾、有尾无头、甚至无头无尾。高潮放在结尾，高潮一出马上完结，营造余音绕梁的意境。由于比短篇更短，字句也需要更加精练，题材能见微知著者为佳。一个意外的结局虽然能吸引眼球，但文章短还是要有伏笔呼应，甚至比起给予读者意外、应该更重视能否带给读者感动。

短篇小说

一般认为，篇幅在几千到两万多字的小说会被划归短篇小说。在它的特色中有所谓三一律——一人一地一时，也就是减少角色、缩小舞台、短化故事中流动的时间。另外，虽然它们时常惜墨如金，但一般认为短篇小说仍应符合小说的原始定义，也就是对细节有足够的刻画，绝非长篇故事的节略或纲要。

中篇小说

一般认为,篇幅在三万字至十万字之间的小说,也有少数十几万字也算是中篇而不算做长篇。一般认为是较容易成功的小说。因为对初涉创作领域的人而言,写作长篇易陷入多数的情节造成凌乱难收的困境,而写作短篇不是转折太少而单调、就是转折太多却显得拥挤。这时考虑将原本的构想改成中篇是一个广受推荐的建议。

长篇小说

一般认为,长篇小说字数过少算为长篇那确实也不恰当。长篇小说反映的事情很多,内容很丰富,字数过少很难成为长篇(除非少数内容极为丰富的)。而长篇小说字数最为不定,字数差距最大。有十几万字的(这算是长篇小说字数的底线了),更有上百万字甚至几百万字的长篇小说。如此长篇小说还可分为小长篇(一般的在十几万到三十万字间),中长篇(一般的是五六十万字),大长篇(一般要在八十万字以上),超长篇(一般的要达到一百五十万字),巨长篇(往往是几百万字数的,像二百多万字,三百多万字甚至过五百万字的)。

狂人日记

○鲁　迅

　　某君昆仲,今隐其名,皆余昔日在中学校时良友;分隔多年,消息渐阙。日前偶闻其一大病;适归故乡,迂道往访,则仅晤一人,言病者其弟也。劳君远道来视,然已早愈,赴某地候补①矣。因大笑,出示日记二册,谓可见当日病状,不妨献诸旧友。持归阅一过,知所患盖"迫害狂"之类。语颇错杂无伦次,又多荒唐之言;亦不著月日,惟墨色字体不一,知非一时所书。间亦有略具联络者,今撮录一篇,以供医家研究。记中语误,一字不易;惟人名虽皆村人,不为世间所知,无关大体,然亦悉易去。至于书名,则本人愈后所题,不复改也。七年四月二日识。

一

　　今天晚上,很好的月光。

　　我不见他,已是三十多年;今天见了,精神分外爽快。才知道以前的三十多年,全是发昏;然而须十分小心。不然,那赵家的狗,何以看我两眼呢?

　　我怕得有理。

二

　　今天全没月光,我知道不妙。早上小心出门,赵贵翁的眼色便怪:似乎怕我,似乎想害我。还有七八个人,交头接耳的议论我,又怕我看见。一路上的人,都是如此。其中最凶的一个人,张着嘴,对我笑了一笑;我便从头直冷到脚跟,晓得他们布置,都已妥当了。

　　我可不怕,仍旧走我的路。前面一伙小孩子,也在那里议论我;眼色也同赵贵翁一样,脸色也都铁青。我想我同小孩子有什么仇,他也这样。忍不住大声说,"你告诉我!"他们可就跑了。

　　───────────────

　　①　候补:清代官制,只有官衔而没有实际职务的中下级官员,由吏部抽签分发到某部或某省,听候委用,称为候补。

我想：我同赵贵翁有什么仇，同路上的人又有什么仇；只有廿年以前，把古久先生的陈年流水簿子①，端了一脚，古久先生很不高兴。赵贵翁虽然不认识他，一定也听到风声，代抱不平；约定路上的人，同我作冤对。但是小孩子呢？那时候，他们还没有出世，何以今天也睁着怪眼睛，似乎怕我，似乎想害我。这真教我怕，教我纳罕而且伤心。

我明白了。这是他们娘老子教的！

三

晚上总是睡不着。凡事须得研究，才会明白。

他们——也有给知县打过枷的，也有给绅士掌过嘴的，也有衙役占了他妻子的，也有老子娘被债主逼死的；他们那时候的脸色，全没有昨天这么怕，也没有这么凶。

最奇怪的是昨天街上的那个女人，打他儿子，嘴里说道，"老子呀！我要咬你几口才出气！"他眼睛却看着我。我出了一惊，遮掩不住；那青面獠牙的一伙人，便都哄笑起来。陈老五赶上前，硬把我拖回家中了。

拖我回家，家里的人都装作不认识我；他们的眼色，也全同别人一样。进了书房，便反扣上门，宛然是关了一只鸡鸭。这一件事，越教我猜不出底细。

前几天，狼子村的佃户来告荒，对我大哥说，他们村里的一个大恶人，给大家打死了；几个人便挖出他的心肝来，用油煎炒了吃，可以壮壮胆子。我插了一句嘴，佃户和大哥便都看我几眼。今天才晓得他们的眼光，全同外面的那伙人一模一样。

想起来，我从顶上直冷到脚跟。

他们会吃人，就未必不会吃我。

你看那女人"咬你几口"的话，和一伙青面獠牙人的笑，和前天佃户的话，明明是暗号。我看出他话中全是毒，笑中全是刀。他们的牙齿，全是白厉厉的排着，这就是吃人的家伙。

照我自己想，虽然不是恶人，自从端了古家的簿子，可就难说了。他们似乎别有心思，我全猜不出。况且他们一翻脸，便说人是恶人。我还记得大哥教我做论，无论怎样好人，翻他几句，他便打上几个圈；原谅坏人几句，他便说"翻天妙手，与众不同"。我那里猜得到他们的心思，究竟怎样；况且是要吃的时候。

凡事总须研究，才会明白。古来时常吃人，我也还记得，可是不甚清楚。我翻开历史一查，这历史没有年代，歪歪斜斜的每叶上都写着"仁义道德"几个字。我

---

① 古久先生的陈年流水簿子：这里比喻我国封建主义统治的长久历史。

横竖睡不着，仔细看了半夜，才从字缝里看出字来，满本都写着两个字是"吃人"！

书上写着这许多字，佃户说了这许多话，却都笑吟吟的睁着怪眼睛看我。

我也是人，他们想要吃我了！

四

早上，我静坐了一会。陈老五送进饭来，一碗菜，一碗蒸鱼；这鱼的眼睛，白而且硬，张着嘴，同那一伙想吃人的人一样。吃了几筷，滑溜溜的不知是鱼是人，便把他兜肚连肠的吐出。

我说"老五，对大哥说，我闷得慌，想到园里走走。"老五不答应，走了；停一会，可就来开了门。

我也不动，研究他们如何摆布我；知道他们一定不肯放松。果然！我大哥引了一个老头子，慢慢走来；他满眼凶光，怕我看出，只是低头向着地，从眼镜横边暗暗看我。大哥说，"今天你仿佛很好。"我说"是的。"大哥说，"今天请何先生来，给你诊一诊。"我说"可以！"其实我岂不知道这老头子是刽子手扮的！无非借了看脉这名目，揣一揣肥瘠：因这功劳，也分一片肉吃。我也不怕；虽然不吃人，胆子却比他们还壮。伸出两个拳头，看他如何下手。老头子坐着，闭了眼睛，摸了好一会，呆了好一会；便张开他鬼眼睛说，"不要乱想。静静的养几天，就好了。"

不要乱想，静静的养！养肥了，他们是自然可以多吃；我有什么好处，怎么会"好了"？他们这群人，又想吃人，又是鬼鬼祟祟，想法子遮掩，不敢直截下手，真要令我笑死。我忍不住，便放声大笑起来，十分快活。自己晓得这笑声里面，有的是义勇和正气。老头子和大哥，都失了色，被我这勇气正气镇压住了。

但是我有勇气，他们便越想吃我，沾光一点这勇气。老头子跨出门，走不多远，便低声对大哥说道，"赶紧吃罢！"大哥点点头。原来也有你！这一件大发见，虽似意外，也在意中：合伙吃我的人，便是我的哥哥！

吃人的是我哥哥！

我是吃人的人的兄弟！

我自己被人吃了，可仍然是吃人的人的兄弟！

五

这几天是退一步想：假使那老头子不是刽子手扮的，真是医生，也仍然是吃人的人。他们的祖师李时珍做的"本草什么"上，明明写着人肉可以煎吃；他还能说自己不吃人么？

至于我家大哥，也毫不冤枉他。他对我讲书的时候，亲口说过可以"易子而食"；又一回偶然议论起一个不好的人，他便说不但该杀，还当"食肉寝皮"。我那时年纪还小，心跳了好半天。前天狼子村佃户来说吃心肝的事，他也毫不奇怪，不住的点头。可见心思是同从前一样狠。既然可以"易子而食"，便什么都易得，什么人都吃得。我从前单听他讲道理，也胡涂过去；现在晓得他讲道理的时候，不但唇边还抹着人油，而且心里满装着吃人的意思。

六

黑漆漆的，不知是日是夜。赵家的狗又叫起来了。

狮子似的凶心，兔子的怯弱，狐狸的狡猾，……

七

我晓得他们的方法，直捷杀了，是不肯的，而且也不敢，怕有祸祟。所以他们大家连络，布满了罗网，逼我自戕。试看前几天街上男女的样子，和这几天我大哥的作为，便足可悟出八九分了。最好是解下腰带，挂在梁上，自己紧紧勒死；他们没有杀人的罪名，又偿了心愿，自然都欢天喜地的发出一种呜呜咽咽的笑声。否则惊吓忧愁死了，虽则略瘦，也还可以首肯几下。

他们是只会吃死肉的！——记得什么书上说，有一种东西，叫"海乙那"①的，眼光和样子都很难看；时常吃死肉，连极大的骨头，都细细嚼烂，咽下肚子去，想起来也教人害怕。

"海乙那"是狼的亲眷，狼是狗的本家。前天赵家的狗，看我几眼，可见他也同谋，早已接洽。老头子眼看着地，岂能瞒得我过。

最可怜的是我的大哥，他也是人，何以毫不害怕；而且合伙吃我呢？还是历来惯了，不以为非呢？还是丧了良心，明知故犯呢？

我诅咒吃人的人，先从他起头；要劝转吃人的人，也先从他下手。

八

其实这种道理，到了现在，他们也该早已懂得，……

忽然来了一个人；年纪不过二十左右，相貌是不很看得清楚，满面笑容，对了我

---

① 海乙那：英语 Hyena 的音译，即鬣狗（又名土狼），一种食肉兽，常跟在狮虎等猛兽之后，以它们吃剩的兽类的残尸为食。

点头，他的笑也不像真笑。我便问他，"吃人的事，对么？"他仍然笑着说，"不是荒年，怎么会吃人。"我立刻就晓得，他也是一伙，喜欢吃人的；便自勇气百倍，偏要问他。

"对么？"

"这等事问他什么。你真会……说笑话。……今天天气很好。"

天气是好，月色也很亮了。可是我要问你，"对么？"

他不以为然了。含含胡胡的答道，"不……"

"不对？他们何以竟吃？！"

"没有的事……"

"没有的事？狼子村现吃；还有书上都写着，通红斩新！"

他便变了脸，铁一般青。睁着眼说，"有许有的，这是从来如此……"

"从来如此，便对么？"

"我不同你讲这些道理；总之你不该说，你说便是你错！"

我直跳起来，张开眼，这人便不见了。全身出了一大片汗。他的年纪，比我大哥小得远，居然也是一伙；这一定是他娘老子先教的。还怕已经教给他儿子了；所以连小孩子，也都恶狠狠的看我。

九

自己想吃人，又怕被别人吃了，都用着疑心极深的眼光，面面相觑。……

去了这心思，放心做事走路吃饭睡觉，何等舒服。这只是一条门槛，一个关头。他们可是父子兄弟夫妇朋友师生仇敌和各不相识的人，都结成一伙，互相劝勉，互相牵掣，死也不肯跨过这一步。

十

大清早，去寻我大哥；他立在堂门外看天，我便走到他背后，拦住门，格外沉静，格外和气的对他说，"大哥，我有话告诉你。"

"你说就是，"他赶紧回过脸来，点点头。

"我只有几句话，可是说不出来。大哥，大约当初野蛮的人，都吃过一点人。后来因为心思不同，有的不吃人了，一味要好，便变了人，变了真的人。有的却还吃，——也同虫子一样，有的变了鱼鸟猴子，一直变到人。有的不要好，至今还是虫子。这吃人的人比不吃人的人，何等惭愧。怕比虫子的惭愧猴子，还差得很远很远。

中国短篇小说精选

"易牙①蒸了他儿子，给桀纣吃，还是一直从前的事。谁晓得从盘古开辟天地以后，一直吃到易牙的儿子；从易牙的儿子，一直吃到徐锡林；从徐锡林，又一直吃到狼子村捉住的人。去年城里杀了犯人，还有一个生痨病的人，用馒头蘸血舐。

　　"他们要吃我，你一个人，原也无法可想；然而又何必去入伙。吃人的人，什么事做不出；他们会吃我，也会吃你，一伙里面，也会自吃。但只要转一步，只要立刻改了，也就人人太平。虽然从来如此，我们今天也可以格外要好，说是不能！大哥，我相信你能说，前天佃户要减租，你说过不能。"

　　当初，他还只是冷笑，随后眼光便凶狠起来，一到说破他们的隐情，那就满脸都变成青色了。大门外立着一伙人，赵贵翁和他的狗，也在里面，都探头探脑的挨进来。有的是看不出面貌，似乎用布蒙着；有的是仍旧青面獠牙，抿着嘴笑。

　　我认识他们是一伙，都是吃人的人。可是也晓得他们心思很不一样，一种是以为从来如此，应该吃的；一种是知道不该吃，可是仍然要吃，又怕别人说破他，所以听了我的话，越发气愤不过，可是抿着嘴冷笑。

　　这时候，大哥也忽然显出凶相，高声喝道，"都出去！疯子有什么好看！"

　　这时候，我又懂得一件他们的巧妙了。他们岂但不肯改，而且早已布置；预备下一个疯子的名目罩上我。将来吃了，不但太平无事，怕还会有人见情。佃户说的大家吃了一个恶人，正是这方法。这是他们的老谱！

　　陈老五也气愤愤的直走进来。如何按得住我的口，我偏要对这伙人说，"你们可以改了，从真心改起！要晓得将来容不得吃人的人，活在世上。

　　"你们要不改，自己也会吃尽。即使生得多，也会给真的人除灭了，同猎人打完狼子一样！——同虫子一样！"

　　那一伙人，都被陈老五赶走了。大哥也不知那里去了。陈老五劝我回屋子里去。屋里面全是黑沉沉的。横梁和椽子都在头上发抖；抖了一会，就大起来，堆在我身上。

　　万分沉重，动弹不得；他的意思是要我死。我晓得他的沉重是假的，便挣扎出来，出了一身汗。可是偏要说，"你们立刻改了，从真心改起！你们要晓得将来是容不得吃人的人，……"

十一

　　太阳也不出，门也不开，日日是两顿饭。

　　我捏起筷子，便想起我大哥；晓得妹子死掉的缘故，也全在他。那时我妹子才

----

　　① 易牙：春秋时齐国人，善于调味。据《管子·小称》："夫易牙以调而事公（按指齐桓公），公曰：'惟蒸婴儿之未尝。'于是蒸其首子而献之公。"桀、纣各为我国夏朝和商朝的最后一代君主，易牙和他们不是同时代人。这里说的"易牙蒸了他儿子，给桀纣吃"，也是"狂人""语颇错杂无伦次"的表现。

五岁,可爱可怜的样子,还在眼前。母亲哭个不住,他却劝母亲不要哭;大约因为自己吃了,哭起来不免有点过意不去。如果还能过意不去,……

妹子是被大哥吃了,母亲知道没有,我可不得而知。

母亲想也知道;不过哭的时候,却并没有说明,大约也以为应当的了。记得我四五岁时,坐在堂前乘凉,大哥说爷娘生病,做儿子的须割下一片肉来,煮熟了请他吃,才算好人;母亲也没有说不行。一片吃得,整个的自然也吃得。但是那天的哭法,现在想起来,实在还教人伤心,这真是奇极的事!

十二

不能想了。

四千年来时时吃人的地方,今天才明白,我也在其中混了多年;大哥正管着家务,妹子恰恰死了,他未必不和在饭菜里,暗暗给我们吃。

我未必无意之中,不吃了我妹子的几片肉,现在也轮到我自己,……

有了四千年吃人履历的我,当初虽然不知道,现在明白,难见真的人!

十三

没有吃过人的孩子,或者还有?

救救孩子……

孔乙己

○鲁　迅

鲁镇的酒店的格局,是和别处不同的:都是当街一个曲尺形的大柜台,柜里面预备着热水,可以随时温酒。做工的人,傍午傍晚散了工,每每花四文铜钱,买一碗酒,——这是二十多年前的事,现在每碗要涨到十文,——靠柜外站着,热热的喝了休息;倘肯多花一文,便可以买一碟盐煮笋,或者茴香豆,做下酒物了,如果出到十几文,那就能买一样荤菜,但这些顾客,多是短衣帮,大抵没有这样阔绰。只有穿长衫的,才踱进店面隔壁的房子里,要酒要菜,慢慢地坐喝。

我从十二岁起，便在镇口的咸亨酒店里当伙计，掌柜说，样子太傻，怕侍候不了长衫主顾，就在外面做点事罢。外面的短衣主顾，虽然容易说话，但唠唠叨叨缠夹不清的也很少。他们往往要亲眼看着黄酒从坛子里舀出，看过壶子底里有水没有，又亲看将壶子放在热水里，然后放心：在这严重监督之下，羼水也很为难。所以过了几天，掌柜又说我干不了这事。幸亏荐头的情面大，辞退不得，便改为专管温酒的一种无聊职务了。

我从此便整天的站在柜台里，专管我的职务。虽然没有什么失职，但总觉有些单调，有些无聊。掌柜是一副凶脸孔，主顾也没有好声气，教人活泼不得；只有孔乙己到店，才可以笑几声，所以至今还记得。

孔乙己是站着喝酒而穿长衫的唯一的人。他身材很高大；青白脸色，皱纹间时常夹些伤痕；一部乱蓬蓬的花白的胡子。穿的虽然是长衫，可是又脏又破，似乎十多年没有补，也没有洗。他对人说话，总是满口之乎者也，教人半懂不懂的。因为他姓孔，别人便从描红纸上的"上大人孔乙己"这半懂不懂的话里，替他取下一个绰号，叫作孔乙己。孔乙己一到店，所有喝酒的人便都看着他笑，有的叫道，"孔乙己，你脸上又添上新伤疤了！"他不回答，对柜里说，"温两碗酒，要一碟茴香豆。"便排出九文大钱。他们又故意的高声嚷道，"你一定又偷了人家的东西了！"孔乙己睁大眼睛说，"你怎么这样凭空污人清白……""什么清白？我前天亲眼见你偷了何家的书，吊着打。"孔乙己便涨红了脸，额上的青筋条条绽出，争辩道，"窃书不能算偷……窃书！……读书人的事，能算偷么？"

接连便是难懂的话，什么"君子固穷①"，什么"者乎"之类，引得众人都哄笑起来：店内外充满了快活的空气。

听人家背地里谈论，孔乙己原来也读过书，但终于没有进学，又不会营生；于是愈过愈穷，弄到将要讨饭了。幸而写得一笔好字，便替人家钞钞书，换一碗饭吃。可惜他又有一样坏脾气，便是好喝懒做。坐不到几天，便连人和书籍纸张笔砚，一齐失踪。如是几次，叫他钞书的人也没有了。孔乙己没有法，便免不了偶然做些偷窃的事。但他在我们店里，品行却比别人都好，就是从不拖欠；虽然间或没有现钱，暂时记在粉板上，但不出一月，定然还清，从粉板上拭去了孔乙己的名字。

孔乙己喝过半碗酒，涨红的脸色渐渐复了原，旁人便又问道，"孔乙己，你当真认识字么？"孔乙己看着问他的人，显出不屑置辩的神气。他们便接着说道，"你怎的连半个秀才也捞不到呢？"孔乙己立刻显出颓唐不安模样，脸上笼上了一层灰色，嘴里说些话；这回可是全是之乎者也之类，一些不懂了。在这时候，众人也都哄笑起来：店内外充满了快活的空气。

---

① 君子固穷：语见《论语·卫灵公》。"固穷"即"固守其穷"，不以穷困而改变操守的意思。

在这些时候,我可以附和着笑,掌柜是决不责备的。而且掌柜见了孔乙己,也每每这样问他,引人发笑。孔乙己自己知道不能和他们谈天,便只好向孩子说话。有一回对我说道,"你读过书么?"我略略点一点头。他说,"读过书,……我便考你一考。茴香豆的茴字,怎样写的?"我想,讨饭一样的人,也配考我么?便回过脸去,不再理会。孔乙己等了许久,很恳切的说道,"不能写罢?……我教给你,记着!这些字应该记着。将来做掌柜的时候,写账要用。"我暗想我和掌柜的等级还很远呢,而且我们掌柜也从不将茴香豆上账;又好笑,又不耐烦,懒懒的答他道,"谁要你教,不是草头底下一个来回的回字么?"孔乙己显出极高兴的样子,将两个指头的长指甲敲着柜台,点头说,"对呀对呀!……回字有四样写法,你知道么?"我愈不耐烦了,努着嘴走远。孔乙己刚用指甲蘸了酒,想在柜上写字,见我毫不热心,便又叹一口气,显出极惋惜的样子。

有几回,邻舍孩子听得笑声,也赶热闹,围住了孔乙己。

他便给他们茴香豆吃,一人一颗。孩子吃完豆,仍然不散,眼睛都望着碟子。孔乙己着了慌,伸开五指将碟子罩住,弯腰下去说道,"不多了,我已经不多了。"直起身又看一看豆,自己摇头说,"不多不多!多乎哉?不多也。"于是这一群孩子都在笑声里走散了。

孔乙己是这样的使人快活,可是没有他,别人也便这么过。

有一天,大约是中秋前的两三天,掌柜正在慢慢的结账,取下粉板,忽然说,"孔乙己长久没有来了。还欠十九个钱呢!"

我才也觉得他的确长久没有来了。一个喝酒的人说道,"他怎么会来?……他打折了腿了。"掌柜说,"哦!"他总仍旧是偷。这一回,是自己发昏,竟偷到丁举人家里去了。他家的东西,偷得的么?"后来怎么样?""怎么样?先写服辩①,后来是打,打了大半夜,再打折了腿。""后来呢?""后来打折了腿了。""打折了怎样呢?""怎样?……谁晓得?许是死了。"

掌柜也不再问,仍然慢慢的算他的账。

中秋过后,秋风是一天凉比一天,看看将近初冬;我整天的靠着火,也须穿上棉袄了。一天的下半天,没有一个顾客,我正合了眼坐着。忽然间听得一个声音,"温一碗酒。"这声音虽然极低,却很耳熟。看时又全没有人。站起来向外一望,那孔乙己便在柜台下对了门槛坐着。他脸上黑而且瘦,已经不成样子;穿一件破夹袄,盘着两腿,下面垫一个蒲包,用草绳在肩上挂住;见了我,又说道,"温一碗酒。"掌柜也伸出头去,一面说,"孔乙己么?你还欠十九个钱呢!"孔乙己很颓唐的仰面答道,"这……下回还清罢。这一回是现钱,酒要好。"掌柜仍然同平常一样,笑着对

---

① 服辩:又作伏辩,即认罪书。

他说，"孔乙己，你又偷了东西了！"但他这回却不十分分辩，单说了一句"不要取笑！""取笑？要是不偷，怎么会打断腿？"孔乙己低声说道，"跌断，跌，跌……"他的眼色，很像恳求掌柜，不要再提。

此时已经聚集了几个人，便和掌柜都笑了。我温了酒，端出去，放在门槛上。他从破衣袋里摸出四文大钱，放在我手里，见他满手是泥，原来他便用这手走来的。不一会，他喝完酒，便又在旁人的说笑声中，坐着用这手慢慢走去了。

自此以后，又长久没有看见孔乙己。到了年关，掌柜取下粉板说，"孔乙己还欠十九个钱呢！"到第二年的端午，又说"孔乙己还欠十九个钱呢！"到中秋可是没有说，再到年关也没有看见他。

我到现在终于没有见——大约孔乙己的确死了。

药

○鲁　迅

一

秋天的后半夜，月亮下去了，太阳还没有出，只剩下一片乌蓝的天；除了夜游的东西，什么都睡着。华老栓忽然坐起身，擦着火柴，点上遍身油腻的灯盏，茶馆的两间屋子里，便弥满了青白的光。

"小栓的爹，你就去么？"是一个老女人的声音。里边的小屋子里，也发出一阵咳嗽。

"唔。"老栓一面听，一面应，一面扣上衣服；伸手过去说，"你给我罢。"

华大妈在枕头底下掏了半天，掏出一包洋钱①，交给老栓，老栓接了，抖抖的装入衣袋，又在外面按了两下；便点上灯笼，吹熄灯盏，走向里屋子去了。那屋子里面，正在赶赶咻咻的响，接着便是一通咳嗽。老栓候他平静下去，才低低的叫道，"小栓……你不要起来。……店么？你娘会安排的。"

老栓听得儿子不再说话，料他安心睡了；便出了门，走到街上。街上黑沉沉的

① 洋钱：指银元。银元最初是从外国流入我国的，所以俗称洋钱；我国自清代后期开始自铸银元，但民间仍沿用这个旧称。

一无所有,只有一条灰白的路,看得分明。灯光照着他的两脚,一前一后的走。有时也遇到几只狗,可是一只也没有叫。天气比屋子里冷得多了;老栓倒觉爽快,仿佛一旦变了少年,得了神通,有给人生命的本领似的,跨步格外高远。而且路也愈走愈分明,天也愈走愈亮了。

老栓正在专心走路,忽然吃了一惊,远远里看见一条丁字街,明明白白横着。他便退了几步,寻到一家关着门的铺子,蹩进檐下,靠门立住了。好一会,身上觉得有些发冷。

"哼,老头子。"

"倒高兴……。"

老栓又吃一惊,睁眼看时,几个人从他面前过去了。一个还回头看他,样子不甚分明,但很像久饿的人见了食物一般,眼里闪出一种攫取的光。老栓看看灯笼,已经熄了。按一按衣袋,硬硬的还在。仰起头两面一望,只见许多古怪的人,三三两两,鬼似的在那里徘徊;定睛再看,却也看不出什么别的奇怪。

没有多久,又见几个兵,在那边走动;衣服前后的一个大白圆圈,远地里也看得清楚,走过面前的,并且看出号衣①上暗红色的镶边。——一阵脚步声响,一眨眼,已经拥过了一大簇人。那三三两两的人,也忽然合作一堆,潮一般向前赶;将到丁字街口,便突然立住,簇成一个半圆。

老栓也向那边看,却只见一堆人的后背;颈项都伸得很长,仿佛许多鸭,被无形的手捏住了的,向上提着。静了一会,似乎有点声音,便又动摇起来,轰的一声,都向后退;一直散到老栓立着的地方,几乎将他挤倒了。

"喂!一手交钱,一手交货!"一个浑身黑色的人,站在老栓面前,眼光正像两把刀,刺得老栓缩小了一半。那人一只大手,向他摊着;一只手却撮着一个鲜红的馒头,那红的还是一点一点的往下滴。

老栓慌忙摸出洋钱,抖抖的想交给他,却又不敢去接他的东西。那人便焦急起来,嚷道,"怕什么! 怎的不拿!"老栓还踌躇着;黑的人便抢过灯笼,一把扯下纸罩,裹了馒头,塞与老栓;一手抓过洋钱,捏一捏,转身去了。嘴里哼着说,"这老东西……。"

"这给谁治病的呀?"老栓也似乎听得有人问他,但他并不答应;他的精神,现在只在一个包上,仿佛抱着一个十世单传的婴儿,别的事情,都已置之度外了。他现在要将这包里的新的生命,移植到他家里,收获许多幸福。太阳也出来了;在他面前,显出一条大道,直到他家中,后面也照见丁字街头破匾上"古口亭口"这四个黯淡的金字。

---

① 号衣:指清朝士兵的军衣,前后胸都缀有一块圆形白布,上有"兵"或"勇"字样。

<h1 align="center">二</h1>

老栓走到家,店面早经收拾干净,一排一排的茶桌,滑溜溜的发光。但是没有客人;只有小栓坐在里排的桌前吃饭,大粒的汗,从额上滚下,夹袄也帖住了脊心,两块肩胛骨高高凸出,印成一个阳文的"八"字。老栓见这样子,不免皱一皱展开的眉心。他的女人,从灶下急急走出,睁着眼睛,嘴唇有些发抖。

"得了么?"

"得了。"

两个人一齐走进灶下,商量了一会;华大妈便出去了,不多时,拿着一片老荷叶回来,摊在桌上。老栓也打开灯笼罩,用荷叶重新包了那红的馒头。小栓也吃完饭,他的母亲慌忙说:

"小栓——你坐着,不要到这里来。"

一面整顿了灶火,老栓便把一个碧绿的包,一个红红白白的破灯笼,一同塞在灶里;一阵红黑的火焰过去时,店屋里散满了一种奇怪的香味。

"好香!你们吃什么点心呀?"这是驼背五少爷到了。这人每天总在茶馆里过日,来得最早,去得最迟,此时恰恰蹩到临街的壁角的桌边,便坐下问话,然而没有人答应他。"炒米粥么?"仍然没有人应。老栓匆匆走出,给他泡上茶。

"小栓进来罢!"华大妈叫小栓进了里面的屋子,中间放好一条凳,小栓坐了。他的母亲端过一碟乌黑的圆东西,轻轻说:

"吃下去罢,——病便好了。"

小栓撮起这黑东西,看了一会,似乎拿着自己的性命一般,心里说不出的奇怪。十分小心的拗开了,焦皮里面窜出一道白气,白气散了,是两半个白面的馒头。——不多工夫,已经全在肚里了,却全忘了什么味;面前只剩下一张空盘。他的旁边,一面立着他的父亲,一面立着他的母亲,两人的眼光,都仿佛要在他身里注进什么又要取出什么似的;便禁不住心跳起来,按着胸膛,又是一阵咳嗽。

"睡一会罢,——便好了。"

小栓依他母亲的话,咳着睡了。华大妈候他喘气平静,才轻轻的给他盖上了满幅补钉的夹被。

<h1 align="center">三</h1>

店里坐着许多人,老栓也忙了,提着大铜壶,一趟一趟的给客人冲茶;两个眼眶,都围着一圈黑线。

“老栓，你有些不舒服么？——你生病么？”一个花白胡子的人说。

“没有。”

“没有？——我想笑嘻嘻的，原也不像……”花白胡子便取消了自己的话。

“老栓只是忙。要是他的儿子……”驼背五少爷话还未完，突然闯进了一个满脸横肉的人，披一件玄色布衫，散着纽扣，用很宽的玄色腰带，胡乱捆在腰间。刚进门，便对老栓嚷道：

“吃了么？好了么？老栓，就是运气了你！你运气，要不是我信息灵……。”

老栓一手提了茶壶，一手恭恭敬敬的垂着；笑嘻嘻的听。

满座的人，也都恭恭敬敬的听。华大妈也黑着眼眶，笑嘻嘻的送出茶碗茶叶来，加上一个橄榄，老栓便去冲了水。

“这是包好！这是与众不同的。你想，趁热的拿来，趁热吃下。横肉的人只是嚷。

“真的呢，要没有康大叔照顾，怎么会这样……”华大妈也很感激的谢他。

“包好，包好！这样的趁热吃下。这样的人血馒头，什么痨病都包好！”

华大妈听到“痨病”这两个字，变了一点脸色，似乎有些不高兴；但又立刻堆上笑；搭讪着走开了。这康大叔却没有觉察，仍然提高了喉咙只是嚷，嚷得里面睡着的小栓也合伙咳嗽起来。

“原来你家小栓碰到了这样的好运气了。这病自然一定全好；怪不得老栓整天的笑着呢。”花白胡子一面说，一面走到康大叔面前，低声下气的问道，“康大叔——听说今天结果的一个犯人，便是夏家的孩子，那是谁的孩子？究竟是什么事？”

“谁的？不就是夏四奶奶的儿子么？那个小家伙！”康大叔见众人都耸起耳朵听他，便格外高兴，横肉块块饱绽，越发大声说，“这小东西不要命，不要就是了。我可是这一回一点没有得到好处；连剥下来的衣服，都给管牢的红眼睛阿义拿去了。——第一要算我们栓叔运气；第二是夏三爷赏了二十五两雪白的银子，独自落腰包，一文不花。”

小栓慢慢的从小屋子走出，两手按了胸口，不住的咳嗽；走到灶下，盛出一碗冷饭，泡上热水，坐下便吃。华大妈跟着他走，轻轻的问道，“小栓，你好些么？——你仍旧只是肚饿？……”

“包好，包好！”康大叔瞥了小栓一眼，仍然回过脸，对众人说，“夏三爷真是乖角儿，要是他不先告官，连他满门抄斩。现在怎样？银子！——这小东西也真不成东西！关在牢里，还要劝牢头造反。”

“阿呀，那还了得。”坐在后排的一个二十多岁的人，很现出气愤模样。

“你要晓得红眼睛阿义是去盘盘底细的，他却和他攀谈了。他说：这大清的天下是我们大家的。你想：这是人话么？红眼睛原知道他家里只有一个老娘，可是没有料到他竟会那么穷,榨不出一点油水,已经气破肚皮了。他还要老虎头上搔痒,便给他两个嘴巴!"

"义哥是一手好拳棒,这两下,一定够他受用了。"壁角的驼背忽然高兴起来。

"他这贱骨头打不怕,还要说可怜可怜哩。"

花白胡子的人说,"打了这种东西,有什么可怜呢?"

康大叔显出看他不上的样子,冷笑着说,"你没有听清我的话;看他神气,是说阿义可怜哩!"

听着的人的眼光,忽然有些板滞;话也停顿了。小栓已经吃完饭,吃得满身流汗,头上都冒出蒸气来。

"阿义可怜——疯话,简直是发了疯了。"花白胡子恍然大悟似的说。

"发了疯了。"二十多岁的人也恍然大悟的说。

店里的坐客,便又现出活气,谈笑起来。小栓也趁着热闹,拼命咳嗽;康大叔走上前,拍他肩膀说:

"包好! 小栓——你不要这么咳。包好!"

"疯了。"驼背五少爷点着头说。

四

西关外靠着城根的地面,本是一块官地;中间歪歪斜斜一条细路,是贪走便道的人,用鞋底造成的,但却成了自然的界限。路的左边,都埋着死刑和瘐毙的人,右边是穷人的丛冢。两面都已埋到层层叠叠,宛然阔人家里祝寿时候的馒头。

这一年的清明,分外寒冷;杨柳才吐出半粒米大的新芽。

天明未久,华大妈已在右边的一坐新坟前面,排出四碟菜,一碗饭,哭了一场。化过纸,呆呆的坐在地上;仿佛等候什么似的,但自己也说不出等候什么。微风起来,吹动他短发,确乎比去年白得多了。

小路上又来了一个女人,也是半白头发,褴褛的衣裙;提一个破旧的朱漆圆篮,外挂一串纸锭,三步一歇的走。忽然见华大妈坐在地上看他,便有些踌躇,惨白的脸上,现出些羞愧的颜色;但终于硬着头皮,走到左边的一坐坟前,放下了篮子。

那坟与小栓的坟,一字儿排着,中间只隔一条小路。华大妈看他排好四碟菜,一碗饭,立着哭了一通,化过纸锭;心里暗暗地想,"这坟里的也是儿子了。"那老女人徘徊观望了一回,忽然手脚有些发抖,跄跄踉踉退下几步,瞪着眼只是发怔。

华大妈见这样子,生怕他伤心到快要发狂了;便忍不住立起身,跨过小路,低声对他说,"你这位老奶奶不要伤心了,——我们还是回去罢。"

那人点一点头,眼睛仍然向上瞪着;也低声吃吃的说道,"你看,——看这是什么呢?"

华大妈跟了他指头看去,眼光便到了前面的坟,这坟上草根还没有全合,露出一块一块的黄土,煞是难看。再往上仔细看时,却不觉也吃一惊;——分明有一圈红白的花,围着那尖圆的坟顶。

他们的眼睛都已老花多年了,但望这红白的花,却还能明白看见。花也不很多,圆圆的排成一个圆,不很精神,倒也整齐。华大妈忙看他儿子和别人的坟,却只有不怕冷的几点青白小花,零星开着;便觉得心里忽然感到一种不足和空虚,不愿意根究。那老女人又走近几步,细看了一遍,自言自语的说,"这没有根,不像自己开的。——这地方有谁来呢? 孩子不会来玩;——亲戚本家早不来了。——这是怎么一回事呢?"他想了又想,忽又流下泪来,大声说道:

"瑜儿,他们都冤枉了你,你还是忘不了,伤心不过,今天特意显点灵,要我知道么?"他四面一看,只见一只乌鸦,站在一株没有叶的树上,便接着说,"我知道了。——瑜儿,可怜他们坑了你,他们将来总有报应,天都知道;你闭了眼睛就是了。——你如果真在这里,听到我的话,——便教这乌鸦飞上你的坟顶,给我看罢。"

微风早经停息了;枯草支支直立,有如铜丝。一丝发抖的声音,在空气中愈颤愈细,细到没有,周围便都是死一般静。两人站在枯草丛里,仰面看那乌鸦;那乌鸦也在笔直的树枝间,缩着头,铁铸一般站着。

许多的工夫过去了;上坟的人渐渐增多,几个老的小的,在土坟间出没。

华大妈不知怎的,似乎卸下了一挑重担,便想到要走;一面劝着说,"我们还是回去罢。"

那老女人叹一口气,无精打采的收起饭菜;又迟疑了一刻,终于慢慢地走了。嘴里自言自语的说,"这是怎么一回事呢? ……"

他们走不上二三十步远,忽听得背后"哑——"的一声大叫;两个人都竦然的回过头,只见那乌鸦张开两翅,一挫身,直向着远处的天空,箭也似的飞去了。

明 天

○鲁 迅

"没有声音，——小东西怎了？"

红鼻子老拱手里擎了一碗黄酒，说着，向间壁努一努嘴。

蓝皮阿五便放下酒碗，在他脊梁上用死劲的打了一掌，含含糊糊嚷道：

"你……你你又在想心思……"

原来鲁镇是僻静地方，还有些古风：不上一更，大家便都关门睡觉。深更半夜没有睡的只有两家：一家是咸亨酒店，几个酒肉朋友围着柜台，吃喝得正高兴；一家便是间壁的单四嫂子，他自从前年守了寡，便须专靠着自己的一双手纺出棉纱来，养活他自己和他三岁的儿子，所以睡的也迟。

这几天，确凿没有纺纱的声音了。但夜深没有睡的既然只有两家，这单四嫂子家有声音，便自然只有老拱们听到，没有声音，也只有老拱们听到。

老拱挨了打，仿佛很舒服似的喝了一大口酒，呜呜的唱起小曲来。

这时候，单四嫂子正抱着他的宝儿，坐在床沿上，纺车静静的立在地上。黑沉沉的灯光，照着宝儿的脸，绯红里带一点青。单四嫂子心里计算：神签也求过了，愿心也许过了，单方也吃过了，要是还不见效，怎么好？——那只有去诊何小仙了。

但宝儿也许是日轻夜重，到了明天，太阳一出，热也会退，气喘也会平的：这实在是病人常有的事。

单四嫂子是一个粗笨女人，不明白这"但"字的可怕：许多坏事固然幸亏有了他才变好，许多好事却也因为有了他都弄糟。夏天夜短，老拱们呜呜的唱完了不多时，东方已经发白；不一会，窗缝里透进了银白色的曙光。

单四嫂子等候天明，却不像别人这样容易，觉得非常之慢，宝儿的一呼吸，几乎长过一年。现在居然明亮了；天的明亮，压倒了灯光，——看见宝儿的鼻翼，已经一放一收的扇动。

单四嫂子知道不妙，暗暗叫一声"阿呀！"心里计算：怎么好？只有去诊何小仙这一条路了。他虽然是粗笨女人，心里却有决断，便站起身，从木柜子里掏出每天节省下来的十三个小银元和一百八十铜钱，都装在衣袋里，锁上门，抱着宝儿直向何家奔过去。

16

天气还早,何家已经坐着四个病人了。他摸出四角银元,买了号签,第五个便轮到宝儿。何小仙伸开两个指头按脉,指甲足有四寸多长,单四嫂子暗地纳罕,心里计算:宝儿该有活命了。但总免不了着急,忍不住要问,便局局促促的说:

"先生,——我家的宝儿什么病呀?"

"他中焦塞着。"

"不妨事么? 他……"

"先去吃两帖。"

"他喘不过气来,鼻翅子都扇着呢。"

"这是火克金……"

何小仙说了半句话,便闭上眼睛;单四嫂子也不好意思再问。在何小仙对面坐着的一个三十多岁的人,此时已经开好一张药方,指着纸角上的几个字说道:

"这第一味保婴活命丸,须是贾家济世老店才有!"

单四嫂子接过药方,一面走,一面想。他虽是粗笨女人,却知道何家与济世老店与自己的家,正是一个三角点;自然是买了药回去便宜了。于是又径向济世老店奔过去。店伙也翘了长指甲慢慢的看方,慢慢的包药。单四嫂子抱了宝儿等着;宝儿忽然擎起小手来,用力拔他散乱着的一绺头发,这是从来没有的举动,单四嫂子怕得发怔。

太阳早出了。单四嫂子抱了孩子,带着药包,越走觉得越重;孩子又不住的挣扎,路也觉得越长。没奈何坐在路旁一家公馆的门槛上,休息了一会,衣服渐渐的冰着肌肤,才知道自己出了一身汗;宝儿却仿佛睡着了。他再起来慢慢地走,仍然支撑不得,耳朵边忽然听得人说:

"单四嫂子,我替你抱勃罗!"似乎是蓝皮阿五的声音。

他抬头看时,正是蓝皮阿五,睡眼朦胧的跟着他走。

单四嫂子在这时候,虽然很希望降下一员天将,助他一臂之力,却不愿是阿五。但阿五有点侠气,无论如何,总是偏要帮忙,所以推让了一会,终于得了许可了。他便伸开臂膊,从单四嫂子的乳房和孩子中间,直伸下去,抱去了孩子。

单四嫂子便觉乳房上发了一条热,刹时间直热到脸上和耳根。

他们两人离开了二尺五寸多地,一同走着。阿五说些话,单四嫂子却大半没有答。走了不多时候,阿五又将孩子还给他,说是昨天与朋友约定的吃饭时候到了;单四嫂子便接了孩子。幸而不远便是家,早看见对门的王九妈在街边坐着,远远地说话:

"单四嫂子,孩子怎了? ——看过先生了么?"

"看是看了。——王九妈,你有年纪,见的多,不如请你老法眼看一看,怎样……"

"唔……"

"怎样……？"

"唔……"王九妈端详了一番,把头点了两点,摇了两摇。

宝儿吃下药,已经是午后了。单四嫂子留心看他神情,仿佛平稳了不少;到得下午,忽然睁开眼叫一声"妈!"又仍然合上眼,像是睡去了。他睡了一刻,额上鼻尖都沁出一粒一粒的汗珠,单四嫂子轻轻一摸,胶水般粘着手;慌忙去摸胸口,便禁不住呜咽起来。

宝儿的呼吸从平稳变到没有,单四嫂子的声音也就从呜咽变成号啕。这时聚集了几堆人:门内是王九妈蓝皮阿五之类,门外是咸亨的掌柜和红鼻子老拱之类。王九妈便发命令,烧了一串纸钱;又将两条板凳和五件衣服作抵,替单四嫂子借了两块洋钱,给帮忙的人备饭。

第一个问题是棺木。单四嫂子还有一副银耳环和一支裹金的银簪,都交给了咸亨的掌柜,托他作一个保,半现半赊的买一具棺木。蓝皮阿五也伸出手来,很愿意自告奋勇;王九妈却不许他,只准他明天抬棺材的差使,阿五骂了一声"老畜生",快快的努了嘴站着。掌柜便自去了;晚上回来,说棺木须得现做,后半夜才成功。

掌柜回来的时候,帮忙的人早吃过饭;因为鲁镇还有些古风,所以不上一更,便都回家睡觉了。只有阿五还靠着咸亨的柜台喝酒,老拱也呜呜的唱。

这时候,单四嫂子坐在床沿上哭着,宝儿在床上躺着,纺车静静的在地上立着。许多工夫,单四嫂子的眼泪宣告完结了,眼睛张得很大,看看四面的情形,觉得奇怪:所有的都是不会有的事。他心里计算:不过是梦罢了,这些事都是梦。

明天醒过来,自己好好的睡在床上,宝儿也好好的睡在自己身边。他也醒过来,叫一声"妈",生龙活虎似的跳去玩了。

老拱的歌声早经寂静,咸亨也熄了灯。单四嫂子张着眼,总不信所有的事。——鸡也叫了;东方渐渐发白,窗缝里透进了银白色的曙光。

银白的曙光又渐渐显出绯红,太阳光接着照到屋脊。单四嫂子张着眼,呆呆坐着;听得打门声音,才吃了一吓,跑出去开门。门外一个不认识的人,背了一件东西;后面站着王九妈。

哦,他们背了棺材来了。

下半天,棺木才合上盖:因为单四嫂子哭一回,看一回,总不肯死心塌地的盖上;幸亏王九妈等得不耐烦,气愤愤的跑上前,一把拖开他,才七手八脚的盖上了。

但单四嫂子待他的宝儿,实在已经尽了心,再没有什么缺陷。昨天烧过一串纸钱,上午又烧了四十九卷《大悲咒》;收敛的时候,给他穿上顶新的衣裳,平日喜欢的玩意儿,——一个泥人,两个小木碗,两个玻璃瓶,——都放在枕头旁边。

后来王九妈掐着指头仔细推敲,也终于想不出一些什么缺陷。

这一日里,蓝皮阿五简直整天没有到;咸亨掌柜便替单四嫂子雇了两名脚夫,每名二百另十个大钱,抬棺木到义冢地上安放。王九妈又帮他煮了饭,凡是动过手开过口的人都吃了饭。太阳渐渐显出要落山的颜色;吃过饭的人也不觉都显出要回家的颜色,——于是他们终于都回了家。

单四嫂子很觉得头眩,歇息了一会,倒居然有点平稳了。

但他接连着便觉得很异样:遇到了平生没有遇到过的事,不像会有的事,然而的确出现了。他越想越奇,又感到一件异样的事——这屋子忽然太静了。

他站起身,点上灯火,屋子越显得静。他昏昏的走去关上门,回来坐在床沿上,纺车静静的立在地上。他定一定神,四面一看,更觉得坐立不得,屋子不但太静,而且也太大了,东西也太空了。太大的屋子四面包围着他,太空的东西四面压着他,叫他喘气不得。

他现在知道他的宝儿确乎死了;不愿意见这屋子,吹熄了灯,躺着。他一面哭,一面想:想那时候,自己纺着棉纱,宝儿坐在身边吃茴香豆,瞪着一双小黑眼睛想了一刻,便说,"妈!爹卖馄饨,我大了也卖馄饨,卖许多许多钱,——我都给你。"那时候,真是连纺出的棉纱,也仿佛寸寸都有意思,寸寸都活着。但现在怎了?现在的事,单四嫂子却实在没有想到什么。——我早经说过:他是粗笨女人。他能想出什么呢?他单觉得这屋子太静,太大,太空罢了。

但单四嫂子虽然粗笨,却知道还魂是不能有的事,他的宝儿也的确不能再见了。叹一口气,自言自语的说,"宝儿,你该还在这里,你给我梦里见见罢。"于是合上眼,想赶快睡去,会他的宝儿,苦苦的呼吸通过了静和大和空虚,自己听得明白。

单四嫂子终于朦朦胧胧的走入睡乡,全屋子都很静。这时红鼻子老拱的小曲,也早经唱完;跄跄踉踉出了咸亨,却又提尖了喉咙,唱道:

"我的冤家呀!——可怜你,——孤另另的……"

蓝皮阿五便伸手揪住了老拱的肩头,两个人七歪八斜的笑着挤着走去。

单四嫂子早睡着了,老拱们也走了,咸亨也关上门了。这时的鲁镇,便完全落在寂静里。只有那暗夜为想变成明天,却仍在这寂静里奔波;另有几条狗,也躲在暗地里呜呜的叫。

祝　福

○鲁　迅

　　旧历的年底毕竟最像年底,村镇上不必说,就在天空中也显出将到新年的气象来。灰白色的沉重的晚云中间时时发出闪光,接着一声钝响,是送灶的爆竹;近处燃放的可就更强烈了,震耳的大音还没有息,空气里已经散满了幽微的火药香。我是正在这一夜回到我的故乡鲁镇的。虽说故乡,然而已没有家,所以只得暂寓在鲁四老爷的宅子里。他是我的本家,比我长一辈,应该称之曰"四叔",是一个讲理学的老监生。他比先前并没有什么大改变,单是老了些,但也还未留胡子,一见面是寒暄,寒暄之后说我"胖了",说我"胖了"之后即大骂其新党。但我知道,这并非借题在骂我:因为他所骂的还是康有为。但是,谈话是总不投机的了,于是不多久,我便一个人剩在书房里。

　　第二天我起得很迟,午饭之后,出去看了几个本家和朋友;第三天也照样。他们也都没有什么大改变,单是老了些;家中却一律忙,都在准备着"祝福"。这是鲁镇年终的大典,致敬尽礼,迎接福神,拜求来年一年中的好运气的。杀鸡,宰鹅,买猪肉,用心细细的洗,女人的臂膊都在水里浸得通红,有的还带着绞丝银镯子。煮熟之后,横七竖八的插些筷子在这类东西上,可就称为"福礼"了,五更天陈列起来,并且点上香烛,恭请福神们来享用;拜的却只限于男人,拜完自然仍然是放爆竹。年年如此,家家如此,——只要买得起福礼和爆竹之类的,——今年自然也如此。天色愈阴暗了,下午竟下起雪来,雪花大的有梅花那么大,满天飞舞,夹着烟霭和忙碌的气色,将鲁镇乱成一团糟。我回到四叔的书房里时,瓦楞上已经雪白,房里也映得较光明,极分明的显出壁上挂着的朱拓的大"寿"字,陈抟老祖写的;一边的对联已经脱落,松松的卷了放在长桌上,一边的还在,道是"事理通达心气和平"。我又无聊赖的到窗下的案头去一翻,只见一堆似乎未必完全的《康熙字典》,一部《近思录集注》和一部《四书衬》。无论如何,我明天决计要走了。

　　况且,一想到昨天遇见祥林嫂的事,也就使我不能安住。

　　那是下午,我到镇的东头访过一个朋友,走出来,就在河边遇见她;而且见她瞪着的眼睛的视线,就知道明明是向我走来的。我这回在鲁镇所见的人们中,改变之大,可以说无过于她的了:五年前的花白的头发,即今已经全白,全不像四十上下的

20

人;脸上瘦削不堪,黄中带黑,而且消尽了先前悲哀的神色,仿佛是木刻似的;只有那眼珠间或一轮,还可以表示她是一个活物。她一手提着竹篮,内中一个破碗,空的;一手拄着一支比她更长的竹竿,下端开了裂:她分明已经纯乎是一个乞丐了。

我就站住,豫备她来讨钱。

"你回来了?"她先这样问。

"是的。"

"这正好。你是识字的,又是出门人,见识得多。我正要问你一件事——"她那没有精采的眼睛忽然发光了。

我万料不到她却说出这样的话来,诧异的站着。

"就是——"她走近两步,放低了声音,极秘密似的切切的说,"一个人死了之后,究竟有没有魂灵的?"

我很悚然,一见她的眼钉着我的,背上也就遭了芒刺一般,比在学校里遇到不及豫防的临时考,教师又偏是站在身旁的时候,惶急得多了。对于魂灵的有无,我自己是向来毫不介意的;但在此刻,怎样回答她好呢? 我在极短期的踌蹰中,想,这里的人照例相信鬼,然而她,却疑惑了,——或者不如说希望:希望其有,又希望其无……。人何必增添末路的人的苦恼,为她起见,不如说有罢。

"也许有罢,——我想。"我于是吞吞吐吐的说。

"那么,也就有地狱了?"

"阿! 地狱?"我很吃惊,只得支吾着,"地狱? ——论理,就该也有。——然而也未必,……谁来管这等事……。"

"那么,死掉的一家的人,都能见面的?"

"唉唉,见面不见面呢? ……"这时我已知道自己也还是完全一个愚人,什么踌蹰,什么计画,都挡不住三句问。我即刻胆怯起来了,便想全翻过先前的话来,"那是……实在,我说不清……。其实,究竟有没有魂灵,我也说不清。"

我乘她不再紧接的问,迈开步便走,匆匆的逃回四叔的家中,心里很觉得不安逸。自己想,我这答话怕于她有些危险。她大约因为在别人的祝福时候,感到自身的寂寞了,然而会不会含有别的什么意思的呢? ——或者是有了什么豫感了? 倘有别的意思,又因此发生别的事,则我的答话委实该负若干的责任……。但随后也就自笑,觉得偶尔的事,本没有什么深意义,而我偏要细细推敲,正无怪教育家要说是生着神经病;而况明明说过"说不清",已经推翻了答话的全局,即使发生什么事,于我也毫无关系了。

"说不清"是一句极有用的话。不更事的勇敢的少年,往往敢于给人解决疑问,选定医生,万一结果不佳,大抵反成了怨府,然而一用这说不清来作结束,便事事逍遥自在了。我在这时,更感到这一句话的必要,即使和讨饭的女人说话,也是万不可省的。

但是我总觉得不安,过了一夜,也仍然时时记忆起来,仿佛怀着什么不祥的豫感;在阴沉的雪天里,在无聊的书房里,这不安愈加强烈了。不如走罢,明天进城去。福兴楼的清炖鱼翅,一元一大盘,价廉物美,现在不知增价了否?往日同游的朋友,虽然已经云散,然而鱼翅是不可不吃的,即使只有我一个……。无论如何,我明天决计要走了。

我因为常见些但愿不如所料,以为未必竟如所料的事,却每每恰如所料的起来,所以很恐怕这事也一律。果然,特别的情形开始了。傍晚,我竟听到有些人聚在内室里谈话,仿佛议论什么事似的,但不一会,说话声也就止了,只有四叔且走而且高声的说:

"不早不迟,偏偏要在这时候,——这就可见是一个谬种!"

我先是诧异,接着是很不安,似乎这话于我有关系。试望门外,谁也没有。好容易待到晚饭前他们的短工来冲茶,我才得了打听消息的机会。

"刚才,四老爷和谁生气呢?"我问。

"还不是和祥林嫂?"那短工简捷的说。

"祥林嫂?怎么了?"我又赶紧的问。

"老了。"

"死了?"我的心突然紧缩,几乎跳起来,脸上大约也变了色。但他始终没有抬头,所以全不觉。我也就镇定了自己,接着问:

"什么时候死的?"

"什么时候?——昨天夜里,或者就是今天罢。——我说不清。"

"怎么死的?"

"怎么死的?——还不是穷死的?"他淡然的回答,仍然没有抬头向我看,出去了。

然而我的惊惶却不过暂时的事,随着就觉得要来的事,已经过去,并不必仰仗我自己的"说不清"和他之所谓"穷死的"的宽慰,心地已经渐渐轻松;不过偶然之间,还似乎有些负疚。晚饭摆出来了,四叔俨然的陪着。我也还想打听些关于祥林嫂的消息,但知道他虽然读过"鬼神者二气之良能也",而忌讳仍然极多,当临近祝福时候,是万不可提起死亡疾病之类的话;倘不得已,就该用一种替代的隐语,可惜我又不知道,因此屡次想问,而终于中止了。我从他俨然的脸色上,又忽而疑他正为我不早不迟,偏要在这时候来打搅他,也是一个谬种,便立刻告诉他明天要离开鲁镇,进城去,趁早放宽了他的心。他也不很留。这样闷闷的吃完了一餐饭。

冬季日短,又是雪天,夜色早已笼罩了全市镇。人们都在灯下匆忙,但窗外很寂静。雪花落在积得厚厚的雪褥上面,听去似乎瑟瑟有声,使人更加感得沉寂。我独坐在发出黄光的菜油灯下,想,这百无聊赖的祥林嫂,被人们弃在尘芥堆中的,看得厌倦了的陈旧的玩物,先前还将形骸露在尘芥里,从活得有趣的人们看来,恐怕要怪讶她何以还要存在,现在总算被无常打扫得干干净净了。魂灵的有无,我不知道;然而在现世,则无聊生者不生,即使厌见者不见,为人为己,也还都不错。我静听着窗外似乎瑟瑟作响的雪花声,一面想,反而渐渐的舒畅起来。

然而先前所见所闻的她的半生事迹的断片,至此也联成一片了。

她不是鲁镇人。有一年的冬初,四叔家里要换女工,做中人的卫老婆子带她进来了,头上扎着白头绳,乌裙,蓝夹袄,月白背心,年纪大约二十六七,脸色青黄,但两颊却还是红的。卫老婆子叫她祥林嫂,说是自己母家的邻舍,死了当家人,所以出来做工了。四叔皱了皱眉,四婶已经知道了他的意思,是在讨厌她是一个寡妇。但看她模样还周正,手脚都壮大,又只是顺着眼,不开一句口,很像一个安分耐劳的人,便不管四叔的皱眉,将她留下了。试工期内,她整天的做,似乎闲着就无聊,又有力,简直抵得过一个男子,所以第三天就定局,每月工钱五百文。

大家都叫她祥林嫂;没问她姓什么,但中人是卫家山人,既说是邻居,那大概也就姓卫了。她不很爱说话,别人问了才回答,答的也不多。直到十几天之后,这才陆续的知道她家里还有严厉的婆婆;一个小叔子,十多岁,能打柴了;她是春天没了丈夫的;他本来也打柴为生,比她小十岁,大家所知道的就只是这一点。

日子很快的过去了,她的做工却毫没有懈,拿物不论,力气是不惜的。人们都说鲁四老爷家里雇着了女工,实在比勤快的男人还勤快。到年底,扫尘,洗地,杀鸡,宰鹅,彻夜的煮福礼,全是一人担当,竟没有添短工。然而她反满足,口角边渐渐的有了笑影,脸上也白胖了。

新年才过,她从河边淘米回来时,忽而失了色,说刚才远远地看见一个男人在对岸徘徊,很像夫家的堂伯,恐怕是正为寻她而来的。四婶很惊疑,打听底细,她又不说。四叔一知道,就皱一皱眉,道:

"这不好。恐怕她是逃出来的。"

她诚然是逃出来的,不多久,这推想就证实了。

此后大约十几天,大家正已渐渐忘却了先前的事,卫老婆子忽而带了一个三十多岁的女人进来了,说那是祥林嫂的婆婆。那女人虽是山里人模样,然而应酬很从容,说话也能干,寒暄之后,就赔罪,说她特来叫她的儿媳回家去,因为开春事务忙,而家中只有老的和小的,人手不够了。

"既是她的婆婆要她回去,那有什么话可说呢。"四叔说。

于是算清了工钱,一共一千七百五十文,她全存在主人家,一文也还没有用,便都交给她的婆婆。那女人又取了衣服,道过谢,出去了。其时已经是正午。

"阿呀,米呢?祥林嫂不是去淘米的么?……"好一会,四婶这才惊叫起来。

她大约有些饿,记得午饭了。

于是大家分头寻淘箩。她先到厨下,次到堂前,后到卧房,全不见淘箩的影子。四叔踱出门外,也不见,直到河边,才见平平正正的放在岸上,旁边还有一株菜。

看见的人报告说,河里面上午就泊了一只白篷船,篷是全盖起来的,不知道什么人在里面,但事前也没有人去理会他。待到祥林嫂出来淘米,刚刚要跪下去,那船里便突然跳出两个男人来,像是山里人,一个抱住她,一个帮着,拖进船去了。祥林嫂还哭喊了几声,此后便再没有什么声息,大约给用什么堵住了罢。接着就走上两个女人来,一个不认识,一个就是卫婆子。窥探舱里,不很分明,她像是捆了躺在船板上。

"可恶!然而……。"四叔说。

这一天是四婶自己煮午饭;他们的儿子阿牛烧火。

午饭之后,卫老婆子又来了。

"可恶!"四叔说。

"你是什么意思?亏你还会再来见我们。"四婶洗着碗,一见面就愤愤的说,"你自己荐她来,又合伙劫她去,闹得沸反盈天的,大家看了成个什么样子?你拿我们家里开玩笑么?"

"阿呀阿呀,我真上当。我这回,就是为此特地来说说清楚的。她来求我荐地方,我那里料得到是瞒着她的婆婆的呢。对不起,四老爷,四太太。总是我老发昏不小心,对不起主顾。幸而府上是向来宽洪大量,不肯和小人计较的。这回我一定荐一个好的来折罪……。"

"然而……。"四叔说。

于是祥林嫂事件便告终结,不久也就忘却了。

只有四婶,因为后来雇用的女工,大抵非懒即馋,或者馋而且懒,左右不如意,所以也还提起祥林嫂。每当这些时候,她往往自言自语的说,"她现在不知道怎么样了?"意思是希望她再来。但到第二年的新正,她也就绝了望。

新正将尽,卫老婆子来拜年了,已经喝得醉醺醺的,自说因为回了一趟卫家山的娘家,住下几天,所以来得迟了。她们问答之间,自然就谈到祥林嫂。

"她么?"卫老婆子高兴的说,"现在是交了好运了。她婆婆来抓她回去的时候,是早已许给了贺家墺的贺老六的,所以回家之后不几天,也就装在花轿里抬去了。"

"阿呀,这样的婆婆!……"四婶惊奇的说。

"阿呀,我的太太!你真是大户人家的太太的话。我们山里人,小户人家,这算得什么?她有小叔子,也得娶老婆。不嫁了她,那有这一注钱来做聘礼?她的婆婆倒是精明强干的女人呵,很有打算,所以就将她嫁到里山去。倘许给本村人,财礼就不多;惟独肯嫁进深山野坳里去的女人少,所以她就到手了八十千①。现在第二个儿子的媳妇也娶进了,财礼只花了五十,除去办喜事的费用,还剩十多千。吓,你看,这多么好打算?……"

"祥林嫂竟肯依?……"

"这有什么依不依。——闹是谁也总要闹一闹的;只要用绳子一捆,塞在花轿里,抬到男家,捺上花冠,拜堂,关上房门,就完事了。可是祥林嫂真出格,听说那时实在闹得利害,大家还都说大约因为在念书人家做过事,所以与众不同呢。太太,我们见得多了:回头人出嫁,哭喊的也有,说要寻死觅活的也有,抬到男家闹得拜不成天地的也有,连花烛都砸了的也有。祥林嫂可是异乎寻常,他们说她一路只是嚎,骂,抬到贺家坳,喉咙已经全哑了。拉出轿来,两个男人和她的小叔子使劲的擒住她也还拜不成天地。他们一不小心,一松手,阿呀,阿弥陀佛,她就一头撞在香案角上,头上碰了一个大窟窿,鲜血直流,用了两把香灰,包上两块红布还止不住血呢。直到七手八脚的将她和男人反关在新房里,还是骂,阿呀呀,这真是……。"她摇一摇头,顺下眼睛,不说了。

"后来怎么样呢?"四婶还问。

"听说第二天也没有起来。"她抬起眼来说。

"后来呢?"

"后来?——起来了。她到年底就生了一个孩子,男的,新年就两岁了。我在娘家这几天,就有人到贺家坳去,回来说看见他们娘儿俩,母亲也胖,儿子也胖;上头又没有婆婆;男人所有的是力气,会做活;房子是自家的。——唉唉,她真是交了好运了。"

从此之后,四婶也就不再提起祥林嫂。

但有一年的秋季,大约是得到祥林嫂好运的消息之后的又过了两个新年,她竟又站在四叔家的堂前了。桌上放着一个荸荠式的圆篮,檐下一个小铺盖。她仍然头上扎着白头绳,乌裙,蓝夹袄,月白背心,脸色青黄,只是两颊上已经消失了血色,顺着眼,眼角上带些泪痕,眼光也没有先前那样精神了。而且仍然是卫老婆子领着,显出慈悲模样,絮絮的对四婶说:

"……这实在是叫作'天有不测风云',她的男人是坚实人,谁知道年纪青青,就会断送在伤寒上?本来已经好了的,吃了一碗冷饭,复发了。幸亏有儿子;她又能做,打柴摘茶养蚕都来得,本来还可以守着,谁知道那孩子又会给狼衔去的呢?春天快完了,村上倒反来了狼,谁料到?现在她只剩了一个光身了。大伯来收屋,又赶她。她真是走投无路了,只好来求老主人。好在她现在已经再没有什么牵挂,

---

① 八十千:旧时以一千文钱为一贯或一吊,所以几千文钱也称为几贯或几吊,但也有些地方直称为多少千。八十千即八十吊。

太太家里又凑巧要换人，所以我就领她来。——我想，熟门熟路，比生手实在好得多……。"

"我真傻，真的，"祥林嫂抬起她没有神采的眼睛来，接着说。"我单知道下雪的时候野兽在山坳里没有食吃，会到村里来；我不知道春天也会有。我一清早起来就开了门，拿小篮盛了一篮豆，叫我们的阿毛坐在门槛上剥豆去。他是很听话的，我的话句句听；他出去了。我就在屋后劈柴，淘米，米下了锅，要蒸豆。我叫阿毛，没有应，出去一看，只见豆撒得一地，没有我们的阿毛了。他是不到别家去玩的；各处去一问，果然没有。我急了，央人出去寻。直到下半天，寻来寻去寻到山坳里，看见刺柴上挂着一只他的小鞋。大家都说，糟了，怕是遭了狼了。再进去；他果然躺在草窠里，肚里的五脏已经都给吃空了，手上还紧紧的捏着那只小篮呢。……"她接着但是呜咽，说不出成句的话来。

四婶起初还踌躇，待到听完她自己的话，眼圈就有些红了。她想了一想，便教拿圆篮和铺盖到下房去。卫老婆子仿佛卸了一肩重担似的嘘一口气；祥林嫂比初来时候神气舒畅些，不待指引，自己驯熟的安放了铺盖。她从此又在鲁镇做女工了。

大家仍然叫她祥林嫂。

然而这一回，她的境遇却改变得非常大。上工之后的两三天，主人们就觉得她手脚已没有先前一样灵活，记性也坏得多，死尸似的脸上又整日没有笑影，四婶的口气上，已颇有些不满了。当她初到的时候，四叔虽然照例皱过眉，但鉴于向来雇用女工之难，也就并不大反对，只是暗暗地告诫四婶说，这种人虽然似乎很可怜，但是败坏风俗的，用她帮忙还可以，祭祀时候可用不着她沾手，一切饭菜，只好自己做，否则，不干不净，祖宗是不吃的。

四叔家里最重大的事件是祭祀，祥林嫂先前最忙的时候也就是祭祀，这回她却清闲了。桌子放在堂中央，系上桌帏，她还记得照旧去分配酒杯和筷子。

"祥林嫂，你放着罢！我来摆。"四婶慌忙的说。

她讪讪的缩了手，又去取烛台。

"祥林嫂，你放着罢！我来拿。"四婶又慌忙的说。

她转了几个圆圈，终于没有事情做，只得疑惑的走开。她在这一天可做的事是不过坐在灶下烧火。

镇上的人们也仍然叫她祥林嫂，但音调和先前很不同；也还和她讲话，但笑容却冷冷的了。她全不理会那些事，只是直着眼睛，和大家讲她自己日夜不忘的故事：

"我真傻，真的，"她说。"我单知道雪天是野兽在深山里没有食吃，会到村里来；我不知道春天也会有。我一大早起来就开了门，拿小篮盛了一篮豆，叫我们的阿毛坐在门槛上剥豆去。他是很听话的孩子，我的话句句听；他就出去了。我就在屋后劈柴，淘米，米下了锅，打算蒸豆。我叫，'阿毛！'没有应。出去一看，只见豆撒得满地，没有我们的阿毛了。各处去一问，都没有。我急了，央人去寻去。直到下半天，几个人寻到山坳里，看见刺柴上挂着一只他的小鞋。大家都说，完了，怕是遭了狼了。再进去；果然，他躺在草窠里，肚里的五脏已经都给吃空了，可怜他手里还紧紧的捏着那只小篮呢。……"她于是淌下眼泪来，声音也呜咽了。

这故事倒颇有效，男人听到这里，往往敛起笑容，没趣的走了开去；女人们却不独宽恕了她似的，脸上立刻改换了鄙薄的神气，还要陪出许多眼泪来。有些老女人没有在街头听到她的话，便特意寻来，要听她这一段悲惨的故事。直到她说到呜咽，她们也就一齐流下那停在眼角上的眼泪，叹息一番，满足的去了，一面还纷纷的评论着。

她就只是反复的向人说她悲惨的故事，常常引住了三五个人来听她。但不久，大家也都听得纯熟了，便是最慈悲的念佛的老太太们，眼里也再不见有一点泪的痕迹。后来全镇的人们几乎都能背诵她的话，一听到就烦厌得头痛。

"我真傻，真的，"她开首说。

"是的，你是单知道雪天野兽在深山里没有食吃，才会到村里来的。"他们立即打断她的话，走开去了。

她张着口怔怔的站着，直着眼睛看他们，接着也就走了，似乎自己也觉得没趣。但她还妄想，希图从别的事，如小篮，豆，别人的孩子上，引出她的阿毛的故事来。倘一看见两三岁的小孩子，她就说：

"唉唉，我们的阿毛如果还在，也就有这么大了。……"

孩子看见她的眼光就吃惊，牵着母亲的衣襟催她走。于是又只剩下她一个，终于没趣的也走了。后来大家又都知道了她的脾气，只要有孩子在眼前，便似笑非笑的先问她，道：

"祥林嫂，你们的阿毛如果还在，不是也就有这么大了么？"

她未必知道她的悲哀经大家咀嚼赏鉴了许多天，早已成为渣滓，只值得烦厌和唾弃，但从人们的笑影上，也仿佛觉得这又冷又尖，自己再没有开口的必要了。她单是一瞥他们，并不回答一句话。

鲁镇永远是过新年，腊月二十以后就忙起来了。四叔家里这回须雇男短工，还是忙不过来，另叫柳妈做帮手，杀鸡，宰鹅；然而柳妈是善女人，吃素，不杀生的，只肯洗器皿。

祥林嫂除烧火之外，没有别的事，却闲着了，坐着只看柳妈洗器皿。微雪点点的下来了。

"唉唉，我真傻，"祥林嫂看了天空，叹息着，独语似的说。

"祥林嫂,你又来了。"柳妈不耐烦的看着她的脸,说。

"我问你:你额角上的伤疤,不就是那时撞坏的么?"

"唔唔。"她含胡的回答。

"我问你:你那时怎么后来竟依了呢?"

"我么?……"

"你呀。我想:这总是你自己愿意了,不然……。"

"阿阿,你不知道他力气多么大呀。"

"我不信。我不信你这么大的力气,真会拗他不过。你后来一定是自己肯了,倒推说他力气大。"

"阿阿,你……你倒自己试试看。"她笑了。

柳妈的打皱的脸也笑起来,使她蹙缩得像一个核桃;干枯的小眼睛一看祥林嫂的额角,又钉住她的眼。祥林嫂似乎很局促了,立刻敛了笑容,旋转眼光,自去看雪花。

"祥林嫂,你实在不合算。"柳妈诡秘的说。"再一强,或者索性撞一个死,就好了。现在呢,你和你的第二个男人过活不到两年,倒落了一件大罪名。你想,你将来到阴司去,那两个死鬼的男人还要争,你给了谁好呢?阎罗大王只好把你锯开来,分给他们。我想,这真是……。"

她脸上就显出恐怖的神色来,这是在山村里所未曾知道的。

"我想,你不如及早抵当。你到土地庙里去捐一条门槛,当作你的替身,给千人踏,万人跨,赎了这一世的罪名,免得死了去受苦。"

她当时并不回答什么话,但大约非常苦闷了,第二天早上起来的时候,两眼上便都围着大黑圈。早饭之后,她便到镇的西头的土地庙里去求捐门槛。庙祝起初执意不允许,直到她急得流泪,才勉强答应了。价目是大钱十二千。

她久已不和人们交口,因为阿毛的故事是早被大家厌弃了的;但自从和柳妈谈了天,似乎又即传扬开去,许多人都发生了新趣味,又来逗她说话了。至于题目,那自然是换了一个新样,专在她额上的伤疤。

"祥林嫂,我问你:你那时怎么竟肯了?"一个说。

"唉,可惜,白撞了这一下。"一个看着她的疤,应和道。

她大约从他们的笑容和声调上,也知道是在嘲笑她,所以总是瞪着眼睛,不说一句话,后来连头也不回了。她整日紧闭了嘴唇,头上带着大家以为耻辱的记号的那伤痕,默默的跑街,扫地,洗菜,淘米。快够一年,她才从四婶手里支取了历来积存的工钱,换算了十二元鹰洋,请假到镇的西头去。但不到一顿饭时候,她便回来,神气很舒畅,眼光也分外有神,高兴似的对四婶说,自己已经在土地庙捐了门槛了。

冬至的祭祖时节,她做得更出力,看四婶装好祭品,和阿牛将桌子抬到堂屋中央,她便坦然的去拿酒杯和筷子。

"你放着罢,祥林嫂!"四婶慌忙大声说。

她像是受了炮烙似的缩手,脸色同时变作灰黑,也不再去取烛台,只是失神的站着。直到四叔上香的时候,教她走开,她才走开。这一回她的变化非常大,第二天,不但眼睛窈陷下去,连精神也更不济了。而且很胆怯,不独怕暗夜,怕黑影,即使看见人,虽是自己的主人,也总惴惴的,有如在白天出穴游行的小鼠;否则呆坐着,直是一个木偶人。不半年,头发也花白起来了,记性尤其坏,甚而至于常常忘却了去淘米。

"祥林嫂怎么这样了? 倒不如那时不留她。"四婶有时当面就这样说,似乎是警告她。

然而她总如此,全不见有怜悧起来的希望。他们于是想打发她走了,教她回到卫老婆子那里去。但当我还在鲁镇的时候,不过单是这样说;看现在的情状,可见后来终于实行了。然而她是从四叔家出去就成了乞丐的呢,还是先到卫老婆子家然后再成乞丐的呢? 那我可不知道。

我给那些因为在近旁而极响的爆竹声惊醒,看见豆一般大的黄色的灯火光,接着又听得毕毕剥剥的鞭炮,是四叔家正在"祝福"了;知道已是五更将近时候。我在蒙胧中,又隐约听到远处的爆竹声联绵不断,似乎合成一天音响的浓云,夹着团团飞舞的雪花,拥抱了全市镇。我在这繁响的拥抱中,也懒散而且舒适,从白天以至初夜的疑虑,全给祝福的空气一扫而空了,只觉得天地圣众歆享了牲醴和香烟,都醉醺醺的在空中蹒跚,豫备给鲁镇的人们以无限的幸福。

在酒楼上

○鲁 迅

我从北地向东南旅行,绕道访了我的家乡,就到 S 城。这城离我的故乡不过三十里,坐了小船,小半天可到,我曾在这里的学校里当过一年的教员。深冬雪后,风景凄清,懒散和怀旧的心绪联结起来,我竟暂寓在 S 城的洛思旅馆里了;这旅馆,是先前所没有的。城圈本不大,寻访了几个以为可以会见的旧同事,一个也不在,早不知散到那里去了;经过学校的门口,也改换了名称和模样,于我很生疏。不到两个时辰,我的意兴早已索然,颇悔此来为多事了。

我所住的旅馆是租房不卖饭的，饭菜必须另外叫来，但又无味，入口如嚼泥土。窗外只有溃痕斑驳的墙壁，贴着枯死的莓苔；上面是铅色的天，白皑皑的绝无精采，而且微雪又飞舞起来了。我午餐本没有饱，又没有可以消遣的事情，便很自然的想到先前有一家很熟识的小酒楼，叫一石居的，算来离旅馆并不远。我于是立即锁了房门，出街向那酒楼去。其实也无非想姑且逃避客中的无聊，并不专为买醉。一石居是在的，狭小阴湿的店面和破旧的招牌都依旧；但从掌柜以至堂倌却已没有一个熟人，我在这一石居中也完全成了生客。然而我终于跨上那走熟的屋角的扶梯去了，由此径到小楼上。上面也依然是五张小板桌；独有原是木棂的后窗却换嵌了玻璃。

　　"一斤绍酒。——菜？十个油豆腐，辣酱要多！"

　　我一面说给跟我上来的堂倌听，一面向后窗走，就在靠窗的一张桌旁坐下了。楼上"空空如也"，任我拣得最好的坐位：可以眺望楼下的废园。这园大概是不属于酒家的，我先前也曾眺望过许多回，有时也在雪天里。但现在从惯于北方的眼睛看来，却很值得惊异了：几株老梅竟斗雪开着满树的繁花，仿佛毫不以深冬为意；倒塌的亭子边还有一株山茶树，从暗绿的密叶里显出十几朵红花来，赫赫的在雪中明得如火，愤怒而且傲慢，如蔑视游人的甘心于远行。我这时又忽地想到这里积雪的滋润，著物不去，晶莹有光，不比朔雪的粉一般干，大风一吹，便飞得满空如烟雾。……

　　"客人，酒。……"

　　堂倌懒懒的说着，放下杯、筷、酒壶和碗碟，酒到了。我转脸向了板桌，排好器具，斟出酒来。觉得北方固不是我的旧乡，但南来又只能算一个客子，无论那边的干雪怎样纷飞，这里的柔雪又怎样的依恋，于我都没有什么关系了。我略带些哀愁，然而很舒服的呷一口酒。酒味很纯正；油豆腐也煮得十分好；可惜辣酱太淡薄，本来Ｓ城人是不懂得吃辣的。

　　大概是因为正在下午的缘故罢，这虽说是酒楼，却毫无酒楼气，我已经喝下三杯酒去了，而我以外还是四张空板桌。

　　我看着废园，渐渐的感到孤独，但又不愿有别的酒客上来。偶然听得楼梯上脚步响，便不由的有些懊恼，待到看见是堂倌，才又安心了，这样的又喝了两杯酒。

　　我想，这回定是酒客了，因为听得那脚步声比堂倌的要缓得多。约略料他走完了楼梯的时候，我便害怕似的抬头去看这无干的同伴，同时也就吃惊的站起来。我竟不料在这里意外的遇见朋友了，——假如他现在还许我称他为朋友。那上来的分明是我的旧同窗，也是做教员时代的旧同事，面貌虽然颇有些改变，但一见也就认识，独有行动却变得格外迂缓，很不像当年敏捷精悍的吕纬甫了。

　　"阿，——纬甫，是你么？我万想不到会在这里遇见你。"

"阿阿，是你？我也万想不到……"

我就邀他同坐，但他似乎略略踌蹰之后，方才坐下来。我起先很以为奇，接着便有些悲伤，而且不快了。细看他相貌，也还是乱蓬蓬的须发；苍白的长方脸，然而衰瘦了。精神很沉静，或者却是颓唐；又浓又黑的眉毛底下的眼睛也失了精采，但当他缓缓的四顾的时候，却对废园忽地闪出我在学校时代常常看见的射人的光来。

"我们，"我高兴的，然而颇不自然的说，"我们这一别，怕有十年了罢。我早知道你在济南，可是实在懒得太难，终于没有写一封信。……"

"彼此都一样。可是现在我在太原了，已经两年多，和我的母亲。我回来接她的时候，知道你早搬走了，搬得很干净。"

"你在太原做什么呢？"我问。

"教书，在一个同乡的家里。"

"这以前呢？"

"这以前么？"他从衣袋里掏出一支烟卷来，点了火衔在嘴里，看着喷出的烟雾，沉思似的说，"无非做了些无聊的事情，等于什么也没有做。"

他也问我别后的景况；我一面告诉他一个大概，一面叫堂倌先取杯筷来，使他先喝着我的酒，然后再去添二斤。其间还点菜，我们先前原是毫不客气的，但此刻却推让起来了，终于说不清那一样是谁点的，就从堂倌的口头报告上指定了四样菜：茴香豆，冻肉，油豆腐，青鱼干。

"我一回来，就想到我可笑。"他一手擎着烟卷，一只手扶着酒杯，似笑非笑的向我说。"我在少年时，看见蜂子或蝇子停在一个地方，给什么来一吓，即刻飞去了，但是飞了一个小圈子，便又回来停在原地点，便以为这实在很可笑，也可怜。可不料现在我自己也飞回来了，不过绕了一点小圈子。又不料你也回来了。你不能飞得更远些么？"

"这难说，大约也不外乎绕点小圈子罢。"我也似笑非笑的说。"但是你为什么飞回来的呢？"

"也还是为了无聊的事。"他一口喝干了一杯酒，吸几口烟，眼睛略为张大了。"无聊的。——但是我们就谈谈罢。"

堂倌搬上新添的酒菜来，排满了一桌，楼上又添了烟气和油豆腐的热气，仿佛热闹起来了；楼外的雪也越加纷纷的下。

"你也许本来知道，"他接着说，"我曾经有一个小兄弟，是三岁上死掉的，就葬在这乡下。我连他的模样都记不清楚了，但听母亲说，是一个很可爱念的孩子，和我也很相投，至今她提起来还似乎要下泪。今年春天，一个堂兄就来了一封信，说他的坟边已经渐渐的浸了水，不久怕要陷入河里去了，须得赶紧去设法。母亲一知道就很着急，几乎几夜睡不着，——她又自己能看信的。然而我能有什么法子呢？

31

没有钱,没有工夫:当时什么法也没有。

"一直挨到现在,趁着年假的闲空,我才得回南给他来迁葬。"他又喝干一杯酒,看着窗外,说,"这在那边那里能如此呢? 积雪里会有花,雪地下会不冻。就在前天,我在城里买了一口小棺材,——因为我豫料那地下的应该早已朽烂了,——带着棉絮和被褥,雇了四个土工,下乡迁葬去。我当时忽而很高兴,愿意掘一回坟,愿意一见我那曾经和我很亲睦的小兄弟的骨殖:这些事我生平都没有经历过。到得坟地,果然,河水只是咬进来,离坟已不到二尺远。可怜的坟,两年没有培土,也平下去了。我站在雪中,决然的指着他对土工说,'掘开来!' 我实在是一个庸人,我这时觉得我的声音有些希奇,这命令也是一个在我一生中最为伟大的命令。但土工们却毫不骇怪,就动手掘下去了。待到掘着圹穴,我便过去看,果然,棺木已快要烂尽了,只剩下一堆木丝和小木片。我的心颤动着,自去拨开这些,很小心的,要看一看我的小兄弟。然而出乎意外! 被褥,衣服,骨骼,什么也没有。我想,这些都消尽了,向来听说最难烂的是头发,也许还有罢。我便伏下去,在该是枕头所在的泥土里仔仔细细的看,也没有。踪影全无!"

我忽而看见他眼圈微红了,但立即知道是有了酒意。他总不很吃菜,单是把酒不停的喝,早喝了一斤多,神情和举动,都活泼起来,渐近于先前所见的吕纬甫了。我叫堂倌再添二斤酒,然后回转身,也拿着酒杯,正对面默默的听着。

"其实,这本已可以不必再迁,只要平了土,卖掉棺材,就此完事了的。我去卖棺材虽然有些离奇,但只要价钱极便宜,原铺子就许要,至少总可以捞回几文酒钱来。但我不这样,我仍然铺好被褥,用棉花裹了些他先前身体所在的地方的泥土,包起来,装在新棺材里,运到我父亲埋着的坟地上,在他坟旁埋掉了。因为外面用砖墩,昨天又忙了我大半天:监工。但这样总算完结了一件事,足够去骗骗我的母亲,使她安心些。——阿阿,你这样的看我,你怪我何以和先前太不相同了么? 是的,我也还记得我们同到城隍①庙里去拔掉神像的胡子的时候,连日议论些改革中国的方法以至于打起来的时候。但我现在就是这样了,敷敷衍衍,模模胡胡。我有时自己也想到,倘若先前的朋友看见我,怕会不认我做朋友了。——然而我现在就是这样。"

他又掏出一支烟卷来,衔在嘴里,点了火。

"看你的神情,你似乎还有些期望我,——我现在自然麻木得多了,但是有些事也还看得出。这使我很感激,然而也使我很不安:怕我终于辜负了至今还对我怀着好意的老朋友。……"他忽而停住了,吸几口烟,才又慢慢的说,"正在今天,刚我到这一石居来之前,也就做了一件无聊事,然而也是我自己愿意做的。我先前的

---

① 城隍:迷信中主管城池的神。

东边的邻居叫长富，是一个船户。他有一个女儿叫阿顺，你那时到我家里来，也许见过的，但你一定没有留心，因为那时她还小。后来她也长得并不好看，不过是平常的瘦瘦的瓜子脸，黄脸皮；独有眼睛非常大，睫毛也很长，眼白又青得如夜的晴天，而且是北方的无风的晴天，这里的就没有那么明净了。她很能干，十多岁没了母亲，招呼两个小弟妹都靠她；又得服侍父亲，事事都周到；也经济，家计倒渐渐的稳当起来了。邻居几乎没有一个不夸奖她，连长富也时常说些感激的话。这一次我动身回来的时候，我的母亲又记得她了，老年人记性真长久。她说她曾经知道顺姑因为看见谁的头上戴着红的剪绒花，自己也想有一朵，弄不到，哭了，哭了小半夜，就挨了她父亲的一顿打，后来眼眶还红肿了两三天。这种剪绒花是外省的东西，S城里尚且买不出，她那里想得到手呢？趁我这一次回南的便，便叫我买两朵去送她。

"我对于这差使倒并不以为烦厌，反而很喜欢；为阿顺，我实在还有些愿意出力的意思的。前年，我回来接我母亲的时候，有一天，长富正在家，不知怎的我和他闲谈起来了。他便要请我吃点心，荞麦粉，并且告诉我所加的是白糖。你想，家里能有白糖的船户，可见决不是一个穷船户了，所以他也吃得很阔绰。我被劝不过，答应了，但要求只要用小碗。他也很识世故，便嘱咐阿顺说，'他们文人，是不会吃东西的。你就用小碗，多加糖！'然而等到调好端来的时候，仍然使我吃一吓，是一大碗，足够我吃一天。但是和长富吃的一碗比起来，我的也确乎算小碗。我生平没有吃过荞麦粉，这回一尝，实在不可口，却是非常甜。我漫然的吃了几口，就想不吃了，然而无意中，忽然间看见阿顺远远的站在屋角里，就使我立刻消失了放下碗筷的勇气。我看她的神情，是害怕而且希望，大约怕自己调得不好，愿我们吃得有味。我知道如果剩下大半碗来，一定要使她很失望，而且很抱歉。我于是同时决心，放开喉咙灌下去了，几乎吃得和长富一样快。我由此才知道硬吃的苦痛，我只记得还做孩子时候的吃尽一碗拌着驱除蛔虫药粉的沙糖才有这样难。然而我毫不抱怨，因为她过来收拾空碗时候的忍着的得意的笑容，已尽够赔偿我的苦痛而有余了。所以我这一夜虽然饱胀得睡不稳，又做了一大串恶梦，也还是祝赞她一生幸福，愿世界为她变好。然而这些意思也不过是我的那些旧日的梦的痕迹，即刻就自笑，接着也就忘却了。

"我先前并不知道她曾经为了一朵剪绒花挨打，但因为母亲一说起，便也记得了荞麦粉的事，意外的勤快起来了。我先在太原城里搜求了一遍，都没有；一直到济南……"

窗外沙沙的一阵声响，许多积雪从被他压弯了的一枝山茶树上滑下去了，树枝笔挺的伸直，更显出乌油油的肥叶和血红的花来。天空的铅色来得更浓；小鸟雀啾唧的叫着，大概黄昏将近，地面又全罩了雪，寻不出什么食粮，都赶早回巢来休息了。

　　"一直到了济南，"他向窗外看了一回，转身喝干一杯酒，又吸几口烟，接着说，"我才买到剪绒花。我也不知道使她挨打的是不是这一种，总之是绒做的罢了。我也不知道她喜欢深色还是浅色，就买了一朵大红的，一朵粉红的，都带到这里来。

　　"就是今天午后，我一吃完饭，便去看长富，我为此特地耽搁了一天。他的家倒还在，只是看去很有些晦气色了，但这恐怕不过是我自己的感觉。他的儿子和第二个女儿——阿昭，都站在门口，大了。阿昭长得全不像她姊姊，简直像一个鬼，但是看见我走向她家，便飞奔的逃进屋里去。我就问那小子，知道长富不在家。'你的大姊呢？'他立刻瞪起眼睛，连声问我寻她什么事，而且恶狠狠的似乎就要扑过来，咬我。我支吾着退走了，我现在是敷敷衍衍……

　　"你不知道，我可是比先前更怕去访人了。因为我已经深知道自己之讨厌，连自己也讨厌，又何必明知故犯的去使人暗暗地不快呢？然而这回的差使是不能不办妥的，所以想了一想，终于回到就在斜对门的柴店里。店主的母亲，老发奶奶，倒也还在，而且也还认识我，居然将我邀进店里坐去了。我们寒暄几句之后，我就说明了回到Ｓ城和寻长富的缘故。不料她叹息说：

　　"'可惜顺姑没有福气戴这剪绒花了。'

　　"她于是详细的告诉我，说是'大约从去年春天以来，她就见得黄瘦，后来忽而常常下泪了，问她缘故又不说；有时还整夜的哭，哭得长富也忍不住生气，骂她年纪大了，发了疯。可是一到秋初，起先不过小伤风，终于躺倒了，从此就起不来。直到咽气的前几天，才肯对长富说，她早就像她母亲一样，不时的吐红和流夜汗。但是瞒着，怕他因此要担心。有一夜，她的伯伯长庚又来硬借钱，——这是常有的事，——她不给，长庚就冷笑着说：你不要骄气，你的男人比我还不如！她从此就发了愁，又怕羞，不好问，只好哭。长富赶紧将她的男人怎样的挣气的话说给她听，那里还来得及？况且她也不信，反而说：好在我已经这样，什么也不要紧了。'她还说，'如果她的男人真比长庚不如，那就真可怕呵！比不上一个偷鸡贼，那是什么东西呢？然而他来送殓的时候，我是亲眼看见他的，衣服很干净，人也体面；还眼泪汪汪的说，自己撑了半世小船，苦熬苦省的积起钱来聘了一个女人，偏偏又死掉了。可见他实在是一个好人，长庚说的全是谎。只可惜顺姑竟会相信那样的贼骨头的谎话，白送了性命。——但这也不能去怪谁，只能怪顺姑自己没有这一份好福气。'那倒也罢，我的事情又完了。但是带在身边的两朵剪绒花怎么办呢？好，我就托她送了阿昭。这阿昭一见我就飞跑，大约将我当作一只狼或是什么，我实在不愿意去送她。——但是我也就送了她，对母亲只要说阿顺见了喜欢的了不得就是。这些无聊的事算什么？只要模模胡胡。模模胡胡的过了新年，仍旧教我的'子曰诗云'去。"

"你教的是'子曰诗云'么？"我觉得奇异，便问。

"自然。你还以为教的是 ABCD 么？我先是两个学生，一个读《诗经》，一个读《孟子》。新近又添了一个，女的，读《女儿经》。连算学也不教，不是我不教，他们不要教。"

"我实在料不到你倒去教这类的书，……"

"他们的老子要他们读这些；我是别人，无乎不可的。这些无聊的事算什么？只要随随便便，……"

他满脸已经通红，似乎很有些醉，但眼光却又消沉下去了。我微微的叹息，一时没有话可说。楼梯上一阵乱响，拥上几个酒客来：当头的是矮子，拥肿的圆脸；第二个是长的，在脸上很惹眼的显出一个红鼻子；此后还有人，一叠连的走得小楼都发抖。我转眼去看吕纬甫，他也正转眼来看我，我就叫堂倌算酒账。

"你借此还可以支持生活么？"我一面准备走，一面问。

"是的。——我每月有二十元，也不大能够敷衍。"

"那么，你以后豫备怎么办呢？"

"以后？——我不知道。你看我们那时豫想的事可有一件如意？我现在什么也不知道，连明天怎样也不知道，连后一分……"

堂倌送上账来，交给我；他也不像初到时候的谦虚了，只向我看了一眼，便吸烟，听凭我付了账。

我们一同走出店门，他所住的旅馆和我的方向正相反，就在门口分别了。我独自向着自己的旅馆走，寒风和雪片扑在脸上，倒觉得很爽快。见天色已是黄昏，和屋宇和街道都织在密雪的纯白而不定的罗网里。

中国短篇小说精选

弟 兄

○鲁 迅

公益局一向无公可办，几个办事员在办公室里照例的谈家务。秦益堂捧着水烟筒咳得喘不过气来，大家也只得住口。

久之，他抬起紫涨着的脸来了，还是气喘吁吁的，说：

"到昨天，他们又打起架来了，从堂屋一直打到门口。我怎么喝也喝不住。"他生着几根花白胡子的嘴唇还抖着。"老三说，老五折在公债票上的钱是不能开公账的,应该自己赔出来……。"

"你看,还是为钱,"张沛君就慷慨地从破的躺椅上站起来,两眼在深眼眶里慈爱地闪烁。"我真不解自家的弟兄何必这样斤斤计较,岂不是横竖都一样?……"

"像你们的弟兄,那里有呢。"益堂说。

"我们就是不计较,彼此都一样。我们就将钱财两字不放在心上。这么一来,什么事也没有了。有谁家闹着要分的,我总是将我们的情形告诉他,劝他们不要计较。益翁也只要对令郎开导开导……。"

"那里……。"益堂摇头说。

"这大概也怕不成。"汪月生说,于是恭敬地看着沛君的眼,"像你们的弟兄,实在是少有的;我没有遇见过。你们简直是谁也没有一点自私自利的心思,这就不容易……。"

"他们一直从堂屋打到大门口……。"益堂说。

"令弟仍然是忙?……"月生问。

"还是一礼拜十八点钟功课,外加九十三本作文,简直忙不过来。这几天可是请假了,身热,大概是受了一点寒……。"

"我看这倒该小心些,"月生郑重地说。"今天的报上就说,现在时症流行……。"

"什么时症呢?"沛君吃惊了,赶忙地问。

"那我可说不清了。记得是什么热罢。"

沛君迈开步就奔向阅报室去。

"真是少有的,"月生目送他飞奔出去之后,向着秦益堂赞叹着。"他们两个人就像一个人。要是所有的弟兄都这样,家里那里还会闹乱子。我就学不来……。"

"说是折在公债票上的钱不能开公账……。"益堂将纸煤子插在纸煤管子里,恨恨地说。

办公室中暂时的寂静,不久就被沛君的步声和叫听差的声音震破了。他仿佛已经有什么大难临头似的,说话有些口吃了,声音也发着抖。他叫听差打电话给普悌思普大夫,请他即刻到同兴公寓张沛君那里去看病。

月生便知道他很着急,因为向来知道他虽然相信西医,而进款不多,平时也节省,现在却请的是这里第一个有名而贵价的医生。于是迎了出去,只见他脸色青青的站在外面听听差打电话。

"怎么了?"

"报上说……说流行的是猩……猩红热。我我午后来局的时,靖甫就是满脸通红……。已经出门了么?请……请他们打电话找,请他即刻来,同兴公寓,同兴公寓……。"

他听听差打完电话，便奔进办公室，取了帽子。汪月生也代为着急，跟了进去。

"局长来时，请给我请假，说家里有病人，看医生……。"

他胡乱点着头，说。

"你去就是。局长也未必来。"月生说。

但是他似乎没有听到，已经奔出去了。

他到路上，已不再较量车价如平时一般，一看见一个稍微壮大，似乎能走的车夫，问过价钱，便一脚跨上车去，道，"好。只要给我快走！"

公寓却如平时一般，很平安，寂静；一个小伙计仍旧坐在门外拉胡琴。他走进他兄弟的卧室，觉得心跳得更利害，因为他脸上似乎见得更通红了，而且发喘。他伸手去一摸他的头，又热得炙手。

"不知道是什么病？不要紧罢？"靖甫问，眼里发出忧疑的光，显系他自己也觉得不寻常了。

"不要紧的，……伤风罢了。"他支梧着回答说。

他平时是专爱破除迷信的，但此时却觉得靖甫的样子和说话都有些不祥，仿佛病人自己就有了什么豫感。这思想更使他不安，立即走出，轻轻地叫了伙计，使他打电话去问医院：可曾找到了普大夫？

"就是啦，就是啦。还没有找到。"伙计在电话口边说。

沛君不但坐不稳，这时连立也不稳了；但他在焦急中，却忽而碰着了一条生路：也许并不是猩红热。然而普大夫没有找到，……同寓的白问山虽然是中医，或者于病名倒还能断定的，但是他曾经对他说过好几回攻击中医的话：况且迫请普大夫的电话，他也许已经听到了……。

然而他终于去请白问山。

白问山却毫不介意，立刻戴起玳瑁边墨晶眼镜，同到靖甫的房里来。他诊过脉，在脸上端详一回，又翻开衣服看了胸部，便从从容容地告辞。沛君跟在后面，一直到他的房里。

他请沛君坐下，却是不开口。

"问山兄，舍弟究竟是……？"他忍不住发问了。

"红斑痧。你看他已经'见点'了。"

"那么，不是猩红热？"沛君有些高兴起来。

"他们西医叫猩红热，我们中医叫红斑痧。"

这立刻使他手脚觉得发冷。

"可以医么？"他愁苦地问。

"可以。不过这也要看你们府上的家运。"

他已经胡涂得连自己也不知道怎样竟请白问山开了药方，从他房里走出；但当经过电话机旁的时候,却又记起普大夫来了。他仍然去问医院,答说已经找到了,可是很忙,怕去得晚,须待明天早晨也说不定的。然而他还叮嘱他要今天一定到。

他走进房去点起灯来看,靖甫的脸更觉得通红了,的确还现出更红的点子,眼睑也浮肿起来。他坐着,却似乎所坐的是针毡;在夜的渐就寂静中,在他的翘望中,每一辆汽车的汽笛的呼啸声更使他听得分明,有时竟无端疑为普大夫的汽车,跳起来去迎接。但是他还未走到门口,那汽车却早经驶过去了;惘然地回身,经过院落时,见皓月已经西升,邻家的一株古槐,便投影地上,森森然更来加浓了他阴郁的心地。

突然一声乌鸦叫。这是他平日常常听到的;那古槐上就有三四个乌鸦窠。但他现在却吓得几乎站住了,心惊肉跳地轻轻地走进靖甫的房里时,见他闭了眼躺着,满脸仿佛都见得浮肿;但没有睡,大概是听到脚步声了,忽然张开眼来,那两道眼光在灯光中异样地凄怆地发闪。

"信么?"靖甫问。

"不,不。是我。"他吃惊,有些失措,吃吃地说,"是我。我想还是去请一个西医来,好得快一点。他还没有来……。"

靖甫不答话,合了眼。他坐在窗前的书桌旁边,一切都静寂,只听得病人的急促的呼吸声,和闹钟的札札地作响。忽而远远地有汽车的汽笛发响了,使他的心立刻紧张起来,听它渐近,渐近,大概正到门口,要停下了罢,可是立刻听出,驶过去了。这样的许多回,他知道了汽笛声的各样:有如吹哨子的,有如击鼓的,有如放屁的,有如狗叫的,有如鸭叫的,有如牛吼的,有如母鸡惊啼的,有如呜咽的……。他忽而怨愤自己:为什么早不留心,知道,那普大夫的汽笛是怎样的声音的呢?

对面的寓客还没有回来,照例是看戏,或是打茶围①去了。但夜却已经很深了,连汽车也逐渐地减少。强烈的银白色的月光,照得纸窗发白。

他在等待的厌倦里,身心的紧张慢慢地弛缓下来了,至于不再去留心那些汽笛。但凌乱的思绪,却又乘机而起;他仿佛知道靖甫生的一定是猩红热,而且是不可救的。那么,家计怎么支持呢,靠自己一个?虽然住在小城里,可是百物也昂贵起来了……。自己的三个孩子,他的两个,养活尚且难,还能进学校去读书么?只给一两个读书呢,那自然是自己的康儿最聪明,——然而大家一定要批评,说是薄待了兄弟的孩子……。

后事怎么办呢,连买棺木的款子也不够,怎么能够运回家,只好暂时寄顿在义庄里……。

忽然远远地有一阵脚步声进来,立刻使他跳起来了,走出房去,却知道是对面

---

① 打茶围:旧时对去妓院喝茶、胡调一类行为的俗称。

的寓客。

"先帝爷,在白帝城……。"他一听到这低微高兴的吟声,便失望,愤怒,几乎要奔上去叱骂他。但他接着又看见伙计提着风雨灯,灯光中照出后面跟着的皮鞋,上面的微明里是一个高大的人,白脸孔,黑的络腮胡子。这正是普悌思。

他像是得了宝贝一般,飞跑上去,将他领入病人的房中。

两人都站在床面前,他擎了洋灯,照着。

"先生,他发烧……。"沛君喘着说。

"什么时候,起的?"普悌思两手插在裤侧的袋子里,凝视着病人的脸,慢慢地问。

"前天。不,大……大大前天。"

普大夫不作声,略略按一按脉,又叫沛君擎高了洋灯,照着他在病人的脸上端详一回;又叫揭去被卧,解开衣服来给他看。看过之后,就伸出手指在肚子上去一摩。

"Measles……"普悌思低声自言自语似的说。

"疹子么?"他惊喜得声音也似乎发抖了。

"疹子。"

"就是疹子? ……"

"疹子。"

"你原来没有出过疹子? ……"

他高兴地刚在问靖甫时,普大夫已经走向书桌那边去了,于是也只得跟过去。只见他将一只脚踏在椅子上,拉过桌上的一张信笺,从衣袋里掏出一段很短的铅笔,就桌上飕飕地写了几个难以看清的字,这就是药方。

"怕药房已经关了罢?"沛君接了方,问。

"明天不要紧。明天吃。"

"明天再看? ……"

"不要再看了。酸的,辣的,太咸的,不要吃。热退了之后,拿小便,送到我的,医院里来,查一查,就是了。装在,干净的,玻璃瓶里;外面,写上名字。"

普大夫且说且走,一面接了一张五元的钞票塞入衣袋里,一径出去了。他送出去,看他上了车,开动了,然后转身,刚进店门,只听得背后 go go 的两声,他才知道普悌思的汽车的叫声原来是牛吼似的。但现在是知道也没有什么用了,他想。

房子里连灯光也显得愉悦;沛君仿佛万事都已做讫,周围都很平安,心里倒是空空洞洞的模样。他将钱和药方交给跟着进来的伙计,叫他明天一早到美亚药房去买药,因为这药房是普大夫指定的,说惟独这一家的药品最可靠。

"东城的美亚药房! 一定得到那里去。记住:美亚药房!"

他跟在出去的伙计后面,说。

院子里满是月色,白得如银;"在白帝城"的邻人已经睡觉了,一切都很幽静。只有桌上的闹钟愉快而平匀地札札地作响;虽然听到病人的呼吸,却是很调和。他坐下不多久,忽又高兴起来。

"你原来这么大了,竟还没有出过疹子?"他遇到了什么奇迹似的,惊奇地问。

"⋯⋯⋯⋯"

"你自己是不会记得的。须得问母亲才知道。"

"⋯⋯⋯⋯"

"母亲又不在这里。竟没有出过疹子。哈哈哈!"

沛君在床上醒来时,朝阳已从纸窗上射入,刺着他朦胧的眼睛。但他却不能即刻动弹,只觉得四肢无力,而且背上冷冰冰的还有许多汗,而且看见床前站着一个满脸流血的孩子,自己正要去打她。

但这景象一刹那间便消失了,他还是独自睡在自己的房里,没有一个别的人。他解下枕衣来拭去胸前和背上的冷汗,穿好衣服,走向靖甫的房里去时,只见"在白帝城"的邻人正在院子里漱口,可见时候已经很不早了。

靖甫也醒着了,眼睁睁地躺在床上。

"今天怎样?"他立刻问。

"好些⋯⋯。"

"药还没有来么?"

"没有。"

他便在书桌旁坐下,正对着眠床;看靖甫的脸,已没有昨天那样通红了。但自己的头却还觉得昏昏的,梦的断片,也同时闪闪烁烁地浮出:

——靖甫也正是这样地躺着,但却是一个死尸。他忙着收殓,独自背了一口棺材,从大门外一径背到堂屋里去。地方仿佛是在家里,看见许多熟识的人们在旁边交口赞颂⋯⋯。

——他命令康儿和两个弟妹进学校去了;却还有两个孩子哭嚷着要跟去。他已经被哭嚷的声音缠得发烦,但同时也觉得自己有了最高的威权和极大的力。他看见自己的手掌比平常大了三四倍,铁铸似的,向荷生的脸上一掌批过去⋯⋯。

他因为这些梦迹的袭击,怕得想站起来,走出房外去,但终于没有动。也想将这些梦迹压下,忘却,但这些却像搅在水里的鹅毛一般,转了几个围,终于非浮上来不可:

——荷生满脸是血,哭着进来了。他跳在神堂上⋯⋯。

那孩子后面还跟着一群相识和不相识的人。他知道他们是都来攻击他的⋯⋯。

——"我决不至于昧了良心。你们不要受孩子的诳话的骗……。"他听得自己这样说。

——荷生就在他身边,他又举起了手掌……。

他忽而清醒了,觉得很疲劳,背上似乎还有些冷。靖甫静静地躺在对面,呼吸虽然急促,却是很调匀。桌上的闹钟似乎更用了大声札札地作响。

他旋转身子去,对了书桌,只见蒙着一层尘,再转脸去看纸窗,挂着的日历上,写着两个漆黑的隶书:廿七。

伙计送药进来了,还拿着一包书。

"什么?"靖甫睁开了眼睛,问。

"药。"他也从惝恍中觉醒,回答说。

"不,那一包。"

"先不管它。吃药罢。"他给靖甫服了药,这才拿起那包书来看,道,"索士寄来的。一定是你向他去借的那一本:《Sesame and Lilies》。"

靖甫伸手要过书去,但只将书面一看,书脊上的金字一摩,便放在枕边,默默地合上眼睛了。过了一会,高兴地低声说:

"等我好起来,译一点寄到文化书馆去卖几个钱,不知道他们可要……。"

这一天,沛君到公益局比平日迟得多,将要下午了;办公室里已经充满了秦益堂的水烟的烟雾。汪月生远远地望见,便迎出来。

"嚄! 来了。令弟全愈了罢? 我想,这是不要紧的;时症年年有,没有什么要紧。我和益翁正惦记着呢;都说:怎么还不见来? 现在来了,好了! 但是,你看,你脸上的气色,多少……。是的,和昨天多少两样。"沛君也仿佛觉得这办公室和同事都和昨天有些两样,生疏了。虽然一切也还是他曾经看惯的东西:断了的衣钩,缺口的唾壶,杂乱而尘封的案卷,折足的破躺椅,坐在躺椅上捧着水烟筒咳嗽而且摇头叹气的秦益堂……。

"他们也还是一直从堂屋打到大门口……。"

"所以呀,"月生一面回答他,"我说你该将沛兄的事讲给他们,教他们学学他。要不然,真要把你老头儿气死了……。"

"老三说,老五折在公债票上的钱是不能算公用的,应该……应该……。"益堂咳得弯下腰去了。

"真是'人心不同'……。"月生说着,便转脸向了沛君,"那么,令弟没有什么?"

"没有什么。医生说是疹子。"

"疹子? 是呵,现在外面孩子们正闹着疹子。我的同院住着的三个孩子也都出了疹子了。那是毫不要紧的。但你看,你昨天竟急得那么样,叫旁人看了也不能不感动,这真所谓'兄弟怡怡'。"

"昨天局长到局了没有？"

"还是'杳如黄鹤'。你去簿子上补画上一个'到'就是了。"

"说是应该自己赔。"益堂自言自语地说。"这公债票也真害人，我是一点也莫名其妙。你一沾手就上当。到昨天，到晚上，也还是从堂屋一直打到大门口。老三多两个孩子上学，老五也说他多用了公众的钱，气不过……。"

"这真是愈加闹不清了！"月生失望似的说。"所以看见你们弟兄，沛君，我真是'五体投地'。是的，我敢说，这决不是当面恭维的话。"

沛君不开口，望见听差的送进一件公文来，便迎上去接在手里。月生也跟过去，就在他手里看着，念道：

"'公民郝上善等呈：东郊倒毙无名男尸，一具请饬分局速行拨棺抬埋以资卫生而重公益由'。我来办。你还是早点回去罢，你一定惦记着令弟的病。你们真是'鹡鸰在原'……。"

"不！"他不放手，"我来办。"

月生也就不再去抢着办了。沛君便十分安心似的沉静地走到自己的桌前，看着呈文，一面伸手去揭开了绿锈斑斓的墨盒盖。

人非人

○许地山

离电话机不远的廊子底下坐着几个听差，有说有笑，但不晓得到底是谈些什么。忽然电话机响起来了，其中一个急忙走过去摘下耳机，问："喂，这是社会局，您找谁？"

"唔，您是陈先生，局长还没来。"

"科长？也没来，还早呢。"

"……"

"请胡先生说话。是咯，请您候一候。"

听差放下耳机迳自走进去，开了第二科的门，说："胡先生，电话，请到外头听去吧，屋里的话机坏了。"

屋里有三个科员，除了看报抽烟以外，个个都象没事情可办。靠近窗边坐着的那位胡先生出去以后，剩下的两位起首谈论起来。

"子清,你猜是谁来的电话?"

"没错,一定是那位。"他说时努嘴向着靠近窗边的另一个座位。

"我想也是她。只是可为这傻瓜才会被她利用,大概今天又要告假,请可为替她办桌上放着的那几宗案卷。"

"哼,可为这大头!"子清说着摇摇头,还看他的报。一会他忽跳起来说:"老严,你瞧,定是为这事。"一面拿着报纸到前头的桌上,铺着大家看。

可为推门进来,两人都昂头瞧着他。严庄问:"是不是陈情又要搵你大头?"

可为一对忠诚的眼望着他,微微地笑,说:"这算什么大头小头! 大家同事,彼此帮忙……"

严庄没等他说完,截着说:"同事! 你别侮辱了这两个字罢。她是缘着什么关系进来的? 你晓得么?"

"老严,您老信一些闲话,别胡批评人。"

"我倒不胡批评人,你才是糊涂人哪,你想陈情真是属意于你?"

"我倒不敢想,不过是同事,……"

"又是'同事','同事',你说局长的候选姨太好不好?"

"老严,您这态度,我可不敢佩服,怎么信口便说些伤人格的话?"

"我说的是真话,社会局同人早就该鸣鼓而攻之,还留她在同人当中出丑。"

子清也象帮着严庄,说,"老胡是着了迷,真是要变成老糊涂了。老严说的对不对,有报为证。"说着又递方才看的那张报纸给可为,指着其中一段说:"你看!"

可为不再作声,拿着报纸坐下了。

看过一遍,便把报纸扔在一边,摇摇头说:"谣言,我不信。大概又是记者访员们的影射行为。"

"嗤!"严庄和子清都笑出来了。

"好个忠实信徒!"严庄说。

可为皱一皱眉头,望着他们两个,待要用话来反驳,忽又低下头,撇一下嘴,声音又吞回去了。他把案卷解开,拿起笔来批改。

十二点到了,严庄和子清都下了班,严庄临出门,对可为说:"有一个叶老太太请求送到老人院去,下午就请您去调查一下罢,事由和请求书都在这里。"他把文件放在可为桌上便出去了,可为到陈情的位上检检那些该发出的公文。他想反正下午她便销假了,只检些待发出去的文书替她签押,其余留着给她自己办。

他把公事办完,顺将身子望后一靠,双手交抱在胸前,眼望着从窗户射来的阳光,凝视着微尘纷乱地盲动。

他开始了他的玄想。

陈情这女子到底是个什么人呢? 他心里没有一刻不悬念着这问题。他认得她

中国短篇小说精选

的时间虽不很长,心里不一定是爱她,只觉得她很可以交往,性格也很奇怪,但至终不晓得她一离开公事房以后干的什么营生。有一晚上偶然看见一个艳妆女子,看来很象她,从他面前掠过,同一个男子进万国酒店去。他好奇地问酒店前的车夫,车夫告诉他那便是有名的"陈皮梅"。但她在公事房里不但粉没有擦,连雪花膏①一类保护皮肤的香料都不用。穿的也不好,时兴的阴丹士林外国布也不用,只用本地织的粗棉布。那天晚上看见的只短了一副眼镜,她日常戴着带深紫色的克罗克斯,局长也常对别的女职员赞美她。但他信得过他们没有什么关系,象严庄所胡猜的。她那里会做象给人做姨太太那样下流的事?不过,看早晨的报,说她前天晚上在板桥街的秘密窟被警察拿去,她立刻请某局长去把她领出来。这样她或者也是一个不正当的女人。每常到肉市她家里,总见不着她。她到那里去了呢?她家里没有什么人,只有一个老妈子,按理每月几十块薪水准可以够她用了。她何必出来干那非人的事?想来想去,想不出一个恰当的理由。

钟已敲一下了,他还叉着手坐在陈情的位上,双眼凝视着,心里想或者是这个原因罢,或者是那个原因罢?

他想她也是一个北伐进行中的革命女同志,虽然没有何等的资格和学识,却也当过好几个月战地委员会的什么秘书长一类的职务,现在这个职位,看来倒有些屈了她,月薪三十元,真不如其他办革命的同志们。她有一位同志,在共同秘密工作的时候,刚在大学一年级,幸而被捕下狱。坐了三年监,出来,北伐已经成功了。她便仗着三年间的铁牢生活,请党部移文给大学,说她有功党国,准予毕业。果然,不用上课,也不用考试,一张毕业文凭便到了手,另外还安置她一个肥缺。陈情呢?白做走狗了!几年来,出生入死,据她说,她亲自收掩过几次被枪决的同志。现在还有几个同志家属,是要仰给给她的。若然,三十元真是不够。然而,她为什么下去找别的事情做呢?也许严庄说的对。他说陈在外间,声名狼藉,若不是局长维持她,她给局长一点便宜,恐怕连这小小差事也要掉了。

这样没系统和没伦理的推想,足把可为的光阴消磨了一点多钟。他饿了,下午又有一件事情要出去调查,不由得伸伸懒腰,抽出一个抽屉,要拿浆糊把批条糊在卷上。无意中看见抽屉里放着一个巴黎拉色克香粉小红盒。那种香气,直如那晚上在万国酒店门前闻见的一样。她用这东西么?他自己问。把小盒子拿起来,打开,原来已经用完了。盒底有一行用铅笔写的小字,字迹已经模糊了,但从铅笔的浅痕,还可以约略看出是"北下洼八号"。唔,这是她常去的一个地方罢?每常到她家去找她,总找不着,有时下班以后自请送她回家时,她总有话推辞。有时晚间想去找她出来走走,十次总有九次没人应门,间或一次有一个老太太出来说,"陈小

---

① 雪花膏:一种非油腻性的护肤化妆品。涂在皮肤上立即消失,类似雪花,故名雪花膏。

姐出门啦。"也许她是一只夜蛾，要到北下洼八号才可以找到她。也许那是她的朋友家，是她常到的一个地方。不，若是常到的地方，又何必写下来呢？想来想去总想不透，他只得皱皱眉头，叹了一口气，把东西放回原地，关好抽屉，回到自己座位。他看看时间快到一点半，想着不如把下午的公事交代清楚，吃过午饭不用回来，一直便去访问那个叶姓老婆子。一切都弄停妥以后，他戴着帽子，迳自出了房门。

一路上他想着那一晚上在万国酒店看见的那个，若是陈修饰起来，可不就是那样。他闻闻方才拿过粉盒的指头，一面走，一面玄想。

在饭馆随便吃了些东西，老胡便依着地址去找那叶老太太。原来叶老太太住在宝积寺后的破屋里，外墙是前几个月下大雨塌掉的，破门里放着一个小炉子，大概那便是她的移动厨房了。老太太在屋里听见有人，便出来迎客，可为进屋里只站着，因为除了一张破炕以外，椅桌都没有。老太太直让他坐在炕上，他又怕臭虫，不敢迳自坐下，老太太也只得陪着站在一边。她知道一定是社会局长派来的人，开口便问："先生，我求社会局把我送到老人院的事，到底成不成呢？"那种轻浮的气度，谁都能够理会她是一个不问是非，想什么便说什么的女人。

"成倒是成，不过得看看你的光景怎样。你有没有亲人在这里呢？"可为问。

"没有。"

"那么，你从前靠谁养活呢？"

"不用提啦。"老太太摇摇头，等耳上那对古式耳环略为摆定了，才继续说："我原先是一个儿子养我，那想前几年他忽然入了什么要命党，——或是敢死党，我记不清楚了，——可真要了他的命。他被人逮了以后，我带些吃的穿的去探了好几次，总没得见面。到巡警局，说是在侦缉队；到侦缉队，又说在司令部；到司令部，又说在军法处。等我到军法处，一个大兵指着门前的大牌楼，说在那里。我一看可吓坏了！他的脑袋就挂在那里！我昏过去大半天，后来觉得有人把我扶起来，大概也灌了我一些姜汤，好容易把我救活了，我睁眼一瞧已是躺在屋里的炕上，在我身边的是一个我没见过的姑娘。问起来，才知道是我儿子的朋友陈姑娘。那陈姑娘答允每月暂且供给我十块钱，说以后成了事，官家一定有年俸给我养老。她说入要命党也是做官，被人砍头或枪毙也算功劳。我儿子的名字，一定会记在功劳簿上的。唉，现在的世界到底是怎么一回事，我也糊涂了。陈姑娘养活了我，又把我的侄孙，他也是没爹娘的，带到她家，给他进学堂，现在还是她养着。"

老太太正要说下去，可为忽截着问："你说这位陈姑娘，叫什么名字？"

"名字？"她想了很久，才说："我可说不清，我只叫她陈姑娘，我侄孙也叫她陈姑娘。她就住在肉市大街，谁都认识她。"

"是不是带着一副紫色眼镜的那位陈姑娘？"

老太太听了他的问，象很兴奋地带着笑容望着他连连点头说："不错，不错，她带的是紫色眼镜。原来先生也认识她，陈姑娘。"她又低下头去，接着说补充的话："不过，她晚上常不带镜子。她说她眼睛并没毛病，只怕白天太亮了，戴着挡挡太阳，一到晚上，她便除下了。我见她的时候，还是不带镜子的多。"

"她是不是就在社会局做事？"

"社会局？我不知道。她好象也入了什么会似地。她告诉我从会里得的钱除分给我以外，还有两三个人也是用她的钱。大概她一个月的入款最少总有二百多，不然，不能供给那么些人。"

"她还做别的事吗？"

"说不清。我也没问过她，不过她一个礼拜总要到我这里来三两次，来的时候多半在夜里，我看她穿得顶讲究的。坐不一会，每有人来找她出去。她每告诉我，她夜里有时比日里还要忙。她说，出去做事，得应酬，没法子，我想她做的事情一定很多。"

可为越听越起劲，象那老婆子的话句句都与他有关系似地，他不由得问："那么，她到底住在什么地方呢？"

"我也不大清楚，有一次她没来，人来我这里找她。那人说，若是她来，就说北下洼八号有人找，她就知道了。"

"北下洼八号，这是什么地方？"

"我不知道。"老太太看他问得很急，很诧异地望着他。

可为楞了大半天，再也想不出什么话问下去。

老太太也莫明其妙，不觉问此一声："怎么，先生只打听陈姑娘？难道她闹出事来了么？"

"不，不，我打听她，就是因为你的事，你不说从前都是她供给你么？现在怎么又不供给了呢？"

"嘻！"老太太摇着头，揸着拳头向下一顿，接着说："她前几天来，偶然谈起我儿子。她说我儿子的功劳，都教人给上在别人的功劳簿上了。她自己的事情也是飘飘摇摇，说不定那一天就要下来。她教我到老人院去挂个号，万一她的事情不妥，我也有个退步，我到老人院去，院长说现在人满了，可是还有几个社会局的额，教我立刻找人写禀递到局里去。我本想等陈姑娘来，请她替我办，因为那晚上我们有点拌嘴，把她气走了。她这几天都没来，教我很着急，昨天早晨，我就在局前的写字摊花了两毛钱，请那先生给写了一张请求书递进去。"

"看来，你说的那位陈姑娘我也许认识，她也许就在我们局里做事。"

"是么？我一点也不知道。她怎么今日不同您来呢？"

"她有三天不上衙门了。她说今儿下午去，我没等她便出来啦。若是她知道，也省得我来。"

老太太不等更真切的证明，已认定那陈姑娘就是在社会局的那一位。她用很诚恳的眼光射在可为脸上问："我说，陈姑娘的事情是不稳么？"

"没听说，怕不至于罢。"

"她一个月支多少薪水？"

可为不愿意把实情告诉她，只说："我也弄不清，大概不少罢。"

老太太忽然沉下脸去发出失望带着埋怨的声音说："这姑娘也许嫌我累了她，不愿意再供给我了，好好的事情在做着，平白地瞒我干什么！"

"也许她别的用费大了，支不开。"

"支不开？从前她有丈夫的时候也天天嚷穷。可是没有一天不见她穿缎戴翠，穷就穷到连一个月给我几块钱用也没有，我不信，也许这几年所给我的，都是我儿子的功劳钱，瞒着我，说是她拿出来的。不然，我同她既不是亲，也不是戚，她凭什么养我一家？"

可为见老太太说上火了，忙着安慰她说："我想陈姑娘不是这样人。现在在衙门里做事，就是做一天算一天，谁也保不定能做多久，你还是不要多心罢。"

老太太走前两步，低声地说："我何尝多心？她若是一个正经女人，她男人何致不要她。听说她男人现时在南京或是上海当委员，不要她啦。他逃后，她的肚子渐渐大起来，花了好些钱到日本医院去，才取下来。后来我才听见人家说，他们并没穿过礼服，连酒都没请人喝过，怨不得拆得那么容易。"

可为看老太太一双小脚站得进一步退半步的，忽觉他也站了大半天，脚步未免也移动一下。老太太说："先生，您若不嫌脏就请坐坐，我去沏一点水您喝，再把那陈姑娘的事细细地说给您听。"可为对于陈的事情本来知道一二，又见老太太对于她的事业的不明瞭和怀疑，料想说不出什么好话。即如到医院堕胎，陈自己对他说是因为身体软弱，医生说非取出不可。关于她男人遗弃她的事，全局的人都知道，除他以外多数是不同情于她的。他不愿意再听她说下去，一心要去访北下洼八号，看到底是个什么人家。于是对老太太说："不用张罗了，您的事情，我明天问问陈姑娘，一定可以给你办妥。我还有事，要到别处去，你请歇着罢。"一面说，一面踏出院子。

老太太在后面跟着，叮咛可为切莫向陈姑娘打听，恐怕她说坏话。可为说："断不会，陈姑娘既然教你到老人院，她总有苦衷，会说给我知道，你放心罢。"出了门，可为又把方才拿粉盒的手指举到鼻端，且走且闻，两眼象看见陈情就在他前头走，仿佛是领他到北下洼去。

北下洼本不是热闹街市，站岗的巡警很优游地在街心踱来踱去。可为一进街口，不费力便看见八号的门牌，他站在门口，心里想："找谁呢？"他想去问岗警，又怕万一问出了差，可了不得。他正在踌躇，当头来了一个人，手里一碗酱，一把葱，指头还吊着几两肉,到八号的门口,大嚷:"开门。"他便向着那人抢前一步,话也在急忙中想出来。

"那位常到这里的陈姑娘来了么?"

那人把他上下估量了一会,便问"那一位陈姑娘? 您来这里找过她么?"

"我……"他待要说没有时,恐怕那人也要说没有一位陈姑娘。许久才接着说:我跟人家来过,我们来找过那位陈姑娘,她一头的刘海发不象别人烫得象石狮子一样,说话象南方人。

那人连声说:"唔,唔,她不一定来这里。要来,也得七八点以后。您贵姓? 有什么话请您留下,她来了我可以告诉她。"

"我姓胡,只想找她谈谈,她今晚上来不来?"

"没准,胡先生今晚若是来,我替您找去。"

"你到那里找她去呢?"

"哼,哼!!"那人笑着,说:"到她家里,她家就离这里不远。"

"她不是住在肉市吗?"

"肉市? 不,她不住在肉市。"

"那么她住在什么地方?"

"她们这路人没有一定的住所。"

"你们不是常到宝积寺去找她么?"

"看来您都知道,是她告诉您她住在那里么?"

可为不由得又要扯谎,说:"是的,她告诉过我。不过方才我到宝积寺,那老太太说到这里来找。"

"现在还没黑",那人说时仰头看看天,又对着可为说:"请您上市场去绕个弯再回来,我替您叫她去。不然请进来歇一歇,我叫点东西您用,等我吃过饭,马上去找她。"

"不用,不用,我回头来罢。"可为果然走出胡同口,雇了一辆车上公园去,找一个僻静的茶店坐下。

茶已沏过好几次,点心也吃过,好容易等到天黑了。十一月的黝云埋没了无数的明星,悬在园里的灯也被风吹得摇动不停,游人早已绝迹了,可为直坐到听见街上的更夫敲着二更,然后踱出园门,直奔北下洼而去。

门口仍是静悄悄的,路上的人除了巡警,一个也没有。他急进前去拍门,里面大声问:"谁?"

"我姓胡。"

门开了一条小缝,一个人露出半脸,问:"您找谁?"

"我找陈姑娘",可为低声说。

"来过么?"那人问。

可为在微光里虽然看不出那人的面目,从声音听来,知道他并不是下午在门口同他回答的那一个。他一手急推着门,脚先已踏进去,随着说:"我约过来的。"

那人让他进了门口,再端详了一会,没领他望那里走,可为也不敢走了。他看见院子里的屋子都象有人在里面谈话,不晓得进那间合适,那人见他不象是来过的。便对他说:"先生,您跟我走。"

这是无上的命令,教可为没法子不跟随他,那人领他到后院去穿过两重天井,过一个穿堂,才到一个小屋子,可为进去四围一望,在灯光下只见铁床一张,小梳妆桌一台放在窗下,桌边放着两张方木椅。房当中安着一个发不出多大暖气的火炉,门边还放着一个脸盆架,墙上只有两三只冻死了的蝈蝈,还囚在笼里象妆饰品一般。

"先生请坐,人一会就来。"那人说完便把门反掩着,可为这时心里不觉害怕起来。他一向没到过这样的地方,如今只为要知道陈姑娘的秘密生活,冒险而来,一会她来了,见面时要说呢,若是把她羞得无地可容,那便造孽了。一会,他又望望那扇关着的门,自己又安慰自己说:"不妨,如果她来,最多是向她求婚罢了。……她若问我怎样知道时,我必不能说看见她的旧粉盒子。不过,既是求爱,当然得说真话,我必得告诉她我的不该,先求她饶恕……。"

门开了,喜惧交迫的可为,急急把视线连在门上,但进来的还是方才那人。他走到可为跟前,说:"先生,这里的规矩是先赏钱。"

"你要多少?"

"十块,不多罢。"

可为随即从皮包里取出十元票子递给他。

那人接过去。又说:"还请您打赏我们几块。"

可为有点为难了,他不愿意多纳,只从袋里掏出一块,说:"算了罢。"

"先生,损一点,我们还没把茶钱和洗褥子的钱算上哪,多花您几块罢。"

可为说:"人还没来,我知道你把钱拿走,去叫不去叫?"

"您这一点钱,还想叫什么人? 我不要啦,您带着。"说着真个把钱都交回可为,可为果然接过来,一把就往口袋里塞。那人见是如此,又抢进前搌住他的手,说:"先生,您这算什么?"

"我要走,你不是不替我把陈姑娘找来吗?"

"你瞧,你们有钱的人拿我们穷人开玩笑来啦? 我们这里有白进来,没有白出去的。你要走也得,把钱留下。"

"什么,你这不是抢人么?"

"抢人? 你平白进良民家里,非奸即盗,你打什么主意?"那人翻出一副凶怪的脸，两手把可为拿定，又嚷一声，推门进来两个大汉，把可为团团围住，问他："你想怎样？"可为忽然看见那么些人进来，心里早已着了慌，简直闹得话也说不出来。一会他才鼓着气说："你们真是要抢人么？"

那三人动手掏他的皮包了，他推开了他们，直奔到门边，要开门，不料那门是望里开的，门里的钮也没有了。手滑，拧不动，三个人已追上来，他们把他拖回去，说："你跑不了，给钱罢，舒服要钱买，不舒服也得用钱买。你来找我们开心，不给钱，成么？"

可为果真有气了，他端起门边的脸盆向他们扔过去，脸盆掉在地上，砰嘣一声，又进来两个好汉，现在屋里是五个打一个。

"反啦？"刚进来的那两个同声问。

可为气得鼻息也粗了。

"动手罢。"说时迟，那时快，五个人把可为的长褂子剥下来，取下他一个大银表，一枝墨水笔，一个银包，还送他两拳，加两个耳光。

他们抢完东西，把可为推出房门，用手巾包着他的眼和塞着他的口，两个搀着他的手，从一扇小门把他推出去。

可为心里想："糟了！他们一定下毒手要把我害死了！"手虽然放了，却不晓得抵抗，停一回，见没有什么动静，才把嘴里手巾拿出来，把绑眼的手巾打开，四围一望原来是一片大空地，不但巡警找不着，连灯也没有。他心里懊悔极了，到这时才疑信参半，自己又问："到底她是那天酒店前的车夫所说的陈皮梅不是？"慢慢地踱了许久才到大街，要报警自己又害羞，只得急急雇了一辆车回公寓。

他在车上，又把午间拿粉盒的手指举到鼻端间，忽而觉得两颊和身上的余痛还在，不免又去摩挲摩挲。在道上，一连打了几个喷嚏，才记得他的大衣也没有了。回到公寓，立即把衣服穿上，精神兴奋异常，自在厅上踱来踱去，直到极疲乏的程度才躺在床上。合眼不到两个时辰，睁开眼时，已是早晨九点，他忙爬起来坐在床上，觉得鼻子有点不透气，于是急急下床教伙计提热水来。过一会，又匆匆地穿上厚衣服，上街门去，

他到办公室，严庄和子清早已各在座上。

"可为，怎么今天晚到啦？"子清问。

"伤风啦，本想不来的。"

"可为，新闻又出来了！"严庄递给可为一封信，这样说。"这是陈情辞职的信，方才一个孩子交进来的。"

"什么？她辞职！"可为诧异了。

"大概是昨天下午同局长闹翻了。"子清用报告的口吻接着说，"昨天我上局长办公室去回话，她已先在里头，我坐在室外候着她出来。局长照例是在公事以外要

对她说些'私事',我说的'私事'你明白。"他笑向着可为,"但是这次不晓得为什么闹翻了。我只听见她带着气说:'局长,请不要动手动脚,在别的夜间你可以当我是非人,但在日间我是个人,我要在社会做事,请您用人的态度来对待我。'我正注神听着,她已大踏步走近门前,接着说:'撤我的差罢,我的名誉与生活再也用不着您来维持了。'我停了大半天,至终不敢进去回话,也回到这屋里。我进来,她已走了。老严,你看见她走时的神气么?"

"我没留神,昨天她进来,象没坐下,把东西检一检便走了,那时还不到三点。"严庄这样回答。

"那么,她真是走了。你们说她是局长的候补姨太,也许永不能证实了。"可为一面接过信来打开看,信中无非说些官话。他看完又摺起来,纳在信封里,按铃叫人送到局长室。他心里想陈情总会有信给他,便注目在他的桌上,明漆的桌面只有昨夜的宿尘,连纸条都没有。他坐在自己的位上,回想昨夜的事情,同事们以为他在为陈情辞职出神,调笑着说:"可为,别再想了,找苦恼受干什么?方才那送信的孩子说,她已于昨天下午五点钟搭火车走了,你还想什么?"

说者无心,听者有意,可为只回答:"我不想什么,只估量她到底是人还是非人。"说着,自己摸自己的嘴巴,这又引他想起在屋里那五个人待遇他的手段。他以为自己很笨,为什么当时不说是社会局人员,至少也可以免打。不,假若我说是社会局的人,他们也许会把我打死咧。……无论如何,那班人都可恶,得通知公安局去逮捕,房子得封,家具得充公。他想有理,立即打开墨盒,铺上纸,预备起信稿,写到"北下洼八号",忽而记起陈情那个空粉盒。急急过去,抽开展子,见原物仍在,他取出来,正要望袋里藏,可巧被子清看见。

"可为,到她展里拿什么?"

"没什么!昨天我在她座位上办公,忘掉把我一盒日快丸拿去,现在才记起。"他一面把手插在袋里,低着头,回来本位,取出小手巾来擤鼻子。

醍醐天女

○许地山

相传乐斯迷是从醍醐海升起来的。她是爱神的母亲,是保护世间的大神卫世奴的妻子。印度人一谈到她,便发出非常的钦赞。她的化身依婆罗门人的想象,是不可用算数语言表出的。人想她的存在是遍一切处,遍一切时;然而我生在世间的年纪也不算少了,怎样老见不着她的影儿？我在印度洋上曾将这个疑问向一两个印度朋友说过。他们都笑我没有智慧,在这有情世间活着,还不能辨出人和神的性格来。准陀罗是和我同舟的人,当时他也没有对我说什么,只管凝神向着天际那现吉祥相的海云。

那晚上,他教我和他到舵上的轮机旁边。我们的眼睛都望下看着推进机激成的白浪。准陀罗说："那么大的洋海,只有这几尺地方,象醍醐海的颜色。"这话又触动我对于乐斯迷的疑问。他本是很喜欢讲故事的,所以我就央求他说一点乐斯迷的故事给我听。

他对着苍忙的洋海,很高兴地发言。"这是我自己的母亲！"在很庄严的言语中,又显出他有资格做个女神的儿子。我倒诧异起来了。他说："你很以为稀奇么？我给你解释罢。"

我静坐着,听这位自以为乐斯迷儿子的朋友说他父母的故事：

我的家在旁遮普和迦湿弥罗交界地方。那里有很畅茂的森林。我母亲自十三岁就嫁了。那时我父亲不过是十四岁。她每天要同我父亲跑入森林里去,因为她喜欢那些参天的树木,和不羁的野鸟和昆虫的歌舞。他们实在是那森林的心。他们常进去玩,所以树林里的禽兽都和他们很熟悉,鹦鹉衔着果子要吃,一见他们来,立刻放下,发出和悦的声问他们好。孔雀也是如此,常在林中展开他们的尾扇,欢迎他们。小鹿和大象有时嚼着食品走近跟前让他们抚摩。

树林里的路,多半是我父母开的。他们喜欢做开辟道路的人。每逢一条旧路走熟了,他们就想把路边的藤萝荆棘扫除掉,另开一条新路进去。在没有路或不是路的树林里走着,本是非常危险的。他们冒得险多,危险真个教他们遇着了。

我父亲拿着木棍,一面拨,一面往前走;母亲也在后头跟着。他们从一棵满了气根的榕树底下穿过去。乱草中流出一条小溪,水浅而清,可是很急。父亲喊着"看看"！他扶着木棍对母亲说："真想不到这里头有那么清的流水。我们坐一会玩玩。"

于是他们二人摘了两扇棕榈叶,铺在水边,坐下,四只脚插入水中,任那活流洗濯。

父亲是一时也静不得的。他在不言中,涉过小溪,试要探那边的新地。母亲是女人,比较起来,总软弱一点。有时父亲往前走了很远,她还在歇着,喘不过气来。所以父亲在前头走得多么远,她总不介意。她在叶上坐了许多,只等父亲回来叫她,但天色越来越晚,总不见他来。

催夕阳西下的鸟歌、兽吼,一阵阵地兴起了,母亲慌慌张张涉过水去找父亲。她从藤萝的断处,丛莽的倾倒处,或林樾的婆娑处找寻,在万绿底下,黑暗格外来得快。这时,只剩下几点萤火和叶外的霞光照顾着这位森林的女人。她的身体虽然弱,她的胆却是壮的。她一见父亲倒在地上,凝血聚在身边,立即走过去。她见父亲的脚还在流血,急解下自己的外衣在他腿上紧紧地绞。血果然止住,但父亲已在死的门外候着了。

母亲这时虽然无力也得囊着父亲走。她以为躺在这用虎豹做看护的森林病床上,倒不如早些离开为妙。在一所没有路的新地,想要安易地回到家里,虽不致如煮沙成饭那么难,可也不容易。母亲好容易把父亲囊过小溪,但找来找去总找不着原路。她知道在急忙中走错了道,就住步四围张望,在无意间把父亲撩在地上,自己来回地找路。她心越乱,路越迷,怎样也找不着。回到父亲身边,夜幕已渐次落下来了!她想无论如何,不能在林里过夜,总得把父亲囊出来。不幸这次她的力量完全丢了,怎么也举父亲不起,这教她进退两难了。守着呢?丈夫的伤势象很沉重,夜来若再遇见毒蛇猛兽,那就同归于尽了。走呢?自己一个不忍不得离开。绞尽脑髓,终不能想出何等妙计。最后她决定自己一个人找路出来。她摘了好些叶子,折了好些小树枝把父亲遮盖着。用了一刻功夫,居然堆成一丛小林。她手里另抱着许多合欢叶,走几步就放下一枝,有时插在别的树叶下,有时结在草上,有时塞在树皮里,为要做回来的路标。她走了约有五六百步,一弯新月正压眉梢,距离不远,已隐约可以看见些村屋。

她出了林,往有房屋的地方走,可惜这不是我们的村,也不是邻舍。是树林另一方面的村庄,我母亲不曾到过的。那时已经八九点了。村人怕野兽,早都关了门。她拍手求救,总不见有慷慨出来帮助的。她跑到村后,挨那篱笆向里瞻望。

那一家的篱笆里,在淡月中可以看见两三个男子坐在树下吸烟、闲谈。母亲合着掌从篱外伸进去,求他们说:"诸位好邻人,赶快帮助我到树林里,扶我丈夫出来罢。"男子们听见篱外发出哀求的声,不由得走近看看。母亲接着央求他们说:"我丈夫在树林里,负伤很重,你们能帮助我进去把他扶出来么?"内中有个多髭的人问母亲说:"天色这么晚,你怎么知道你丈夫在树林里?"母亲回答说:"我是从树林出来的。我和他一同进去,他在中途负伤。"

几个男子好象审案一般,这个一言,那个一语,只顾盘问。有一个说:"既然你和他一同进去,为什么不会扶他出来?"有一个说:"你看她连外衣也没穿,哪里象是出去玩的样子!想是在林中另有别的事罢。"又有一个说:"女人的话信不得。她不晓得是个什么人。哪有一个女人,昏夜从树林跑出的道理?"

在昏夜中,女人的话有时很有力量,有时她的声音直象向没有空气的地方发出,人家总不理会。我母亲用尽一个善女人所能说的话对他们解释,争奈那班心硬的男子们都觉得她在那里饶舌。她最好的方法,只有离开那里。

她心中惦念林中的父亲,说话本有几分恍惚,再加上那几个男子的抢白,更是羞急万分。她实在不认得道回家,纵然认得,也未必敢走。左右思量,还是回到树林里去。

在向着树林的归途中，朝霞已从后面照着她了。她在一个道途不熟的黑夜里，移步固然很慢，而废路又走了不少，绕了几个弯，有时还回到原处。这一夜的步行，足够疲乏了。她踱到人家一所菜圃，那里有一张空凳子，她顾不得什么，只管坐下。

不一会，出来一个七八岁的孩子，定睛看着她，好象很诧异似的。母亲知道他是这里的小主人，就很恭敬地对他说明。孩子的心比那般男子好多了。他对母亲说："我背着我妈同你去罢。我们牢里有一匹母牛，天天我们要从它那榨出些奶子，现在我正要牵它出来。你候一候罢，我教它让你骑着走，因为你乏了。"孩子牵牛出来，也不榨奶，只让母亲骑着，在朝阳下，随着路标走入林中。

母亲在牛背上，眼看快到父亲身边了。昨夜所堆的叶子，一叶也没剩下。精神慌张的人，连大象站在旁边也不理会，真奇怪呀！她起先很害怕，以为父亲的身体也同叶子一同消灭了。后来看见那只和他们很要好的象正在咀嚼夜间她所预备的叶子，心才安然一些。

下了牛背，孩子扶她到父亲安卧的地方，但是人已不在了。这一吓，非同小可，简直把她苦得欲死不得。孩子的眼快一点，心地又很安宁，父亲一下子就让他找到了。他指着那边树根上那人说："那个是不是？"母亲一看，速速地扶着他走过去。

母亲喜出望外，问说："你什么时候醒过来的？怎么看见我们来了，也不作一声？"

父亲没有回答她的话，只说："我渴得很。"

孩子抢着说："挤些奶子他喝。"他摘一片光面的叶子到母牛腹下挤了些来给父亲喝。

父亲的精神渐次回复了，对母亲说："我是被大象摇醒的。醒来不见你，只见它在旁边，吃叶子。为何这里有那么些叶子？是你预备的罢。……我记得昨天受伤的地方不是在这里。"

母亲把情形告诉他，又问他为何伤得那么厉害。他说是无意中触着毒刺，折入胫里，他一拔出来血就随着流，不忍教母亲知道，打算自己治好再出来。谁知越治血流得越多，至于晕过去，醒来才知道替他止血的还是母亲。

父亲知道白母牛是孩子的，就对他说了些感谢的话，也感激母亲说："若不是你去带这匹母牛来，恐怕今早我也起不来。"

母亲很诚恳地回答："溪水也可以喝的，早知道你要醒过来，我当然不忍离开你。真对不住你了。"

"谁是先知呢？刚才给我喝的奶子，实在胜过天上醍醐，多亏你替我找来！"父亲说时，挺着身子想要起来，可是他的气力很弱，动弹得不大灵敏。母亲向孩子借了母牛让父亲骑着。于是孩子先告辞回去了。

父亲赞美她的忠心，说她比醒醐醐海出来的乐斯迷更好，母亲那时也觉得昨晚上备受苦辱，该得父亲的赞美的。她也很得意地说："权当我为乐斯迷罢！"自那时以后，父亲常叫她做乐斯迷。

命命鸟

○许地山

敏明坐在席上，手里拿着一本《八大人觉经》，流水似地念着。她的席在东边的窗下，早晨的日光射在她脸上，照得她的身体全然变成黄金的颜色。她不理会日光晒着她，却不歇地抬头去瞧壁上的时计，好像等什么人来似的。

那所屋子是佛教青年会的法轮学校。地上满铺了日本花席，八九张矮小的几子横在两边的窗下。壁上挂的都是释迦应化的事迹，当中悬着一个卐①字徽章和一个时计。一进门就知那是佛教的经堂。

敏明那天来得早一点，所以屋里还没有人。她把各样功课念过几遍，瞧壁上的时计正指着六点一刻。她用手挡住眉头，望着窗外低声地说："这时候还不来上学，莫不是还没有起床？"

敏明所等的是一位男同学加陵。他们是七八年的老同学，年纪也是一般大。他们的感情非常的好，就是新来的同学也可以瞧得出来。

"铿铛……铿铛……"一辆电车循着铁轨从北而来，驶到学校门口停了一会。一个十五六岁的美男子从车上跳下来。他的头上包着一条苹果绿的丝巾；上身穿着一件雪白的短褂；下身围着一条紫色的丝裙；脚下踏着一双芒鞋，俨然是一位缅甸的世家子弟。这男子走进院里，脚下的芒鞋拖得拍答拍答地响。那声音传到屋里，好像告诉敏明说："加陵来了！"

敏明早已瞧见他，等他走近窗下，就含笑对他说："哼哼，加陵！请你的早安。你来得算早，现在才六点一刻咧。"加陵回答说："你不要讥诮我，我还以为我是第一早的。"他一面说一面把芒鞋脱掉，放在门边，赤着脚走到敏明跟前坐下。

加陵说："昨晚上父亲给我说了好些故事，到十二点才让我去睡，所以早晨起得晚一点。你约我早来，到底有什么事？"敏明说："我要向你辞行。"加陵一听这话，

---

① 卐：梵文 svastika，好运的象征，古代印度宗教的吉祥标志。中国唐代武则天将卐定为右旋，定音为"万"，义为"吉祥万德之所集"。

55

眼睛立刻瞪起来，显出很惊讶的模样，说："什么？你要往哪里去？"敏明红着眼眶回答说："我的父亲说我年纪大了，书也念够了，过几天可以跟着他专心当戏子去，不必再像从前念几天唱几天那么劳碌。我现在就要退学，后天将要跟他上普朗去。"加陵说："你愿意跟他去吗？"敏明回答说："我为什么不愿意？我家以演剧为职业是你所知道的。我父亲虽是一个很有名、很能赚钱的俳优，但这几年间他的身体渐渐软弱起来，手足有点不灵活，所以他愿意我和他一块儿排演。我在这事上很有长处，也乐得顺从他的命令。"加陵说："那么，我对于你的意思就没有换回的余地了。"敏明说："请你不必为这事纳闷。我们的离别必不能长久的。仰光是一所大城，我父亲和我必要常在这里演戏。有时到乡村去，也不过三两个星期就回来。这次到普朗去，也是要在那里耽搁八九天。请你放心……"

加陵听得出神，不提防外边早有五六个孩子进来，有一个顽皮的孩子跑到他们的跟前说："请'玫瑰'和'蜜蜂'的早安。"他又笑着对敏明说："'玫瑰'花里的甘露流出来咧。"——他瞧见敏明脸上有一点泪痕，所以这样说。西边一个孩子接着说："对呀！怪不得'蜜蜂'舍不得离开她。"加陵起身要追那孩子，被敏明拦住。她说："别和他们胡闹。我们还是说我们的罢。"加陵坐下，敏明就接着说："我想你不久也得转入高等学校，盼望你在念书的时候要忘了我，在休息的时候要记念我。"加陵说："我决不会把你忘了。你若是过十天不回来，或者我会到普朗去找你。"敏明说："不必如此。我过几天准能回来。"

说的时候，一位三十多岁的教师由南边的门进来。孩子们都起立向他行礼。教师蹲在席上，回头向加陵说："加陵，昙摩蜱和尚叫你早晨和他出去乞食。现在六点半了，你快去罢。"加陵听了这话，立刻走到门边，把芒鞋放在屋角的架上，随手拿了一把油伞就要出门。教师对他说："九点钟就得回来。"加陵答应一声就去了。

加陵回来，敏明已经不在她的席上。加陵心里很是难过，脸上却不露出什么不安的颜色。他坐在席上，仍然念他的书。晌午的时候，那位教师说："加陵，早晨你走得累了，下午给你半天假。"加陵一面谢过教师，一面检点他的文具，慢慢地走回家去。

加陵回到家里，他父亲婆多瓦底正在屋里嚼槟榔。一见加陵进来，忙把沫红唾出，问道："下午放假么？"加陵说："不是，是先生给我的假。因为早晨我跟昙摩蜱和尚出去乞食，先生说我太累，所以给我半天假。"他父亲说："哦，昙摩蜱在道上曾告诉你什么事情没有？"加陵答道："他告诉我说，我的毕业期间快到了，他愿意我跟他当和尚去，他又说：这意思已经向父亲提过了。父亲啊，他实在向你提过这话么？"婆多瓦底说："不错，他曾向我提过。我也很愿意你跟他去。不知道你怎样打算？"加陵说："我现在有点不愿意。再过十五六年，或者能够从他。我想再入高等学校念书，盼望在其中可以得着一点西洋的学问。"他父亲诧异说："西洋的学问，啊！我的儿，你想差了。西洋的学问不是好东西，是毒药哟。你若是有了那种学问，你就要藐视佛法了。你试瞧瞧在这里的西洋人，多半是干些杀人的勾当，做些损人利己的买卖，和开些诽谤佛法的学校。什么圣保罗因斯提丢啦、圣约翰海斯苦尔啦，没有一间不是诽谤佛法的。我说你要求西洋的学问会发生危险就在这里。"加陵说："诽谤与否，在乎自己，并不在乎外人的煽惑。若是父亲许我入圣约翰海斯苦尔，我准保能持守得住，不会受他们的诱惑。"婆多瓦底说："我是很爱你的，你要做的事情，若是没有什么妨害，我一定允许你。要记得昨晚上我和你说的话。我一想起当日你叔叔和你的白象主（缅甸王尊号）提婆底事，就不由得我不恨西洋人。我最沉痛的是他们在蛮得勒将白象主掳去；又在瑞大光塔设驻防营。瑞大光塔是我们的圣地，他们竟然叫些行凶的人在那里住，岂不是把我们的戒律打破了吗？……我盼望你不要入他们的学校，还是清清净净去当沙门。一则可以为白象主忏悔；二则可以为你的父母积福；三则为你将来往生极乐的预备。出家能得这几种好处，总比西洋的学问强得多。"加陵说："出家修行，我也很愿意。但无论如何，现在决不能办。不如一面入学，一面跟着昙摩蜱学些经典。"婆多瓦底知道劝不过来，就说："你既是决意要入别的学校，我也无可奈何，我很喜欢你跟昙摩蜱学习经典。你毕业后就转入仰光高等学校罢。那学校对于缅甸的风俗比较保存一点。"加陵说："那么，我明天就去告诉昙摩蜱和法轮学校的教师。"婆多瓦底说："也好。今天的天气很清爽，下午你又没有功课，不如在午饭后一块儿到湖里逛逛。你就叫他们开饭罢。"婆多瓦底说完，就进卧房换衣服去了。

原来加陵住的地方离绿绮湖不远。绿绮湖是仰光第一大、第一好的公园，缅甸人叫他做干多支。"绿绮"的名字是英国人替它起的。湖边满是热带植物。那些树木的颜色、形态，都是很美丽，很奇异。湖西远远望见瑞大光，那塔的金色光衬着湖边的椰树、蒲葵，真像王后站在水边，后面有几个宫女持着羽葆随着她一样。此外好的景致，随处都是。不论什么人，一到那里，心中的忧郁立刻消灭。加陵那天和父亲到那里去，能得许多愉快是不消说的。

过了三个月，加陵已经入了仰光高等学校。他在学校里常常思念他最爱的朋友敏明。但敏明自从那天早晨一别，老是没有消息。有一天，加陵回家，一进门仆人就递封信给他。拆开看时，却是敏明的信。加陵才知道敏明早已回来，他等不得见父亲的面，翻身出门，直向敏明家里奔来。

敏明的家还是住在高加因路，那地方是加陵所常到的。女仆玛弥见他推门进来，忙上前迎他说："加陵君，许久不见啊！我们姑娘前天才回来的。你来得正好，待我进去告诉她。"她说完这话就速速进里边去，大声嚷道："敏明姑娘，加陵君来找你呢。快下来罢。"加陵在后面慢慢地走，待要踏入厅门，敏明已迎出来。

敏明含笑对加陵说："谁教你来的呢？这三个月不见你的信，大概因为功课忙的缘故罢?"加陵说:"不错,我已经入了高等学校,每天下午还要到昙摩蜱那里……唉,好朋友,我就是有工夫,也不能写信给你。因为我抓起笔来就没了主意,不晓得要写什么才能叫你觉得我的心常常有你在里头。我想你这几个月没有信给我,也许是和我一样地犯了这种毛病。"敏明说:"你猜的不错。你许久不到我屋里了,现在请你和我上去坐一会。"敏明把手搭在加陵的肩胛上,一面吩咐玛弥预备槟榔、淡巴菰和些少细点,一面携着加陵上楼。

敏明的卧室在楼西。加陵进去,瞧见里面的陈设还是和从前差不多。楼板上铺的是土耳其绒毯。窗上垂着两幅很细致的帷子。她的衾具就放在窗边。外头悬着几盆风兰。瑞大光的金光远远地从那里射来。靠北是卧榻,离地约一尺高,上面用上等的丝织物盖住。壁上悬着一幅提婆和率斐雅洛观剧的画片。还有好些绣垫散布在地上。加陵拿一个垫子到窗边,刚要坐下,那女仆已经把各样吃的东西捧上来。"你嚼槟榔啵。"敏明说完这话,随手送了一个槟榔到加陵嘴里,然后靠着她的镜台坐下。

加陵嚼过槟榔,就对敏明说:"你这次回来,技艺必定很长进,何不把你最得意的艺术演奏起来,我好领教一下。"敏明笑说:"哦,你是要瞧我演戏来的。我死也不演给你瞧。"加陵说:"有什么妨碍呢? 你还怕我笑你不成? 快演罢,完了咱们再谈心。"敏明说:"这几天我父亲刚刚教我一套雀翎舞,打算在涅槃节期到比古演奏,现在先演给你瞧罢。我先舞一次,等你瞧熟了,再奏乐和我。这舞蹈的谱可以借用'达撒罗撒',歌调借用'恩斯民'。这两支谱,你都会吗?"加陵忙答应说:"都会,都会。"

加陵擅于奏巴打拉①,他一听见敏明叫他奏乐,就立刻叫玛弥把那种乐器搬来。等到敏明舞过一次,他就跟着奏起来。

敏明两手拿住两把孔雀翎,舞得非常的娴熟。加陵所奏的巴打拉也还跟得上,舞过一会,加陵就奏起"恩斯民"的曲调,只听敏明唱道:

孔雀! 孔雀! 你不必赞我生得俊美;

我也不必嫌你长得丑岁。

咱们是同一个身心,

同一副手脚。

我和你永远同在一个身里住着,

我就是你啊,你就是我。

别人把咱们的身体分做两个,

是他们把自己的指头压在眼上,

---

① 巴打拉:一种竹制的乐器,详见《大清会典图》。

所以会生出这样的错。

你不要像他们这样的眼光，

要知道我就是你啊，你就是我。

敏明唱完，又舞了一会。加陵说："我今天才知道你的技艺精到这个地步。你所唱的也是很好。且把这歌曲的故事说给我听。"敏明说："这曲倒没有什么故事，不过是平常的恋歌，你能把里头的意思听出来就够了。"加陵说："那么，你这支曲是为我唱的。我也很愿意对你说：我就是你，你就是我。"

他们二人的感情几年来就渐渐浓厚。这次见面的时候，又受了那么好的感触，所以彼此的心里都承认他们求婚的机会已经成熟。

敏明愿意再帮父亲二三年才嫁，可是她没有向加陵说明。加陵起先以为敏明是一个很信佛法的女子，怕她后来要到尼庵去实行她的独身主义，所以不敢动求婚的念头。现在瞧出她的心志不在那里，他就决意回去要求婆多瓦底的同意，把她娶过来。照缅甸的风俗，子女的婚嫁本没有要求父母同意的必要，加陵很尊重他父亲的意见，所以要履行这种手续。

他们谈了半晌工夫，敏明的父亲宋志从外面进来，抬头瞧见加陵坐在窗边，就说："加陵君，别后平安啊！"加陵忙回答他，转过身来对敏明说："你父亲回来了。"敏明待下去，她父亲已经登楼。他们三人坐过一会，谈了几句客套，加陵就起身告辞。敏明说："你来的时间不短，也该回去了。你且等一等，我把这些舞具收拾清楚，再陪你在街上走几步。"

宋志眼瞧着他们出门，正要到自己屋里歇一歇，恰好玛弥上楼来收拾东西。宋志就对她说："你把那盘槟榔送到我屋里去罢。"玛弥说："这是他们剩下的，已经残了。我再给你拿些新鲜的来。"

玛弥把槟榔送到宋志屋里，见他躺在席上，好像想什么事情似的。宋志一见玛弥进来，就起身对她说："我瞧他们两人实在好得太厉害。若是敏明跟了他，我必要吃亏。你有什么好方法叫他们二人的爱情冷淡没有？"玛弥说："我又不是蛊师，哪有好方法离间他们？我想主人你也不必想什么方法，敏明姑娘必不至于嫁他。因为他们一个是属蛇，一个是属鼠的（缅甸的生肖是算日的，礼拜四生的属鼠，礼拜六生的属蛇），就算我们肯将姑娘嫁给他，他的父亲也不愿意。"宋志说："你说的虽然有理，但现在生肖相克的话，好些人都不注重了。倒不如请一位蛊师来，请他在二人身上施一点法术更为得计。"

印度支那间有一种人叫做蛊师，专用符咒替人家制造命运。有时叫没有爱情的男女，忽然发生爱情；有时将如胶似漆的夫妻化为仇敌。操这种职业的人以暹罗的僧侣最多，且最受人信仰。缅甸人操这种职业的也不少。宋志因为玛弥的话提醒他，第二天早晨他就出门找蛊师去了。

晌午的时候,宋志和蛊师沙龙回来。他让沙龙进自己的卧房。玛弥一见沙龙进来,木鸡似的站在一边。她想到昨天在无意之中说出蛊师,引起宋志今天的实行,实在对不起她的姑娘。她想到这里,就一直上楼去告诉敏明。

　　敏明正在屋里念书,听见这消息,急和玛弥下来,蹑步到屏后,倾耳听他们的谈话。只听沙龙说:"这事很容易办。你可以将她常用的贴身东西拿一两件来,我在那上头画些符,念些咒,然后给回她用,过几天就见功效。"宋志说:"恰好这里有她一条常用的领巾,是她昨天回来的时候忘记带上去的。这东西可用吗?"沙龙说:"可以的,但是能够得着……"

　　敏明听到这里已忍不住,一直走进去向父亲说:"阿爸,你何必摆弄我呢? 我不是你的女儿吗? 我和加陵没有什么意,请你放心。"宋志蓦地里瞧见他女儿进来,简直不知道要用什么话对付她。沙龙也停了半晌才说:"姑娘,我们不是谈你的事。请你放心。"敏明斥他说:"狡猾的人,你的计我已知道了。你快去办你的事罢。"宋志说,"我的儿,你今天疯了吗? 你且坐下,我慢慢给你说。"

　　敏明哪里肯依父亲的话,她一味和沙龙吵闹,弄得她父亲和沙龙很没趣。不久,沙龙垂着头走出来;宋志满面怒容蹲在床上吸烟;敏明也忿忿地上楼去了。

　　敏明那一晚上没有下来和父亲用饭。她想父亲终究会用蛊术离间他们,不由得心里难过。她躺在床上翻来覆去。绣枕早已被她的眼泪湿透了。

　　第二天早晨,她到镜台梳洗,从镜里瞧见她满面都是鲜红色,——因为绣枕褪色,印在她的脸上——不觉笑起来。她把脸上那些印迹洗掉的时候,玛弥已捧一束鲜花、一杯咖啡上来。敏明把花放在一边,一手倚着窗棂,一手拿住茶杯向窗外出神。

　　她定神瞧着围绕瑞大光的彩云,不理会那塔的金光向她的眼睑射来,她精神因此就十分疲乏。她心里的感想和目前的光融洽,精神上现出催眠的状态。她自己觉得在瑞大光塔顶站着,听见底下的护塔铃叮叮当当地响。她又瞧见上面那些王侯所献的宝石,个个都发出很美丽的光明。她心里喜欢得很,不歇用手去摩弄,无意中把一颗大红宝石摩掉了。她忙要俯身去捡时,那宝石已经掉在地上,她定神瞧着那空儿,要求那宝石掉下的缘故,不觉有一种更美丽的宝光从那里射出来。她心里觉得很奇怪,用手扶着金壁,低下头来要瞧瞧那空儿里头的光景。不提防那壁被她一推,渐渐向后,原来是一扇宝石的门。

　　那门被敏明推开之后,里面的光直射到她身上。她站在外边,望里一瞧,觉得里头的山水、树木,都是她平生所不曾见过的。她在不知不觉中,已经向前走了几十步。耳边恍惚听见有人对她说:"好啊! 你回来啦。"敏明回头一看,觉得那人很熟悉,只是一时不能记出他的名字。她听见"回来"这俩字,心里很是纳闷,就向那人说:"我不住在这里,为何说我回来? 你是谁? 我好像在哪里与你会过似的。这是什么地方？"那人笑说："哈哈！去了这些日子，连自己家乡和平日间往来的朋友也忘了。肉体的障碍真是大哟。"敏明听了这话，简直莫名其妙。又问他说："我是谁？有那么好福气住在这里。我真是在这里住过吗？"那人回答说："你是谁？你自己知道。若是说你不曾住过这里，我就领你到处逛一逛，瞧你认得不认得。"

敏明听见那人要领她到处去逛逛，就忙忙答应，但所见的东西，敏明一点也记不清楚，总觉得样样都是新鲜的。那人瞧见敏明那么迷糊，就对她说："你既然记不清，待我一件一件告诉你。"

敏明和那人走过一座碧玉牌楼。两边的树罗列成行，开着很好看的花。红的、白的、紫的、黄的，各色齐备。树上有些鸟声，唱得很好听。走路时，有些微风慢慢吹来，吹得各色的花瓣纷纷掉下：有些落在人的身上；有些落在地上；有些还在空中飞来飞去。敏明的头上和肩膀上也被花瓣贴满，遍体熏得很香。那人说："这些花木都是你的老朋友，你常和它们往来。它们的花是长年开放的。"敏明说："这真是好地方，只是我总记不起来。"

走不多远，忽然听见很好的乐音。敏明说："谁在那边奏乐？"那人回答说："那里有人奏乐，这里的声音都是发于自然的。你所听的是前面流水的声音。我们再走几步就可以瞧见。"进前几步果然有些泉水穿林而流。水面浮着奇异的花草，还有好些水鸟在那里游泳。敏明只认得些荷花、溪鶒，其余都不认得。那人很不耐烦，把各样的东西都告诉她。

他们二人走过一道桥，迎面立着一片琉璃墙。敏明说："这墙真好看，是谁在里面住？"那人说："这里头是乔答摩宣讲法要的道场。现时正在演说，好些人物都在那里聆听法音。转过这个墙角就是正门。到的时候，我领你进去听一听。"敏明贪恋外面的风景，不愿意进去。她说："咱们逛会儿再进去罢。"那人说："你只会听粗陋的声音，看简略的颜色和闻污劣的香味。那更好的、更微妙的，你就不理会了。……好，我再和你走走，瞧你了悟不了悟。"

二人走到墙的尽头，还是穿入树林。他们踏着落花一直进前，树上的鸟声，叫得更好听。敏明抬起头来，忽然瞧见南边的树枝上有一对很美丽的鸟呆立在那里，丝毫的声音也不从他们的嘴里发出。敏明指着向那人说："只只鸟儿都出声吟唱，为什么那对鸟儿不出声音呢？那是什么鸟？"那人说："那是命命鸟。为什么不唱，我可不知道。"

敏明听见"命命鸟"三字，心里似乎有点觉悟。她注神瞧着那鸟，猛然对那人说："那可不是我和我的好朋友加陵么，为何我们都站在那里？"那人说："是不是，你自己觉得。"敏明抢前几步，看来还是一对呆鸟。她说："还是一对鸟儿在那里，也许是我的眼花了。"

他们绕了几个弯，当前现出一节小溪把两边的树林隔开。对岸的花草，似乎比这边更新奇。树上的花瓣也是常常掉下来。树下有许多男女：有些躺着的，有些站着的，有些坐着的。各人在那里说说笑笑，都现出很亲密的样子。敏明说："那边的花瓣落得更妙，人也多一点，我们一同过去逛逛罢。"那人说："对岸可不能去。那落的叫做情尘，若是望人身上落得多了就不好。"敏明说："我不怕。你领我过去逛逛罢。"那人见敏明一定要，过去就对她说："你必要过那边去，我可不能陪你了。你可以自己找一道桥过去。"他说完这话就不见了。敏明回头瞧见那人不在，自己循着水边，打算找一道桥过去。但找来找去总找不着，只得站在这边瞧过去。

她瞧见那些花瓣越落越多，那班男女几乎被葬在底下。有一个男子坐在对岸的水边，身上也是满了落花。一个紫衣的女子走到他跟前说："我很爱你，你是我的命。我们是命命鸟。除你以外，我没有爱过别人。"那男子回答说："我对于你的爱情也是如此。我除了你以外不曾爱过别的女人。"紫衣女子听了，向他微笑，就离开他。走不多远，又遇着一位男子站在树下，她又向那男子说："我很爱你，你是我的命。我们是命命鸟，除你以外，我没有爱过别人。"那男子也回答说："我对于你的爱情也是如此。我除了你以外不曾爱过别的女人。"

敏明瞧见这个光景，心里因此发生了许多问题，就是：那紫衣女子为什么当面撒谎，和那两位男子的回答为什么不约而同？她回头瞧那坐在水边的男子还在那里，又有一个穿红衣的女子走到他面前，还是对他说紫衣女子所说的话。那男子的回答和从前一样，一个字也不改。敏明再瞧那紫衣女子，还是挨着次序向各个男子说话。她走远了，话语的内容虽然听不见，但她的形容老没有改变。各个男子对她也是显出同样的表情。

敏明瞧见各个女子对于各个男子所说的话都是一样；各个男子的回答也是一字不改，心里正在疑惑，忽然来了一阵狂风把对岸的花瓣刮得干干净净，那班男女立刻变成很凶恶的容貌，互相啮食起来。敏明瞧见这个光景，吓得冷汗直流。她忍不住就大声喝道："嗳呀！你们的感情真是反复无常。"

敏明手里那杯咖啡被这一喝，全都泻在她的裙上。楼下的玛弥听见楼上的喝声，也赶上来。玛弥瞧见敏明周身冷汗，扑在镜台上头，忙上前把她扶起，问道："姑娘你怎样啦？烫着了没有？"敏明醒来，不便对玛弥细说，胡乱答应几句就打发她下去。

敏明细想刚才的异象，抬头再瞧窗外的瑞大光，觉得那塔还是被彩云绕住，越显得十分美丽。她立起来，换过一条绛色的裙子，就坐在她扑卧榻上头。她想起在树林里忽然瞧见命命鸟变做她和加陵那回事情，心中好像觉悟他们两个是这边的命命鸟，和对岸自称为命命鸟的不同。她自己笑着说："好在你不在那边。幸亏我不能过去。"

她自经过这一场恐慌，精神上遂起了莫大的变化。对于婚姻另有一番见解，对于加陵的态度更是不像从前。加陵一点也觉不出来,只猜她是不舒服。

自从敏明回来,加陵没有一天不来找她。近日觉得敏明的精神异常,以为自己没有向她求婚,所以不高兴。加陵觉得他自己有好些难解决的问题,不能不对敏明说。第一,是他父亲愿他去当和尚;第二,纵使准他娶妻,敏明的生肖和他不对,顽固的父亲未必承认。现在瞧见敏明这样,不由得不把衷情吐露出来。

加陵一天早晨来到敏明家里,瞧见她的态度越发冷静,就安慰她说:"好朋友,你不必忧心,日子还长呢。我在咱们的事情上头已经有了打算。父亲若是不肯,咱们最终的办法就是'照例逃走'。你这两天是不是为这事生气呢?"敏明说:"这倒不值得生气。不过这几晚睡得迟,精神有一点疲倦罢了。"

加陵以为敏明的话是真,就把前日向父亲要求的情形说给她听。他说:"好朋友,你瞧我的父亲多么固执。他一意要我去当和尚,我前天向他说些咱们的事,他还要请人来给我说法,你说好笑不好笑?"敏明说:"什么法?"加陵说:"那天晚上,父亲把昙摩蜱请来。我以为有别的事要和他商量,谁知他叫我到跟前教训一顿。你猜他对我讲什么经呢?好些话我都忘记了。内中有一段是很有趣、很容易记的。我且念给你听:

"佛问摩邓曰:'女爱阿难何似?'女言:'我爱阿难眼;爱阿难鼻;爱阿难口;爱阿难耳;爱阿难声音;爱阿难行步。'佛言:'眼中但有泪;鼻中但有洟;口中但有唾;耳中但有垢;身中但有屎尿,臭气不净。'"

"昙摩蜱说得天花乱坠,我只是偷笑。因为身体上的污秽,人人都有,那能因着这些小事,就把爱情割断呢?况且这经本来不合对我说;若是对你念,还可以解释得去。"

敏明听了加陵末了那句话,忙问道:"我是摩邓吗?怎样说对我念就可以解释得去?"加陵知道失言,忙回答说:"请你原谅,我说错了。我的意思不是说你是摩邓,是说这本经合于对女人说。"加陵本是要向敏明解嘲,不意反触犯了她。敏明听了那几句经,心里更是明白。他们两人各有各的心事,总没有尽情吐露出来。加陵坐不多会,就告辞回家去了。

涅槃节①近啦。敏明的父亲直催她上比古去,加陵知道敏明明日要动身,在那晚上到她家里,为的是要给她送行。但一进门,连人影也没有,转过角门,只见玛弥在她屋里缝衣服。那时候约在八点钟的光景。

加陵问玛弥说:"姑娘呢?"玛弥抬头见是加陵,就陪笑说:"姑娘说要去找你,你反来找她。她不曾到你家去吗?她出门已有一点钟工夫了。"加陵说:"真的么?"玛弥回了一声:"我还骗你不成。"低头还是做她的活计。加陵说:"那么,我就

---

① 涅槃节:纪念释迦牟尼逝世的节日。

回去等她。……你请。"

加陵知道敏明没有别处可去,她一定不会趁瑞大光的热闹。他回到家里,见敏明没来,就想着她一定和女伴到绿绮湖上乘凉。因为那夜的月亮亮得很,敏明和月亮很有缘;每到月圆的时候,她必招几个朋友到那里谈心。

加陵打定主意,就向绿绮湖去。到的时候,觉得湖里静寂得很。这几天是涅槃节期,各庙里都很热闹,绿绮湖的冷月没人来赏玩,是意中的事。加陵从爱德华第七的造像后面上了山坡,瞧见没人在那里,心里就有几分诧异。因为敏明每次必在那里坐,这回不见她,谅是没有来。

他走得很累,就在凳上坐一会。他在月影朦胧中瞧见地下有一件东西,捡起来看时,却是一条蝉翼纱的领巾。那巾的两端都绣一个吉祥海云的徽识,所以他认得是敏明的。

加陵知道敏明还在湖边,把领巾藏在袋里,就抽身去找她。他踏二弯虹桥,转到水边的乐亭,瞧没有人,又折回来。他在山丘上注神一望,瞧见西南边隐隐有个人影,忙上前去,见有几分像敏明。加陵蹑步到野蔷薇垣后面,意思是要吓她。他瞧见敏明好像是找什么东西似的,所以静静伏在那里看她要做什么。

敏明找了半天,随在乐亭旁边摘了一枝优钵昙花,走到湖边,向着瑞大光合掌礼拜。加陵见了,暗想她为什么不到瑞大光膜拜去?于是再蹑足走近湖边的蔷薇垣,那里离敏明礼拜的地方很近。

加陵恐怕再触犯她,所以不敢做声。只听她的祈祷。

女弟子敏明,稽首三世诸佛:我自万劫以来,迷失本来智性,因此堕入轮回,成女人身。现在得蒙大慈,示我三生因果。我今悔悟,誓不再恋天人,致受无量苦楚。愿我今夜得除一切障碍,转生极乐国土。愿勇猛无畏阿弥陀,俯听恳求接引我。南无阿弥陀佛。

加陵听了她这番祈祷,心里很受感动。他没有一点悲痛,竟然从蔷薇垣里跳出来,对着敏明说:"好朋友,我听你刚才的祈祷,知道你厌弃这世间,要离开它。我现在也愿意和你同行。"

敏明笑道:"你什么时候来的? 你要和我同行,莫不你也厌世吗?"加陵说:"我不厌世。因为你的原故,我愿意和你同行。我和你分不开。你到那里,我也到那里。"敏明说:"不厌世,就不必跟我去。你要记得你父亲愿你做一个转法轮的能手。你现在不必跟我去以后还有相见的日子。"加陵说:"你说不厌世就不必死,这话有些不对。譬如我要到蛮得勒去,不是嫌恶仰光,不过我未到过那城,所以愿意去瞧一瞧。但有些人很厌恶仰光,他巴不得立刻离开才好。现在,你是第二类的人,我是第一类的人,为什么不让我和你同行?"敏明不料加陵会来,更不料他一下就决心要跟从她。现在听他这一番话语,知道他与自己的觉悟虽然不同,但她常感得他们二人是那世界的命命鸟，所以不甚阻止他。到这里，她才把前几天的事告诉加陵。加陵听了，心里非常的喜欢，说："有那么好的地方，为何不早告诉我？我一定离不开你了，我们一块儿去罢。"

那时月光更是明亮。树林里萤火无千无万地闪来闪去，好像那世界的人物来赴他们的喜筵一样。

加陵一手搭在敏明的肩上，一手牵着她。快到水边的时候，加陵回过脸来向敏明的唇边啜了一下。他说："好朋友，你不亲我一下么？"敏明好像不曾听见，还是直地走。

他们走入水里，好像新婚的男女携手入洞房那般自在，毫无一点畏缩。在月光水影之中，还听见加陵说："咱们是生命的旅客，现在要到那个新世界，实在叫我快乐得很。"

现在他们去了！月光还是照着他们所走的路；瑞大光远远送一点鼓乐的声音来；动物园的野兽也都为他们唱很雄壮的欢送歌；惟有那不懂人情的水，不愿意替他们守这旅行的秘密，要找机会把他们的躯壳送回来。

商人妇

○许地山

"先生，请用早茶。"这是二等舱的侍者催我起床的声音。我因为昨天上船的时候太过忙碌，身体和精神都十分疲倦，从九点一直睡到早晨七点还没有起床。我一听侍者的招呼，就立刻起来，把早晨应办的事情弄清楚，然后到餐厅去。

那时节餐厅里满坐了旅客。个个在那里喝茶，说闲话：有些预言欧战谁胜谁负的；有些议论袁世凯该不该做皇帝；有些猜度新加坡印度兵变乱是不是受了印度革命党运动的。那种唧唧咕咕的声音，弄得一个餐厅几乎变成菜市。我不惯听这个，一喝完茶就回到自己的舱里，拿了一本《西青散记》跑到右舷找一个地方坐下，预备和书里的双卿谈心。

我把书打开，正要看时，一位印度妇人携着一个七八岁的孩子来到跟前，和我面对面地坐下。这妇人，我前天在极乐寺放生池边曾见过一次，我也瞧着她上船，在船上也是常常遇见她在左右舷乘凉。我一瞧见她，就动了我的好奇心，因为她的装束虽是印度的，然而行动却不像印度妇人。

我把书搁下，偷眼瞧她，等她回眼过来瞧我的时候，我又装做念书。我好几次是这样办，恐怕她疑我有别的意思，此后就低着头，再也不敢把眼光射在她身上。她在那里信口唱些印度歌给小孩听，那孩子也指东指西问她说话。我听她的回答，无意中又把眼睛射在她脸上。她见我抬起头来，就顾不得和孩子周旋，急急地用闽南土话问我说："这位老叔，你也是要到新加坡去么？"她的口腔很像海澄的乡人，所问的也带着乡人的口气。在说话之间，一字一字慢慢地拼出来，好像初学说话的一样。我被她这一问，心里的疑团结得更大，就回答说："我要回厦门去。你曾到过我们那里么？为什么能说我们的话？""呀！我想你瞧我的装束像印度妇女，所以猜疑我不是唐山（华侨叫祖国做唐山）人。我实在告诉你，我家就在鸿渐。"

那孩子瞧见我们用土话对谈，心里奇怪得很，他摇着妇人的膝头，用印度话问道："妈妈，你说的是什么话？他是谁？"也许那孩子从来不曾听过她说这样的话，所以觉得希奇。我巴不得快点知道她的底蕴，就接着问她："这孩子是你养的么？"她先回答了孩子，然后向我叹一口气说："为什么不是呢！这是我在麻德拉斯养的。"

我们越谈越熟，就把从前的畏缩都除掉。自从她知道我的里居、职业以后，她再也不称我做"老叔"，更转口称我做"先生"。她又把麻德拉斯大概的情形说给我听。我因为她的境遇很奇，就请她详详细细地告诉我。她谈得高兴，也就应许了。那时，我才把书收入口袋里，注神听她诉说自己的历史。

我十六岁就嫁给青礁林荫乔为妻。我的丈夫在角尾开糖铺。他回家的时候虽然少，但我们的感情决不因为这样就生疏。我和他过了三四年的日子，从不曾拌过嘴，或闹过什么意见。有一天，他从角尾回来，脸上现出忧闷的容貌。一进门就握着我的手说："惜官①，我的生意已经倒闭，以后我就不到角尾去啦。"我听了这话，不由得问他："为什么呢？是买卖不好吗？"他说："不是，不是，是我自己弄坏的。这几天那里赌局，有些朋友招我同玩，我起先赢了许多，但是后来都输得精光，甚至连店里的生财家伙，也输给人了。……我实在后悔，实在对你不住。"我怔了一会，也想不出什么合适的话来安慰他，更不能想出什么话来责备他。

他见我的泪流下来，忙替我擦掉，接着说："哎！你从来不曾在我面前哭过，现在你向我掉泪，简直像熔融的铁珠一滴一滴地滴在我心坎儿上一样。我的难受，实在比你更大。你且不必担忧，我找些资本再做生意就是了。"

当下我们二人面面相觑，在那里静静地坐着。我心里虽有些规劝的话要对他说，但我每将眼光射在他脸上的时候，就觉得他有一种妖魔的能力，不容我说，早就理会了我的意思。我只说："以后可不要再要钱，要知道赌钱……"

他在家里闲着，差不多有三个月。我所积的钱财倒还够用，所以家计用不着他

---

① 闽俗：长辈称下辈或同辈的男女彼此相称，常加"官"字在名字之后。

十分挂虑。我整日出外借钱做资本，可惜没有人信得过他，以致一文也借不到。他急得无可奈何，就动了过番的念头。

他要到新加坡去的时候，我为他摒挡一切应用的东西，又拿了一对玉手镯教他到厦门兑来做盘费。他要趁早潮出厦门，所以我们别离的前一夕足足说了一夜的话。第二天早晨，我送他上小船，独自一人走回来，心里非常烦闷，就伏在案上，想着到南洋去的男子多半不想家，不知道他会这样不会。正这样想，蓦然一片急步声达到门前，我认得是他，忙起身开了门，问："是漏了什么东西忘记带去么？"他说："不是，我有一句话忘记告诉你：我到那边的时候，无论做什么事，总得给你来信。若是五六年后我不能回来，你就到那边找我去。"我说："好罢。这也值得你回来叮咛，到时候我必知道应当怎样办的。天不早了，你快上船去罢。"他紧握着我的手，长叹了一声，翻身就出去了。我注目直送到榕荫尽处，瞧他下了长堤，才把小门关上。

我与林荫乔别离那一年，正是二十岁。自他离家以后，只来了两封信，一封说他在新加坡丹让巴葛开杂货店，生意很好。一封说他的事情忙，不能回来。我连年望他回来完聚，只是一年一年的盼望都成虚空了。

邻舍的妇人常劝我到南洋找他去。我一想，我们夫妇离别已经十年，过番找他虽是不便，却强过独自一人在家里挨苦。我把所积的钱财检妥，把房子交给乡里的荣家长管，就到厦门搭船。

我第一次出洋，自然受不惯风浪的颠簸，好容易到了新加坡。那时节，我心里的喜欢，简直在这辈子里头不曾再遇见。我请人带我到丹让巴葛义和诚去。那时我心里的喜欢更不能用言语来形容。我瞧店里的买卖很热闹，我丈夫这十年间的发达，不用我估量，也就罗列在眼前了。

但是店里的伙计都不认识我，故得对他们说明我是谁和来意。有一位年轻的伙计对我说："头家①今天没有出来，我领你到住家去罢。"我才知道我丈夫不在店里住，同时我又猜他一定是再娶了，不然，断没有所谓住家的。我在路上就向伙计打听一下，果然不出所料！

人力车转了几个弯，到一所半唐半洋的楼房停住。伙计说："我先进去通知一声。"他撇我在外头，许久才出来对我说："头家早晨出去，到现在还没有回来哪。头家娘请你进去里头等他一会儿，也许他快要回来。"他把我两个包袱——那就是我的行李——拿在手里，我随着他进去。

我瞧见屋里的陈设十分华丽。那所谓头家娘的，是一个马来妇人，她出来，只向我略略点了一个头。她的模样，据我看来很不恭敬，但是南洋的规矩我不懂得，

---

① 头家：闽人称店主为头家。

只得陪她一礼。她头上戴的金刚钻和珠子，身上缀的宝石、金、银，衬着那副黑脸孔，越显出丑陋不堪。

她对我说了几句套话，又叫人递一杯咖啡给我，自己在一边吸烟、嚼槟榔，不大和我攀谈。我想是初会生疏的缘故，所以也不敢多问她的话。不一会，得得的马蹄声从大门直到廊前，我早猜着是我丈夫回来了。我瞧他比十年前胖了许多，肚子也大起来了。他口里含着一枝雪茄，手里扶着一根象牙杖，下了车，踏进门来，把帽子挂在架上。见我坐在一边，正要发问，那马来妇人上前向他唧唧咕咕地说了几句。她的话我虽不懂得，但瞧她的神气像有点不对。

我丈夫回头问我说："惜官，你要来的时候，为什么不预先通知一声？是谁叫你来的？"我以为他见我以后，必定要对我说些温存的话，哪里想到反把我诘问起来！当时我把不平的情绪压下，陪笑回答他，说："唉，荫哥，你岂不知道我不会写字么？咱们乡下那位写信的旺师常常给人家写别字，甚至把意思弄错了，因为这样，所以不敢央求他替我写。我又是决意要来找你的，不论迟早总得动身，又何必多费这番工夫呢？你不曾说过五六年后若不回去，我就可以来吗？"我丈夫说："吓！你自己倒会出主意。"他说完，就横横地走进屋里。

我听他所说的话，简直和十年前是两个人。我也不明白其中的缘故：是嫌我年长色衰呢，我觉得比那马来妇人还俊得多；是嫌我德行不好呢，我嫁他那么多年，事事承顺他，从不曾做过越出范围的事。荫哥给我这个闷葫芦，到现在我还猜不透。

他把我安顿在楼下，七八天的工夫不到我屋里，也不和我说话。那马来妇人倒是很殷勤，走来对我说："荫哥这几天因为你的事情很不喜欢。你且宽怀，过几天他就不生气了。晚上有人请咱们去赴席，你且把衣服穿好，我和你一块儿去。"

她这种甘美的语言，叫我把从前猜疑她的心思完全打消。我穿的是湖色布衣，和一条大红绉裙，她一见了，不由得笑起来。我觉得自己满身村气，心里也有一点惭愧。她说："不要紧，请咱们的不是唐山人，定然不注意你穿的是不是时新的样式。咱们就出门罢。"

马车走了许久，穿过一丛椰林，才到那主人的门口。进门是一个很大的花园，我一面张望，一面随着她到客厅去。那里果然有很奇怪的筵席摆设着。一班女客都是马来人和印度人。她们在那里叽哩咕噜地说说笑笑，我丈夫的马来妇人也撇下我去和她们谈话。不一会，她和一位妇人出去，我以为她们逛花园去了，所以不大理会。但过了许久的工夫，她们只是不回来，我心急起来，就向在座的女人说："和我来的那位妇人往哪里去？"她们虽能会意，然而所回答的话，我一句也懂不得。

我坐在一个软垫上，心头跳动得很厉害。一个仆人拿了一壶水来，向我指着上面的筵席作势。我瞧见别人洗手，知道这是食前的规矩，也就把手洗了。她们让我入席，我也不知道那里是我应当坐的地方，就顺着她们指定给我的坐位坐下。她们祷告以后,才用手向盘里取自己所要的食品。我头一次掬东西吃,一定是很不自然,她们又教我用指头的方法。我在那里,很怀疑我丈夫的马来妇人不在座,所以无心在筵席上张罗。

筵席撤掉以后,一班客人都笑着向我亲了一下吻就散了。当时我也要跟她们出门,但那主妇叫我等一等。我和那主妇在屋里指手画脚做哑谈,正笑得不可开交,一位五十来岁的印度男子从外头进来。那主妇忙起身向他说了几句话,就和他一同坐下。我在一个生地方遇见生面的男子,自然羞缩了不得。那男子走到我跟前说:"喂,你已是我的人啦。我用钱买你。你住这里好。"他说的虽是唐话,但语格和腔调全是不对的。我听他说把我买过来,不由得恸哭起来。那主妇倒是在身边殷勤地安慰我。那时已是入亥时分,他们教我进里边睡,我只是和衣在厅边坐了一宿,哪里肯依他们的命令!

先生,你听到这里必定要疑我为什么不死。唉!我当时也有这样的思想,但是他们守着我好像囚犯一样,无论什么时候都有人在我身旁。久而久之,我的激烈的情绪过了,不但不愿死,而且要留着这条命往前瞧瞧我的命运到底是怎样的。

买我的人是印度麻德拉斯的回教徒阿户耶。他是一个琶鞑商,因为在新加坡发了财,要多娶一个姬妾回乡享福。偏是我的命运不好,趁着这机会就变成他的外国古董。我在新加坡住不上一个月,他就把我带到麻德拉斯去。

阿户耶给我起名叫利亚。他叫我把脚放了,又在我鼻上穿了一个窟窿,带上一只钻石鼻环。他说照他们的风俗,凡是已嫁的女子都得带鼻环,因为那是妇人的记号。他又把很好的"克尔塔"、"马拉姆"和"埃撒"教我穿上。从此以后,我就变成一个回回婆子了。

阿户耶有五个妻子,连我就是六个。那五人之中,我和第三妻的感情最好。其余的我很憎恶她们,因为她们欺负我不会说话,又常常戏弄我。我的小脚在她们当中自然是希罕的,她们虽是不歇地摩挲,我也不怪。最可恨的是她们在阿户耶面前拨弄是非,叫我受委屈。

阿噶利马是阿户耶第三妻的名字,就是我被卖时张罗筵席的那个主妇。她很爱我,常劝我用"撒马"来涂眼眶,用指甲花来涂指甲和手心。回教的妇人每日用这两种东西和我们唐人用脂粉一样。她又教我念孟加里文和亚刺伯文。我想起自己因为不能写信的缘故,致使荫哥有所借口,现在才到这样的地步,所以愿意在这举目无亲的时候用功学习些少文字。她虽然没有什么学问,但当我的教师是绰绰有余的。

我从阿噶利马念了一年,居然会写字了!她告诉我他们教里有一本天书,本不轻易给女人看的,但她以后必要拿那本书来教我。她常对我说:"你的命运会那么蹇涩,都是阿拉给你注定的。你不必想家太甚,日后或者有大快乐临到你身上,叫你享受不尽。"这种定命的安慰,在那时节很可以教我的精神活泼一点。

我和阿户耶虽无夫妻的情,却免不了有夫妻的事。哎!我这孩子(她说时把手抚着那孩子的顶上)就是到麻德拉斯的第二年养的。我活了三十多岁才怀孕,那种痛苦为我一生所未经过。幸亏阿噶利马能够体贴我,她常用话安慰我,教我把目前的苦痛忘掉。有一次她瞧我过于难受,就对我说:"呀!利亚,你且忍耐着罢。咱们没有无花果树的福分①,所以不能免掉怀孕的苦。你若是感得痛苦的时候,可以默默向阿拉求恩,他可怜你,就赐给你平安。"我在临产的前后期,得着她许多的帮助,到现在还是忘不了她的情意。

自我产后,不上四个月,就有一件失意的事教我心里不舒服:那就是和我的好朋友离别。她虽不是死掉,然而她所去的地方,我至终不能知道。阿噶利马为什么离开我呢?说来话长,多半是我害她的。

我们隔壁有一位十八岁的小寡妇名叫哈那,她四岁就守寡了。她母亲苦待她倒罢了,还要说她前生的罪孽深重,非得叫她辛苦,来生就不能超脱。她所吃所穿的都跟不上别人,常常在后园里偷哭。她家的园子和我们的园子只隔一度竹篱,我一听见她哭,或是听见她在那里,就上前和她谈话,有时安慰她,有时给东西她吃,有时送她些少金钱。

阿噶利马起先瞧见我周济那寡妇,很不以为然。我屡次对她说明,在唐山不论什么人都可以受人家的周济,从不分什么教门。她受我的感化,后来对于那寡妇也就发出哀怜的同情。

有一天,阿噶利马拿些银子正从篱间递给哈那,可巧被阿户耶瞥见。他不声不张,蹑步到阿噶利马后头,给她一掌,顺口骂说:"小母畜,贱生的母猪,你在这里干什么?"他回到屋里,气得满身哆嗦,指着阿噶利马说:"谁教你把钱给那婆罗门妇人?岂不把你自己玷污了吗?你不但玷污了自己,更是玷污我和清真圣典。'马赛拉'!快把你的'布卡'放下来罢。"

我在里头听得清楚,以为骂过就没事。谁知不一会的工夫,阿噶利马珠泪承睫地走进来,对我说:"利亚,我们要分离了!"我听这话吓了一跳,忙问道:"你说的是什么意思,我听不明白。"她说:"你不听见他叫我把'布卡'放下来罢?那就是休我的意思。此刻我就要回娘家去。你不必悲哀,过两天他气平了,总得叫我回来。"那时我一阵心酸,不晓得要用什么话来安慰她,我们抱头哭了一场就分散了。唉!"杀人放火金腰带;修桥整路长大癞",这两句话实在是人间生活的常例呀!

---

① 无花果树的福分:《古兰经》载阿丹浩娃被天魔阿扎贼来引诱,吃了阿拉所禁的果子,当时他们二人的天衣都化没了。他们觉得赤身的羞耻,就向乐园里的树借叶子围身。各种树木因为他们犯了阿拉的戒命,都不敢借,惟有无花果树瞧他们二人怪可怜的,就慷慨借些叶子给他们。阿拉嘉许无花果树的行为,就赐它不必经过开花和受蜂蝶搅扰的苦而能结果。

自从阿噶利马去后，我的凄凉的历书又从"贺春王正月"翻起。那四个女人是与我素无交情的。阿户耶呢，他那副黝黑的脸，猬毛似的胡子，我一见了就憎厌，巴不得他快离开我。我每天的生活就是乳育孩子，此外没有别的事情。我因为阿噶利马的事，吓得连花园也不敢去逛。

过几个月，我的苦生涯快挨尽了！因为阿户耶借着病回他的乐园去了。我从前听见阿噶利马说过：妇人于丈夫死后一百三十日后就得自由，可以随便改嫁。我本欲等到那规定的日子才出去，无奈她们四个人因为我有孩子，在财产上恐怕给我占便宜，所以多方窘迫我。她们的手段，我也不忍说了。

哈那劝我先逃到她姊姊那里。她教我送一点钱财给她的姊夫，就可以得到他们的容留。她姊姊我曾见过，性情也很不错。我一想，逃走也是好的，她们四个人的心肠鬼蜮到极，若是中了她们的暗算，可就不好。哈那的姊夫在亚可特住。我和她约定了，教她找机会通知我。

一星期后，哈那对我说她的母亲到别处去，要夜深才可以回来，教我由篱笆逾越过去。这事本不容易，因事后须得使哈那不致于吃亏。而且篱上界着一行钆线，实在教我难办。我抬头瞧见篱下那棵波罗蜜树有一桠横过她那边，那树又是斜着长上去的。我就告诉她，叫她等待人静的时候在树下接应。

原来我的住房有一个小门通到园里。那一晚上，天际只有一点星光，我把自己细软的东西藏在一个口袋里，又多穿了两件衣裳，正要出门，瞧见我的孩子睡在那里。我本不愿意带他同行，只怕他醒时瞧不见我要哭起来，所以暂住一下，把他抱在怀里，让他吸乳。他吸的时节，才实在感得我是他的母亲，他父亲虽与我没有精神上的关系，他却是我养的。况且我去后，他不免要受别人的折磨。我想到这里，不由得双泪直流。因为多带一个孩子，会教我的事情越发难办。我想来想去，还是把他驼起来，低声对他说："你是好孩子，就不要哭，还得乖乖地睡。"幸亏他那时好像理会我的意思，不大作声。我留一封信在床上，说明愿意抛弃我应得的产业和逃走的理由，然后从小门出去。

我一手往后托住孩子，一手拿着口袋，蹑步到波罗蜜树下。我用一条绳子拴住口袋，慢慢地爬上树，到分桠的地方少停一会。那时孩子哼了一两声，我用手轻轻地拍着，又摇他几下，再把口袋扯上来，抛过去给哈那接住。我再爬过去，摸着哈那为我预备的绳子，我就紧握着，让身体慢慢坠下来。我的手耐不得摩擦，早已被绳子锉伤了。

我下来之后，谢过哈那，忙忙出门，离哈那的门口不远就是爱德耶河，哈那和我出去雇船，她把话交代清楚就回去了。那舵工是一个老头子，也许听不明白哈那所说的话。他划到塞德必特车站，又替我去买票。我初次搭车，所以不大明白行车的规矩，他叫我上车，我就上去。车开以后，查票人看我的票才知道我搭错了。

车到一个小站，我赶紧下来，意思是要等别辆车搭回去。那时已经夜半，站里的人说上麻德拉斯的车要到早晨才开。不得已就在候车处坐下。我把"马支拉"披好，用手支住袋假寐，约有三四点钟的工夫。偶一抬头，瞧见很远一点灯光由栅栏之间射来，我赶快到月台去，指着那灯问站里的人。他们当中有一个人笑说："这妇人连方向也分不清楚了。她认启明星做车头的探灯哪。"我瞧真了，也不觉得笑起来，说："可不是！我的眼真是花了。"

我对着启明星，又想起阿噶利马的话。她曾告诉我那星是一个擅于迷惑男子的女人变的。我因此想起荫哥和我的感情本来很好，若不是受了番婆的迷惑，决不忍把他最爱的结发妻卖掉。我又想着自己被卖的不是不能全然归在荫哥身上。若是我情愿在唐山过苦日子，无心到新加坡去依赖他，也不会发生这事。我想来想去，反笑自己逃得太过唐突。我自问既然逃得出来，又何必去依赖哈那的姊姊呢？想到这里，仍把孩子抱回候车处，定神解决这问题。我带出来的东西和现银共值三千多卢比，若是在村庄里住，很可以够一辈子的开销，所以我就把独立生活的主意拿定了。

天上的诸星陆续收了它们的光，惟有启明仍在东方闪烁着。当我瞧着它的时候，好像有一种声音从它的光传出来，说："惜官，此后你别再以我为迷惑男子的女人。要知道凡光明的事物都不能迷惑人。在诸星之中，我最先出来，告诉你们黑暗快到了；我最后回去，为的是领你们紧接受着太阳的光亮；我是夜界最光明的星。你可以当我做你心里的殷勤的警醒者。"我朝着它，心花怒开，也形容不出我心里的感谢。此后我一见着它，就有一番特别的感触。

我向人打听客栈所在的地方，都说要到贞葛布德才有。于是我又搭车到那城去。我在客栈住不多的日子，就搬到自己的房子住去。

那房子是我把钻石鼻环兑出去所得的金钱买来的。地方不大，只有二间房和一个小园，四面种些露兜树当做围墙。印度式的房子虽然不好，但我爱它靠近村庄，也就顾不得它的外观和内容了。我雇了一个老婆子帮助料理家务，除养育孩子以外，还可以念些印度书籍。我在寂寞中和这孩子玩弄，才觉得孩子的可爱，比一切的更甚。

每到晚间，就有一种很庄重的歌声送到我耳里。我到园里一望，原来是从对门一个小家庭发出来。起先我也不知道他们唱来干什么，后来我才晓得他们是基督徒。那女主人以利沙伯不久也和我认识，我也常去赴他们的晚祷会。我在贞葛布德最先认识的朋友就算他们那一家。

以利沙伯是一个很可亲的女人，她劝我入学校念书，且应许给我照顾孩子。我想偷闲度日也是没有什么出息，所以在第二年她就介绍我到麻德拉斯一个妇女学校念书。每月回家一次瞧瞧我的孩子，她为我照顾得很好，不必我担忧。

我在校里没有分心的事，所以成绩甚佳。这六七年的工夫，不但学问长进，连从前所有的见地都改变了。我毕业后直到如今就在贞葛布德附近一个村里当教习。这就是我一生经历的大概。若要详细说来，虽用一年的工夫也说不尽。

　　现在我要到新加坡找我丈夫去，因为我要知道卖我的到底是谁。我很相信荫哥必不忍做这事，纵然是他出的主意，终有一天会悔悟过来。

　　惜官和我谈了足有两点多钟，她说得很慢，加之孩子时时搅扰她，所以没有把她在学校的生活对我详细地说。我因为她说得工夫太长，恐怕精神过于受累，也就不往下再问，我只对她说："你在那漂流的时节，能够自己找出这条活路，实在可敬。明天到新加坡的时候，若是要我帮助你去找荫哥，我很乐意为你去干。"她说："我哪里有什么聪明，这条路不过是冥冥中指导者替我开的。我在学校里所念的书，最感动我的是《天路历程》和《鲁滨逊漂流记》，这两部书给我许多安慰和模范。我现时简直是一个女鲁滨逊哪。你要帮我去找荫哥，我实在感激。因为新加坡我不大熟悉，明天总得求你和我……"说到这里，那孩子催着她进舱里去拿玩具给他。她就起来，一面续下去说："明天总得求你帮忙。"我起立对她行了一个敬礼，就坐下把方才的会话录在怀日记里头。

　　过了二十四点钟，东南方微微露出几个山峰。满船的人都十分忙碌，惜官也顾着检点她的东西，没有出来。船入港的时候，她才携着孩子出来与我坐在一条长凳上头。她对我说："先生，想不到我会再和这个地方相见。岸上的椰树还是舞着它们的叶子；海面的白鸥还是飞来飞去向客人表示欢迎；我的愉快也和九年前初会它们那时一样。如箭的时光，转眼就过了那么多年，但我至终瞧不出从前所见的和现在所见的当中有什么分别。……呀！'光阴如箭'的话，不是指着箭飞得快说，乃是指着箭的本体说。光阴无论飞得多么快，在里头的事物还是没有什么改变，好像附在箭上的东西，箭虽是飞行着，它们却是一点不更改。……我今天所见的和从前所见的虽是一样，但愿荫哥的心肠不要像自然界的现象变更得那么慢；但愿他回心转意地接纳我。"我说："我向你表同情。听说这船要泊在丹让巴葛的码头，我想到时你先在船上候着，我上去打听一下再回来和你同去，这办法好不好呢？"她说："那么，就教你多多受累了。"

　　我上岸问了好几家都说不认得林荫乔这个人，那义和诚的招牌更是找不着。我非常着急，走了大半天觉得有一点累，就上一家广东茶居歇足，可巧在那里给我查出一点端倪。我问那茶居的掌柜。据他说：林荫乔因为把妻子卖给一个印度人，惹起本埠多数唐人的反对。那时有人说是他出主意卖的，有人说是番婆卖的，究竟不知道是谁做的事。但他的生意因此受莫大的影响，他瞧着在新加坡站不住，就把店门关起来，全家搬到别处去了。

　　我回来将所查出的情形告诉惜官，且劝她回唐山去。她说："我是永远不能去的,因为我带着这个棕色孩子,一到家,人必要耻笑我,况且我对于唐文一点也不会,回去岂不要饿死吗?我想在新加坡住几天,细细地访查他的下落。若是访不着时,仍旧回印度去。……唉,现在我已成为印度人了!"

我瞧她的情形,实在想不出什么话可以劝她回乡,只叹一声说:"呀! 你的命运实在苦!"她听了反笑着对我说:"先生啊,人间一切的事情本来没有什么苦乐的分别:你造作时是苦,希望时是乐;临事时是苦,回想时是乐。我换一句话说:眼前所遇的都是困苦;过去、未来的回想和希望都是快乐。昨天我对你诉说自己境遇的时候,你听了觉得很苦,因为我把从前的情形陈说出来,罗列在你眼前,教你感得那是现在的事;若是我自己想起来,久别、被卖、逃亡等等事情都有快乐在内。所以你不必为我叹息,要把眼前的事情看开才好。……我只求你一样,你到唐山时,若是有便,就请到我村里通知我母亲一声。我母亲算来已有七十多岁,她住在鸿渐,我的唐山亲人只剩着她咧。她的门外有一棵很高的橄榄树。你打听良姆,人家就会告诉你。"

船离码头的时候,她还站在岸上挥着手巾送我。那种诚挚的表情,教我永远不能忘掉。我到家不上一月就上鸿渐去。那橄榄树下的破屋满被古藤封住,从门缝儿一望,隐约瞧见几座朽腐的木主搁在桌上,那里还有一位良姆!

在费总理的客厅里

○许地山

当差的引了一位穿洋服、留着胡子的客人进来,说:"请坐一会儿,总理就出来。"客人坐下了。当差的进里面去,好像对着一个丫头说:"去请大爷,外头有位黄先生要见他。"里面隐约听见一个女人的声音说:"翠花,爷在五太房间哪。"我们从这句话可以断定费总理的家庭是公鸡式的,他至少有五位太太,丫头还不算在内。其实这也算不了怎么一回事,在这个礼教之邦,又值一般大人物及当代政府提倡"旧道德"的时候,多纳几位"小星",既足以增门第的光荣,又可以为敦伦①之一助,有些少身家的人不娶姨太都要被人笑话,何况时时垫款出来办慈善事业的费总理呢!

---

① 敦伦:意即夫妻之间行房事。

已经过一刻钟了，客人正在左观右望的时候，主人费总理一面整理他的长褂，一面踏进客厅，连连作揖，说："失迎了，对不住，对不住！"黄先生自然要赶快答礼说："岂敢，岂敢。"宾主叙过寒暄，客人便言归正传，向总理说："鄙人在本乡也办了一个妇女慈善工厂，每听见人家称赞您老先生所办的民生妇女慈善习艺工厂成绩很好，所以今早特意来到，请老先生给介绍到贵工厂参观参观，其中一定有许多可以为敝厂模范的地方。"

总理的身材长短正合乎"读书人"的度数，体质的柔弱也很相称。他那副玄黄相杂的牙齿，很能表现他是个阔人。若不是一天抽了不少的鸦片，决不能使他的牙齿染出天地的正色来！他显出很谦虚的态度，对客人详述他创办民生女工厂的宗旨和最近发展的情形。从他的话里我们知道工厂的经费是向各地捐来的。女工们尽是乡间妇女。她们学的手艺都很平常，多半是织袜、花边、裁缝，那等轻巧的工艺。工厂的出品虽然很多，销路也很好，依理说应当赚钱，可是从总理的叙述上，他每年总要赔垫一万几千块钱！

总理命人打电话到工厂去通知说黄先生要去参观，又亲自写了几个字在他自己的名片上作为介绍他的证据。黄先生显出感谢的神气，站起来向主人鞠躬告辞，主人约他晚间回来吃便饭。

主人送客出门时，顺手把电扇的制钮转了，微细的风还可以使书架上那几本《孝经》之类一页一页地被吹起来，还落下去。主人大概又回到第几姨太房里抽鸦片去。客厅里顿然寂静了。不过上房里好像有女人哭骂的声音，隐约听见"我是有夫之妇……你有钱也不成……"，其余的就听不清了。午饭刚完，当差的又引导了一位客人进来，递过茶，又到上房去回报说："二爷来了。"

二爷与费总理是交换兰谱的兄弟。实际上他比总理大三四岁，可是他自己一定要说少三两岁，情愿列在老弟的地位。这也许是因为他本来排行第二的缘故。他的脸上现出很焦急的样子，恨不能立时就见着总理。

这次总理却不教客人等那么久。他也没穿长褂，手捧着水烟筒，一面吹着纸捻，进到客厅里来。他说："二弟吃过饭没有？怎么这样着急？"

"大哥，咱们的工厂这一次恐怕免不了又有麻烦。不晓得谁到南方去报告说咱们都是土豪劣绅，听说他们来到就要查办啊。我早晨为这事奔走了大半天，到现在还没吃中饭哪。假使他们发现了咱们用民生工厂的捐款去办兴华公司，大哥，你有什么方法对付？若是教他们查出来，咱们不挨枪毙也得担个无期徒刑！"

总理像很有把握的神气，从容地说："二弟，别着急，先叫人开饭给你吃，咱们再商量。"他按电铃，叫人预备饭菜，接着对二爷说："你到底是胆量不大，些小事情还值得这么惊惶！'土豪劣绅'的名词难道还会加在慈善家的头上不成？假使人来查办，一领他们到这敦诗说礼之堂来看看，捐册、帐本、褒奖状，件件都是来路分明，去路清楚,他们还能指摘什么,咱们当然不要承认兴华公司的资本就是民生工厂的捐款。世间没有不许办慈善事业的人兼为公司的道理,法律上也没有讲不过去的地方。"

"怕的是人家一查,查出咱们的款项来路分明,去路不清。我跟着你大哥办慈善事业,倒办出一身罪过来了,怎办,怎办?"二爷说得非常焦急。

"你别慌张,我对于这事早已有了对付的方法。咱们并没有直接地提民生工厂的款项到兴华公司去用。民生的款项本来是慈善性质,消耗了是当然的事体,只要咱们多划几笔帐便可以敷衍过去。其实捐钱的人,谁来考查咱们的帐目?捐一千几百块的,本来就冲着咱们的面子,不好意思不捐,实在他们也不是为要办慈善事业而捐钱,他们的钱一拿出来,早就存着输了几台麻雀的心思,捐出去就算了。只要他们来到厂里看见他们的名牌高高地悬挂在会堂上头,他们就心满意足了。还有捐一百几十的'无名氏',我们也可以从中想法子。在四五十个捐一百元的'无名氏'当中,我们可以只报出三四个,那捐款的人个个便会想着报告书上所记的便是他。这里岂不又可以挖出好些钱来?至于那班捐一块几毛钱的,他们要查账,咱们也得问问他们配不配。"

"然则工厂基金捐款的问题呢?"二爷又问。

"工厂的基金捐款也可以归在去年证券交易失败的账里。若是查到那一笔,至多是派咱们'付托失当,经营不善'这几个字,也担不上什么处分,更挂不上何等罪名。再进一步说,咱们的兴华公司,表面上岂不能说是为工厂销货和其他利益而设的?又公司的股东,自来就没有咱姓费的名字,也没你二爷的名字,咱的姨太开公司难道是犯罪行为?总而言之,咱们是名正言顺,请你不要慌张害怕。"他一面说,一面把水烟筒吸得哗罗哗罗地响。

二爷听他所说,也连连点头说:"有理有理!工厂的事,咱们可以说对得起人家,就是查办,也管教他查出功劳来。……然而,大哥,咱们还有一桩案未了。你记得去年学生们到咱们公司去检货,被咱们的伙计打死了他们两个人,这桩案件,他们来到,一定要办的。昨天我就听见人家说,学生会已宣布了你、我的罪状,又要把什么标语、口号贴在街上。不但如此,他们又要把咱们伙计冒充日籍的事实揭露出来。我想这事比工厂的问题还要重大。这真是要咱们的身家、性命、道德、名誉咧。"

总理虽然心里不安,但仍镇静地说:"那件事情,我已经拜托国仁向那边接洽去了,结果如何,虽不敢说定,但据我看来,也不致于有什么危险。国仁在南方很有点势力,只要他向那边的当局为咱们说一句好话,咱们再用些钱,那就没有事了。"

"这一次恐怕钱有点使不上罢,他们以廉洁相号召,难道还能受贿赂?"

"咳!二弟你真是个老实人!世间事都是说的容易做的难。何况他们只是提倡廉洁政府,并没明说廉洁个人。政府当然是不会受贿赂的,历来的政府哪一个受过贿呢?反正都是和咱们一类的人,谁不爱钱?只要咱们送得有名目,人家就可以要。你如心里不安,就可以立刻到国仁那里去打听一下,看看事情进行到什么程度。"

"那么,我就去罢。我想这一次用钱有点靠不住。"

总理自然愿意他立刻到国仁那里去打听。他不但可以省一顿客饭,并且可以得着那桩案件的最近消息。他说:"要去还得快些去,饭后他是常出门的。你就在外头随便吃些东西罢。可恶的厨子,教他做一顿饭到大半天还没做出来!"他故意叫人来骂了几句,又吩咐给二爷雇车。不一会,车雇得了,二爷站起来顺便问总理说:"芙蓉的事情和谐罢?恭喜你又添了一位小星。"总理听见他这话,脸上便现出不安的状态。他回答说:"现在没有工夫和你细谈那事,回头再给你说罢。"他又对二爷说:"你快去快回来,今晚上在我这里吃晚饭罢。我请了一位黄先生,正要你来陪。国仁有工夫,也请他来。"

二爷坐上车,匆匆地到国仁那里去了。总理没有送客出门,自己吸着水烟,回到上房。当差的进客厅里来,把桌上茶杯里的剩茶倒了,然后把它们搁在架上。客厅里现在又寂静了。我们只能从壁上的镜子里看见街上行人的反影,其中看见时髦的女人开着汽车从窗外经过,车上只坐着她的爱犬。很可怪的就是坐在汽车上那只畜生不时伸出头来向路人狂吠,表示它是阔人的狗!它的吠声在费总理的客厅里也可以听见。

时辰钟刚敲过三下,客厅里又热闹起来了。民生工厂的庶务长魏先生领着一对乡下夫妇进来,指示他们总理客厅里的陈设。乡下人看见当中二块匾就联想到他们的大宗祠里也悬着像旁边两块一样的东西,听说是皇帝赐给他们第几代的祖先的。总理客厅里的大小自鸣钟、新旧古董和一切的陈设,教他们心里想着就是皇帝的金銮殿也不过是这般布置而已。

他们都坐下,老婆子不歇地摩挲放在身边的东西,心里有的是赞羡。

魏先生对他们说:"我对你们说,你们不信,现在理会了。我们的总理是个有身家有名誉的财主,他看中了芙蓉就算你们两人的造化。她若嫁给总理做姨太,你们不但不愁没得吃的、穿的、住的,就是将来你们那个小狗儿要做一任县知事也不难。"

老头子说:"好倒很好,不过芙蓉是从小养来给小狗儿做媳妇,若是把她嫁了,我们不免要吃她外家的官司。"

老婆子说:"我们送她到工厂去也是为要使她学些手艺,好教我们多收些钱财,现在既然是总理财主要她,我们只得怨小狗儿没福气。总理财主如能吃得起官司,又保得我们的小狗儿做个营长、旅长,那我们就可以要一点财礼为他另娶一个回来。我说魏老爷呀，营长是不是管得着县知事？您方才说总理财主可以给小狗儿一个县知事做，我想还不如做个营长、旅长更好。现在做县知事的都要受气，听说营长还可以升到督办哪。"

魏先生说："只要你们答应，天大的官司，咱们总理都吃得起。你看咱们总理几位姨太的亲戚没有一个不是当阔差事的。小狗儿如肯把芙蓉让给总理，那愁他不得着好差事！不说是营长、旅长，他要什么就得什么。"

老头子是个明理知礼的人，他虽然不大愿意，却也不敢违忤魏先生的意思。他说："无论如何，咱们两个老伙计是不能完全做主的。这个还得问问芙蓉，看她自己愿意不愿意。"

魏先生立时回答他说："芙蓉一定愿意。只要你们两个人答应，一切的都好办了。她昨晚已在这里上房住一宿，若不愿意，她肯么？"

老头子听见芙蓉在上房住一宿就很不高兴。魏先生知道他的神气不对，赶快对他说明工厂里的习惯，女工可以被雇到厂外做活去。总理也有权柄调女工到家里当差，譬如翠花、菱花们，都是常在家里做工的。昨晚上刚巧总理太太有点活要芙蓉来做，所以住了一宿，并没有别的缘故。

芙蓉的公姑请求叫她出来把事由说个明白，问她到底愿意不愿意。不一会，翠花领着芙蓉进到客厅里。她一见着两位老人家，便长跪在地上哭个不休。她嚷着说："我的爹妈，快带我回家去罢，我不能在这里受人家欺侮。……我是有夫之妇。我决不能依从他。他有钱也不能买我的志向。……"

她的声音可以从窗户传达到街上，所以魏先生一直劝她不要放声哭，有话好好地说。老婆子把她扶起来，她咒骂了一场，气泄过了，声音也渐渐低下去。

老婆子到底是个贪求富贵的人，她把芙蓉拉到身边，细声对她劝说，说她若是嫁给总理财主，家里就有这样好处，那样好处。但她至终抱定不肯改嫁，更不肯嫁给人做姨太的主意。她宁愿回家跟着小狗儿过日子。

魏先生虽然把她劝不过来，心里却很佩服她。老少喧嚷过一会，芙蓉便随着她的公姑回到乡间去。魏先生把总理请出来，对他说那孩子很刁，不要也罢，反正厂里短不了比她好看的女人。总理也骂她是个不识抬举的贱人，说她昨夜和早晨怎样在上房吵闹。早晨他送完客，回到上房的时候，从她面前经过，又被她侮辱了一顿。若不是他一意要她做姨太，早就把她一脚踢死。他教魏先生回到工厂去，把芙蓉的名字开除，还教他从工厂的临时费支出几十块钱送给她家人，教他们不要播扬这事。

五点钟过了。几个警察来到费总理家的门房，费家的人个个都捏着一把汗，心里以为是芙蓉同着她的公姑到警察厅去上诉，现在来传人了。警察们倒不像来传人的样子。他们只报告说："上头有话，明天欢迎总司令、总指挥，各家各户都得挂旗。"费家的大小这才放了心。

当差的说:"前几天欢送大帅,你们要人挂旗,明天欢迎总司令,又要挂旗,整天挂旗,有什么意思?"

"这是上头的命令,我们只得照传。不过明天千万别挂五色国旗,现在改用海军旗做国旗。"

"哪里找海军旗去? 这都是你们警厅的主意,一会要人挂这样的旗,一会又要人挂那样的旗。"

"我们也管不了。上头说挂龙旗,我们便教挂龙旗;上头说挂红旗,我们也得照传,教挂红旗。"

警察叮咛了一会,又往别家通告去了。客厅的大镜里已经映着街上一家新开张的男女理发所门门挂着两面二丈四长、垂到地上的党国大旗。那旗比新华门平时所用的还要大,从远地看来,几乎令人以为是一所很重要的行政机关。

掌灯的时候到了。费总理的客厅里安排着一席酒,是为日间参观工厂的黄先生预备的。还是庶务长魏先生先到。他把方才总理吩咐他去办的事情都办妥了。他又对总理说他已买了两面新的国旗。总理说他不该买新的,费那么些钱,他说应当到估衣铺去搜罗。原来总理以为新的国旗可以到估衣铺去买。

二爷也到了。从他眉目的舒展可以知道他所得的消息是不坏的。他从袖里掏出几本书本,对费总理说:"国仁今晚要搭专车到保定去接司令,不能来了。他教我把这几本书带来给你看。他说此后要在社会上做事,非能背诵这里头的字句不成。这是新颁的《圣经》,一点一画也不许人改易的。"

他虽然说得如此郑重,总理却慢慢地取过来翻了几遍。他在无意中翻出"民生主义"几个字,不觉狂喜起来,对二爷说:"咱们的民生工厂不就是民生主义么?"

"有理有理。咱们的见解原先就和中山先生一致呵!"二爷又对总理说国仁已把事情办妥,前途大概没有什么危险。

总理把几本书也放在《孝经》、《治家格言》等书上头。也许客厅的那一个犄角就是他的图书馆! 他没有别的地方藏书。

黄先生也到了,他对于总理所办的工厂十分赞美,总理也谦让了几句,还对他说他的工厂与民生主义的关系,黄先生越发佩服他是个当代的社会改良家兼大慈善家,更是总理的同志。他想他能与总理同席,是一桩非常荣幸可以记在参观日记上头、将来出版公布的事体。他自然也很羡慕总理的阔绰。心里想着,若不是财主,也做不了像他那样的慈善家。他心中最后的结论以为若不是财主,就没有做慈善家的资格。可不是!

宾主入席,畅快地吃喝了一顿,到十点左右,各自散去。客厅里现在只剩下几个当差的在那里收拾杯盘。器具摩荡的声音与从窗外送来那家新开张的男女理发所的留声机唱片的声音混在一起。

中国短篇小说精选

法　眼

○许地山

"前几个月这城曾经关闭过十几天，听说是反革命军与正革命军开仗的缘故。两军的旗号是一样的，实力是一样的，宗旨是一样的，甚至党纲也是一样的。不过，为什么打起来？双方都说是为国，为民，为人道，为正义，为和平……为种种说不出来的美善理想，所以打仗的目的也是一样！但是，依据什么思想家的考察，说是'红马'和'白狗'在里头作怪。思想家说，'马'是'马克思'，或是马克思主义的走马；'红'就是我们所知道的'红'；'狗'自然是'狗必多'，或是什么资本，帝国主义的走狗；'白'也是我们所常知道的'白'。"

"白狗和红马打起来，可苦了城里头的'灰猫'！灰猫者谁？不在前线的谁都不是！常人好像三条腿的灰猫，色彩不分明，身体又残缺，生活自然不顺，幸而遇见瞎眼耗子，他们还可以饱一顿天赐之粮，不幸而遇见那红马与白狗在他们的住宅里抛炸弹，在他们的田地里开壕沟，弄得他们欲生不能，求死不得，只能向天嚷着说：'真命什么时候下来啊！'"

"这是谁说的呢？"

"这一段话好像是谁说过的，一下子记不清楚了。现在先不管它到底是哪一方的革命是具有真正的目的，据说在革命时代，凡能指挥兵士，或指导民众，或利用民众的暴力财力及其他等等的人们的行为都是正的，对的，因为愚随智和弱随强是天演的公例。民众既是三条腿的灰猫，物力心力自然不如红马和白狗，所以也得由着他们驱东便东，逐西便西，敢有一言，便是'反革命'。像我便是担了反革命的罪名到这里来的，其实我也不知道所反的是哪一种革命，不过我为不主张那毁家灭宅的民死主义而写了一篇论文罢了。"

这是在一个离城不远的新式监狱里两个青年囚犯当着狱卒不在面前的时候隔着铁门的对话。看他们的样子，好像是新近被宣告有反动行为判处徒刑的两个大学生。罪本不重，人又很斯文，所以狱卒也不很严厉地监视他们。但依法，他们是不许谈话的。他们日间的劳工只是抄写，所以比其余的囚徒较为安适。在回监的时候，他们常偷偷地低谈。狱卒看见了，有时也干涉了下，但不像对待别的囚徒用法权来制止他们。他们的囚号一个是九五四，一个是九五一。

"你方才说这城关闭了十几天是从哪里得来的消息？我有亲戚在城里，不晓得他们现在怎样？"他说时，现出很忧虑的样子。

九五四回答说，"今天狱吏叫我到病监里去替一个进监不久却病得很沉重的囚犯记录些给亲属的遗言，这消息是从他那听来的。"

"那是一个什么人？"九五一问。

"一个平常的农人罢。"

"犯了什么事？"

九五四摇摇头说："还不是经济问题？在监里除掉一两个像我们犯的糊涂罪名以外，谁不都是为饮食和男女吗？说来他的事情也很有趣。我且把从他和从别的狱卒听来的事情慢慢地说给你听吧。"

"这城关了十几天，城里的粮食已经不够三天的用度，于是司令官不得不偷偷地把西门开了一会，放些难民出城，不然城里不用外攻，便要内讧了。据他说，那天开城是在天未亮的时候，出城的人不许多带东西，也不许声张，更不许打着灯笼。城里的人得着开城的消息，在前一晚上，已经有人抱着孩子，背着包袱，站在城门洞等着。好容易三更盼到四更，四更盼到五更，城门才开了半扇，这一开，不说脚步的声音，就是喘气的声音也足以赛过飞机。不许声张，成吗？"

"天已经快亮了。天一亮，城门就要再关闭的。再一关闭，什么时候会再开，天也不知道。因为有这样的顾虑，那班灰猫真得拼命地挤。他现在名字是'九九九'，我就管他叫'九九九'吧。原来'九九九'也是一只逃难的灰猫，他也跟着人家挤。他胸前是一个女人，双手高举着一个包袱。他背后又是黑压压的一大群。谁也看不清是谁，谁也听不清谁的声音。为丢东西而哭的，更不能遵守那静默的命令，所以在黑暗中，只听见许多悲惨的嚷声。"

"他前头那女人忽然回头把包袱递给他说，'大嫂，你先给我拿着吧，我的孩子教人挤下去了。'他好容易伸出手来，接着包袱，只听见那女人连哭带嚷说，'别挤啦！挤死人啦！我的孩子在底下哪！别挤啦！踩死人啦！'人们还是没见，照样地向前挤，挤来挤去，那女人的哭声也没有了，她的影儿也不见了。九九九顶着两个包袱，自己的脚不自由地向着抵抗力最弱的前方进步，好容易才出了城。"

"他手里提着一个别人的和一个自己的包袱，站在桥头众人必经之地守望着。但交给谁呢？他又不认得。等到天亮，至终没有女人来问他要哪个包袱。"

"城门依然关闭了，作战的形势忽然紧张起来，飞机的声音震动远近。他慢慢走，直到看见飞机的炸弹远远掉在城里的党旗台上爆炸了，才不得不拼命地逃。他在歧途上，四顾茫茫，耳目所触都是炮烟弹响，也不晓得要往哪里去。还是照着原先的主意回本村去吧。他说他也三四年没回家，家里也三四年没信了。"

"他背着别人的包袱像是自己的一样，惟恐兵或匪要来充主人硬领回去。一路上小心，走了一天多才到家。但他的村连年闹的都是兵来匪去，匪来兵去这一套'出将入相'的戏文。家呢？只是一片瓦砾场，认不出来了。田地呢？一沟一沟的水，由战壕一变而为运粮河了。妻子呢。不见了！可是村里还剩下断垣裂壁的三两家和枯枝零落几棵树，连老鸦也不在上头歇了。他正在张望徘徊的时候，一个好些年没见面的老婆婆从一间破房子出来。老婆婆是他的堂大妈，对他说他女人前年把田地卖了几百块钱带着孩子往城里找他去了。据他大妈说卖田地是他媳妇接到他的信说要在城里开小买卖，教她卖了，全家搬到城里住。他这才知道他妻子两年来也许就与他同住在一个城里。心里只诧异着，因为他并没写信回来教卖田，其中必定另有原故。他盘究了一两句，老婆婆也说不清，于是他便找一个僻静的地方，打开包袱一看，三件女衣两条裤子，四五身孩子衣服，还有一本小褶子两百块现洋，和一包银票同包在一条小手巾里面。'有钱！天赐的呀！'他这样想。但他想起前几天晚间在城门洞接到包袱时候的光景，又想着这恐怕是孤儿寡妇的钱吗？占为己有，恐怕有点不对，但若不占为己有，又当交给谁呢？想来想去，拿起小摺子翻开一看，一个字也认不得。村里两三家人都没有一个人认得字。他想那定是天赐的了，也许是因为妻子把他的产业和孩子带走，跟着别的男人过活去了，天才赐这一注横财来帮补帮补。'得，我未负人，人却负我'，他心里自然会这样想。他想着也许老天爷为怜悯他，再送一份财礼给他，教他另娶吧。他在村里住了几天，听人说城里已经平复，便想着再回到城里去。"

"城已经被攻破了，前半个月那种恐慌渐渐地被人忘却。九九九本来是在一个公馆里当园丁，这次回来，主人已经回籍，目前不能找到相当的事，便在一家小客栈住下。"

"惯于无中生有的便衣侦探最注意的是小客栈，下处，酒楼等等地方。他们不管好歹，凡是住栈房的在无论什么时候，都有盘查的必要，九九九在自己屋里把包袱里的小手巾打开，拿出摺子来翻翻，还是看不懂。放下摺子，拿起现洋和钞票一五一十这样地数着，一共数了一千二百多块钱。这个他可认识，不由得心里高兴，几乎要嚷出来。他的钱都是进一个出一个的，那里禁得起发这一注横财。他捋了一把银子和一叠钞票往口袋里塞，想着先到街上吃一顿好馆子。有一千多块钱，还舍不得吃吗？得，吃饱了再说。反正有钱，就是妻子跟人跑了也不要紧。他想着大吃一顿可以消灭他过去的忧郁，可以发扬他新得的高兴。他正在把银子包在包袱里预备出门的时候，可巧被那眼睛比苍蝇还多的便衣侦探瞥见了。他开始被人注意，自己却不知道。"

"九九九先到估衣铺，买了一件很漂亮的青布大衫罩在他的破棉袄上头。他平时听人说同心楼是城里顶阔的饭庄，连外国人也常到那里去吃饭，不用细想，自然是到那里去吃一顿饱，也可以借此见见世面。他雇一辆车到同心楼去，他问伙计顶贵的菜是什么。伙计以为他是打哈哈，信口便说十八块的燕窝，十四块的鱼翅，二十块的熊掌，十六块的鲍鱼，……说得天花乱坠。他只懂得燕窝鱼翅是贵菜，所以对伙计说，'不管是燕窝，是鱼翅，是鲍鱼，是银耳，你只给做四盘一汤顶贵的菜来下酒。''顶贵的菜，现时得不了，您哪，您要，先放下定钱，今晚上来吃罢。现在随便吃吃得啦。'伙计这样说。'好罢。你要多少定钱？'他一面说一面把一叠钞票掏出来。伙计给他一算，说'要吃顶好的四盘一汤合算起来就得花五十二块，您哪。多少位？'他说一句'只我一个人！'便拿了六张十圆钞票交给伙计，另外点了些菜吃。那头一顿就吃了十几块钱，已经撑得他饱饱地。肚子里一向少吃油腻，加以多吃，自是不好过。回到客栈，躺了好几点钟，肚子里头怪难受，想着晚上不去吃罢，钱又已经付了，五十三块可不是少数，还是去罢。"

"吃了两顿贵菜，可一连泻了好几天。他吃病了。最初舍不得花钱，找那个大夫也没把他治好。后来进了一个小医院，在那里头又住了四五天。他正躺在床上后悔，门便被人推开了。进来两个巡警，一个问'你是汪绥吗？''是。'他毫不惊惶地回答。一个巡警说：'就是他，不错，把他带走再说吧。'他们不由分说，七手八脚，给那病人一个五花大绑，好像要押赴刑场似的，旁人都不晓得是怎么一回事，也不便打听，看着他们把他扶上车一直地去了。"

"由发横财的汪绥一变而为现在的九九九的关键就在最后的那一番。他已经在不同的衙门被审过好几次，最后连贼带证被送到地方法院刑庭里。在判他有罪的最后一庭，推事问他钱是不是他的，或是他抢来的。他还说是他的。推事问'既是你的，一共有多少钱？'他回答一共有一千多。又问'怎样得的那么些钱？你不过是个种园子的？'"

"'种地的钱积下来的。'他这样回答。推事问'这摺子是你的吗？'他见又问起那摺子，再也不能撒谎了，他只静默着。推事说：'凭这摺子就可以断定不是你的钱，摺子是姓汪的倒不错，可不是叫汪绥。你老实说罢。'他不能再瞒了，他本来不晓得欺瞒，因为他觉得他并没抢人，也没骗人，不过叫最初审的问官给他打怕了，他只能定是他自己的，或是抢人家的，若说是捡的或人家给的话，当然还要挨打。他曾一度自认是抢来的。幸而官厅没把他马上就枪毙，也许是因为没有事主出来证明罢。推事也疑惑他不是抢来的，所以还不用强烈的话来逼迫他。后来倒是他自己说了真话。推事说'你受人的寄托，纵使物主不来问你要，也不能算为你自己的。''那么我当交给谁呢？放在路边吗？交给别人吗？物主只有一个，他既不来取回去，我自然得拿着。钱在我手里那么久，既然没有人来要，岂不是一注天财吗？'推事说，'你应当交给巡警。'他沉思了一会，便回答说，'为什么要交给巡警呢？巡警也不是物主呀。'"

九五一点头说："可不是！他又没受过公民教育，也不知道什么叫法律。现在的法律是仿效罗马法为基础的西洋法律,用来治我们这班久经浸润于人情世道的中国人,那岂不是顶滑稽的事吗?依我们的人情和道理说来,拾金不昧固然是美德,然而要一个衣食不丰,生活不裕,知识不足的常人来做,到的很勉强。郭巨掘地得金,并没看见他去报官,除袁子才以外,人都赞他是行孝之报。九九九并不是没等,等到不得不离开那城的时候才离开,已算是贤而又贤的人了,何况他回家又遇见那家散人亡的惨事。手里所有的钱财自然可以使他因安慰而想到是天所赏赐。也许他曾想过这是老天爷借着那妇人的手交给他的。"

九五四说,"他自是这样想。但是他还没理会'窃钩者诛,窃国者侯'这句格言在革命时代有时还可以应用得着。在无论什么时候,凡有统治与被治两种阶级的社会,就许大掠不许小掠,许大窃不许小窃,许大取不许小取。他没能力行大取,却来一下小取,可就活该了。推事判他一个侵占罪,因为情有可原,处他三年零六个月的徒刑,赃物牌示候领。这就是九九九到这里来的原委。"

九五一问,"他来多久了?"

"有两个星期了罢。刚来的时候,还没病得这么厉害。管他的狱卒以为他偷懒,强迫他做苦工。不到一个星期就不成了,不得已才把他送到病监去。"

九五一发出同情的声音低低地说,"咳,他们每以为初进监的囚犯都是偷懒装病的,这次可办错了。难道他们办错事,就没有罪吗?哼!"

九五四还要往下说,蓦然看见狱卒的影儿,便低声说,"再谈罢,狱卒来了。"他们各人坐在囚床上,各自装做看善书的样子。一会,封了门,他们都得依法安睡。除掉从监外的坟堆送来继续的蟋蟀声音以外,在监里,只见狱里的逻卒走来走去,一切都静默了。

狱中的一个星期像过得很慢,可是九九九已于昨晚上气绝了。九五四在他死这前一天还被派去誊录他入狱后的报告。那早晨狱卒把尸身验完,便移到尸房去预备入殓,正在忙的时候,一个女人连嚷带哭地说要找汪绶。狱卒说,"汪绶昨晚上刚死掉,不能见了。"女人更哭得厉害,说汪绶是她的丈夫。典狱长恰巧出来,问明情由,便命人带她到办公室去细问她。

她说丈夫汪绶已经出门好几年了。前年家里闹兵闹匪,忽然接到汪绶的信,叫把家产变卖同到城里做小买卖。她于是卖得几百块钱,带着一个两岁的孩子到城里来找他。不料到城里才知道被人暗算了,是同村的一个坏人想骗她出来,连人带钱骗到关东去。好在她很机灵,到城里一见不是本夫,就要给那人过不去。那人因为骗不过,便逃走了。她在城里,人面生疏怎找也找不着她丈夫。有人说他当兵去了,有人说他死了,坏人才打那主意。因此她很失望地就去给人做针黹活计,洗衣服,慢慢也会用钱去放利息,又曾加入有奖储蓄会,给她得了几百块钱奖,总共算起来连本带利一共有一千三百多块。往来的账目都用她的孩子汪富儿的名字写在摺子上头。据她说前几个月城里闹什么监元帅和酱元帅打仗，把城里家家的饭锅几乎都砸碎了。城关了好几十天，好容易听见要开城放人。她和同院住的王大嫂于是把钱都收回来，带着孩子跟着人挤，打算先回村里躲躲。不料城门非常拥挤，把孩子挤没了。她急起来，不知把包袱交给了谁，心里只记得是交给王大嫂。至终孩子也没找着，王大嫂和包袱也丢了。城门再关的时候，她还留在门洞里。到逃难的人们全被轰散了，她才看见地下血迹模糊，衣服破碎，那种悲惨情形，实在难以形容。被踹死的不止一个孩子，其余老的幼的还有好些。地面上的巡警又不许人抢东西，到底她的孩子还有没有命虽不得而知，看来多半也被踹死了。她至终留在城里，身边只剩几十块钱。好几个星期过去，一点消息也没有，急得她几乎发狂。有一天，王大嫂回来了。她问她要包袱。王大嫂说她们彼此早就挤散了，哪里见她的包袱。两个人争辩了好些时候，至终还是到法庭去求解决。法官自然把王大嫂押起来，等候证据充足，才宣告她的罪状。可惜她的案件与汪绶的案件不是同一个法官审理的。她报的钱财数目是一千三百块，把摺子的名字写做汪扶尔。她也不晓得她丈夫已改名叫汪绶，只说他的小名叫大头。这一来，弄得同时审理的两桩异名同事的案子凑不在一起。前天同院子一个在高等法院当小差使的男子把报上的法庭判辞和招领报告告诉她，她才知道当时恰巧把包袱交给她丈夫，她一听见这消息，立刻就到监里。但是那天不是探望囚犯的日子，她怎样央告，守门的狱卒也不理她，他们自然也不晓得这场冤枉事和她丈夫的病态，不通融办理，也是应当的。可惜他永远不知道那是他自己的钱哪！前天若能见着她，也许他就不会死了。

典狱长听她分诉①以后，也不禁长叹了一声。说，"你们都是很可怜的。现在他已经死了，你就到法院去把钱领回去吧。法官并没冤枉他。我们办事是依法处理的，就是据情也不会想到是他自己妻子交给他的包袱。你去把钱领回来，除他用了一百几十元以外，有了那么些钱，还怕养你不活吗？"典狱长用很多好话来安慰她，好容易把她劝过来。妇人要去看尸首，便即有人带她去了。

典狱长转过身来，看见公案上放着一封文书。拆开一看，原来是庆祝什么战胜特赦犯人的命令和名单，其中也有九五四和九五一的号头。他伏在案上划押，屋里一时都静默了。砚台上的水光反射在墙上挂着那幅西洋正义的女神的脸。门口站着一个听差的狱卒，也静静地望着那蒙着眼睛一手持剑一手持秤的神像。监外坟堆里偶然又送些断续的虫声到屋里来。

---

① 分诉：诉说，辩解。

春风沉醉的晚上

○郁达夫

一

在沪上闲居了半年,因为失业的结果,我的寓所迁移了三处。最初我住在静安寺路南的一间同鸟笼似的永也没有太阳晒着的自由的监房里。这些自由的监房的住民,除了几个同强盗小窃一样的凶恶裁缝之外,都是些可怜的无名文士,我当时所以送了那地方一个 Yellow Grub Street 的称号。在这 Grub Street 里住了一个月,房租忽涨了价,我就不得不拖了几本破书,搬上跑马厅附近一家相识的栈房里去。后来在这栈房里又受了种种逼迫,不得不搬了,我便在外白渡桥北岸的邓脱路中间,日新里对面的贫民窟里,寻了一间小小的房间,迁移了过去。

邓脱路的这几排房子,从地上量到屋顶,只有一丈几尺高。我住的楼上的那间房间,更是矮小得不堪。若站在楼板上伸一伸懒腰,两只手就要把灰黑的屋顶穿通的。从前面的衖里踱进了那房子的门,便是房主的住房。在破布,洋铁罐,玻璃瓶,旧铁器堆满的中间,侧着身子走进两步,就有一张中间有几根横档跌落的梯子靠墙摆在那里。用了这张梯子往上面的黑黝黝的一个二尺宽的洞里一接,即能走上楼去。黑沉沉的这层楼上,本来只有猫额那样大,房主人却把它隔成了两间小房,外面一间是一个 N 烟公司的女工住在那里,我所租的是梯子口头的那间小房,因为外间的住者要从我的房里出入,所以我的每月的房租要比外间的便宜几角小洋。

我的房主,是一个五十来岁的弯腰老人。他的脸上的青黄色里,映射着一层暗黑的油光。两只眼睛是一只大一只小,颧骨很高,额上颊上的几条皱纹里满砌着煤灰,好像每天早晨洗也洗不掉的样子。他每日于八九点钟的时候起来,咳嗽一阵,便挑了一双竹篮出去,到午后的三四点钟总仍旧是挑了一双空篮回来的,有时挑了满担回来的时候,他的竹篮里便是那些破布,破铁器,玻璃瓶之类。像这样的晚上,他必要去买些酒来喝喝,一个人坐在床沿上瞎骂出许多不可捉摸的话来。

我与间壁的同寓者的第一次相遇,是在搬来的那天午后。春天的急景已经快晚了的五点钟的时候,我点了一枝蜡烛,在那里安放几本刚从栈房里搬过来的破书。先把它们叠成了两方堆，一堆小些，一堆大些，然后把两个二尺长的装画的画架覆在大一点的那堆书上。因为我的器具都卖完了，这一堆书和画架白天要当写字台，晚上可当床睡的。摆好了画架的板，我就朝着这张由书叠成的桌子，坐在小一点的那堆书上吸烟，我的背系朝着梯子的接口的。我一边吸烟，一边在那里呆看放在桌上的蜡烛火，忽而听见梯子口上起了响动。回头一看，我只见了一个自家的扩大的投射影子，此外什么也辨不出来，但我的听觉分明告诉我说："有人上来了。"我向暗中凝视了几秒钟，一个圆形灰白的面貌，半截纤细的女人的身体，方才映到我的眼帘上来。一见了她的容貌我就知道她是我的间壁的同居者了。因为我来找房子的时候，那房主的老人便告诉我说，这屋里除了他一个人外，楼上只住着一个女工。我一则喜欢房价的便宜，二则喜欢这屋里没有别的女人小孩，所以立刻就租定了的。等她走上了梯子，我才站起来对她点了点头说：

"对不起，我是今朝才搬来的，以后要请你照应。"

她听了我这话，也并不回答，放了一双漆黑的大眼，对我深深的看了一眼，就走上她的门口去开了锁，进房去了。我与她不过这样的见了一面，不晓是什么原因，我只觉得她是一个可怜的女子。她的高高的鼻梁，灰白长圆的面貌，清瘦不高的身体，好像都是表明她是可怜的特征，但是当时正为了生活问题在那里操心的我，也无暇去怜惜这还未曾失业的女工，过了几分钟我又动也不动的坐在那一小堆书上看蜡烛光了。

在这贫民窟里过了一个多礼拜，她每天早晨七点钟去上工和午后六点多钟下工回来，总只见我呆呆的对着了蜡烛或油灯坐在那堆书上。大约她的好奇心被我那痴不痴呆不呆的态度挑动了罢。有一天她下了工走上楼来的时候，我依旧和第一天一样的站起来让她过去。她走到了我的身边忽而停住了脚。看了我一眼，吞吞吐吐好像怕什么似的问我说：

"你天天在这里看的是什么书？"

（她操的是柔和的苏州音，听了这一种声音以后的感觉，是怎么也写不出来的，所以我只能把她的言语译成普通的白话。）

我听了她的话，反而脸上涨红了。因为我天天呆坐在那里，面前虽则有几本外国书摊着，其实我的脑筋昏乱得很，就是一行一句也看不进去。有时候我只用了想像在书的上一行与下一行中间的空白里，填些奇异的模型进去。有时候我只把书里边的插画翻开来看看，就了那些插画演绎些不近人情的幻想出来。我那时候的身体因为失眠与营养不良的结果，实际上已经成了病的状态了。况且又因为我的唯一的财产的一件棉袍子已经破得不堪，白天不能走出外面去散步和房里全没有光线进来，不论白天晚上，都要点着油灯或蜡烛的缘故，非但我的全部健康不如常人，就是我的眼睛和脚力，也局部的非常萎缩了。在这样状态下的我，听了她这一

问,如何能够不红起脸来呢?所以我只是含含糊糊的回答说:

"我并不在看书,不过什么也不做呆坐在这里,样子一定不好看,所以把这几本书摊放着的。"

她听了这话,又深深的看了我一眼,作了一种不解的形容,依旧的走到她的房里去了。

那几天里,若说我完全什么事情也不去找什么事情也不曾干,却是假的。有时候,我的脑筋稍微清新一点,也曾译过几首英法的小诗,和几篇不满四千字的德国的短篇小说,于晚上大家睡熟的时候,不声不响的出去投邮,寄投给各新开的书局。因为当时我的各方面就职的希望,早已经完全断绝了,只有这一方面,还能靠了我的枯燥的脑筋,想想法子看。万一中了他们编辑先生的意,把我译的东西登了出来,也不难得着几块钱的酬报。所以我自迁移到邓脱路以后,当她第一次同我讲话的时候,这样的译稿已经发出了三四次了。

二

在乱昏昏的上海租界里住着,四季的变迁和日子的过去是不容易觉得的。我搬到了邓脱路的贫民窟之后,只觉得身上穿在那里的那件破棉袍子一天一天的重了起来,热了起来,所以我心里想:

"大约春光也已经老透了罢!"

但是囊中很羞涩的我,也不能上什么地方去旅行一次,日夜只是在那暗室的灯光下呆坐。在一天大约是午后了,我也是这样的坐在那里,间壁的同住者忽而手里拿了两包用纸包好的物件走了上来,我站起来让她走的时候,她把手里的纸包放了一包在我的书桌上说:

"这一包是葡萄浆的面包,请你收藏着,明天好吃的。另外我还有一包香蕉买在这里,请你到我房里来一道吃罢!"

我替她拿住了纸包,她就开了门邀我进她的房里去,共住了这十几天,她好像已经信用我是一个忠厚的人的样子。我见她初见我的时候脸上流露出来的那一种疑惧的形容完全没有了。我进了她的房里,才知道天还未暗,因为她的房里有一扇朝南的窗,太阳返射的光线从这窗里投射进来,照见了小小的一间房,由二条板铺成的一张床,一张黑漆的半桌,一只板箱,和一条圆凳。床上虽则没有帐子,但堆着有二条洁净的青布被褥。半桌上有一只小洋铁箱摆在那里,大约是她的梳头器具,洋铁箱上已经有许多油污的点子了。她一边把堆在圆凳上的几件半旧的洋布棉袄,粗布裤等收在床上,一边就让我坐下。我看了她那殷勤待我的样子,心里倒不好意思起来,所以就对她说:

"我们本来住在一处,何必这样的客气。"

"我并不客气,但是你每天当我回来的时候,总站起来让我,我却觉得对不起得很。"

这样的说着,她就把一包香蕉打开来让我吃。她自家也拿了一只,在床上坐下,一边吃一边问我说:

"你何以只住在家里,不出去找点事情做做?"

"我原是这样的想,但是找来找去总找不着事情。"

"你有朋友么?"

"朋友是有的,但是到了这样的时候,他们都不和我来往了。"

"你进过学堂么?"

"我在外国的学堂里曾经念过几年书。"

"你家在什么地方? 何以不回家去?"

她问到了这里,我忽而感觉到我自己的现状了。因为自去年以来,我只是一日一日的萎靡下去,差不多把"我是什么人?""我现在所处的是怎么一种境遇?""我的心里还是悲还是喜?"这些观念都忘掉了。经她一问,我重新把半年来困苦的情形一层一层的想了出来。所以听她的问话以后,我只是呆呆的看她,半晌说不出话来。她看了我这个样子,以为我也是一个无家可归的流浪人。脸上就立时起了一种孤寂的表情,微微的叹着说:

"唉! 你也是同我一样的么?"

微微的叹了一声之后,她就不说话了。我看她的眼圈上有些潮红起来,所以就想了一个另外的问题问她说:

"你在工厂里做的是什么工作?"

"是包纸烟的。"

"一天作几个钟头工?"

"早晨七点钟起,晚上六点钟止,中午休息一个钟头,每天一共要作十个钟头的工。少作一点钟就要扣钱的。"

"扣多少钱?"

"每月九块钱,所以是三块钱十天,三分大洋一个钟头。"

"饭钱多少?"

"四块钱一月。"

"这样算起来,每月一个钟点也不休息,除了饭钱,可省下五块钱来。够你付房钱买衣服的么?"

"哪里够呢! 并且那管理人要……啊啊! 我……我所以非常恨工厂的。你吃烟的么?"

“吃的。”

“我劝你顶好还是不吃。就吃也不要去吃我们工厂的烟。我真恨死它在这里。”

我看看她那一种切齿怨恨的样子，就不愿意再说下去。把手里捏着的半个吃剩的香蕉咬了几口，向四边一看，觉得她的房里也有些灰黑了，我站起来道了谢，就走回到了我自己的房里。她大约作工倦了的缘故，每天回来大概是马上就入睡的，只有这一晚上，她在房里好像是直到半夜还没有就寝。从这一回之后，她每天回来，总和我说几句话。我从她自家的口里听得，知道她姓陈，名叫二妹，是苏州东乡人，从小系在上海乡下长大的，她父亲也是纸烟工厂的工人，但是去年秋天死了。她本来和她父亲同住在那间房里，每天同上工厂去的，现在却只剩了她一个人了。她父亲死后的一个多月，她早晨上工厂去也一路哭了去，晚上回来也一路哭了回来的。她今年十七岁，也无兄弟姊妹，也无近亲的亲戚。她父亲死后的葬殓等事，是他于未死之前把十五块钱交给楼下的老人，托这老人包办的。她说：

“楼下的老人倒是一个好人，对我从来没有起过坏心，所以我得同父亲在时一样的去作工，不过工厂的一个姓李的管理人却坏得很，知道我父亲死了，就天天的想戏弄我。”

她自家和她父亲的身世，我差不多全知道了，但她母亲是如何的一个人？死了呢还是活在哪里？假使还活着，住在什么地方？等等，她却从来还没有说及过。

三

天气好像变了。几日来我那独有的世界，黑暗的小房里的腐浊的空气，同蒸笼里的蒸气一样，蒸得人头昏欲晕，我每年在春夏之交要发的神经衰弱的重症，遇了这样的气候，就要使我变成半狂。所以我这几天来到了晚上，等马路上人静之后，也常常想出去散步去。一个人在马路上从狭隘的深蓝天空里看看群星，慢慢的向前行走，一边作些漫无涯涘的空想，倒是于我的身体很有利益。当这样的无可奈何，春风沉醉的晚上，我每要在各处乱走，走到天将明的时候才回家里。我这样的走倦了回去就睡，一睡直可睡到第二天的日中，有几次竟要睡到二妹下工回来的前后方才起来，睡眠一足，我的健康状态也渐渐的回复起来了。平时只能消化半磅面包的我的胃部，自从我的深夜游行的练习开始之后，进步得几乎能容纳面包一磅了。这事在经济上虽则是一大打击，但我的脑筋，受了这些滋养，似乎比从前稍能统一。我于游行回来之后，就睡之前，却做成了几篇 Allan Poe 式的短篇小说，自家看看，也不很坏。我改了几次，抄了几次，一一投邮寄出之后，心里虽然起了些微细的希望，但是想想前几回的译稿的绝无消息，过了几天，也便把它们忘了。

邻住者的二妹,这几天来,当她早晨出去上工的时候,我总在那里酣睡,只有午后下工回来的时候,有几次有见面的机会,但是不晓是什么原因,我觉得她对我的态度,又回到从前初见面的时候的疑惧状态去了。有时候她深深的看我一眼,她的黑晶晶,水汪汪的眼睛里,似乎是满含着责备我、规劝我的意思。

我搬到这贫民窟里住后,约莫已经有二十多天的样子,一天午后我正点上蜡烛,在那里看一本从旧书铺里买来的小说的时候,二妹却急急忙忙的走上楼来对我说:

"楼下有一个送信的在那里,要你拿了印子去拿信。"她对我讲这话的时候,她疑惧我的态度更表示得明显,她好像在那里说:"呵呵!你的事件是发觉了啊!"我对她这种态度,心里非常痛恨,所以就气急了一点,回答她说:

"我有什么信?不是我的!"

她听了我这气愤愤的回答,更好像是得了胜利似的,脸上忽涌出了一种冷笑说:

"你自家去看罢!你的事情,只有你自家知道的!"

同时我听见楼低下门口果真有一个邮差似的人在催着说:

"挂号信!"

我把信取来一看,心里就突突的跳了几跳,原来我前回寄去的一篇德文短篇的译稿,已经在某杂志上发表了,信中寄来的是五圆钱的一张汇票。我囊里正是将空的时候,有了这五圆钱,非但月底要预付的来月的房金可以无忧,并且付过房金以后,还可以维持几天食料,当时这五圆钱对我的效用的扩大,是谁也能推想得出来的。

第二天午后,我上邮局去取了钱,在太阳晒着的大街上走了一会,忽而觉得身上就淋出了许多汗来。我向我前后左右的行人一看,复向我自家的身上一看,就不知不觉的把头低俯了下去。我颈上头上的汗珠,更同盛雨似的,一颗一颗的钻出来了。因为当我在深夜游行的时候,天上并没有太阳,并且料峭的春寒,于东方微白的残夜,老在静寂的街巷中留着,所以我穿的那件破棉袍子,还觉得不十分与节季违异。如今到了阳和的春日晒着的这日中,我还不能自觉,依旧穿了这件夜游的敝袍,在大街上阔步,与前后左右的和节季同时进行的我的同类一比,我哪得不自惭形秽呢?我一时竟忘了几日后不得不付的房金,忘了囊中本来将尽的些微的积聚,便慢慢的走上了闸路的估衣铺去。好久不在天日之下行走的我,看看街上来往的汽车人力车,车中坐着的华美的少年男女,和马路两边的绸缎铺金银铺窗里的丰丽的陈设,听听四面的同蜂衙似的嘈杂的人声,脚步声,车铃声,一时倒也觉得是身到了大罗天上的样子。我忘记了我自家的存在,也想和我的同胞一样的欢歌欣舞起来,我的嘴里便不知不觉的唱起几句久忘了的京调来了。这一时的涅槃幻境,当我想横越过马路，转入闸路去的时候，忽而被一阵铃声惊破了。我抬起头来一看，我的面前正冲来了一乘无轨电车，车头上站着的那肥胖的机器手，伏出了半身，怒目的大声骂我说：

"猪头三！侬（你）艾（眼）睛勿散（生）咯！跌杀时，叫旺（黄）够（狗）来抵侬（你）命噢！"

我呆呆的站住了脚，目送那无轨电车尾后卷起了一道灰尘，向北过去之后，不知是从何处发出来的感情，忽然竟禁不住哈哈哈哈的笑了几声。等得四面的人注视我的时候，我才红了脸慢慢的走向了闸路里去。

我在几家估衣铺里，问了些夹衫的价线，还了他们一个我所能出的数目，几个估衣铺的店员，好像是一个师父教出的样子，都摆下了脸面，嘲弄着说：

"侬（你）寻萨咯（什么）凯（开心）！马（买）勿起好勿要马（买）咯！"

一直问到五马路边上的一家小铺子里，我看看夹衫是怎么也买不成了，才买定了一件竹布单衫，马上就把它换上。手里拿了一包换下的棉袍子，默默的走回家来。一边我心里却在打算：

"横竖是不够用了，我索性来痛快的用它一下罢。"同时我又想起了那天二妹送我的面包香蕉等物。不等第二次的回想我就寻着了一家卖糖食的店，进去买了一块钱巧格力，香蕉糖，鸡蛋糕等杂食。站在那店里，等店员在那里替我包好来的时候，我忽而想起我有一月多不洗澡了，今天不如顺便也去洗一个澡罢。

洗好了澡，拿了一包棉袍子和一包糖食，回到邓脱路的时候，马路两旁的店家，已经上电灯了。街上来往的行人也很稀少，一阵从黄浦江上吹来的日暮的凉风，吹得我打了几个冷噤。我回到了我的房里，把蜡烛点上。向二妹的房门一照，知道她还没有回来。那时候我腹中虽则饥饿得很，但我刚买来的那包糖食怎么也不愿意打开来。因为我想等二妹回来同她一道吃。我一边拿出书来看，一边口里尽在咽唾液下去。等了许多时候，二妹终不回来，我的疲倦不知什么时候出来战胜了我，就靠在书堆上睡着了。

四

二妹回来的响动把我惊醒的时候，我见我面前的一枝十二盎司一包的洋蜡烛已经点去了二寸的样子，我问她是什么时候了？她说：

"十点的汽管刚刚放过。"

"你何以今天回来得这样迟？"

"厂里因为销路大了，要我们作夜工。工钱是增加的，不过人太累了。"

"那你可以不去做的。"

"但是工人不够,不做是不行的。"

她讲到这里,忽而滚了两粒眼泪出来,我以为她是作工作得倦了,故而动了伤感,一边心里虽在可怜她,但一边看她这同小孩似的脾气,却也感着了些儿快乐。把糖食包打开,请她吃了几颗之后,我就劝她说:

"初作夜工的时候不惯,所以觉得困倦,作惯了以后,也没有什么的。"

她默默的坐在我的半高的由书叠成的桌上,吃了几颗巧格力,对我看了几眼,好像是有话说不出来的样子。我就催她说:

"你有什么话说?"

她又沉默了一会,便断断续续的问我说:

"我……我……早想问你了,这几天晚上,你每晚在外边,可在与坏人作伙友么?"

我听了她这话,倒吃了一惊,她好像在疑我天天晚上在外面与小窃恶棍混在一块。她看我呆了不答,便以为我的行为真的被她看破了,所以就柔柔和和的连续着说:

"你何苦要吃这样好的东西,要穿这样好的衣服。你可知道这事情是靠不住的。万一被人家捉了去,你还有什么面目做人。过去的事情不必去说它,以后我请你改过了罢。……"

我尽是张大了眼睛张大了嘴呆呆的在看她,因为她的思想太奇怪了,使我无从辩解起。她沉默了数秒钟,又接着说:

"就以你吸的烟而论,每天若戒绝了不吸,岂不可省几个铜子。我早就劝你不要吸烟,尤其是不要吸那我所痛恨的 N 工厂的烟,你总是不听。"

她讲到了这里,又忽而落了几滴眼泪。我知道这是她为怨恨 N 工厂而滴的眼泪,但我的心里,怎么也不许我这样的想,我总要把它们当作因规劝我而洒的。我静静儿的想了一回,等她的神经镇静下去之后,就把昨天的那封挂号信的来由说给她听,又把今天的取钱买物的事情说了一遍。最后更将我的神经衰弱症和每晚何以必要出去散步的原因说了。她听了我这一番辩解,就信用了我,等我说完之后,她颊上忽而起了两点红晕,把眼睛低下去看看桌上,好像是怕羞似的说:

"噢,我错怪你了,我错怪你了。请你不要多心,我本来是没有歹意的。因为你的行为太奇怪了,所以我想到了邪路里去。你若能好好儿的用功,岂不是很好么?你刚才说的那——叫什么的——东西,能够卖五块钱,要是每天能做一个,多么好呢?"

我看了她这种单纯的态度,心里忽而起了一种不可思议的感情,我想把两只手伸出去拥抱她一回,但是我的理性却命令我说:

"你莫再作孽了!你可知道你现在处的是什么境遇,你想把这纯洁的处女毒杀了么？恶魔,恶魔,你现在是没有爱人的资格的呀!"

我当那种感情起来的时候,曾把眼睛闭上了几秒钟,等听了理性的命令以后,我的眼睛又开了开来,我觉得我的周围,忽而比前几秒钟更光明了。对她微微的笑了一笑,我就催她说:

"夜也深了,你该去睡了吧! 明天你还要上工去的呢! 我从今天起,就答应你把纸烟戒下来吧。"

她听了我这话,就站了起来,很喜欢的回到她的房里去睡了。

她去之后,我又换上一枝洋蜡烛,静静儿的想了许多事情:

"我的劳动的结果,第一次得来的这五块钱已经用去了三块了。连我原有的一块多钱合起来,付房钱之后,只能省下二三角小洋来,如何是好呢!

"就把这破棉袄子去当吧! 但是当铺里恐怕不要。

"这女孩子真是可怜,但我现在的境遇,可是还赶她不上,她是不想做工而工作要强迫她做,我是想找一点工作,终于找不到。就去作筋肉的劳动吧! 啊啊,但是我这一双弱腕,怕吃不下一部黄包车的重力。

"自杀! 我有勇气,早就干了。现在还能想到这两个字,足证我的志气还没有完全消磨尽哩!

"哈哈哈哈! 今天的那天轨电车的机器手! 他骂我什么来?

"黄狗,黄狗倒是一个好名词………"

我想了许多零乱断续的思想,终究没有一个好法子,可以救我出目下的穷状来。听见工厂的汽笛,好像在报十二点钟了,我就站了起来,换上了白天那件破棉袍子,仍复吹熄了蜡烛,走出外面去散步去。

贫民窟里的人已经睡眠静了。对面日新里的一排临邓脱路的洋楼里,还有几家点着了红绿的电灯,在那里弹罢拉拉衣加。一声二声清脆的歌音,带着哀调,从静寂的深夜的冷空气里传到我的耳膜上来,这大约是俄国的飘泊的少女,在那里卖钱的歌唱。天上罩满了灰白的薄云,同腐烂的尸体似的沉沉的盖在那里。云层破处也能看得出一点两点星来,但星的近处,黝黝看得出来的天色,好像有无限的哀愁蕴藏着的样子。

青　烟

○郁达夫

　　寂静的夏夜的空气里闲坐着的我，脑中不知有多少愁思，在这里汹涌。看看这同绿水似的由蓝纱罩里透出来的电灯光，听听窗外从静安寺路上传过来的同倦了似的汽车鸣声，我觉得自家又回到了青年忧郁病时代去的样子，我的比女人还不值钱的眼泪，又映在我的颊上了。

　　抬头起来，我便能见得那催人老去的日历，时间一天一天的过去了，但是我的事业，我的境遇，我的将来，啊啊，吃尽了千辛万苦，自家以为已有些物事被我把握住了，但是放开紧紧捏住的拳头来一看，我手里只有一溜青烟！

　　世俗所说的"成功"，于我原似浮云。无聊的时候偶尔写下来的几篇概念式的小说，虽则受人攻击，我心里倒也没有什么难过，物质上的困迫，只教我自家能咬紧牙齿，忍耐一下，也没些微关系，但是自从我生出之后，直到如今二十余年的中间，我自家播的种，栽的花，哪里有一枝是鲜艳的？哪里有一枝曾经结过果来？啊啊，若说人的生活可以涂抹了改作的时候，我的第二次的生涯，决不愿意把它弄得同过去的二十年间的生活一样的！我从小若学作木匠，到今日至少也已有一二间房屋造成了。无聊的时候，跑到这所我所手造的房屋边上去看看，我的寂寥，一定能够轻减。我从少若学作裁缝，不消说现在定能把轻罗绣缎剪开来缝成好好的衫子了。无聊的时候，把我自家剪裁，自家缝纫的纤丽的衫裙，打开来一看，我的郁闷，也定能消杀下去。但是无一艺之长的我，从前还自家骗自家，老把古今文人所作成的杰作拿出来自慰，现在梦醒之后，看了这些名家的作品，只是愧耐，所以目下连饮鸩也不能止我的渴了，叫我还有什么法子来填补这胸中的空虚呢？

　　有几个在有钱的人翼下寄生着的新闻记者说：

　　"你们的忧郁，全是做作，全是无病呻吟，是丑态！"

　　我只求能够真真的如他们所说，使我的忧郁是假作的，那么就是被他们骂得再厉害一点，或者竟把我所有的几本旧书和几块不知从何处来的每日买面包的钱，给了他们，也是愿意的。

　　有几个为前面那样的新闻记者作奴仆的人说：

　　"你们在发牢骚，你们因为没有人来使用你们，在发牢骚！"

我只求我所发的是牢骚，那么我就是连现在正打算点火吸的这枝 Felucca，给了他们都可以，因为发牢骚的人，总有一点自负，但是现在觉得自家的精神肉体，委靡得同风的影子一样的我，还有一点什么可以自负呢？

有几个比较了解我性格的朋友说：

"你们所感得的是 Toska，是现在中国人人都感得的。"

但是但是我若有这样的 Myriad mind，我早成了 Shakespeare 了。

我的弟兄说：

"唉，可怜的你，正生在这个时候，正生在中国闹得这样的时候，难怪你每天只是郁郁的；跑上北又弄不好，跑上南又弄不好，你的忧郁是应该的，你早生十年也好，迟生十年也好……"

我无论在什么时候——就假使我正抱了一个肥白的裸体妇女，在酣饮的时候罢——听到这一句话，就会痛哭起来，但是你若再问一声，"你的忧郁的根源是在此了么？"我定要张大了泪眼，对你摇几摇头说："不是，不是。"国家亡了有什么？亡国诗人 Sienkiewicz，不是轰轰烈烈的做了一世人么？流寓在租界上的我的同胞不是个个都很安闲的么？国家亡了有什么？外国人来管理我们，不是更好么？陆剑南的"王师北定中原日，家祭无忘告乃翁"的两句好诗，不是因国亡了才做得出的么？少年的血气干萎无遗的目下的我，哪里还有同从前那么的爱国热忱，我已经不是 Chauvinist 了。

窗外汽车声音渐渐的稀少下去了，苍茫六合的中间我只听见我的笔尖在纸上划字的声音。探头到窗外去一看，我只看见一弯黝黑的夏夜天空，淡映着几颗残星。我搁下了笔，在我这同火柴箱一样的房间里走了几步，只觉得一味凄凉寂寞的感觉，浸透了我的全身，我也不知道这忧郁究竟是从什么地方来的。

虽是刚过了端午节，但象这样暑热的深夜里，睡也睡不着的。我还是把电灯灭黑了，看窗外的景色吧。

窗外的空间只有错杂的屋脊和尖顶，受了几处瓦斯灯的远光，绝似电影的楼台，把它们的轮廓画在微茫的夜气里。四处都寂静了，我却听见微风吹动窗叶的声音，好象是大自然在那里幽幽叹气的样子。

远处又有汽车的喇叭声响了，这大约是西洋资本家的男女，从淫乐的裸体跳舞场回家去的凯歌吧。啊啊，年纪要轻，颜容要美，更要有钱。

我从窗口回到了坐位里，把电灯拈开对镜子看了几分钟，觉得这清瘦的容貌，终究不是食肉之相。在这样无可奈何的时候，还是吸吸烟，倒可以把自家的思想统一起来，我擦了一枝火柴，把一枝 Felucca 点上了。深深的吸了一口，我仍复把这口烟完全吐上了电灯的绿纱罩子。绿纱罩的周围，同夏天的深山雨后似的，起了一层淡紫的云雾。呆呆的对这层云雾凝视着，我的身子好象是缩小了投乘在这淡紫的云雾中间。这层轻淡的云雾，一飘一扬的荡了开去，我的身体便化而为二，一个缩小的身子在这层雾里飘荡，一个原身仍坐在电灯的绿光下远远的守望着那青烟里的我。

A Phantom,

已经是薄暮的时候了。

天空的周围，承受着落日的余晖，四边有一圈银红的彩带，向天心一步步变成了明蓝的颜色，八分满的明月，悠悠淡淡地挂在东半边的空中。几刻钟过去了，本来是淡白的月亮放起光来。月光下流着一条曲折的大江，江的两岸有郁茂的树林，空旷的沙渚。夹在树林沙渚中间，各自离开一里二里，更有几处疏疏密密的村落。村落的外边环抱着一群层叠的青山。当江流曲处，山岗亦折作弓形，白水□的弓弦和青山的弓背中间，聚居了几百家人家，便是 F 县县治所在之地。与透明的清水相似的月光，平均的洒遍了这县城，江流，青山，树林，和离县城一二里路的村落。黄昏的影子，各处都可以看得出来了。平时非常寂静的这 F 县城里，今晚上却带着些跃动的生气，家家的灯火点得比平时格外的辉煌，街上来往的行人也比平时格外的嘈杂，今晚的月亮，几乎要被小巧的人工比得羞涩起来了。这一天是旧历的五月初十。正是 F 县城里每年演戏行元帅会的日子。

一个年纪大约四十左右的清瘦的男子，当这黄昏时候，拖了一双走倦了的足慢慢的进了 F 县城的东门，踏着自家的影子，一步一步的夹在长街上行人中间向西走来，他的青黄的脸上露着一副惶恐的形容，额上眼下已经有几条皱纹了。嘴边上乱生在那里的一丛芜杂的短胡，和身上穿着的一件龌龊的半旧竹布大衫，证明他是一个落魄的人。他的背脊屈向前面，一双同死鱼似的眼睛，尽在向前面和左旁右旁偷看。好象是怕人认识他的样子，也好象是在那里寻知己的人的样子。他今天早晨从 H 省城动身，一直走了九十里路，这时候才走到他廿年不见的故乡 F 城里。

他慢慢的走到了南城街的中心，停住了足向左右看了一看，就从一条被月光照得灰白的巷里走了进去。街上虽则热闹，但这条狭巷里仍是冷冷清清。向南的转了一个弯，走到一家大墙门的前头，他迟疑了一会，便走过去了。走过了两三步，他又回了转来。向门里偷眼一看，他看见正厅中间桌上有一盏洋灯点在那里。明亮的洋灯光射到上首壁上，照出一张钟馗①图和几副蜡笺的字对来。此外厅上空空寂寂，没有人影。他在门口走来走去的走了几遍，眼睛里放出了两道晶润的黑光，好象是要哭哭不出来的样子。最后他走转来过这墙门口的时候，里面却走出了一个与他年纪相仿的女人来。因为她走在他与洋灯的中间，所以他只看见她的蓬蓬的头发，映在洋灯的光线里。他急忙走过了三五步，就站住了。那女人走出了墙

中国短篇小说精选

---

① 钟馗：中国传统文化中的"赐福镇宅圣君"。古书记载他系唐初长安终南山人，生得豹头环眼，铁面虬鬓，相貌奇异；然而却是个才华横溢、满腹经纶的人物，平素正气浩然，刚直不阿，待人正直，肝胆相照。

门,走上和他相反的方向去。他仍复走转来,追到了那女人的背后。那女人听见了他的脚步声忽儿把头朝了转来。他在灰白的月光里对她一看就好象触了电似的呆住了。那女人朝转来对他微微看了一眼,仍复向前的走去。他就赶上一步,轻轻的问那女人说:

"嫂嫂这一家是姓于的人家么?"

那女人听了这句问语,就停住了脚,回答他说:

"嗳! 从前是姓于的,现在卖给了陆家了。"

在月光下他虽辨不清她穿的衣服如何,但她脸上的表情是很憔悴,她的话声是很凄楚的,他的问语又轻了一段,带起颤声来了。

"那么于家搬上哪里去了呢?"

"大爷在北京,二爷在天津。"

"他们的老太太呢?"

"婆婆去年故了。"

"你是于家的嫂嫂么?"

"嗳! 我是三房里的。"

"那么于家就是你一个人住在这里么?"

"我的男人,出去了二十多年,不知道在什么地方,所以我也不能上北京去,也不能上天津去,现在在这里帮陆家烧饭。"

"噢噢!"

"你问于家干什么?"

"噢噢! 谢谢……"

他最后的一句话讲得很幽,并且还没有讲完,就往后的跑了。那女人在月光里呆看了一会他的背影,眼见得他的影子一步一步的小了下去,同时又远远的听见了一声他的暗泣的声音,她的脸上也滚了两行眼泪出来。

月亮将要下山去了。

江边上除了几声懒懒的犬吠声外,没有半点生物的动静,隔江岸上,有几家人家,和几处树林,静静的躺在同霜华似的月光里。树林外更有一抹青山,如梦如烟的浮在那里。此时F城的南门江边上,人家已经睡尽了。江边一带的房屋,都披了残月,倒影在流动的江波里。虽是首夏的晚上,但到了这深夜,江上也有些微寒意。

停了一会有一群从戏场里回来的人,破了静寂,走过这南门的江上。一个人朝着江面说:

"好冷吓,我的毛发都竦竖起来了,不要有溺死鬼在这里讨替身哩!"

第二个人说:

"溺死鬼不要来寻着我,我家里还有老婆儿子要养的哩!"

第三个第四个人都哈哈的笑了起来。这一群人过去了之后,江边上仍复归还到一刻前的寂静状态去了。

月亮已经下山了,江边上的夜气,忽而变成了灰色。天上的星宿,一颗颗放起光来,反映在江心里。这时候南门的江边上又闪出了一个瘦长的人影,慢慢的在离水不过一二尺的水际徘徊。因为这人影的行动很慢,所以它的出现,并不能破坏江边上的静寂的空气。但是几分钟后这人影忽而投入了江心,江波激动了,江边上的沉寂也被破了。江上的星光摇动了一下,好象似天空掉下来的样子。江波一圆一圆的阔大开来,映在江波里的星光也随而一摇一摇的动了几动。人身入水的声音和江上静夜里生出来的反响与江波的圆圈消灭的时候,灰色的江上仍复有死灭的寂静支配着,去天明的时候,正还远哩!

Epilogue

我呆呆的对着了电灯的绿光,一枝一枝把我今晚刚买的这一包烟卷差不多吸完了。远远的鸡鸣声和不知从何外来的汽笛声,断断续续的传到我的耳膜上来,我的脑筋就联想到天明上去。

可不是么? 你看! 那窗外的屋瓦,不是一行一行的看得清楚了么?

啊啊,这明蓝的天色!

是黎明期了!

啊呀,但是我又在窗下听见了许多洗便桶的声音。这是一种象征,这是一种象征。我们中国的所谓黎明者,便是秽浊的手势戏的开场呀!

过 去

〇郁达夫

空中起了凉风,树叶煞煞的同霭片似的飞掉下来,虽然是南方的一个小港市里,然而也象能够使人感到冬晚的悲哀的一天晚上,我和她,在临海的一间高楼上吃晚饭。

这一天的早晨,天气很好,中午的时候,只穿得住一件夹衫。但到了午后三四点钟,忽而由北面飞来了几片灰色的层云,把太阳遮住,接着就刮起风来了。

这时候,我为疗养呼吸器病的缘故,只在南方的各港市里流寓。十月中旬,由北方南下,十一月初到了C省城;恰巧遇着了C省的政变,东路在打仗,省城也不稳，所以就迁到 H 港去住了几天。后来又因为 H 港的生活费太昂贵，便又坐了汽船，一直的到了这 M 港市。

说起这 M 港，大约是大家所知道的，是中国人应许外国人来互市的最初的地方的一个，所以这港市的建筑，还带着些当时的时代性，很有一点中古的遗意。前面左右是碧油油的海湾，港市中，也有一座小山，三面滨海的通衢里，建筑着许多颜色很沉郁的洋房。商务已经不如从前的盛了，然而富室和赌场很多，所以处处有庭园，处处有别墅。沿港的街上，有两列很大的榕树排列在那里。在榕树下的长椅上休息着的，无论中国人外国人，都带有些舒服的态度。正因为商务不盛的原因，这些南欧的流人，寄寓在此地的，也没有那一种殖民地的商人的紧张横暴的样子。一种衰颓的美感，一种使人可以安居下去，于不知不觉的中间消沉下去的美感，在这港市的无论哪一角地方都感觉得出来。我到此港不久，心里头就暗暗地决定"以后不再迁徙了，以后就在此地住下去吧"。谁知住不上几天，却又偏偏遇见了她。

实在是出乎意想以外的奇遇，一天细雨蒙蒙的日暮，我从西面小山上的一家小旅馆内走下山来，想到市上去吃晚饭去。经过行人很少的那条 P 街的时候，临街的一间小洋房的棚门口，忽而从里面慢慢的走出了一个女人来。她身上穿着灰色的雨衣，上面张着洋伞，所以她的脸我看不见。大约是在棚门内，她已经看见了我了——因为这一天我并不带伞——所以我在她前头走了几步，她忽而问我：

"前面走的是不是李先生？李白时先生！"

我一听了她叫我的声音，仿佛是很熟，但记不起是哪一个了，同触了电气似的急忙回转头来一看，只看见了衬映在黑洋伞上的一张灰白的小脸。已经是夜色朦胧的时候了，我看不清她的颜面全部的组织；不过她的两只大眼睛，却闪烁得厉害，并且不知从何处来的，和一阵冷风似的一种电力，把我的精神摇动了一下。

"你……？"我半吞半吐地问她。

"大约认不清了吧！上海民德里的那一年新年，李先生可还记得？"

"噢！唉！你是老三么？你何以会到这里来的？这真奇怪！这真奇怪极了！"

说话的中间，我不知不觉的转过身来逼进了一步，并且伸出手来把她那只带轻皮手套的左手握住了。

"你上什么地方去？几时来此地的？"她问。

"我打算到市上去吃晚饭去，来了好几天了，你呢？你上什么地方去？"

她经我一问，一时间回答不出来，只把嘴颚往前面一指，我想起了在上海的时候的她的那种怪脾气，所以就也不再追问，和她一路的向前边慢慢地走去。两人并肩默走了几分钟，她才幽幽的告诉我说：

"我是上一位朋友家去打牌去的，真想不到此地会和你相见。李先生，这两三年的分离，把你的容貌变得极老了，你看我怎么样？也完全变过了吧？"

"你倒没什么,唉,老三,我吓,我真可怜,这两三年来……"

"这两三年来的你的消息,我也知道一点。有的时候,在报纸上就看见过一二回你的行踪。不过李先生,你怎么会到此地来的呢?这真太奇怪了。"

"那么你呢?你何以会到此地来的呢?"

"前生注定是吃苦的人,譬如一条水草,浮来浮去,总生不着根,我的到此地来,说奇怪也是奇怪,说应该也是应该的。李先生,住在民德里楼上的那一位胖子,你可还记得?"

"嗯,……是那一位南洋商人不是?"

"哈,你的记性真好!"

"他现在怎么样了?"

"是他和我一道来此地呀!"

"噢!这也是奇怪。"

"还有更奇怪的事情哩!"

"什么?"

"他已经死了!"

"这……这么说起来,你现在只剩了一个人了啦?"

"可不是么!"

"唉!"

两人又默默地走了一段,走到去大市街不远的三叉路口了。她问我住在什么地方,打算明天午后来看我。我说还是我去访她,她却很急促的警告我说:"那可不成,那可不成,你不能上我那里去。"

出了 P 街以后,街上的灯火已经很多,并且行人也繁杂起来了,所以两个人没有握一握手,笑一笑的机会。到了分别的时候,她只约略点了一点头,就向南面的一条长街上跑了进去。

经了这一回奇遇的挑拨,我的平稳得同山中的静水湖似的心里,又起了些波纹。回想起来,已经是三年前的旧事了,那时候她的年纪还没有二十岁,住在上海民德里我在寄寓着的对门的一间洋房里。这一间洋房里,除了她一家的三四个年轻女子以外,还有二楼上的一家华侨的家族在住。当时我也不晓得谁是房东,谁是房客,更不晓得她们几个姐妹的生计是如何维持的。只有一次,是我和他们的老二认识以后,约有两个月的时候,我在他们的厢房里打牌,忽而来了一位穿着很阔绰的中老绅士,她们为我介绍,说这一位是他们的大姐夫。老大见他来了,果然就抛弃了我们,到对面的厢房里去和他攀谈去了,于是老四就坐下来替她的缺。听她们说,她们都是江西人,而大姐夫的故乡却是湖北。他和她们大姐的结合,是当他在九江当行长的时候。

我当时刚从乡下出来,在一家报馆里当编辑。民德里的房子,是报馆总经理友人陈君的住宅。当时因为我上海情形不熟,不能另外去租房子住,所以就寄住在陈君的家里。陈家和她们对门而居,时常往来,因此我也于无意之中,和她们中间最活泼的老二认识了。

听陈家的底下人说:"她们的老大,仿佛是那一位银行经理的小。她们一家四口的生活费,和她们一位弟弟的学费,都由这位银行经理负担的。"

她们姐妹四个,都生得很美,尤其活泼可爱的,是她们的老二。大约因为生得太美的原因,自老二以下,她们姐妹三个,全已到了结婚的年龄,而仍找不到一个适当的配偶者。

我一边在回想这些过去的事情,一边已经走到了长街的中心,最热闹的那一家百货商店的门口了。在这一个黄昏细雨里,只有这一段街上的行人还没有减少。两旁店家的灯火照耀得很明亮,反照出些离人的孤独的情怀。向东走尽了这条街,朝南一转,右手矗立着一家名叫望海的大酒楼。这一家的三四层楼上,一间一间的小室很多,开窗看去,看得见海里的帆樯,是我到 M 港后去得次数最多的一家酒馆。

我慢慢的走到楼上坐下,叫好了酒菜,点着烟卷,朝电灯光呆看的时候,民德里的事情又重新开展在我的眼前。

她们姐妹中间,当时我最爱的是老二。老大已经有了主顾,对她当然更不能生出什么邪念来,老三有点阴郁,不象一个年轻的少女,老四年纪和我相差太远——她当时只有十六岁——自然不能发生相互的情感,所以当时我所热心崇拜的,只有老二。

她们的脸形,都是长方,眼睛都是很大,鼻梁都是很高,皮色都是很细白,以外貌来看,本来都是一样的可爱的。可是各人的性格,却相差得很远。老大和蔼,老二活泼,老三阴郁,老四——说不出什么,因为当时我并没有对老四注意过。

老二的活泼,在她的行动,言语,嬉笑上,处处都在表现。凡当时在民德里住的年纪在二十七八上下的男子,和老二见过一面的人,总没一个不受她的播弄的。

她的身材虽则不高,然而也够得上我们一般男子的肩头,若穿着高底鞋的时候,走路简直比西洋女子要快一倍。

说话不顾什么忌讳,比我们男子的同学中间的日常言语还要直率。若有可笑的事情,被她看见,或在谈话的时候,听到一句笑话,不管在她面前的是生人不是生人,她总是露出她的两列可爱的白细牙齿,弯腰捧肚,笑个不了,有时候竟会把身体侧倒,扑倚上你的身来。陈家有几次请客,我因为受她的这一种态度的压迫受不了,每有中途逃席,逃上报馆去的事情。因此我在民德里住不上半年,陈家的大小上下,却为我取了一个别号,叫我作老二的鸡娘。因为老二象一只雄鸡,有什么可笑的事情发生的时候,总要我做她的倚柱,扑上身来笑个痛快。并且平时她总拿我来开玩笑,在众人的面前,老喜欢把我的不灵敏的动作和我说错的言语重述出来作哄笑的资料。不过说也奇怪,她象这样的玩弄我,轻视我,我当时不但没有恨她的心思,并且还时以为荣耀,快乐。我当一个人在默想的时候,每把这些琐事回想出来,心里倒反非常感激她,爱慕她。后来甚至于打牌的时候,她要什么牌,我就非打什么牌给她不可。

万一我有违反她命令的时候,她竟毫不客气地举起她那只肥嫩的手,拍拍的打上我的脸来。而我呢,受了她的痛责之后,心里反感到一种不可名状的满足,有时候因为想受她这一种施与的原因,故意地违反她的命令,要她来打,或用了她那一只尖长的皮鞋脚来踢我的腰部。若打得不够踢得不够,我就故意的说:"不痛! 不够! 再踢一下! 再打一下!"她也就毫不客气地,再举起手来或脚来踢打。我被打得两颊绯红,或腰部感到酸痛的时候,才柔柔顺顺地服从她的命令,再来做她想我做的事情。象这样的时候,倒是老大或老三每在旁边喝止她,教她不要太过分了,而我这被打责的,反而要很诚恳的央告他们,不要出来干涉。

记得有一次,她要出门去和一位朋友吃午饭;我正在她们家里坐着闲谈,她要我去上她姐姐房里把一双新买的皮鞋拿来替她穿上。这一双皮鞋,似乎太小了一点,我捏了她的脚替她穿了半天,才穿上了一只。她气得急了,就举起手来向我的伏在她小腹前的脸上,头上,脖子上乱打起来。我替她穿好第二只的时候,脖子上已经有几处被她打得青肿了。到我站起来,对她微笑着,问她"穿得怎么样"的时候,她说:"右脚尖有点痛!"我就挺了身子,很正经地对她说:"踢两脚吧! 踢得宽一点,或者可以好些!"

说到她那双脚,实在不由人不爱。她已经有二十多岁了,而那双肥小的脚,还同十二三岁的小女孩的脚一样。我也曾为她穿过丝袜,所以她那双肥嫩皙白,脚尖很细,后跟很厚的肉脚,时常要作我的幻想的中心。从这一双脚,我能够想出许多离奇的梦境来。譬如在吃饭的时候,我一见了粉白糯润的香稻米饭,就会联想到她那双脚上去。"万一这碗里,"我想,"万一这碗里盛着的,是她那双嫩脚,那么我这样的在这里咀吮,她必要感到一种奇怪的痒痛。假如她横躺着身体,把这一双肉脚伸出来任我咀吮的时候,从她那两条很曲的口唇线里,必要发出许多真不真假不假的喊声来。或者转起身来,也许狠命的在头上打我一下的……"我一想到此地饭就要多吃一碗。

象这样活泼放达的老二,象这样柔顺蠢笨的我,这两人中间的关系,在半年里发生出来的这两人中间的关系,当然可以想见得到了。况我当时,还未满二十七岁,还没有娶亲,对于将来的希望,也还很有自负心哩!

当在陈家起坐室里说笑话的时候,我的那位友人的太太,也曾向我们说起过:

"老二，李先生若做了你的男人，那他就天天可以替你穿鞋着袜，并且还可以做你的出气洞，白天晚上，都可以受你的踢打，岂不很好么？"老二听到这些话，总老是笑着，对我斜视一眼说："李先生不行，太笨，他不会侍候人。我倒很愿意受人家的踢打，只教有一位能够命令我，教我心服的男子就好了。"在这样的笑谈之后，我心里总满感着忧郁，要一个人跑到马路去走半天，才能把胸中的郁闷遣散。

有一天礼拜六的晚上，我和她在大马路市政厅听音乐出来。老大老三都跟了一位她们大姐夫的朋友看电影去了。我们走到一家酒馆的门口，忽而吹来了两阵冷风。这时候正是九十月之交的晚秋的时候，我就拉住了她的手，颤抖着说："老二，我们上去吃一点热的东西再回去吧！"她也笑了一笑说："去吃点热酒吧！"我在酒楼上吃了两杯热酒之后，把平时的那一种木讷怕羞的态度除掉了，向前后左右看了一看，看见空洞的楼上，一个人也没有，就挨近了她的身边对她媚视着，一边发着颤声，一句一逗的对她说："老二！我……我的心，你可能了解？我，我，我很想……很想和你长在一块儿！"她举起眼睛来看了我一眼，又曲了嘴唇的两条线在口角上含着播弄人的微笑，回问我说："长在一块便怎么啦？"我大了胆，便摆过嘴去和她亲了一个嘴，她竟劈面的打了我一个嘴巴。楼下的伙计，听了拍的这一声大响声，就急忙的跑了上来，问我们："还要什么酒菜？"我忍着眼泪，还是微微地笑着对伙计说："不要了，打手巾来！"等到伙计下去的时候，她仍旧是不改常态的对我说："李先生，不要这样！下回你若再干这些事情，我还要打得凶哩！"我也只好把这事当作了一场笑话，很不自然地把我的感情压住了。

凡我对她的这些感情，和这些感情所催出来的行为动作，旁人大约是看得很清楚的。所以老三虽则是一个很沉郁，脾气很特别，平时说话老是阴阳怪气的女子，对我与老二中间的事情，有时却很出力的在为我们拉拢。有时见了老二那一种打得我太狠，或者嘲弄得我太难堪的动作，也着实为我打过几次抱不平，极婉曲周到地说出话来非难过老二。而我这不识好丑的笨伯，当这些时候心里头非但不感谢老三，还要以为她是多事，出来干涉人家的自由行动。

在这一种情形之下，我和她们四姐妹，对门而住，来往交际了半年多。那一年的冬天，老二忽然与一个新自北京来的大学生订婚了。

这一年旧历新年前后的我的心境，当然是惑乱得不堪，悲痛得非常。当沉闷的时候，邀我去吃饭，邀我去打牌，有时候也和我去看电影的，倒是平时我所不大喜欢，常和老二两人叫她做阴私鬼的老三。而这一个老三，今天却突然的在这个南方的港市里，在这一个细雨蒙蒙的秋天的晚上，偶然遇见了。

想到了这里，我手里拿着的那枝纸烟，已经烧剩了半寸的灰烬，面前杯中倒上的酒，也已经冷了。糊里糊涂的喝了几口酒，吃了两三筷菜，伙计又把一盘生翅汤送了上来。我吃完了晚饭，慢慢的冒雨走回旅馆来，洗了手脸，换了衣服，躺在床上,翻来复去,终于一夜没有合眼。我想起了那一年的正月初二,老三和我两人上苏州去的一夜旅行。我想起了那一天晚上,两人默默的在电灯下相对的情形。我想起了第二天早晨起来,她在她的帐子里叫我过去,为她把掉在地下的衣服捡起来的声气。然而我当时终于忘不了老二,对于她的这种种好意的表示,非但没有回报她一二,并且简直没有接受她的余裕。两个人终于白旅行了一次,感情终于没有接近起来,那一天午后,就匆匆的依旧同兄妹似的回到上海来了。过了元宵节,我因为胸中苦闷不过,便在报馆里辞了职,和她们姐妹四人,也没有告别,一个人连行李也不带一件,跑上北京的冰天雪地里去,想去把我的过去的一切忘了。把我的全部烦闷葬了。嗣后①两三年来,东飘西泊,却还没有在一处住过半年以上。无聊之极,也学学时髦,把我的苦闷写出来,做点小说卖卖。

　　然而于不知不觉的中间,终于得了呼吸器的病症。现在飘流到了这极南的一角,谁想得到再会和这老三相见于黄昏的路上的呢!啊,这世界虽说很大,实在也是很小,两个浪人,在这样的天涯海角,也居然再能重见,你说奇也不奇。我想前想后,想了一夜,到天色有点微明,窗下有早起的工人经过的时候,方才昏昏地睡着。也不知睡了几久,在梦里忽而听到几声咯咯的叩门声。急忙夹着被条,坐起来一看,夜来的细雨,已经晴了,南窗里有两条太阳光线,灰黄黄的晒在那里。我含糊地叫了一声:"进来!"而那扇房门却老是不往里开。再等了几分钟,房门还是不向里开,我才觉得奇怪了,就披上衣服,走下床来。等我两脚刚立定的时候,房门却慢慢的开了。跟着门进来的,一点儿也不错,依旧是阴阳怪气,含着半脸神秘的微笑的老三。

　　"啊,老三!你怎么来得这样早?"我惊喜地问她。

　　"还早么?你看太阳都斜了啊!"

　　说着,她就慢慢地走进了房来,向我的上下看了一眼,笑了一脸,就仿佛害羞似的去窗面前站住,望向窗外去了。

　　窗外头夹一重走廊,遥遥望去,底下就是一家富室的庭园,太阳很柔和的晒在那些未凋落的槐花树和杂树的枝头上。

　　她的装束和从前不同了。一件芝麻呢的女外套里,露出了一条白花丝的围巾来,上面穿的是半西式的八分短袄,裙子系黑印度缎的长套裙。一顶淡黄绸的女帽,深盖在额上,帽子的卷边下,就是那一双迷人的大眼,瞳人很黑,老在凝视着什么似的大眼。本来是长方的脸,因为有那顶帽子深覆在眼上,所以看去仿佛是带点圆味的样子。

　　两三年的岁月,又把她那两条从鼻角斜拖向口角去的纹路刻深了。苍白的脸

---

① 嗣后:以后。

色,想是昨夜来打牌辛苦了的原因。本来是中等身材不肥不瘦的躯体,大约是我自家的身体缩矮了吧,看起来仿佛比从前高了一点。她背着我呆立在窗前。

我看看她的肩背,觉得是比从前瘦了。

"老三,你站在那里干什么?"我扣好了衣裳,向前挨近了一步,一边把右手拍上她的肩去,劝她脱外套,一边就这样问她。她也前进了半尺,把我的右手轻轻地避脱,朝过来笑着说:

"我在这里算账。"

"一清早起来就算账?什么账?"

"昨晚上的赢账。"

"你赢了么?"

"我哪一回不赢?只有和你来的那回却输了。"

"噢,你还记得那么清?输了多少给我?哪一回?"

"险些儿输了我的性命!"

"老三!"

"…………"

"你这脾气还没有改过,还爱讲这些死话。"

以后她只是笑着不说话,我拿了一把椅子,请她坐了,就上西角上的水盆里去漱口洗脸。

一忽儿她又叫我说:

"李先生!你的脾气,也还没有改过,老爱吸这些纸烟。"

"老三!"

"…………"

"幸亏你还没有改过,还能上这里来。要是昨天遇见的是老二哩,怕她是不肯来了。"

"李先生,你还没有忘记老二么?"

"仿佛还有一点记得。"

"你的情义真好!"

"谁说不好来着!"

"老二真有福分!"

"她现在在什么地方?"

"我也不知道,好久不通信了,前二三个月,听说还在上海。"

"老大老四呢?"

"也还是那一个样子,仍复在民德里。变化最多的,就是我吓!"

"不错,不错,你昨天说不要我上你那里去,这又为什么来着?"

"我不是不要你去,怕人家要说闲话。你应该知道,阿陆的家里,人是很多的。"

"是的,是的,那一位华侨姓陆吧。老三,你何以又会看中了这一位胖先生的呢?"

"象我这样的人,那里有看中看不中的好说,总算是做了一个怪梦。"

"这梦好么?"

"又有什么好不好,连我自己都莫名其妙。"

"你莫名其妙,怎么又会和他结婚的呢?"

"什么叫结婚呀。我不过当了一个礼物,当了一个老大和大姐夫的礼物。"

"老三!"

"…………"

"他怎么会这样的早死的呢?"

"谁知道他,害人的。"

因为她说话的声气消沉下去了,我也不敢再问。等衣服换好,手脸洗毕的时候,我从衣袋里拿出表来一看,已经是二点过了三个字了。我点上一枝烟卷,在她的对面坐下,偷眼向她一看,她那脸神秘的笑容,已经看不见一点踪影。下沉的双眼,口角的深纹,和两颊的苍白,完全把她画成了一个新寡的妇人。我知道她在追怀往事,所以不敢打断她的思路。默默的呼吸了半刻钟烟。她忽而站起来说:"我要去了!"她说话的时候,身体已经走到了门口。我追上去留她,她脸也不回转来看我一眼,竟匆匆地出门去了。我又追上扶梯跟前叫她等一等,她到了楼梯底下,才把那双黑漆漆的眼睛向我看了一眼,并且轻轻地说:"明天再来吧!"

自从这一回之后,她每天差不多总抽空上我那里来。

两人的感情,也渐渐的融洽起来了。可是无论如何,到了我想再逼进一步的时候,她总马上设法逃避,或筑起城堡来防我。到我遇见她之后,约莫将十几天的时候,我的头脑心思,完全被她搅乱了。听说有呼吸器病的人,欲情最容易兴奋,这大约是真的。那时候我实在再也不能忍耐了,所以那一天的午后,我怎么也不放她回去,一定要她和我同去吃晚饭。

那一天早晨,天气很好。午后她来的时候,却热得厉害。到了三四点钟,天上起了云障,太阳下山之后,空中刮起风来了。她仿佛也受了这天气变化的影响,看她只是在一阵阵的消沉下去,她说了几次要去,我拚命的强留着她,末了她似乎也觉得无可奈何,就俯了头,尽坐在那里默想。

太阳下山了,房角落里,阴影爬了出来。南窗外看见的暮天半角,还带着些微紫色。同旧棉花似的一块灰黑的浮云,静静地压到了窗前。风声呜呜的从玻璃窗里传透过来,两人默坐在这将黑未黑的世界里,觉得我们以外的人类万有,都已经死灭尽了。在这个沉默的,向晚的,暗暗的悲哀海里,不知沉浸了几久,忽而电灯象雷击似的放光亮了。我站起了身,拿了一件她的黑呢旧斗篷,从后边替她披上,再伏下身去,用了两手,向她的胛下一抱,想乘势从她的右侧,把头靠向她的颊上去的,她却同梦中醒来似的蓦地站了起来,用力把我一推。我生怕她要再跑出门,跑回家去,所以马上就跑上房门口去拦住。她看了我这一种混乱的态度,却笑起来了。虽则兀立在灯下的姿势还是严不可犯的样子,然而她的眼睛在笑了,脸上的筋肉的紧张也松懈了,口角上也有笑容了。因此我就大了胆,再走近她的身边,用一只手夹斗篷的围抱住她,轻轻的在她耳边说:

"老三!你怕么?你怕我么?我以后不敢了,不再敢了,我们一道上外面去吃晚饭去吧!"

她虽是不响,一面身体却很柔顺地由我围抱着。我挽她出了房门,就放开了手。由她走在前头,走下扶梯,走出到街上去。

我们两人,在日暮的街道上走,绕远了道,避开那条 P 街,一直到那条 M 港最热闹的长街的中心止,不敢并着步讲一句话。街上的灯火全都灿烂地在放寒冷的光,天风还是鸣鸣的吹着,街路树的叶子,息索息索很零乱的散落下来,我们两人走了半天,才走到望海酒楼的三楼上一间滨海的小室里坐下。

坐下来一看,她的头发已经为凉风吹乱;瘦削的双颊,尤显得苍白。她要把斗篷脱下来,我劝她不必,并且叫伙计马上倒了一杯白兰地来给她喝。她把热茶和白兰地喝了,又用手巾在头上脸上擦了一擦,静坐了几分钟,才把常态恢复。那一脸神秘的笑和炯炯的两道眼光,又在寒冷的空气里散放起电力来了。

"今天真有点冷啊!"我开口对她说。

"你也觉得冷的么?"

"怎么我会不觉得冷的呢?"

"我以为你是比天气还要冷些。"

"老三!"

"…………"

"那一年在苏州的晚上,比今天怎么样?"

"我想问你来着!"

"老三!那是我的不好,是我,我的不好。"

"…………"

她尽是沉默着不响,所以我也不能多说。在吃饭的中间,我只是献着媚,低着声,诉说当时在民德里的时候的情形。她到吃完饭的时候止,总共不过说了十几句话,我想把她的记忆唤起,把当时她对我的旧情复燃起来,然而看看她脸上的表情,却终于是不曾为我所动。到末了我被她弄得没法了,就半用暴力,半用含泪的央告,一定要求她不要回去,接着就同拖也似的把她挟上了望海酒楼间壁的一家外国旅馆的楼上。

夜深了,外面的风还在萧骚地吹着。五十支的电光,到了后半夜加起亮来,反照得我心里异常的寂寞。室内的空气,也增加了寒冷,她还是穿着衣服,隔着一条被,朝里床躺在那里。我扑过去了几次,总被她推翻了下来,到最后的一次她却哭起来了,一边哭,一边又断断续续的说:

"李先生!我们的……我们的事情,早已……早已经结束了。那一年,要是那一年……你能……你能够象现在一样的爱我,那我……我也……不会……不会吃这一种苦的。我……我……你晓得……我……我……这两三年来……!"

说到这里,她抽咽得更加厉害,把被窝蒙上头去,索性任情哭了一个痛快。我想想她的身世,想想她目下的状态,想想过去她对我的情节,更想想我自家的沦落的半生,也被她的哀泣所感动,虽则滴不下眼泪来,但心里也尽在酸一阵痛一阵的难过。她哭了半点多钟,我在床上默坐了半点多钟,觉得她的眼泪,已经把我的邪念洗清,心头什么也不想了。又静坐了几分钟,我听听她的哭声,也已经停止,就又伏过身去,诚诚恳恳地对她说:

"老三!今天晚上,又是我不好,我对你不起,我把你的真意误会了。我们的时期,的确已经过去了。我今晚上对你的要求,的确是卑劣得很。请你饶了我,噢,请你饶了我,我以后永也不再干这一种卑劣的事情了,噢,请你饶了我!请你把你的头伸出来;朝转来,对我说一声,说一声饶了我吧!让我们把过去的一切忘了,请你把今晚上的我的这一种卑劣的事情忘了。噢,老三!"

我斜伏在她的枕头边上,含泪的把这些话说完之后,她的头还是尽朝着里床,身子一动也不肯动。我静候了好久,她才把头朝转来,举起一双泪眼,好象是在怜惜我又好像是在怨恨我地看了我一眼。得到了她这泪眼的一瞥,我心里也不晓怎么的起了一种比死刑囚遇赦的时候还要感激的心思。她仍复把头朝了转去,我也在她的被外头躺下了。躺下之后,两人虽然都没有睡着,然而我的心里却很舒畅的默默的直躺到了天明。

早晨起来,约略梳洗了一番,她又同平时一样的和我微笑了,而我哩!脸上虽在笑着,心里头却尽是一滴哭泪一滴苦泪的在往喉头鼻里咽送。

两人从旅馆出来,东方只有几点红云罩着,夜来的风势,把一碧的长天扫尽了。太阳已出了海,淡薄的阳光晒着的几条冷静的街上,除了些被风吹堕的树叶和几堆灰土之外,也比平时洁净得多。转过了长街送她到了上她自家的门口,将要分别的时候,我只紧握了她一双冰冷的手,轻轻地对她说:

"老三!请你自家珍重一点,我们以后见面的机会,恐怕很少了。"我说出了这句话之后,心里不晓怎么的忽儿绞割了起来,两只眼睛里同雾天似的起了一层蒙障。她仿佛也深深地朝我看了一眼,就很急促地抽了她的两手,飞跑的奔向屋后去了。

这一天的晚上，海上有一弯眉毛似的新月照着，我和许多言语不通的南省人杂处在一舱里吸烟。舱外的风声浪声很大，大家只在电灯下计算着这海船航行的速度，和到 H 港的时刻。

马缨花开的时候

○郁达夫

约莫到了夜半，觉得怎么也睡不着觉，于起来小便之后，放下玻璃溺器，就顺便走上了向南开着的窗口。把窗帷牵了一牵，低身钻了进去，上半身就象是三明治里的火腿，被夹在玻璃与窗帷的中间。

窗外面是二十边的还不十分大缺的下弦月夜，园里的树梢上，隙地上，白色线样的柏油步道上，都洒满了银粉似的月光，在和半透明的黑影互相掩映。周围只是沉寂、清幽，正象是梦里的世界。首夏的节季，按理是应该有点热了，但从毛绒睡衣的织缝眼里侵袭进来的室中空气，尖淋淋还有些儿凉冷的春意。

这儿是法国天主教会所办的慈善医院的特等病房楼，当今天早晨进院来的时候，那个粗暴的青年法国医生，糊糊涂涂的谛听了一遍之后，一直到晚上，还没有回话。只傍晚的时候，那位戴白帽子的牧母来了一次。问她这病究竟是什么病？她也只微笑摇着头，说要问过主任医生，才能知道。

而现在却已经是深沉的午夜了，这些吃慈善饭的人，实在也太没有良心，太不负责任，太没有对众生的同类爱。幸而这病，还是轻的，假若是重病呢？这么的一搁，搁起十几个钟头，难道起死回生的耶稣奇迹，果真的还能在现代的二十世纪里再出来的么？

心里头这样在恨着急着，我以前额部抵住了凉阴阴的玻璃窗面，双眼尽在向窗外花园内的朦胧月色，和暗淡花阴，作无心的观赏。立了几分钟，怨了几分钟，在心里学着罗兰夫人的那句名句，叫着哭着：

"慈善呀慈善！在你这令名之下，真不知害死了多少无为的牺牲者，养肥了多少卑劣的圣贤人！"

直等怨恨到了极点的时候，忽而抬起头来一看，在微明的远处，在一堆树影的高头，金光一闪，突然间却看出了一个金色的十字架来。

"啊吓不对,圣母马利亚在显灵了!"

心里这样一转,自然而然地毛发也竖起了尖端。再仔细一望,那个金色十字架,还在月光里闪烁着,动也不动一动。注视了一会,我也有点怕起来了,就逃也似地将目光移向了别处。可是到了这逃避之所的一堆黑树荫中逗留得不久,在这黑沉沉的背景里,又突然显出了许多上尖下阔的白茫茫同心儿一样,比蜡烛稍短的不吉利的白色物体来。一朵两朵,七朵八朵,一眼望去,虽不十分多,但也并不少,这大约总是开残未谢的木兰花罢,为想自己宽一宽自己的心,这样以最善的方法解释着这一种白色的幻影,我就把身体一缩,退回自己床上来了。

进院后第二天的午前十点多钟,那位含着神秘的微笑的牧母又静静儿同游水似地来到了我的床边。

"医生说你害的是黄疸病,应该食淡才行。"

柔和地这样的说着,她又伸出手来为我诊脉。她以一只手捏住了我的臂,擎起另外一只手,在看她自己臂上的表。我一言不发,只是张大了眼在打量她的全身上下的奇异的线和色。

头上是由七八根直线和斜色线叠成的一顶雪也似的麻纱白帽子,白影下就是一张肉色微红的柔嫩得同米粉似的脸。因为是睡在那里的缘故,我所看得出来的,只是半张同《神曲》封面画上,印在那里的谭戴似的鼻梁很高的侧面形。而那只瞳人很大很黑的眼睛哩,却又同在做梦似地向下斜俯着的。足以打破这沉沉的梦影,和静静的周围两种刺激,便是她生在眼睑上眼睛上的那些很长很黑,虽不十分粗,但却也一根一根地明细分视得出来的眼睫毛和八字眉,与唧唧唧唧,只在她那只肥白的手臂上静走的表针声。她静寂地俯着头,按着我的臂,有时候也眨着眼睛,胸口头很细很细地一低一高地吐着气,真不知道听了我几多时的脉,忽而将身体一侧,又微笑着正向着我显示起全面来了,面形是一张中突而长圆的鹅蛋脸。

"你的脉并不快,大约养几天,总马上会好的。"

她的富有着抑扬风韵的话,却是纯粹的北京音。

"是会好的么? 不会死的么?"

"啐,您说哪儿的话?"

似乎是嫌我说得太粗暴了,嫣然地一笑,她就立刻静肃敏捷地走转了身,走出了房。而那个"啐,你说哪儿的话?"的余音,却同大钟鸣后,不肯立时静息般的尽在我的脑里耳鼓里跑着绕圈儿的马。

医生隔日一来,而苦里带咸的药,一天却要吞服四遍,但足与这些恨事相抵而有余的,倒是那牧母的静肃的降临,有几天她来的次数,竟会比服药的次数多一两回。象这样单调无聊的修道院似的病囚生活,不消说是谁也会感到厌腻的,我于住了一礼拜医院之后,率性连医生也不愿他来,药也不想再服了,可是那牧母的诊脉哩，我却只希望她从早到晨起就来替我诊视，一直到晚，不要离开。

起初她来的时候，只不过是含着微笑，量量热度，诊诊我的脉，和说几句不得不说的话而已。但后来有一天在我的枕头底下被她搜出了一册泥而宋版的 Baude-laire 的小册子后，她和我说的话也多了起来，在我床边逗留的时间也一次一次的长起来了。

她告诉了我 Soeurs de charite（白帽子会）的系统和义务，她也告诉了我罗曼加多力克教（Catechisme）的教义总纲领。她说她的哥哥曾经去罗马朝见过教皇，她说她的信心坚定是在十五年前的十四岁的时候。而她的所最对我表示同情的一点，似乎是因为我的老家的远处在北京，"一个人单身病倒了在这举目无亲的上海，哪能够不感到异样的孤凄与寂寞呢？"尤其是觉得巧合的，两人在谈话的中间，竟发现了两人的老家，都偏处在西城，相去不上二三百步路远，在两家的院子里，是都可以听得见北堂的晨钟暮鼓的。为有这种种的关系，我入院后经过了一礼拜的时候，觉得忌淡也没有什么苦处了，因为每次的膳事，她总叫厨子特别的为我留心，布丁上的奶油也特别的加得多，有几次并且为了医院内的定食不合我的胃口，她竟爱把她自己的几盆我可以吃的菜蔬，差男护士菲列浦一盆一盆的递送过来，来和我的交换。

象这样的在病院里住了半个多月，虽则医生的粗暴顽迷，仍旧改不过来，药味的酸咸带苦，仍旧是格格难吃，但小便中的绛黄色，却也渐渐地褪去，而柔软无力的两只脚，也能够走得动一里以上的路了。

又加以时节逼进中夏，日长的午后，火热的太阳偏西一点，在房间里闷坐不住，当晚祷之前，她也常肯来和我向楼下的花园里去散一回小步。两人从庭前走出，沿了葡萄架的甬道走过木兰花丛，穿入菩提树林，到前面的假山石旁，有金色十字架竖着的圣母像的石坛圈里，总要在长椅上，坐到晚祷的时候，才走回来。

这舒徐闲适的半小时的晚步，起初不过是隔两日一次或隔日一次的，后来竟成了习惯，变得日日非去走不行了。这在我当然是一种无上的慰藉，可以打破一整天的单调生活，而终日忙碌的她似乎也在对这漫步，感受着无穷的兴趣。

又经过了一星期的光景，天气更加热起来了。园里的各种花木，都已经开落得干干净净，只有墙角上的一丛灌木，大约是蔷薇罢，还剩着几朵红白的残花，在那里妆点着景色。去盛夏想也已不远，而我也在打算退出这医药费昂贵的慈善医院，转回到北京去过夏去。可是心里虽则在这么的打算，但一则究竟病还没有痊愈，而二则对于这周围的花木，对于这半月余的生活情趣，也觉得有点依依难舍，所以一天一天的捱捱，又过了几天无聊的病囚日子。

有一天午后，正当前两天的大雨之余，天气爽朗晴和得特别可爱，我在病室里踱来踱去，心里头感觉得异样的焦闷。大约在铁笼子里徘徊着的新被擒获的狮子，或可以想象得出我此时的心境来，因为那一天从早晨起，一直到将近晚祷的时候止，一整日中，牧母还不曾来过。

晚步的时间过去了，电灯点上了，直到送晚餐来的时候，菲列浦才从他的那件白衣袋里，摸出了一封信来，这不消说是牧母托他转交的信。

信里说，她今天上中央会堂去避静去了，休息些时，她将要离开上海，被调到香港的病院中去服务。若来面别，难免得不动伤感，所以相见不如不见。末后再三叮嘱着，教我好好的保养，静想想经传上圣人的生活。若我能因这次的染病，而皈依上帝，浴圣母的慈恩，那她的喜悦就没有比此更大的了。

我读了这一封信后，夜饭当然是一瓢也没有下咽。在电灯下呆坐了数十分钟，站将起来向窗外面一看，明蓝的天空里，却早已经升上了一个银盆似的月亮。大约不是十五六，也该是十三四的晚上了。

我在窗前又呆立了一会，旋转身就披上了一件新制的法兰绒的长衫，拿起了手杖，慢慢地，慢慢地，走下了楼梯，走出了楼门，走上了那条我们两人日日在晚祷时候走熟了的葡萄甬道。一程一程的走去，月光就在我的身上印出了许多树枝和叠石的影画。到了那圣母像的石坛之内，我在那张两人坐熟了的长椅子上，不知独坐了多少时候。忽而来了一阵微风，我偶然间却闻着了一种极清幽，极淡漠的似花又似叶的朦胧的香气。稍稍移了一移搁在支着手杖的两只手背上的头部，向右肩瞟了一眼，在我自己的衣服上，却又看出了一排非常纤匀的对称树叶的叶影，和几朵花蕊细长花瓣稀薄的花影来。

"啊啊！马缨花开了！"

毫不自觉的从嘴里轻轻念出了这一句独语之后，我就从长椅子上站起了身来，走回了病舍。

瓢儿和尚

○郁达夫

为《咸淳》，《淳佑临安志》，《梦梁录》，《南宋古迹考》等陈朽得不堪的旧籍迷住了心窍，那时候，我日日只背了几册书，一枝铅笔，半斤面包，在杭州凤凰山，云居山，万松岭，江干的一带采访寻觅，想制出一张较为完整的南宋大内图来，借以消遣消遣我那时的正在病着无聊的空闲岁月。有时候，为了这些旧书中的一言半语，有些蹊跷，我竟有远上四乡，留下，以及余杭等处去察看的事情。

生际了这一个大家都在忙着争权夺利，以人吃人的二十世纪的中国盛世，何以那时候只有我一个人会那么的闲空的呢？这原也有一个可笑得很的理由在那里的。一九二七年的革命成功以后，国共分家，于是本来就系大家一样的黄种中国人中间，却硬的被涂上了许多颜色，而在这些种种不同的颜色里的最不利的一种，却叫做红，或叫做赤。因而近朱者，便都是乱党，不白的，自然也尽成了叛逆，不管你怎么样的一个勤苦的老百姓，只须加上你以莫须有的三字罪名，就可以夷你到十七八族之远。我当时所享受的那种被迫上身来的悠闲清福，来源也就在这里了，理由是因为我所参加的一个文学团体的杂志上，时常要议论国事，毁谤朝廷。

禁令下后，几个月中间，我本混迹在上海的洋人治下，是冒充着有钱的资产阶级的。但因为在不意之中，受到了一次实在是奇怪到不可思议的袭击之后，觉得洋大人的保护，也有点不可靠了，因而翻了一个筋斗，就逃到了这山明水秀的杭州城里，日日只翻弄些古书旧籍，扮作了一个既有资产，又有余闲的百分之百的封建遗民。追思凭吊南宋的故宫，在元朝似乎也是一宗可致杀身的大罪，可是在革命成功的当日，却可以当作避去嫌疑的护身神咒看了。所以我当时的访古探幽，想制出一张较为完整的南宋大内图来的副作用，一大半也可以说是在这 Camouflage 的造成。

有一天风和日朗的秋晴的午后，我和前几日一样的在江干鬼混。先在临江的茶馆里吃了一壶茶后，打开带在身边的几册书来一看，知道山川坛就近在咫尺了，再溯上去，就是凤凰山南腋的梵天寺胜果寺等寺院。付过茶钱，向茶馆里的人问了路径，我就从八卦田西南的田塍①路上，走向了东北。这一日的天气，实在好不过，已经是阴历的重阳节后了，但在太阳底下背着太阳走着，觉得一件薄薄的衬绒袍子都还嫌太热。我在田塍野路上穿来穿去走了半天，又向山坡低处立着憩息，向东向南的和书对看了半天，但所谓山川坛的那一块遗址，终于指点不出来。同贪鄙的老人，见了财帛，不忍走开的一样，我在那一段荒田蔓草的中间，徘徊往复，寻到了将晚，才毅然舍去，走上了梵天塔院。但到得山寺门前，正想走进去看看寺里的灵鳗金井和舍利佛身，而冷僻的这古寺山门，却早已关得紧紧的了，不得已就只好摩挲了一回门前的石塔，重复走上山来。正走到了东面山坞中间的路上，恰巧有几个挑柴下来的农夫和我遇着了。我一面侧身让路，一面也顺便问了他们一声："胜果寺是在什么地方的？去此地远不远了？"走在末后的一位将近五十的中老农夫听了我的问话，却歇下了柴担指示给我说：

"喏，那面山上的石壁排着的地方，就是胜果寺吓！走上去只有一点点儿路。你是不是去看瓢儿和尚的？"

---

① 田塍：一种方言词，即田埂，意思是田间的土埂子。

我含糊答应了一声之后，就反问他："瓢儿和尚是怎么样的一个人？"

"说起瓢儿和尚，是这四山的居民，没有一个不晓得的。他来这里静修，已经有好几年了。人又来得和气，一天到晚，只在看经念佛。看见我们这些人去，总是施茶给水，对我们笑笑，只说一句两句慰问我们的话，别的事情是不说的。因为他时常背了两个大木瓢到山下来挑水，又因为他下巴中间有一个很深的刀伤疤，笑起来的时候老同卖瓢儿——这是杭州人的俗话，当小孩子扁嘴欲哭的时候的神气，就叫作卖瓢儿——的样子一样，所以大家就自然而然的称他作瓢儿和尚了。"

说着，这中老农夫却也笑了起来。我谢过他的对我说明的好意，和他说了一声"坐坐会"，就顺了那条山路，又向北的走上了山去。

这时候太阳已经被左手的一翼凤凰山的支脉遮住了，山谷里只弥漫着一味日暮的萧条。山草差不多是将枯尽了，看上去只有黄苍苍的一层褐色。沿路的几株散点在那里的树木，树叶也已经凋落到恰好的样子。半谷里有一小村，也不过是三五家竹篱茅舍的人家，并且柴门早就关上了，从弯曲的小小的烟突里面，时时在吐出一丝一丝的并不热闹的烟雾来。这小村子后面的一带桃林，当然只是些光干儿的矮树。沿山路旁边，顺谷而下，本有一条溪径在那里的，但这也只是虚有其名罢了，大约自三春雨润的时候过后，直到那时总还不曾有过沧浪的溪水流过，因为溪里的乱石上的青苔，大半都被太阳晒得焦黄了。看起来觉得还有一点生气的，是山后面盖在那里的一片碧落，太阳似乎还没有完全下去，天边贴近地面之处，倒还在呈现着一圈淡淡的红霞。当我走上了胜果寺的废墟的坡下的时候，连这一圈天边的红晕，都看不出来了，散乱在我的周围的，只是些僧塔，残磴，菜圃，竹园，与许多高高下下的狭路和山坡。我走上了坡去，在乱石和枯树的当中，总算看见了三四间破陋得不堪的庵院。西面山腰里，面朝着东首歪立在那里的，是一排三间宽的小屋，倒还整齐一点，可是两扇寺门，也已经关上了，里面寂静灰黑，连一点儿灯光人影都看不出来。朝东缘山腰又走了三五十步，在那排屏风似的石壁下面，才有一个茅篷，门朝南向着谷外的大江半开在那里。

我走到茅篷门口，往里面探头一看，觉得室内的光线还明亮得很，几乎同屋外的没有什么差别。正在想得奇怪，又仔细向里面深处一望，才知道这光线是从后面的屋檐下射进来的，因为这茅篷的后面，墙已经倒坏了。中间是一个临空的佛座，西面是一张破床，东首靠泥墙有一扇小门，可以通到东首墙外的一间小室里去的。在离这小门不远的靠墙一张半桌边上，却坐着一位和尚，背朝着了大门，在那里看经。

我走到了他那茅篷的门外立住，在那里向里面探看的这事情，和尚是明明知道的，但他非但头也不朝转来看我一下，就连身子都不动一动。我静立着守视了他一回，心里倒有点怕起来了，所以就干咳了一声，是想使他知道门外有人在的意思。

听了我的咳声,他终于慢慢的把头朝过来了,先是含了同哭也似的一脸微笑,正是卖瓢儿似的一脸微笑,然后忽而同惊骇了一头的样子,张着眼呆了一分钟后,表情就又复原了,微笑着只对我点了点头,身子马上又朝了转去,去看他的经了。

我因为在山下已经听见过那樵夫所说的关于这瓢儿和尚的奇特的行径了,所以这时候心里倒也并不觉得奇怪,但只有一点,却使我不能自已地起了一种好奇的心思。据那中老农夫之所说,则平时他对过路的人,都是非常和气,每要施茶给水的,何以今天独见了我,就会那么的不客气的呢? 难道因为我是穿长袍的有产知识阶级,所以他故意在表示不屑与周旋的么? 或者还是他在看的那一本经,实在是有意思得很,故而把他的全部精神都占据了去的缘故呢? 从他的不知道有人到门外的那一种失心状态看来,倒还是第二个猜度来得准一点,他一定是将全部精神用到了他所看的那部经里去了无疑。既是这样,我倒也不愿意轻轻的过去,倒要去看一看清楚,能使他那样地入迷的,究竟是一部什么经。我心里头这样决定了主意以后,就也顾不得他人的愿意不愿意了,举起两脚,便走进门去,走上他的身边,他仍旧是一动也不动地伏倒了头在看经。我向桌上摊开在那里的经文页缝里一看,知道是一部《楞严义疏》。楞严是大乘的宝典,这瓢儿和尚能耽读此书,真也颇不容易,于是继第一个好奇心而起的第二个好奇心就又来了,我倒很想和他谈谈,好向他请教请教。

"师父,请问府上是什么地方?"

我开口就这样的问了他一声。他的头只从经上举起了一半,又光着两眼,同惊骇似的向我看了一眼,随后又微笑起来了,轻轻地象在逃遁似的回答我说:

"出家人是没有原籍的。"

到了这里,却是我惊骇起来了,惊骇得连底下的谈话都不能继续下去。因为把那下巴上的很深的刀伤疤隐藏过后的他那上半脸的面容,和那虽则是很轻,但中气却很足的一个湖南口音,却同霹雳似地告诉了我以这瓢儿和尚的前身,这不是我留学时代的那个情敌的秦国柱是谁呢? 我呆住了,睁大了眼睛,屏住了气息,对他盯视了好几分钟。他当然也晓得是被我看破了,就很从容的含着微笑,从那张板椅上立了起来。一边向我伸出了一只手,一边他就从容不迫的说:

"老朋友,你现在该认识我了罢? 我当你走上山来的时候,老远就瞥见你了,心里正在疑惑。直到你到得门外咳了一声之后,才认清楚,的确是你,但又不好开口,因为不知道你对我的感情,经过了这十多年的时日,仍能够复原不能? ……"

听了他这一段话,看了他那一副完全成了一个山僧似的神气,又想起了刚才那樵夫所告诉我的瓢儿和尚的这一个称号,我于一番惊骇之后,把注意力一松,神经驰放了一下,就只觉得一股非常好笑的冲动,冲上了心来。所以捏住了他的手,只"秦国柱! 秦……国……柱"的叫了几声,以后竟哈哈哈哈的笑出了眼泪,有好久好久说不出一句有意思的话来。

我大笑了一阵,他立着微笑了一阵,两人才撒开手,回复了平时的状态。心境平复以后,我的性急的故态又露出来了。就同流星似地接连着问了他许多问题:"姜桂英呢?你什么时候上这儿来的?做和尚做得几年了?听说你在当旅长,为什么又不干了呢?"一类的话,我不等他的回答,就急说了一大串。他只是笑着从从容容的让我坐下了,然后慢慢的说:

"这些事情让我慢慢的告诉你,你且坐下,我们先去烧点茶来喝。"

他缓慢地走上了西面角上的一个炉子边上,在折柴起火的中间,我又不耐烦起来了,就从板椅上立起,追了过去。他蹲下身体,在专心致志地生火炉,我立上了他背后,就又追问了他以前一刻未曾回答我的诸问题。

"我们的那位同乡的佳人姜桂英究竟怎么样了呢?"

第一问我就固执着又问起了这一个那时候为我们所争夺的惹祸的苹果。

姜桂英虽则是我的同乡,但当时和她来往的却尽是些外省的留学生,因此我们有几个同学,有一次竟对她下了一个公开的警告,说她品行不端,若再这样下去,我们要联名向政府去告发,取消她的官费。这一个警告,当然是由我去挑拨出来的妒嫉的变形,而在这警告上署名的,当然也都是几个同我一样的想尝尝这块禁脔的青春鲲汉。而出乎大家的意料之外,这个警告发出后不多几日,她竟和下一学期就要在士官学校毕业的我们的朋友秦国柱订婚了。得到了这一个消息之后,我的失意懊恼丧,正和杜葛纳夫在一个零余者的日记里所写的那个主人公一样,有好几个礼拜没有上学校里去上课。后来回国之后,每在报上看见秦国柱的战功,如九年的打安福系,十一年的打奉天,以及十四年的汀泗桥之战等,我对着新闻记事,还在暗暗地痛恨。而这一个恋爱成功者的瓢儿和尚,却只是背朝着了我,带着笑声在舒徐自在的回答我说:

"佳人么?你那同乡的佳人么?已经……已经属了沙吒利了。……哈哈……哈……这些老远老远的事情,你还问起它作什么?难道你还想来对我报三世之仇么?"

听起他的口吻来,仿佛完全是在说和他绝不相干的第三者的事情的样子。我问来问去的问了半天,关于姜桂英却终于问不出一点眉目来,所以没有办法,就只能推进到以后的几个问题上去了,他一边用蒲扇扇着炉子,一边便慢慢的回答我说:

"到了杭州来也有好几年了……做和尚是自从十四年的那一场战役以后做起的……当旅长真没有做和尚这样的自在……"

等他一壶水烧开,吞吞吐吐地把我的几句问话约略模糊的回答了一番之后,破茅篷里,却完全成了夜的世界了。但从半开的门口,没有窗门的窗口,以及泥墙板壁的破缝缺口里，却一例的射进了许多同水也似的月亮光来，照得这一间破屋，晶莹透彻，象在梦里头做梦一样。

走回到了东墙壁下，泡上了两碗很清很酽的茶后，他就从那扇小门里走了进去，歇了一歇，他又从那间小室里拿了一罐小块的白而且糯的糕走出来了。拿了几块给我，他自己也拿了一块嚼着对我说：

"这是我自己用葛粉做的干粮，你且尝尝看，比起奶油饼干来何如？"

我放了一块在嘴里，嚼了几嚼，鼻子里满闻到了一阵同安息香似的清香。再喝了一口茶，将糕粉吞下去以后，嘴里头的那一股香味，还仍旧横溢在那里。

"这香味真好，是什么东西合在里头的？会香得这样的清而且久。"

我喝着茶问他。

"那是一种青藤，产在衡山脚下的。我们乡下很多，每年夏天，我总托人去带一批来晒干藏在这里，慢慢的用着，你若要，我可以送你一点。"

两人吃了一阵，又谈了一阵，我起身要走了，他就又走进了那间小室，一只手拿了一包青藤的干末，一只手拿了几张白纸出来。替我将书本铅笔之类，先包了一包，然后又把那包干末搁在上面，用绳子捆作了一捆。

我走出到了他那破茅蓬的门口，正立住了脚，朝南在看江干的灯火，和月光底下的钱塘江水，以及西兴的山影的时候，送我出来，在我背后立着的他，却轻轻的告诉我说：

"这地方的风景真好，我觉得西湖全景，决没有一处及得上这里，可惜我在此住不久了，他们似乎有人在外面募捐，要重新造起胜果寺来。或者明天，或者后天，我就要被他们驱逐下山，也都说不定。大约我们以后，总没有在此地再看月亮的机会了罢。今晚上你可以多看一下子去。"

说着，他便高声笑了起来，我也就笑着回答他说：

"这总算也是一段'西湖佳话'，是不是？我虽则不是宋之问，而你倒真有点象骆宾王哩！……哈哈……哈哈"

春　痕

〇徐志摩

一　瑞香花——春

逸清早起来,已经洗过澡,站在白漆的镜台前,整理他的领结。窗纱里漏进的晨曦,正落在他梳栉齐整漆黑的发上,像一流灵活的乌金。他清瘦的颊上,轻沾著春晓初起的嫩红,他一双睫绒密绣的细长妙目,依然含漾著朝来梦里的无限春意,益发激动了他 Narcissus 自怜的惯习,疑疑地尽向著镜里端详。他圆小锐敏的睛珠,也同他头发一般的漆黑光芒,在一泻清利之中,泄漏著几分忧郁凝滞,泄漏著精神的饥渴,像清翠的秋山轻罩著几痕雾紫。

他今年二十三岁,他来日本方满三月,他迁入这省花家,方只三日。他凭著他天赋的才调生活风姿,从幼年便想肩上长出一对洁白蜷嫩的羽翮,望著精焰斑斓的晚霞里,望著出岫倦展的春云里望著层晶叠翠的秋天里,插翅飞去,飞上云端,飞出天外,去听云雀的欢歌,听天河的水乐,看群星的联舞,看宇宙的奇光,从此加入神仙班籍,凭著九天的白玉兰干,于天朗气清的晨夕,俯看下界的烦恼尘俗,微笑地生怜,怜悯地微笑。那是他的幻想,也是多数未经生命严酷教训的少年们的幻想。但现实粗狠的大槌,早已把他理想的晶球击破,现实卑琐的尘埃,早已将他洁白的希望掩染。他的头还不会从云外收回,他的脚早已在污泥里汀住。

他走到窗前,把窗子打开只觉得一层浓而且劲的香气,直刺及灵府深处,原来楼下院子里满地都是盛开的瑞香花,那些紫衣白发的小姑子们,受了清露的涵濡,春阳的温慰,便不能放声曼歌,也把她们襟底怀中脑边蕴积著的清香,迎著缓拂的和风,欣欣摇舞,深深吐泄,只是满院的芬芳,只勾引无数的小蜂,迷醉地环舞。

三里外的桑抱群峰也只在和暖的朝阳里欣然沈浸。逸独立在窗前,估量这些春怀春意,双手插在裤袋里,微曲著左膝,紧啮住浅绛的下唇,呼出一声幽喟,旋转身掩面低吟道:可怜这万种风情无地著! 紧跟著他的吟声,只听得竹篱上的门铃,喧然大震,接著邮差迟重的嗓音唤道:"邮便!"一时篱上各色的藤花藤叶,轻波似颤动,白叶树上的新燕呢喃也被这铃声喝住。

省花夫人手拿著一张美丽的邮片笑吟吟走上楼来对逸说道："好福气的先生，你天天有这样美丽的礼物到手，"说著把信递入他手。果然是件美丽的礼物，这张比昨天的更觉精雅，上面写的字句也更妩媚，逸看到她别致的签名，像燕尾的瘦，梅花的疏，立刻想起她亭亭的影像，悦耳的清音，接著一阵复凑的感想，不禁四肢的神经里，迸出一味酸情，迸出一些凉意。他想出了神，无意地把手里的香迹，送向唇边，只觉得兰馨满口，也不知香在片上，也不知香在字里，——他神魂迷荡了。

一条不甚宽广但很整洁的乡村道上，两旁种著各式的树木，地上青草里，夹缀著点点金色、银色的钱花。这道上在这初夏的清晨除了牛奶车、菜担以外，行人极少。但此时铃声响处，从桑抱山那方向转出一辆新式的自行车，上面坐著一个西装的少女，二十岁光景。她黯黄的发，临风蓬松著，用一条浅蓝色丝带络住她穿著一身白纱花边的夏服，鞋袜也一体白色；她丰满的肌肉，健康的颜色，捷灵的肢体，愉快的表情，恰好与初夏自然的蓬勃气象和合一致。

她在这清静平坦的道上，在榆柳浓馥的阴下，像飞燕穿廉似的，疾扫而过；有时俯偻在前柜上，有时撒开手试她新发明的姿态，恰不时用手去理整她的外裳，因为孟浪的风尖常常挑翻她的裙序，像荷叶反卷似的，泄露内衬的秘密。一路的草香花味，树色水声，云光鸟语，都在她原来欣快的心境里，更增加了不少欢畅的景色——她同山中的梅花小鹿一般的美，一般的活泼。自行车到藤花杂生的篱门前停了，她把车倚在篱旁，扑去了身上的尘埃，掠齐了鬓发，将门铃轻轻一按，把门推开，站在门口低声唤道："省花夫人，逸先生在家？"说著心头跳个不住，颊上也是点点桃花，染入冰肌深浅。那时房东太太不在家，但逸在楼上闲著临帖，早听见了，就探首窗外，一见是她，也似感了电流一般，立刻想飞奔下去。但她接著喊道；她也看见了："逸先生，早安，请恕我打扰，你不必下楼，我也不打算进来，今天因为天时好，我一早就出来骑车，便道到了你们这里，你不是看我说话还喘不过气来，你今天好吗？啊，乘便，今天可以提早一些，你饭后就能来吗？"她话不曾说完，忽然觉得她鞋带散了，就俯身下去收拾，阳光正从她背后照过来，将她描成一个长圆的黑影，两支腰带，被风动著，也只在影里摇头，恰像一个大蜗牛，放出他的触须侦探意外的消息。

"好极了，春痕姑娘！……我一定早来……但你何不进来坐一歇呢？……你不是骑车很累了吗？……"春痕已经缚紧了鞋带，倚著竹篱，仰著头，笑答道："很多谢你，逸先生，我就回去了。你温你的书吧，小心答不出书，先生打你的手心；"格支地一阵憨笑，她的眼本来秀小，此时连缝儿都莫有了。她一欠身，把篱门带上，重复推开将头探入；一支高出的藤花，正贴住她白净的腮边，将眼瞟著窗口看呆了的逸笑道："再会罢，逸！"车铃一响她果然去了。

逸飞也似驰下楼去出门望时，只见榆荫错落的黄土道上，明明镂著她香轮的踪迹，远远一簇白衫，断片铃声，她，她去了。逸在门外留恋了一会，转身进屋，顺手把方才在她腮边撩拂那支乔出的藤花，折了下来恭敬地吻上几吻；他耳边还只荡漾著她那"再会罢，逸！"的那个单独"逸"字的蜜甜音调：他又神魂迷荡了。

二 红玫瑰——夏

"是逸先生吗？"春痕在楼上喊道，"这里没有旁人，请上楼来。"春痕的母亲是旧金山人，所以她家的布置也参酌西式。楼上正中一间就是春痕的书室，地板上铺著匀净的台湾细席，疏疏的摆著些几案榻椅，窗口一大盆的南洋大桐，正对著她凹字式的书案。

逸以前上课，只在楼下的客堂里，此时进了她素雅的书屋。说不出有一种甜美愉快的感觉。春痕穿一件浅蓝色纱衫，发上的缎带也换了亮蓝色，更显得妩媚绝俗。她拿著一管斑竹毛笔，正在绘画，案上放著各品的色碟和水盂。逸进了房门，她才缓缓地起身，笑道："你果然能早来，我很欢喜。"逸一面打量屋内的设备，一面打量他青年美丽的教师，连著午后步行二里许的微喘，颇露出些局脊的神情，一时连话也说不连贯。春痕让他一张椅上坐了，替他倒了一杯茶，口里还不住地说她精巧的寒暄。逸喝了口茶，心头的跳动才缓缓的平了下来，他瞥眼见了春痕桌上那张鲜艳的画，就站起来笑道："原来你又是美术家，真失敬，春痕姑娘，可以准我赏鉴吗？"她画的是一大朵红的玫瑰，真是一枝浓艳露凝香，一瓣有一瓣的精神，充满了画者的情感，仿佛是多情的杜鹃，在月下将心窝抵入荆刺沥出的鲜红心血，点染而成，几百阕的情词哀曲，凝化此中。

"那是我的鸦涂①，那里配称美术，"说著她脸上也泛起几丝红晕，把那张水彩越赴地递入逸手。逸又称赞了几句，忽然想起西方人用花来作恋爱情感的象征，记得红玫瑰是"我爱你"的符记，不禁脱口问道："但不知那一位有福的，能够享受这幅精品，你不是预备送人的吗？"春痕不答；逸举头看时，只见她倚在凹字案左角，双手支著案，眼望著手，满面绯红，肩胸微微有些震动。逸呆望著这幅活现的忸怩妙画，一时也分不清心里的反感，只觉得自己的颧骨耳根，也平增了不少的温度：此时春痕若然回头：定疑心是红玫瑰的朱颜，移上了少年的肤色。临了这一阵缄默，这一阵色彩鲜明的缄默，这一阵意义深长的缄默，让窗外桂树上的小雀，吱的一声啄破。春痕转身说道："我们上课罢。"她就坐下，打开一本英文选，替他讲解。

功课完毕，逸起身告辞，春痕送他下楼，同出大门，此时斜照的阳光正落在桑抱的峰巅岩石上，像一片斑驳的琥珀，他们看著称美一番，逸正要上路。春痕忽然说："你候一候，有件东西忘了带走。"她就转身进屋去，过了一分钟，只见她红胀著脸，

---

① 鸦涂：犹涂鸦。比喻胡乱写作，常用作谦词。

拿著一纸卷递给逸说："这是你的,但不许此刻打开看!"接著匆匆说了声再会,就进门去了。逸左臂挟著书包,右手握著春痕给他的纸卷,想不清她为何如此慌促,禁不住把纸卷展开,这一展开,但觉遍体的纤微,顿时为感激欣喜悲切情绪的弹力撼动,原来纸卷的内容,就是方才那张水彩,春痕亲笔的画,她亲笔画的红玫瑰——他神魂又迷荡了。

三　茉莉花——秋

逸独坐在他房内,双手展著春痕从医院里来的信,两眼平望,面容澹白,眉峰间紧锁住三四缕愁纹:她病了。窗外的秋雨,不住地沥沥,他怜爱的思潮,也不住地起落。逸的联想力甚大,譬如他看花开花放就想起残红满地;身历繁华声色,便想起骷髅灰烬;临到欢会,便想怆别;听人病苦,便想暮祭。如今春痕病了,在院中割肠膜,她写的字也失了寻常的劲致,她明天得医生特许可以准客人见,要他一早就去。逸为了她病,已经几晚不安眠,但远近的思想不时涌入他的脑府。他此时所想的是人生老病死的苦痛,青年之短促。他悬想著春痕那样可爱的心影,疑问像这样一朵艳丽的鲜花,是否只要有恋爱的湿润便可常保美质;还是也同山谷里的茶花,篱上的藤花,也免不了受风摧雨虐,等到活力一衰,也免不了落地成泥。但他无论如何拉长缩短他的想象,总不能想出一个老而且丑的春痕来!他想圣母玛丽不会老,观世音大士不会老,理想的林黛玉不会老,青年理想中的爱人又如何会老呢;他不觉微笑了。转想他又沉入了他整天整晚迷恋的梦境;他最恨想过去,最爱想将来,最恨回想,最爱前想,过去是死的丑的痛苦的枉费的:将来是活的美的幸福的创造的;过去像块不成形的顽石,满长著可厌的稻草和刺物;将来像初出山的小涧,只是在青林间舞蹈只是在星光下歌唱,只是在精美的石梁上进行。他廿余年麻木的生活,只是个不可信,可厌的梦;他只求抛弃这个记忆;但记忆是富有粘性的,你愈想和他脱离,结果胶附得愈紧愈密切。他此时觉得记忆和压制愈重,理想的将来不过只是烟淡云稀,渺茫明灭,他就狠劲把头摇了几下,把春痕的信摺了起来,披了雨衣,换上雨靴,挟了一把伞独自下楼出门。他在雨中信步前行,心中杂念起灭,竟走了三里多路,到了一条河边。沿河有一列柳树,已感受秋运,枝条的翠色,渐转苍黄,此时仿佛不胜秋雨的重量,凝定地俯看流水,粒粒的泪珠,连著先凋的叶片,不时掉入波心悠然浮去。时已薄暮,河畔的颜色声音,只是凄凉的秋意,只是增添惆怅人的惆怅。天上绵般的云似乎提议来里埋他心底的愁思,草里断续的虫吟,也似轻嘲他无聊的意绪。逸踯躅了半响,不觉秋雨满襟,但他的思想依旧缠绵在恋爱老死的意义,他忽然自言道:"人是会变老会变丑,会死会腐朽,但恋爱是长生的;因为精神的现象决不受物质法律的支配;是的,精神的事实,是永久不可毁灭的。"他好像得了难题的答案，胸中解释了不少的积重，抖下了此衣上的雨珠，就转身上归家的路。他路上无意中走入一家花铺，看看初菊，看看迟桂，最后买了一束茉莉，因为她香幽色澹，春痕一定喜欢。他那天夜间又不曾安眠，次日一早起来，修饰了一晌，用一张蓝纸把茉莉裹了，出门往医院去。

"你是探望第十七号的春痕姑娘吗？"

"是。"

"请走这边。"

逸跟著白衣灰色裙的下女，沿著明敞的走廊，一号二号，数到了第十七号。浅蓝色的门上，钉著一张长方形的白片，写著很触目的英字："No. 17 permitting no visitors except the patient's mother and Mr. Yi""第十七号，除病人母亲及逸君外，他客不准入内。"一阵感激的狂潮，将他的心府淹没；逸回复清醒时，只见房门已打开，透出一股酸辛的药味，里面恰丝毫不闻音息。逸脱了便帽，企著足尖，进了房门——依旧不闻音息。他先把房门掩上，回身看时，只见这间长形的室内，一体白色，白墙白床，一张白毛毯盖住的沙发，一张白漆的摇椅，一张小几，一个睡盂。床安在靠窗左侧，一头用矮屏围著。逸走近床前时，只觉灵魂底里发出一股寒流，冷激了四肢全体。春痕卧在白布被中，头戴白色纱布，垫著两个白枕，眼半闭著，面色惨澹得一点颜色的痕迹都没有，几于和白枕白被不可辨认，床边站著一位白巾白衣态度严肃的看护妇，见了逸也只微领示意，逸此时全身的冰流重复回入灵府，凝成一对重热的泪珠，突出眶廉。他定了定神俯身下去，小语道："我的春痕，你……吃苦了……"那两颗热泪早已跟著颤动的音波在他面上筑成了两条泪沟，后起的还频频涌出。春痕听了他的声音，微微睁开她倦绝的双睫，一对铅似重钝的睛球正对著他热泪溶溶的湿眼；唇腮间的筋肉稍稍缓弛，露出一些勉强的笑意，但一转瞬她的腮边也湿了。"我正想你来，逸，"她声音虽则细弱，但很清爽，"多谢天父，我的危险已经过了！你手里拿的不是给我的花吗？"说著笑了，她真笑了。

逸忙把纸包打开，将茉莉递入她已从被封里伸出的手，也笑说道："真是，我倒忘了：你爱不爱这茉莉？"春痕已将花按在口鼻间，闭拢了眼，似乎经不住这强烈香味；点了点头，说："好，正是我心爱的；多谢你。"逸就在床前摇椅上坐下，问她这几日受苦的经过。过了半点钟，逸已经出院，上路回家。那时的心影，只是病房的惨白？，耳畔也只是春痕零落孱弱的音声。——但他从进房时起，便引起了一个奇异的幻想。他想见一个奇大的坟窟，沿边并齐列著黑衣送葬的宾客，这窟内黑沉沉地不知有多少深浅，里面却埋著世上种种的幸福，种种青年的梦境，种种悲哀，种种美丽的希望，种种污染了残缺了的宝物，种种恩爱和怨艾，在这些形形色色的中间，又埋著春痕，和在病房一样的神情，和他自己——春痕和他自己！

逸——他的神魂又是一度迷荡。

四　桃花李花处处开——十年后春

　　此时正是清明时节,箱根一带满山满谷,尽是桃李花竞艳的盛会。这边是红锦,那边是白雪,这边是火焰山,那边是银涛海;春阳也大放骄矜艳丽的光辉来笼盖这骄矜艳丽的花园,万象都穿上最精美的袍服,一体的欢欣鼓舞,庆祝春明。整个世界,只是一个妩媚的微笑;无数的生命,只是报告他们的幸福;到处是欢乐,到处是希望,到处是春风,到处是妙乐。今天各报的正张上,都用大号字登著欢迎支那伟人的字样。

　　那伟人在国内立了大功,做了大官,得了大名,如今到日本。他从前的留学国,来游历考察,一时哄动了全国注意,朝野一体欢迎,到处宴会演说,演说宴会,大家争求一睹丰彩;尤其因为那伟人是个风流美丈夫。那伟人就是十年前寄寓在省花家瑞香花院子里的少年;他就是每天上春痕姑娘家习英文的逸。他那天记起了他学生时代的踪迹,忽发雅兴,坐了汽车,绕著桑抱山一带行驶游览,看了灿烂缤纷的自然,吸著香甜温柔的空气,甚觉舒畅愉快。车经过一处乡村,前面被一辆载木料的大车拦住了进路,只得暂时停著等候。车中客正了望桑抱一带秀特的群峰,忽然春痕的爱影,十年来被事业尘埃所掩翳的爱影,忽然重复历历心中,自从那年匆匆被召回国,便不闻春痕消息,如今春色无恙,却不知春痕何往,一时动了人面桃花之感,连久干的眶睫也重复潮润起来。但他的注意,却半在观察村街的陋况,不整齐的店铺,这里一块铁匠的招牌,那首一张头痛膏的广告别饶风趣。一家杂货铺里,走来一位主客,一个西装的胖妇人,她穿著蓝呢的冬服,肘下肩边都已霉烂,头戴褐色的绒帽,同样的破旧,左手抱著一个将近三岁的小孩,右臂套著一篮的杂物——两颗青菜,几枚蛤蜊,一枝蜡烛,几匣火柴——方才从店里买的。手里还挽著一个四岁模样的女孩,穿得也和她母亲一样不整洁。那妇人蹒跚著从汽车背后的方向走来,见了这样一辆美丽的车和车里坐著的华服客,不觉停步注目。远远的看了一响,她索性走近了,紧靠著车门,向逸上下打量。看得逸到烦腻起来,心想世上那有这样臃肿卷曲不识趣的妇人……那妇人突然操英语道:"请饶恕我,先生,但你不是中国人逸君吗?"他想又逢到了一个看了报上照相崇拜英雄的下级妇女;但他还保留他绅士的态度,微微欠身答道:"正是,夫人,"淡淡说著,漫不经意的模样。但那妇人急接说道:"果然是逸君! 但是难道你真不认识我了?"逸免不得眸凝向她辨认:只见丰眉高颧;鼻梁有些陷落,两腮肥突,像一对熟桃;就只那细小的眼眶,和她方才"逸君"那声称呼,给他一些似曾相识的模糊印象。"我十分的抱歉,夫人! 我近来的记忆力实在太差,但是我现在敢说我们确是曾经会过的。""逸君你的记忆真好! 你难道真忘了十年前伴你读英文的人吗?"逸跳了起来,说道:"难道你是春……"但他又顿住了,因为万不能相信他脑海中一刻前活泼可爱的心影,会得幻术似的变形为眼前粗头乱服左男右女又肥又蠢的中年妇人。但那妇人却丝毫不顾恋幻象的消散,丝毫不感觉哲理的怜悯;十年来做妻做母负担的专制,已经将她原有的浪漫根性,杀灭尽净:所以她宽弛的喉音替他补道:"春……痕,正是春痕,就是我,现在三……夫人。"

逸只觉得眼前一阵昏沈,也不会听清她是三什么的夫人,只瞪著眼呆顿。"三井夫人,我们家离此不远,你难得来此,何不乘便过去一坐呢?"逸只微微的领道,她已经将地址吩咐车夫,拉开车门,把那小女孩先送了上去,然后自己抱著孩子挽著筐子也挤了进来。那时拦路的大车也已经过去,他们的车,不上三分钟就到了三井夫人家。

一路逸神意迷惘之中,听她诉说当年如何嫁人,何时结婚,丈夫是何职业,今日如何凑巧相逢,请他不要介意她寒素嘈杂的家庭,以及种种等等,等等种种。她家果然并不轩敞,并不恬静。车止门前时,便有一个七八岁赤脚乱发的小孩,高喊著:"娘坐了汽车来了……"跳了出来。那漆糅驳落的门前,站著一位满面皱纹,弯背驮腰的老妇人,她介绍给逸,说是她的姑;老太太只咳嗽了一声,向来客和她媳妇,似乎很好奇似地溜了一眼。逸一进门,便听得后房哇的一声婴儿哭:三井夫人抱怨她的大儿,说定是他顽皮又把小妹惊醒了。逸随口酬答了几句话,也没有喝她紫色壶倒出来的茶,就伸出手来向三井夫人道别,勉强笑著说道:"三井夫人,我很羡慕你丰满的家庭生活,再见罢!"

等到汽轮已经转动,三井夫人还手抱著强褓的儿,身旁立著三个孩子,一齐殷勤地招手,送他的行。

那时桑抱山峰,依旧沈浸在艳日的光流中,满谷的樱花桃李,依旧竞赛妖艳的颜色,逸心中,依旧涵葆著春痕当年可爱的影像。但这心影,只似梦里的紫丝灰线所织成,只似远山的轻霭薄雾所形成,瘦极了,微妙极了,只要蝇蚊的微嗡,便能刺碎,只要春风的指尖,便能挑破。……

生与死的一行列

〇王统照

"老魏作了一辈子的好人,却偏偏不拣好日子死。……像这样落棉花瓢子的雪,这样刀尖似的风,我们却替他出殡! 老魏还有这口气,少不得又点头砸舌地说:'劳不起驾! 哦! 劳不起驾'了!"

这句话是四十多岁、鹰钩鼻子的刚二说的。他是老魏近邻,专门为人扛棺材的行家。自十六七岁起首同他父亲作这等传代的事,已把二十多年的精力全消耗在死尸的身上。往常老魏总笑他是没出息的,是专与活人作对的,——因为刚二听见近处有了死人,便向烟酒店中先赊两个铜子的白酒喝。但在这天的雪花飞舞中,他可没先向常去的烟酒店喝一杯酒。他同伙伴们从棺材铺扛了一具薄薄的杨木棺,踏着街上雪泥的时候,并没有说话。只看见老魏的又厚而又紫的下唇藏在蓬蓬的短髯里,在巷后的茅檐下喝玉米粥。他那失去了明光的眼不大敢向着阳光启视。在朔风逼冷的腊月清晨,他低头喝着玉米粥,两眼尽向地上的薄薄霜痕上注视。——一群乞丐似的杠夫,束了草绳,戴了穿洞毡帽,上面的红缨摇飐着,正从他的身旁经过。大家预备到北长街为一个医生抬棺材去。他居然喊着"喝一碗粥再去"。记得还向他说了一句"咦!魏老头儿,回头我要替你剪一下胡子了"。他哈哈地笑了。

这都是刚二走在道中的回忆。天气冷得厉害,坐明亮包车的贵妇的颈部全包在狐毛的领子里。汽车的轮迹在雪上也少了好些。虽然听到午炮放过,日影可没曾露出一点。

当着快走近了老魏的门首,刚二沉默了一路,忍不住说出那几句话来。三个伙伴,正如自己用力往前走去,仿佛没听明他的话一般。又走了几步,前头的小孩子阿毛道:

"刚二叔,你不知道魏老爷子不会拣好日子死的,若他会拣了日子死,他早会拣好日子活着了!他活的日子多坏!依我看来——不,我妈也是这样说呢,他老人家到死也没个老伴,一个养儿子,又病又跛了一条腿,连博利工厂也进不去了,还得他老人家弄饭来给他吃。——好日子,是呵,可不是他的!……"这几句话似乎使刚二听了有些动心,便用破洞的袖筒装了口,咳嗽几声,可没答话。

他们一同把棺材放在老魏的三间破屋前头,各人脸上不但没有一滴汗珠,反而都冻红了。几个替老魏办丧事的老人、妇女,便喊着小孩子们在墙角上烧了一瓦罐煤渣,让他们围着取暖。

自然是异常省事的,死尸装进了棺材,大家都觉得宽慰好多。拉车的李顺暂时充当木匠,把棺材盖板钉好,……叮叮……叮,一阵斧声,与土炕上蜷伏着跛足的老魏养子蒙儿的哀声、邻人们的嗟叹声同时并作。

棺殓已毕,一位年老的妈妈首先提议应该乘着人多手众,赶快送到城外五里墩的义地去。七十八岁的李顺的祖父,领导大家讨论,五六个办丧的都不约而同地说:"应该赶快入土。"独有刚二在煤渣火边,摸着腮没答应一句。那位好絮叨的妈妈拄着拐杖,一手拭着鼻涕颤声向刚二道:

"你刚二叔今天想酒喝可不成,……哼哼!老魏待你不错,没有良心的小子!"

"我么？……"刚二夷然地苦笑，却没有续说下去。接着得了残疾的蒙儿又呜呜地哭出声来。

大家先回去午饭，回来重复聚议怎样处置蒙儿的问题。因为照例，蒙儿应该送他的义父到城外义地去，不过他的左足自去年有病，又被汽车轧了一次，万不能有力量走七八里路程。若是仍教他在土炕上哭泣，不但他自己不肯，李顺的祖父首先不答应，理由是正当而明了的。他在众人面前，一手捋着全白的胡子，一手用他的铜旱烟管扣着白色棺木道："蒙儿的事，……你们也有几个晓得的。他是个疯女人的弃儿，十年以前的事，你们年轻的人算算，他那时才几岁？"他少停了一会，眼望着围绕的一群人。

于是五岁、八岁的猜不定的说法一齐嚷了起来，李顺的祖父又把硕大的烟斗向棺木扣了一下，似乎教死尸也听得见。他说："我记得那时他正正是七岁呢。"正在这时，炕上的蒙儿哽咽的应了一声，别人更没有说话的了。李顺的祖父背历史似地重复说下去。

"不知哪里来的疯女人，赤着上身从城外跑来，在大街上被警察赶跑，来到我们这个贫民窟里，他们便不来干涉了。可怜的蒙儿还一前一后地随着他妈转。小孩子身上哪里有一丝线，亏得那时还是七月的天气。有些人以为这太难看了，想合伙将她和蒙儿撵出去。终究被我和老魏阻住了。不过三四天疯女人死去，余下这个可怜的孩子。……以后的事不用再说了。我活了这大岁数，还是头一次见着这个命苦的孩子，他现在是这样，将来的事谁还能想得定？……可是论理，他对老魏，无论如何，哪能不送到义地看着安葬！……"本来大家的心思也是如此，更加上蒙儿在炕上直声嚷着就算跪着走也得去。于是决定李顺搀扶着他走。李顺的祖父，因为与老魏几十年的老交情，也要随着棺材前去。他年轻时当过镖师的，虽然这把年纪，筋力却还强壮；他的性情又极坚定，所以众人都不敢阻他。

正是极平常的事，五六个人扛了一具白木棺材，用打结的麻绳捆住，前面有几个如同棺里一样穷的贫民迤逦地走着。大家在沉默中，一步一步地，足印踏在雪后的灰泥大街上，还不如汽车轮子的斜纹印的深些，还不如载重马蹄踏得重些；更不如警察们的铁钉皮靴走在街上有些声响。这穷苦的生与死的一行列，在许多人看来，还不如人力车上妓女所带的花绫结更光耀些。自然，他们都是每天每夜罩在灰色的暗幕之下，即使死后仍然是用白的不光华的粗木匣子装起，或用粗绳打成的苇席。不但这样，他们的肚腹，只是用坚硬粗糙的食物渣滓磨成的；他们的皮肤，只是用冻僵的血与冷透的汗编成的！他们的思想呢，只有在黎明时望见苍白的朝光，到黄昏时穿过茫茫的烟网。他们在街上穿行着，自然也会有深深的感触，他们或以为是人类共有的命运？他们却没曾知道已被"命运"逐出宇宙之外了。

虽是冷的冬天，一时雪停风止，看热闹的人也有了，茶馆里的顾客重复来临。

他们这一行列，一般人看惯了，自然再不会有什么考问，死者是谁？跛足的孩子是棺材中的什么人？好好的人为什么死的？这些问题早在消闲者的思域之外。他们——消闲的人们，每天在街口上看见开膛的猪，厚而尖锋的刀从茸茸的毛项下插入，血花四射，从后腿间拔出；他们在市口看穿灰衣无领的犯人蒙了白布，被流星似的枪弹打到脑壳上，滚在地下还微微搐动；他们见小孩子们强力相搏，头破血出，这都是消闲的方法，也由此可得到些许的愉快！比较起来，一具白棺材，几个贫民在雪街上走更有什么好看！不过这样冷天，一条大街、一个市场玩腻了，所以站在巷口的，坐在茶肆的，穿了花缎外衣叉手在朱门前的女人们，也有些把无所定着的眼光投向这一行列去。

这一群的行列，死者固然是深深地密密地把他终生的耻辱藏在木匣子内去了，而扛棺的人，刚二、李顺，以及老祖父，似是生活在一匣子以内。

他们走过长街，待要转西出城门了。一家门口站住了几个男子与两三个华服的妇女，还领着一个七八岁的小姑娘。汽车轮机正将停未停地从狼皮褥下发出涩粗的鸣声。

忽地那位穿皮衣的小姑娘横搂着一位中年妇人的腿说：

"娘，娘，害怕！……"那位妇人向汽车看了一眼，便抚着小姑娘的额发道："多大了，又不是没见过汽车。这点点响声有什么可怕？"

"不，不是，娘，那街上的棺材，走着的棺材！……"

"乖乖！傻孩子。……"妇女便不在意地笑了。

但是在相离不到七八尺远的街心，这几句话偏被提了铜旱烟管的老祖父听见了，他也不扬头看去，只是咕哝着道："害怕！……傻孩子……"说着便追上他那些少年同伴们出城去了。

出城后并不能即刻便到墓田。冷冽的空气，一望无际的旷野，有些生物似乎是从死人的穴中觉醒过来，他们不约而同地扬起头来望望天空。三五棵枯树在土堤上，噪晚的乌鸦群集枝上喳喳地啼着。有一群羊儿从他们身边穿过。后面跟了个执着皮鞭的长发童子，他看见从城中出来这一行列，不禁愕然地立住了，问道：

"哪儿去？是不是五里墩的义地？"

"小哥儿，是的，你要进城。……这样天气一天的活计很苦？"老祖父代表这一群人郑重地对答。

牧羊的长发童子有点疑惑神气道："现在天可不早了，你们还是赶紧走吧，到了晚上城外的路不大方便。……"他说到这里，又精细地四下里看了看道："灰衣的人……要不得呢！"

老祖父独自在后边，听童子说完，从皱纹的眼角上露出一丝笑容来说："小哥儿，真是傻孩子，像我们还怕！"

童子自己知道说的不很恰当，便笑一笑，又转过身去望了望前边送棺材的一群，就吹啸着往对方走去。

老祖父的脚力真使这群人吃惊。他不用拐杖，走了几步便追上棺材，而且又同他们谈话。蒙儿的颧骨上已现出红晕颜色，两只噙有眼泪的眼确已现出疲乏神气，就连在一旁用右手扶住他的李顺似乎也很吃累。独有刚二既不害冷，也不见得烦累，只是很自然地交换着肩头扛了棺材走路。

老祖父这时从裤袋里装了一烟斗的碎烟，一手笼住袖口上的败絮，吸着烟气说：

"这便是老魏的福气了，待要安葬的时候，雪也止了，冷点还怕什么。只要我们不死的，还没装在匣子的先给他收拾好了，我们算是尽过心，对得起人。……"

久不做事的刚二也大声道："是呵，我早上还说老魏叔死的日子没拣好，现在想想这也难得。他老人家开了一辈子的笑口，死后安葬时没雪没风，也可算得称心了！……

我今天累死，就是三年没有酒喝，也要表表心儿，替死人出点力！人能有几回这样？……"他说时泪痕在眼眶内慢慢地滚动，又慢慢地噙回去。

老祖父接着叹口气道："人早晚还不是这样结果，像我们更不知在哪一天？老魏，我与他自从二十余岁结邻居，他三十多年作过挑夫、茶役、卖面条的、清道夫。不管冷热，他哪有一天停住手脚！……有几个钱就同大家喝一壶白烧，吃几片烧肉，这样过活。不但没有老婆，就连冬夏的衣服，也没曾穿过一件整齐的。现在安稳死去，他一生没有累事倒也算了，不过就是有这个无依靠的蒙儿。……咳！

我眼见过多少人的死、殡葬，却再也没有他这么平安又无累无挂地走了。我们还觉得大不了，其实，他在阴间还许笑我们替他忙呢！……"

坚定沉着的刚二急急地说："我看惯了棺材里装死人，一具一具抬进，一具一具的抬出，算不了一回事。就是吃这碗饭，也同泥瓦匠天天搬运砖料一样。孝子蒙在白布打成的罩篷下像回事的低头走着，点了胭脂、穿着白衣像去赛会的女的坐在马车里，在我们看来一点不奇。不过……老魏这等不声不响地死，我倒觉得……自从昨儿晚上心里似乎有点事了！老爹，你说不有点奇怪？……"

老祖父从涩哑喉咙中哼了一声，没说出话来。

冬日旷野中的黄昏，沉静又有点死气。城外的雪没有融化，白皓皓地挂遍了寒林，铺满了土山、微露麦芽的田地。天空中像有灰翅的云影来回移动，除此外更没有些生动的景象了。他们在下面陂陀的乱坟丛中，各人尽力用带来的铁锹掘开冰冻的土块。老祖父蹲在一座小坟头的上面吸着旱烟作监工人，蒙儿斜靠在停放下的白棺材上用指头画木上的细纹。

简单的葬仪就这样完结，在朦胧的黄昏中，白木棺材去了麻绳放进土坑里去。

他们时时用热气呵着手,却不停地工作,直至把棺材用坚硬土块盖得严密后,才嘘一口气。

蒙儿只有呆呆地立着,冷气的包围直使他不住的抖颤。眼泪早已在眶里冻干了。老祖父用大烟斗轻轻地扣打着棺材上面的新土,仿佛在那里想什么心事。刚二却忙的很,他方作完这个工作,便从腰里掏出一卷粗装烧纸,借了老祖父烟斗的余火燃起来,火光一闪一闪地,不多时也熄了。左近树上的干枝又被晚风吹动,飒飒刷刷地如同呻吟着低语。

他们回路的时候轻松得多了,然而脚步却越发迟缓起来。大家总觉得回时的一行列,不是来时的一行列了,心中都有点茫然,一路上没有一个人能说什么话。但在雪地的暗影下他们已离开无边的旷野,忽然北风吹得更厉害了,干枯的碎叶,飘散的雪花都一阵阵向他们追去,仿佛要来打破这回路的一行列的沉寂。

一个著作家

○庐　隐

他住在河北迎宾旅馆里已经三年了,他是一个很和蔼的少年人,也是一个思想宏富的著作家;他很孤凄,没有父亲母亲和兄弟姊妹;独自一个住在这二层楼上,靠东边三十五号那间小屋子里;桌上堆满了纸和书;地板上也堆满了算草的废纸;他的床铺上没有很厚的褥和被,可是也堆满了书和纸;这少年终日里埋在书丛纸堆里,书是他唯一的朋友;他觉得除书以外,没有更宝贵的东西了! 书能帮助他的思想,能告诉他许多他不知道的知识;所以他无论对于哪一种事情,心里都很能了解;并且他也是一个富于感情的少年,很喜欢听人的赞美和颂扬;一双黑漆漆的眼珠,时时转动,好像表示他脑筋的活动一样;他也是一个很雄伟美貌的少年,只是他一天不离开这个屋子,没有适当的运动,所以脸上渐渐褪了红色,泛上白色来,坚实的筋肉也慢慢松弛了;但是他的脑筋还是很活泼强旺,没有丝毫微弱的表象;他整天坐在书案前面,拿了一枝笔,只管写,有时停住了,可是笔还不曾放下,用左手托头部,左肘支在桌上,不住的沉思默想,两只眼对着窗外蓝色的天凝然神注,他常常是这样。有时一个黄颈红冠的啄木鸟,从半天空忽忽的一声飞在他窗前一棵树上,张开翅膀射着那从一丝丝柳叶穿过的太阳,放着黄色闪烁的光;他的眼珠也转动起来,丢了他微积分的思想,去注意啄木鸟的美丽和柳叶的碧绿;到了冬天,柳枝上结满了白色的雪花，和一条条玻璃穗子，他也很注意去看；秋天的风吹了梧桐树叶刷刷价响，或乌鸦噪杂的声音，他或者也要推开窗户望望，因为他的神经很敏锐，容易受刺激；遇到春天的黄莺儿，在他窗前的桃花树上叫唤的时候，他竟放下他永不轻易放下的笔，离开他亲密的椅和桌，在屋子里破纸堆上慢慢踱来踱去地想；有时候也走到窗前去呼吸。

今天他照旧起得很早，一个红火球似的太阳，也渐渐从东方向西边来，天上一层薄薄的浮云，和空气中的雾气都慢慢散了；天上露出半边粉红的彩云，衬着那宝蓝色的天，煞是娇艳，可是这少年著作家，不很注意，约略动一动眼珠，又低下头在一个本子上写他所算出来的新微积分，他写得很快，看他右手不住的动就可以知道了。

"当啷！当啷！"一阵钟声，已经是早点的时候了，他还不动，照旧很快的往下写，一直写，这是他的常态，茶房①看惯了，也不来打搅他；他肚子忽一阵阵的响起来，心里觉得空洞洞的；他很失意的放下笔，踱出他的屋子，走到旅馆的饭堂，不说什么，就坐在西边犄角一张桌子旁，把馒头夹着小菜，很快的吞下去，随后茶役端进一碗小米粥来，他也是很快的咽下去；急急回到那间屋里，把门依旧锁上，伸了一个懒腰，照旧坐在那张椅上，伏着桌子继续写下去，他没有甚么朋友，所以他一天很安静的著作，没有一个人来搅他，也没有人和他通信；可以说他是世界上一个顶孤凄落寞的人；但是五年以前，他也曾有朋友，有恋爱的人；可是他的好运现在已经过去了！

一天下午河北某胡同口，有一个年纪约二十上下的女郎，身上穿戴很齐整的，玫瑰色的颊，和点漆的眼珠，衬着清如秋水的眼白，露着聪明清利的眼光，站在那里很疑迟的张望；对着胡同口白字的蓝色牌子望，一直望了好几处，都露着失望的神色，末了走到顶南边一条胡同，只听她轻轻的念道："荣庆里……荣庆里……"随手从提包里，拿出一张纸念道："荣庆里迎宾馆三十五号……"她念到这里，脸上的愁云惨雾，一霎那都没有了；露出她娇艳活泼的面庞，很快的往迎宾旅馆那边走；她走得太急了，脸上的汗一颗颗像真珠似的流了下来；她用手帕擦了又走；约十分钟已经到一所楼房面前，她仰着头，看了看匾额，很郑重的看了又看；这才慢慢走进去，到了柜房那里，只见一个五十岁上下的老头儿，在那里打算盘，很认真的打，对她看了一眼，不说什么，嘴里念着三五一十五，六七四十二，手里拨着那算盘子，滴滴嗒嗒地响；她不敢惊动他，怔怔在那里出神，后来从里头出来一个茶房，手里拿着开水壶，左肩上搭了一条手巾，对着她问道："姑娘！要住栈房吗？"她急忙摇头说："不是！不是！我是来找人的。"茶房道："你找人呵，找哪一位呢？"她很迟疑的说："你

---

① 茶房：旧时称在旅馆、茶馆、轮船、火车、剧场等处从事供应茶水等杂务的人。

们这里二层楼上东边三十五号,不是住着一位邵浮尘先生吗?""哦!你找邵浮尘邵先生呵?"茶房说完这句话,低下头不再言语,心里可在那里奇怪,"邵先生他在这旅馆里住了三年,别说没一个人来看过他,就连一封信都没人寄给他,谁想到还有一位体面的女子来找他!……"她看茶房不动也不说话,她不禁有些不自在,脸上起了一朵红云和烦闷的眼光,表示出她心里很急很苦的神情!她到底忍不住了!因问茶房道:"到底有没有这个人呵,你怎么不说话?""是!是!有一位邵先生住在三十五号,从这里向东去上了楼梯向右拐,那间屋子就是,可是姑娘你贵姓呵?你告诉我好给你去通报。"她听了这话很不耐烦道:"你不用问我姓什么,你就和他说有人找他好啦!""哦!那末,你先在这里等一等我去说来。"茶房忙忙的上楼去了;她心里很乱,一阵阵地乱跳,现着忧愁悲伤的神色,眼睛渐渐红了,似乎要哭出来,茶房来了道:"请跟我上来吧!"她很慢的挪动她巍颤颤的身体,跟着茶房一步步的往上走;她很费力,两只腿像有几十斤重!

少年著作家,丢下他的笔,把地板上的纸拾了起来,把窗户开得很大,对着窗户用力的呼吸,他的心跳得很利害!两只手互相用力的摩擦,从屋子这头走到那头,来往不住的走;很急很重的脚步声,震得地板发响,楼下都听见了!"邵先生客来了!"茶房说完忙忙出去了,他听了这话不说什么,不知不觉拔去门上的锁匙,呀!一声门开了,少年著作家和她怔住了!大家的脸色都由红变成白,更由白变成青的了!她的身体不住的抖,一包眼泪,从眼眶里一滴一滴往外涌;她和他对怔了好久好久,他才叹了一口气,轻轻的说道:"沁芬!你为甚么来?"他的声音很低弱,并且夹着哭声!她这时候稍微清楚了,赶紧走进屋子关上门,她倚在门上很失望的低下头,用手帕蒙着脸哭!很伤心的哭!他这时候的心,几乎碎了!想起五年前,她在中西女塾念书时,有一天下午,正是春光明媚,她在河北公园一块石头上坐着看书,我和她那天就认识了,从那天以后,这园子的花和草——就是那已经干枯一半的柳枝,和枝上的鸟,都添了生气,草地上时常有她和我的足迹;长方的铁椅上当下午四五点钟的时候,有两个很活泼的青年,坐在那里轻轻地谈笑;来往的游人,往往站住了脚,对她和我注目,河里的鱼,也对着她和我很活泼地跳舞!哼!金钱真是万恶的魔鬼,竟夺去她和我的生机和幸福!他想到这里,脸上颜色又红起来,头上的筋也一根根暴了起来,对着她很决绝的道:"沁芬!我想你不应该到这里来!……我们见面是最不幸的事情!但是……"她这时候止住了哭,很悲痛的说道:"浮尘!我想你总应该原谅我!……我很知道我们相见是不幸的事情!但是你果然不愿意见我吗?"她的气色益发青白得难看,两只眼直了,怔怔地对着他望,久久地望着;他也不说什么,照样的怔了半天,末后由他绝望懊恼的眼光里掉下眼泪来了!很沉痛的说道:"沁芬!我想罗濒他的运气很好,他可以常常爱你,作你生命的寄托!……无论怎么样穷人总没有幸福!无论什么幸福穷人都是没份的!"她的心实在要裂了！因为她没能力可以使浮尘得到幸福！她现在已经作了罗濒的妻子！罗濒确是很富足，一个月有五百元的进项，他的屋子里有很好的西洋式桌椅；极值钱的字画，和温软的绸缎被褥，铜丝的大床；也有许多仆人使唤，她的马车很时新的，并且有强壮的高马，她出门坐着很方便；但是她常常的忧愁，锁紧了她的眉峰，独自坐在很静寞的屋里，数那壁上时计摇摆的次数；她有一个黄金的小盒子，当罗濒出去的时候，她常常开了盒子对着那张相片，和爱情充满的信和诗神往，有时微微露出笑容，有时很失望的叹气和落泪！但是她为了什么？谁也不知道！就是这少年著作家也不知道！她现在不能说什么，因为她的心已经碎了！哇的一声一口鲜红的血从她口里喷了出来；身体摇荡站不住了！他急了顾不得什么，走过去扶助她，她实在支持不住了！她的头竟倒在他的怀里，昏过去了！他又急又痛，但是他不能叫茶房进来帮助他，只得用力把她慢慢扶到自己的床铺上，用开水撬开牙关，灌了进去；半天她才呀的一声哭了！他不能说什么，也呜咽的哭了！这时候太阳已经下了山，他知道不能再耽误了！赶紧叫茶房喊了一辆马车送她回去。

她回去就病了，玫瑰色的颊和唇，都变了青白色，漆黑头发散开了，披在肩上和额上，很憔悴的睡在床上，罗濒急得请医生买药，找看护妇，但是她的血还是不住的吐！这天晚上她张开眼往屋子里望了望，静悄悄地没一个人，她自己用力的爬起来，拿了一张纸和一枝笔，已经辛苦得出了许多汗，她又倒在床上了！歇了一歇又用力转过身子，伏在床上，用没力气的手在纸上颤巍巍地写道："我不幸！生命和爱情，被金钱强买去！但是我的形体是没法子卖了！我的灵魂仍旧完完全全交还你！一个金盒子也送给你作一个纪念！你……"她写到这里，一口鲜血喷了出来，满纸满床，都是猩红的血点！她忍不住眼泪落下来了！看护妇进来见了这种情形，也很伤心，对她怔怔的望着；她对着看护妇点点头，意思叫她到面前来，看护妇走过来了；她用手指着才写的那信说道："信！攞…起……"她又喘起来不能说了！看护妇不明白，她又用力的说道："摺起来……放在盒子里……""啊呀！"她又吐了！看护妇忙着灌进药水去！她果然很安静的睡了；看护妇把信放好，看见盒子盖上写着"送邵浮尘先生收"，看护妇心里忽的生出一种疑问，她为什么要写信给邵浮尘？"啊呀？好热！"她脸上果然烧得通红；后来她竟坐起来了！看护妇知道这是回光反照；她已是没有多少时候的命了！因赶紧把罗濒叫起来；罗濒很惊惶的走了进来，看她坐在那里，通红的脸，和干枯的眼睛又是急又是伤心！罗走到床前，她很恳切的说道："我很对不住你！但是实在是我父母对不起你！"她说着哭了！罗濒的喉咙，也哽住了，不能回答，后来她就指着那个盒子对罗濒说道："这个盒子你能应许我替他送去吗？"罗濒看了邵浮尘三个字，一阵心痛，像是刀子戳了似的，咬紧了嘴唇，血差不多要出来了！末后对她说道："你放心！咳！沁芬我实在害了你！"她一阵心痛，灵魂就此慢慢出了躯壳，飘飘荡荡到太虚幻境去了！只有罗濒的哭声和

中国短篇小说精选

街上的木鱼声，一断一续的，兀自伴着失了知觉的沁芬在枯寂凄凉的夜里！

隔了几天在法租界的一个医院里，一天早晨来了一个少年——他是个狂人——，披散着一头乱蓬蓬的头发，赤着脚，一双眼睛都红了，瞪得和铜铃一般大，两块颧骨像山峰似的凸出来，颜色和蜡纸一般白，简直和博物室里所陈列的髑髅差不多；他住在第三层楼上，一间很大的屋子里；这屋子除了一张床和一张桌子药水瓶以外，没有别的东西；他睡下又爬起来，在满屋子转来转去，嘴里喃喃地说，后来他竟大声叫起来了，"沁芬！你为甚么爱他！……我的微积分明天出版了！你欢喜吗？哼！谁说他是一个著作家？——只是一个罪人——我得了人的赞美和颂扬，沁芬的肠子要笑断了！不！不！我不相信！啊呀！这猩红的是什么？血……血……她为什么要出血？哼！这要比罂粟花好看得多呢！"他拿起药瓶狠命往地下一摔，瓶子破了！药水流了满地；他直着喉咙惨笑起来；最后他把衣服都解开，露出枯瘦的胸膛来，拿着破瓶子用力往心头一刺，红的血出来了，染红了他的白色小褂和裤子，他大笑起来道："沁芬！沁芬！我也有血给你！"医生和看护妇开了门进来，大家都失望对着这少年著作家邵浮尘只是摇头叹息！他忽的跳了起来，又摔倒了，他不能动了，医生和看护妇把他扶在床上，脉息已经很微弱了！第二天早晨六点钟的时候，这个可怜的少年著作家，也离开这世界，去找他的沁芬去了！

灵魂可以卖么

○卢　隐

荷姑她是我的邻居张诚的女儿，她从十五岁上，就在城里那所大棉纱工厂里，作一个纺纱的女工，现在已经四年了。

当夏天熹微的晨光，笼罩着万物的时候，那铿锵悠扬的工厂开门的钟声，常常唤醒这城里居民的晓梦，告诉工人们做工的时间到了。那时我推开临街的玻璃窗，向外张望，必定看见荷姑拿着一个小盒子，里边装着几块烧饼，或是还有两片卤肉，——这就是工厂里的午饭，从这里匆匆地走过，我常喜欢看着她，她也时常注视我，所以我们总算是一个相识的朋友呢！

初时我和她遇见的时候，只不过彼此对望着，仅在这两双视线里，打个照会。后来日子长了，我们也更熟悉了，不像从前那种拘束冷淡；每次遇见的时候，彼此都含着温和地微笑，表示我们无限的情意。

今天我照常推开窗户，向下看去，荷姑推开柴门，匆匆地向这边来了，她来我的窗下，便停住了，满脸露着很愁闷和怀疑的神气，仰着头，含着乞求的眼神颤巍巍地道："你愿意帮助我吧？"说完俯下头去，静等我的回答，我虽不知道她要我帮助她做什么，但是我的确很愿意尽我的力量帮助她，我更不忍看她那可怜的状态，我竟顾不得思索，急忙地应道："能够！能够！凡是你所要我做的事，我都愿意帮助你！"

"呵！谢上帝！你肯帮助我了！"荷姑极诚恳地这么说着，眼睛里露出欣悦的光彩来，那两颊温和的笑痕，在我的灵魂里，又增了一层更深的印象，甜美，神秘，使人永远不易忘记呢！过了些时，她又对我说："今天下午六点钟的时候，我们再会吧！现在我还须到工厂里去。"我也说道："再会吧！"她便回转身子，匆匆地向工厂的那条路上去了。

荷姑走了！连影子都看不见了！但是我还怔怔地俯在窗子上，回想她那种可怜的神情，不禁使我生出一种神秘微妙的情感，和激昂慷慨的壮气；我觉得世界上可怜的人实在太多，但是像荷姑那种委屈沉痛的可怜，我还是第一次看见呢！她现在要求我帮助她，我的能力大约总有胜过她的，这是上帝给我为善的机会，实在是很难得而可贵的机会！我应当怎样地利用呵！

我决定帮助她了！那么我所帮助她的，必要使她满足，所以我现在应该预备了。她若果和我借钱，我一定尽我所有的帮助她；她若是有一种大需要，我直接不能给她，也要和母亲商量把我下月应得的费用，一齐给她，一定使她满足她所需要的。人们生活在世界上，缺乏金钱，实在是不幸的命运呢！但是能济人之急，才是人类互助的精神，可贵的德行！我有绝大的自尊心，不愿意做个自私自利的动物，我不住地这么想，我豪侠的壮气，也不住地增加，恨不得荷姑立刻就来，我不要她向我乞求，便把我所有的钱，好好地递给她，使她可以少受些疑难和愁虑的苦！

我自从荷姑走后，我心里没有一刻宁帖，那一股勇于为善的壮气，直使我的心容留不下，时时流露在我的行动里，说话的声音特别沉着，走路都不像平日了。今天的我仿佛是古时候的虬髯客和红拂那一流的人，"气概不可一世"。

今天的日子，过得特别慢，往日那太阳射在棉纱厂的烟筒尖上，是很容易的事情，可是今天，我至少总有十几次，从这窗外看过去，日影总没到那里，现在还差一寸呢！

"呵！那烟筒的尖上，现在不是射着太阳，放出闪烁的光来吗？荷姑就要来了！"我俯在窗子上，不禁喜欢得自言自语起来。

远远地一队工人，从工厂里络绎着出来了；他们有的向南边的大街上去；有的到东边那广场里去，顷刻间便都散尽了。但是荷姑还不见出来，我急切地盼望着，又过了些时，那工厂的大铁门，才又"呀"的一声开了，荷姑忙忙地往我们这条胡同里来，她脸上满了汗珠，好似雨点般滴下来，两颊红得真像胭脂，头筋一根根从皮肤里隐隐地印出来，表示那工厂里恶浊的空气，和疲劳的压迫。

她渐渐地走近了，我们的视线彼此接触上了。她微微地笑着走到我的书房里来，我等不得和她说什么话，我便跑到我的卧室里，把那早已预备好的一包钱，送到荷姑面前，很高兴地向她说："你拿回去吧！若果还有需用，我更想法子帮助你！"

荷姑起先似乎很不明白地向我凝视着，后来她忽叹了一口气，冷笑道："世界上应该还有比钱更为需要的东西吧！"

我真不明白，也没有想到，荷姑为什么竟有这种出人意料的情形？但是我不能不后悔，我未曾料到她的需要，就造次把含侮辱人类的金钱，也可以说是万恶的金钱给她，竟致刺激得她感伤。唉！这真是一种极大的羞耻！我的眼睛不敢抬起来了！羞和急的情绪，激成无数的泪水，从我深邃的心里流出来！

我们彼此各自伤心寂静着，好久好久，荷姑才拭干她的眼泪和我说道："我现在要告诉你一件小故事，或者可以说是我四年以来的历史，这个就是我要求你帮助的。"我就点头应许她，以下的话，便是她所告诉我的故事了。

"在四年前，我实在是一个天真活泼的小孩子，现在自然是不像了！但是那时候我在中学预科里念书，无论谁不能想象我会有今天这种沉闷呢！"

荷姑说到这里，不禁叹息流下泪来，我看着她那种凄苦憔悴的神气，怎能不陪着她落下许多同情泪呢？等了许久，荷姑才又继续说：——

"日子过得极快，好似闪电一般，这个冰雪森严的冬天，早又回去了，那时我离中学预科毕业期，只有半年了，偏偏我的父亲的旧病，因春天到了，便又发作起来，不能到店里去做事，家境十分困难，我不能丢弃这张将要到手的毕业文凭，回到家里侍奉父亲的病！当然我不能不灰心！但是这还算不得什么，因为慈爱的父母和弟妹，可以给我许多安慰。不过没有几天，我的叔叔便托人替我荐到那所绝大的棉纱厂里作女工，一个月也有十几块钱的进项。于是我便不能不离开我的父母弟妹，去做工了，幸亏这时我父亲的病差不多快好了，我还不至于十分不放心。

走到工厂临近的那条街上，早就听见轧轧隆隆的声音，这种声音，实含着残忍和使人厌憎的意思，足以给人一种极大不快的刺激，更有那乌黑的煤烟和污腻的油气，更加使人头目昏胀！

我第一天进这工厂的门，看见四面黯淡的神气，实在忍耐不住，但是这些新奇的境地，和庞大的机器，确能使我的思想轮子，不住地转动，细察这些机器的装置和应用，实在不能说没有一点兴趣呢！过了几天，我被编入纺纱的那一队里。那个纺车的装置和转动，我开始学习，也很要用我的脑力，去领会和记忆，所以那时候，我仍不失为一个有活泼思想的人，常常从那油光的大铜片上，映出我两颊微笑的窝痕。

那一年春天，很随便地过去了！所有鲜红的桃花托上，那时不是托着桃花，是托着嫩绿带毛的小桃子，榆树的残花落了一地，那叶子却长得非常茂盛，遮蔽着那的人肌肤的太阳，竟是一个天然的凉篷。所有春天的燕子、杜鹃、黄莺儿，也都躲到别处去了，这一切新鲜夏天的景致，本来很容易给人们一种新刺激和新趣味。但是在那工厂里的人，实在得不到这种机会呢！

我每天早晨，一定的时间到工厂里去，没有别的爽快的事情和希望，只是每次见你俯在窗子上，微笑着招呼，那便是我一天里最快活的事情了！除了这件，便是那急徐高低永没变过一次的轧轧隆隆的机器声，充满了我的两耳和心灵，和永远用一定规矩去转动那纺车，这便是我每天的工作了！我的工作实在使我厌烦，有时我看见别的工人打铁，我便有一个极热烈的愿望，就是要想把那铁锤放在我的手中，拿起来试打两下，使那金黄色的火星，格外多些，似乎能使这沉黑的工厂，变光明些。

有一次我看着刘良站在那铁炉旁边，摸擦那把铁锤子，火星四散，不觉看怔了，竟忘记使纺车转动，忽听见一种严厉的声音道："唉！"我吓了一跳，抬头只见管纺纱组的工头板着铁青的面孔，恶狠狠地向我道："这个工作便是你唯一的责任，除此以外，你不应该更想什么；因为工厂里用钱雇你们来，不是叫你运用思想，只是运用你的手足，和机器一样，谋得最大的利益，实在是你们的本分！"

唉！这些话我当时实在不能完全明白，不过我从那天起，我果然不敢更想什么，渐渐成了习惯，除了谋利和得工资以外，也似乎不能更想什么了！便是离开工厂以后，耳朵还是充满着纺车轧轧的声音，和机器隆隆的声音；脑子里也只有纺车怎样动转的影子，和努力纺纱的念头，别的一切东西，我都觉得仿佛很隔膜的。

这样过了三四年，我自己也觉得我实在是一副很好的机器，和那纺车似乎没有很大的分别。因为我纺纱不过是手自然的活动，有秩序的旋转，除此更没有别的意义。至于我转动的熟习，可以说是不能再增加了！

在那年秋天里的一天——八月十号——是工厂开厂的纪念日，放了一天工。我心里觉得十分烦闷，便约了和我同组的一个同伴，到城外去疏散，我们出了城，耳旁顿觉得清静了！天空也是一望无涯的苍碧，不着些微的云雾，只有一阵阵的西风吹着那梧桐叶子，发出一种清脆的音乐来，和那激石潺潺的水声，互相应和。我们来到河边，寂静地站在那里，水里映出两个人影，惊散了无数的游鱼，深深地躲向河底去了。

我们后来拣到一块白润的石头上坐下了，悄悄地看着水里的树影，上下不住地摇荡，一个乌鸦斜刺里飞过去了。无限幽深的美，充满了我们此刻的灵魂里，细微的思潮，好似游丝般不住地荡漾，许多的往事，久已被工厂里的机器声压没了，现在仿佛大梦初醒，逐渐地浮上心头。

忽一阵尖利的秋风，吹过那残荷的清香来，五年前一个深刻的印象，从我灵魂深处,渐渐地涌现上来,好似电影片一般的明显:在一个乡野的地方,天上的凉云,好似流水般急驰过去,斜阳射在那蜿蜒的荷花池上,照着荷叶上水珠,晶晶发亮,一个活泼的女学生,围绕着那荷花池,唱着歌儿,这个快乐的旅行,实在是我一生最大的幸福呢!今天的荷花香,正是前五年的荷花香,但是现在的我,绝不是前五年的我了!

我想到我可亲爱的学伴,更想到放在学校标本室的荷瓣和秋葵,我心里的感动,我真不知道怎样可以形容出来,使你真切地知道!

荷姑说到这里,喉咙忽咽住了,眼眶里满含着痛泪,望着碧蓝的天空,似乎求上帝帮助她,超拔她似的,其实这实在是她的妄想呵!我这时满心疑云乃越积越厚,忍不住地问荷姑道:"你要我帮助的到底是什么呢?"

荷姑被我一问才又往下说她的故事:

"那时我和我的同伴各自默默地沉思着,后来我的同伴忽和我说:'我想我自从进了工厂以后,我便不是我了!唉!我们的灵魂可以卖吗?'呵!这是何等痛心的疑问!我只觉得一阵心酸,愁苦的情绪,乱了我的心,我上句话也回答不出来!停了半天只是自己问着自己道:'灵魂可以卖吗?'除此我不能更说别的了!"

我们为了这个痛心和疑问,都呆呆地瞪视那去而不返的流水,不发一言,忽然从芦苇丛中,跑出四五个活泼的水鸭来,在水里自如地游泳着,捕捉那肥美的水虫充饥,水鸭的自由,便使我们生出一种嫉恨的思想——失了灵魂的工人,还不如水鸭呢!——而这一群恼人的水鸭,也似明白我们的失意,对着我们,作出傲慢得意的高吟,不住"呵,呵!"地叫着,这个我们真不能更忍受了!便急急地离开这境地,回到那尘烟充满的城里去。

第二天工厂照旧开工,我还是很早地到了工厂里,坐在纺车的旁边,用手不住摇转着,而我目光和思想,却注视在全厂的工人身上,见他们手足的转动,永远是从左向右,他们所站的地方,也永远没有改动分毫,他们工作的熟练,实在是自然极了!当早晨工厂动工钟响的时候,工人便都像机器开了锁,一直不止地工作,等到工厂停工钟响了,他们也像机器上了锁,不再转动了!他们的面色,是黧黑里隐着青黄,眼光都是木强的,便是作了一天的工作,所得的成绩,他们也不见得有什么愉快,只有那发工资的一天,大家脸上是露着凄惨的微笑!

我渐渐地明白了,我同伴的话实在是不错,这工厂里的工人,实在不止是单卖他们的劳力,他们没有一些思想和出主意的机会,——灵魂应享的权利,他们不是卖了他们的灵魂吗?

但是我永远不敢相信,我的想头是对的,因为灵魂的可贵,实在是无价之宝,这有限的工资便可以买去?或者工人便甘心卖出吗?……"灵魂可以卖吗?"这个绝大的难题,谁能用忠诚平正的心,给我们一个圆满的回答呢?

荷姑说完这段故事，只是低着头，用手摸弄着她的衣襟，脸上露着十分沉痛的样子。我心里只觉得七上八下地乱跳，更不能说出半句话来，过了些时荷姑才又说道："我所求你帮助我的，就是请你告诉我，灵魂可以卖吗？"

我被她这一问，实在不敢回答，因为这世界上的事情不合理的太多呵！我实在自悔孟浪，为什么不问明白，便应许帮助她呢？现在弄得欲罢不能！我急得眼泪湿透了衣襟，但还是一句话没有，荷姑见我这种为难的情形，不禁叹道："金钱虽是可以帮助无告的穷人，但是失了灵魂的人的苦恼，实在更甚于没有金钱的百倍呢！人们只知道用金钱周济人，而不肯代人赎回比金钱更要紧的灵魂！"

她现在不再说什么了！我更不能说什么了！只有忏悔和羞愧的情绪，激成一种小声浪，责备我道："帮助人呵！用你的勇气回答她呵！灵魂可以卖吗？"

云萝姑娘

○庐　隐

这时候只有八点多钟，园里的清道夫才扫完马路。两三个采鸡头米的工人，已经驾起小船，荡向河中去了。天上停着几朵稀薄的白云，水蓝的天空，好像圆幕似的覆载着大地，远远景山正照着朝旭，青松翠柏闪烁着金光，微凉的秋风，吹在河面，银浪轻涌。园子里游人稀少，四面充溢着辽阔清寂的空气。在河的南岸，有一个着黄色衣服的警察，背着手沿河岸走着，不时向四处隙望。

云萝姑娘和她的朋友凌俊在松影下缓步走着。云萝姑娘的神态十分清挺秀傲，仿佛秋天里，冒霜露开放的菊花。那青年凌俊相貌很魁梧，两道利剑似的眉，和深邃的眼瞳，常使人联想到古时的义侠英雄一流的人。

他们并肩走着，不知不觉已来到河岸，这时河里的莲花早已香消玉殒，便是那莲蓬也都被人采光，满河只剩下些残梗败叶，高高低低，站在水中，对着冷辣的秋风抖颤。

云萝姑娘从皮夹子里拿出一条小手巾，擦了擦脸，仰头对凌俊说道："你昨天的信，我已经收到了，我来回看了五六遍。但是凌俊，我真没法子答覆你！……我常常自己怀惧不知道我们将弄成什么结果，……今天我们痛快谈一谈吧！"

凌俊嘘了一口气道："我希望你最后能允许我，……你不是曾答应做我的好朋友吗？"

"哦！凌俊！但是你的希冀不止做好朋友呢？……而事实上阻碍又真多，我可怎么办呢？……"

"云姊！……"凌俊悄悄喊了一声，低下头长叹。于是彼此静默了五分钟。云萝姑娘指着前面的椅子说！"我们找个坐位，坐下慢慢地谈吧！"凌俊道："好！我们真应当好好谈一谈，云姊！你知道我现在有点自己制不住自己呢！……云姊！天知道：我无时无刻不念你，我现在常常感到做人无聊，我很愿意死！"

云萝在椅子的左首坐下，将手里的伞放在旁边，指着椅子右首让凌俊坐下。凌俊没精打采坐下了。云萝说："凌俊！我老实告诉你，我们前途只有友谊，——或者是你愿意做我的弟弟，那么我们还可以有姊弟之爱。除了以上的关系，我们简直没有更多的希冀。凌弟！你镇住心神。你想想我们还有别的路可走吗？……我实在觉得对你不起，自从你和我相熟后，你从我这里学到的便是唯一的悲观。凌弟！你的前途很光明，为什么不向前走？"

"唉！走，到哪里去呢？一切都仿佛非常陌生，几次想振作，还是振作不起来，我也知道我完全糊涂了——可是云姊！你对我绝没有责任问题。云姊放心吧！……我也许找个机会到外头去飘泊，最后被人一枪打死，便什么都有了结局……"

"凌弟！你这些话越说越窄。我想还是我死了吧！我真罪过。好好地把你拉入情海，——而且不是风平浪静的情海——我真忧愁，万一不幸，就覆没在这冷邃的海底。凌弟！我对你将怎样负疚呵！"

"云姊！你到底为了什么不答应我，你不爱我吗？……"

"凌弟！完全不是那么回事，我果真不爱你，我今天也绝不到这里来会你了。"

"云姊！那末你就答应我吧！……姊姊！"

云萝姑娘两只眼睛，只怔望着远处的停云，过了些时，才深深嘘了口气说："凌弟！我不是和你说过吗？我要永远缄情向荒丘呢！……我的心已经有了极深刻的残痕……凌弟，我的生平你不是很明白的吗？……凌弟，我老实说了吧！我实在不配受你纯洁的情爱的，真的！有时候，我为了你的热爱很能使我由沉寂中兴奋，使我忘了以前的许多残痕，使我很骄傲，不过这究竟有什么益处呢！忘了只不过是暂时忘了！等到想起来的时候，还不是仍要恢复原状而且更增加了许多新的毒剑的刺剟……凌弟！我有时也曾想到我实在是在不自然的道德律下求活命的固执女子……不过这种想头的力量，终是太微弱了，经不起考虑……"

凌俊握着云萝姑娘的手，全身的热血，都似乎在沸着，心头好像压着一块重铅，脑子里觉得闷痛，两颊烧得如火云般红。但是一句话也说不出来，只一口一口向空嘘着气。

这时日光正射在河心，对岸有一只小船，里面坐着两个年轻的女子，慢慢摇着划桨,在那金波银浪上泛着。东边玉��桥上,车来人往,十分热闹。还有树梢上的秋蝉,也哑着声音吵个不休。园里的游人渐渐多了。

云萝姑娘和凌俊离开河岸,向那一带小山上走去。穿过一个山洞,就到了园子最幽静的所在。他们在靠水边的茶座上坐下,泡了一壶香片喝着。云萝姑娘很疲倦似的斜倚在藤椅上。凌俊紧闭两眼,睡在躺椅上。四面静悄悄,一些声息都没有。这样总维持了一刻钟。凌俊忽然站起身来,走到云萝姑娘的身旁,低声叫道:"姊姊! 我告诉你说,我并不是懦弱的人,也不是没有理智的人。姊姊刚才所说的那些话,我都能了解,……不过姊姊,你必要相信我,我起初心里。绝不是这么想。我只希望和姊姊作一个最好的朋友,拿最纯洁的心爱护姊姊。但是姊姊! 连我自己也不明白,我什么时候竟恋上你了,……有时候心神比较的镇定,想到这一层就不免要吃惊……可是又有什么法子呢,我就有斩钉断铁的利剑,也没法子斩断这自束的柔丝呢。"

"凌弟! 你坐下,听我告诉你,……感情的魔力比任何东西都厉害,它能使你牺牲你的一切,……不过像你这样一个有作为的男儿,应当比一般的人不同些。天下可走的路尽多,何必一定要往这条走不通的路走呢!"

凌俊叹着气,抚着那山上的一个小峭壁说:"姊姊! 我简直比顽石还不如,任凭姊姊说破了嘴,我也不能觉悟……姊姊,我也知道人生除爱情以外还有别的,不过爱情总比较得是一件重要的事情吧! 我以为一个人在爱情上若是受了非常的打击,他也许会灰心得什么都不想做了呢! ……"

"凌弟,千万不要这样想,……凌弟! 我常常希望我死了,或者能使你忘了我,因此而振作,努力你的事业。"

"姊姊! 你为什么总要说这话? 你若果是憎嫌我,你便直截了当地说了吧! 何苦因为我而死呢……姊姊,我相信我爱你,我不能让你独自死去……"

云萝姑娘眼泪滴在衣襟上,凌俊依然闭着眼睡在躺椅上。树叶丛里的云雀,啾啾叫了几声,振翅飞到白云里去了。这四境依然是静悄悄的一无声息,只有云萝姑娘低泣的幽声,使这寂静的气流,起了微波。

"姊姊! 你不要伤心吧! 我也知道你的苦衷,姊姊孤傲的天性,别人不能了解你,我总应当了解你……不过我总痴心希冀①姊姊能忘了以前的残痕,陪着我向前走。如果实在不能,我也没有强求的权力,并且也不忍强求。不过姊姊,你知道,我这几个月以来精神身体都大不如前,……姊姊的意思,是叫我另外找路走,这实在是太苦痛的事情。我明明是要往南走,现在要我往北走,唉,我就是勉强照姊姊的话去做,我相信只是罪恶和苦痛,姊姊! 我说一句冒昧的话……姊姊若果真不能应

① 希冀:希望的意思。

许我,我的前途实在太暗淡了。"

云萝姑娘听了这活、心里顿时起了狂浪,她想:问题到面前来了,这时候将怎样应付呢? 实在的,在某一种情形之下,一个人有时不能不把心里的深情暂且掩饰起来,极力镇定说几句和感情正相矛盾的理智话……现在云萝姑娘觉得是需要这种的掩饰了。她很镇定地淡然笑了一笑说:"凌弟! 你的前途并不暗淡,我一定替你负相当的责任,替你介绍一个看得上的人……人生原不过如此……是不是?"

凌俊似乎已经看透云萝的强作达观的隐衷了,他默然地嘘了一口气道:"姊姊! 我很明白,我的问题,绝不是很简单的呢! 姊姊! ……我请问你,结婚要不要爱情……姊姊! 我敢断定你也是说'要的'。但是姊姊,恋爱同时是不能容第三个人的……唉,我的问题又岂是由姊姊介绍一个看得上的人,所能解决的吗?"

这真是难题,云萝默默地沉思着。她想大胆地说:"弟弟! 你应当找你爱的人和她结婚吧!"但是他现在明明爱上了她自己……假若说:"你把你精神和物质划个很清楚的界限。你精神上只管爱你所爱的人,同时也不妨作个上场的傀儡,演一出结婚的喜剧吧……"但这实在太残忍,而且太不道德了呵! ……所以云萝虽然这么想过,可是她向来不敢这么说,而且当她这么想的时候,总觉得脸上有些发热,心头有些红肿,有时竟羞惭得她流起眼泪来!

"唉! 这是怎么一个纠纷的问题呵!"云萝姑娘在沉默许久之后,忽然发出这种的悲叹的语句来,于是这时的空气陡觉紧张。在他们头顶上的白云,一朵朵涌起来,秋风不住地狂吹。云萝姑娘觉得心神不能守舍,仿佛大地上起了非常的变动,一切都失了安定的秩序,什么都露着空虚的恐慌。她紧张握住自己的颈项,她的心房不住地跳跃,她愿意如絮的天幕,就这样轻轻盖下来,从此天地都归于毁灭,同时一切的纠纷就可以不了自了。但是在心里的狂浪平定以后,她抬头看见凌俊很忧愁地望着天。天还是高高站在一切之上,小山,土阜和河池一样样都如旧的摆列在那里,一切还是不曾变动。于是她很伤心地哭了。她知道她的幻梦永远是个幻梦,事实的权力实在庞大,她没有法子推翻已经是事实的东西,她只有低着头在这一切不自然的事实之下生活着。

太阳依着它一定的速度由东方走向中天,又由中天斜向西方,日影已照在西面的山顶,乌鸦有的已经回巢了;但是他们的问题呢,还是在解决不解决之间。云萝姑娘站了起来说:"凌弟! 我告诉你,你从此以后不要再想这个问题,好好地念书作稿,不要想你怯弱的云姊,我们永远维持我们的友谊吧!"

"哼! 也只好这样吧。——姊姊你放心呵,弟弟准听你的话好了!"

他们从那山洞出来,慢慢地走出园去。晚霞已布满西方的天,反映在河里,波流上发出各种的彩色来。

那河边的警察已经换班了,这一个比上午那一个身体更高大些,不时拿着眼瞟着他们。意思说:"这一对不懂事的人儿,你们将流连到什么时候呢!……"

云萝姑娘似乎很畏惧人们尖利的眼光。她忙忙走出园门坐上车子回去,凌俊也就回到他自己家里去。

云萝姑娘坐在车子上回头看见凌俊所乘的电车已开远,她深深地吐了一口气,心里顿觉得十分空虚,她想到一个人生活在世界上只有灵魂不能和身体分离,同时感情也不能和灵魂分离,那么缄情向荒丘又怎么做得到呢!但是要维持感情又不是单独维持感情所能维持得了的呵!唉!空虚的心房中,陡然又生出纠纷离乱的恐怖,她简直仿佛喝多了酒醉了,只觉得眼前一切都是模糊的。不久到了家门才似乎从梦中醒来,禁不住又是一阵怅惘!

这时候晚饭已摆在桌上,家里的人都等着云萝来吃饭。她躲在屋里,擦干了眼泪,强作欢笑地,陪着大家吃了半碗饭。她为避免别人的打搅,托说头痛要睡。她独自走到屋里,放下窗幔,关好门,怔怔坐在书案前,对着凌俊的照片发怔。这时候,窗外吹着虎吼的秋风,藤蔓上的残叶,打在窗根上,响声瑟瑟,无处不充满着凄凉的气氛。

云萝姑娘在秋风憭栗声里,嘘着气,热泪沾湿了衣襟,把凌俊给她的信,一封封看过。每封信里,都仿佛充溢着热烈醇美的酒精,使她兴奋,使她迷醉,但是不幸……当她从迷醉醒来后。她依然是空虚的,并且她算定永久是空虚的。她现在心头虽已有凌俊的纯情占据住了,但是她自己很明白,她没有坚实的壁垒足以防御敌人的侵袭,她也没有柔丝韧绳可以永远捆住这不可捉摸的纯情……她也很想解脱,几次努力镇定纷乱的心,但是不可医治的烦闷之菌,好像已散布在每一条血管中,每一个细胞中,酿成黯愁的绝大势力。云萝想到无聊赖的时候,从案头拿起一本小说来看,一行一行地看下去。但是可怜哪里有一点半点印象呢,她简直不知道这一行一行是说的什么,只有一两个字如"不幸"或"烦闷",她不但看得清楚,而且记得极明白,并且由这几个字里,联想到许许多多她自己的不幸和烦闷。她把书依然放下,到床上蒙起被来,想到睡眠中暂且忘记了她的烦闷。

不久,云萝姑娘已睡着了。但是更夫打着三更的时候,她又由梦中醒来,睁开眼四面一望,人迹不见,声息全无,只有窗幔的空隙处透进一线冷冷的月光,照着静立壁间的书橱,和书橱上面放着的古磁花瓶,里边插着两三株开残的白菊,映着惨淡的月光益觉瘦影支离。

云萝看了看残菊瘦影,禁不住一股凄情,满填胸臆。悄悄披衣下床,轻轻掀开窗幔,陡见空庭月色如泻水银,天际疏星漾映。但是大地如死般的沉寂,便是窗根下的鸣蛩也都寂静无声,宇宙真太空虚了。她支颐怔颏坐案旁,往事如烟云般,依稀展露眼前。在她回忆时,仿佛醉梦初醒,——她深深地记得她曾演过人间的各种戏剧,充过种种的角色,尝过悲欢离合的滋味。但是现在呢,依然恢复了原状,度着飘零落寞的生活,世界上的事情真是比幻梦还要无凭……

她想到这里忽见月光从书橱那边移向书案这边来了。书案上凌俊的照片,显然地站在那里。她这时全身的血脉似乎兴奋得将要冲破血管,两颊觉得滚沸似的发热。"唉!真太愚蠢呵!"她悄悄自叹了。她想她自己的行径真有些像才出了茧子的蚕蛾,又向火上飞投,这真使得她伤心而且羞愧。她怔怔思量了许久,心头茫然无主,好像自己站在十字路口,前后左右都是漆黑,看不见前途,只有站着,任恐怖与彷徨的侵袭。

这时月光已西斜了,东方已经发亮,云萝姑娘,依然挣扎着如行尸般走向人间去。但是她此时确已明白人间的一切都是虚幻。她决定从此沉默着,向死的路上走去。她否认一切,就是凌俊对她十分纯挚的爱恋,也似乎不足使她灰冷的心波动。

从这一天起,她也不给凌俊写信。凌俊的信来时,虽然是充溢着热情,但她看了只是漠然。

有一天下午,她从公事房回家,天气非常明朗,马路旁的柳枝静静地垂着,空气十分清和。她无意中走到公园门口停住了,园里的花香一阵阵从风里吹过来,青年的男女一对对在排列着的柏树荫下低语漫步。这些和谐的美景,都带着极强烈的诱惑力。云萝也不知不觉走进去了,她独自沿着河堤,慢慢地走着。只见水里的游鱼一队队地浮着泳着,残荷的余香,不时由微风中吹来。她在河旁的假山石旁坐下了,心头仿佛有什么东西压着,又仿佛初断乳的幻儿,满心充满着不可言说的恋念和悲怨。她想努力地镇定吧,可恨她理智的宝剑,渐渐地钝滞了,不可制的情感之流,大肆攻侵,全身如被燃似的焦灼得说不出话来。于是她毫不思索地打电话给凌俊,叫他立刻到公园来。当她挂上电话机时,似乎有些羞愧,又似乎后悔不应当叫他。但是她忙忙走到和凌俊约定相会的荷池旁,不住眼盯着门口,急切地盼望看见凌俊做岸的身体,……全神经都在搏搏地跳动,喉头似乎塞着棉絮,呼吸都不能调匀,最后她低下头悄悄地流着眼泪。

风　波

〇郑振铎

楼上洗牌的声音瑟啦瑟啦的响着,几个人的说笑、辩论、计数的声音,隐约的由厚的楼板中传达到下面。仲清孤寂的在他的书房兼作卧房用的那间楼下厢房里,手里执着一部屠格涅夫的《罗亭》在看,看了几页,又不耐烦起来,把它放下了,又到书架上取下了一册《三宝太监下西洋演义》来；没有看到二三回，又觉得毫无兴趣，把书一抛，从椅上立了起来，微微的叹了一口气，在房里踱来踱去。壁炉架上立着一面假大理石的时钟，一对青磁的花瓶，一张他的妻宛眉的照片。他见了这张照片，走近炉边凝视了一会，又微微的叹了一口气。楼上啪，啪，啪的响着打牌的声音，他自言自语的说道："唉，怎么还没有打完！"他和他的妻宛眉结婚已经一年了。他在一家工厂里办事，早晨八九点时就上工去了，午饭回家一次，不久，就要去了。他的妻在家里很寂寞，便常到一家姨母那里去打牌，或者到楼上她的二姊那里，再去约了两个人来，便又可成一局了。

他平常在下午五点钟，从工厂下了工，匆匆的回家时，他的妻总是立在房门口等他，他们很亲热的抱吻着。以后，他的妻便去端了一杯牛奶给他喝。他一边喝一边说些在工厂同事方面听到的琐杂的有趣的事给她听：某处昨夜失火，烧了几间房子，烧死了几个人；某处被强盗劫了，主人跪下地去恳求，但终于被劫去多少财物或绑去了一个孩子，这些都是很刺激的题目，可以供给他半小时以上的谈资。然后他伏书桌上看书，或译些东西，他的妻坐在摇椅上打着绒线衫或袜子，有时坐在他的对面，帮他抄写些诗文，或誊清文稿。他们很快活的消磨过一个黄昏的时光，晚上也是如此。

不过一礼拜总有一二次，他的妻要到楼上或外面去打牌去。他匆匆的下了工回家，渴想和他的妻见面，一看，她没有立在门口，一缕无名怅惘便立刻兜上心来。微微的推开了门口进去，叫道："蔡嫂，少奶奶呢？"明晓得她不在房里，明晓得她到什么地方去，却总要照例的问一问。

"少奶奶不在家，李太太请她打牌去了。"蔡嫂道。"又去打牌了！前天不是刚在楼上打牌的么？"他恨恨的说道，好像是向着蔡嫂责问。"五姨也太奇怪了，为什么常常叫她去打牌？难道她家里没有事么？"他心里暗暗的怪着他的五姨。桌上报纸凌乱的散放着，半茶碗的剩茶也没有倒去，壁炉架上的花干了也不换，床前小桌上又是几本书乱堆着，日历也已有两天不扯去了，椅子也不放在原地方，什么都使他觉得不适意。"蔡嫂，你一天到晚做的什么事？怎么房间里的东西一点也不收拾收拾？"

蔡嫂见惯了他的这个样子，晓得他生气的原因，也不去理会他，只默默的把椅子放到了原位，桌上报纸收拾开了，又到厨房里端了一碗牛奶上来。

他孤寂无聊的坐着，书也不高兴看，有时索性和衣躺在床上，默默的眼望着天花板。晚饭是一个吃着，更觉无味。饭后摊开了稿纸要做文章，因为他的朋友催索得很紧，周刊等着发稿呢。他尽有许多东西要写，却总是写不出一个字来。笔杆似乎有千钧的重，他简直没有决心和勇气去提它起来。他望了望稿纸，叹了一口气，又立起身来，踱了几步，穿上外衣，要出去找几个朋友谈谈，却近处又无人可找。

自他结婚以后,他和他的朋友们除了因公事或宴会相见外,很少特地去找他们的。以前每每的强拽了他们上王元和去喝酒,或同到四马路旧书摊上走走。婚后,这种事情也成了绝无仅有的了。渐渐的成了习惯以后,便什么时候也都懒得去找他们了。

街上透进了小贩们卖檀香橄榄,或五香豆的声音。又不时有几辆黄包车衣挨衣挨的拖过的声响。马蹄的的,是马车经过了。汽号波波的,接着是飞快的呼的一声,他晓得是汽车经过了。又时时有几个行人大声的互谈着走过去。一切都使他的房内显得格外沉寂。他脱下了外衣,无情无绪的躺在床上,默默的不知在想些什么。

当,当,当,他数着,一下,二下,壁护架上的时钟已经报十点了,他的妻还没有回来。他想道:"应该是回来的时候了。"于是他的耳朵格外留意起来,一听见衣挨衣挨的黄包车拖近来的声音,或马蹄的的的的走过,他便谛听了一会,站起身来,到窗户上望着,还预备叫蔡嫂去开门。等了半晌,不见有叩门的声音,便知道又是无望了,于是便恨恨的叹了一口气。

如此的,经了十几次,他疲倦了,眼皮似乎强要阁了下来,觉得实在要睡了,实在不能再等待了,于是勉强的立了起身,走到书桌边,气愤愤的取了一张稿纸,涂上几个大字道:"唉!眉,你又去了许久不回来!你知道我心里是如何的难过么?你知道等待人是如何的苦么?唉,亲爱的眉,希望你下次不要如此!"他脱下衣服,一看钟上的短针已经指了十二点。他正钻进被窝里,大门外仿佛有一辆黄包车停下,接着便听见门环嗒、嗒、嗒的响着,"蔡嫂,蔡嫂,开门!"是他的妻的声音。蔡嫂似乎也从睡梦中惊醒,不大愿意的慢吞吞的起身去开门。"少爷睡了么?"他的妻问道。"睡了,睡了,早就睡了。"蔡嫂道。他连忙闭了双眼,一动不动的,假装已经熟睡。他的妻推开了房门进来。他觉得她一步步走近床边,俯下身来,冰冷的唇,接触着他的唇,他微微的睁开了眼,叹道:"怎么又是十二点钟回来!"她带笑的道歉道:"对不住,对不住!"一转身见书桌上有一张稿纸写着大字,便走到桌边取来看。她读完了字,说道:"我难道不痛爱你?难道不想最好一刻也不离开你!但今天五姨特地差人来叫我去。上一次已经辞了她,这一次却不好意思再辞了。再辞,她便将误会我对她有什么意见了。今天晚饭到九点半钟才吃,你知道她家吃饭向来是很晏的,今天更特别的晏。我真急死了!饭后还剩三圈牌,我以为立刻可以打完,不料又连连的连庄,三圈牌直打了两点多钟。我知道你又要着急了,时时看手表。催他们快打。惹得他们打趣了好一会。"说时,又走近了床边,双手抱了他的头,俯下身来连连的吻着。

他的心软了,一阵的难过,颤声的说道:"眉,我不是不肯叫你去玩玩。终日闷在家里也是不好的。且你的身体又不大强壮,最好时时散散心。但太迟了究竟伤身体的。以后你打牌尽管打去，不过不要太迟回来。"

她感动的把头倚在他身上说道："晓得了，下次一定不会过十点钟的，你放心！"

他从被中伸出两只手来抱着她。久久的沉默无言。隔了几天，她又是很迟的才回家。他真的动了气，躺在床上只不理她。"又不是我要迟，我心里正着急得了不得！不过打牌是四个人，哪里能够由着我一个人的主意。饭后打完了那一圈牌，我本想走了，但辛太太输得太利害了，一定要反本，不肯停止。我又是东家，哪里好说一定不再打呢！"

"好！你不守信用，我也不守信用。前天我们怎么约定的？你少打牌，我少买书。现在你又这么样晚的回家，我明天也一定要去买一大批的书来。"

"你有钱，你尽管去买好了。只不要欠债！看你到节下又要着急了！我每次打牌你总有话说，真倒霉！做女人家一嫁了就不自由，唉！唉！"她也动了气，脸伏在桌上，好像要哽咽起来。他连忙低头下心的劝道："不要着急，不要着急，我说着玩玩的！房里冷，快来睡！"

她伏着头在桌上，不去理会他。他叹道："现在你们女人家真快活了。从前的女人哪里有这个样子！只有男人出去很晚回来，她在家里老等着，又不敢先睡。他吃得醉了回来，她还要小心的侍候他，替他脱衣服，还要受他的骂！唉，现在不同了！时代变了，丈夫却要等待着妻子了！你看，每回都是我等待你。我哪一次有晚回来过，有劳你等过门？"

她抬起头来应道："自然喽，现在是现在的样子！你们男子们舒服好久了，现在也要轮到我们女子了！"

他噗哧的一声笑了，她也笑了。

如此的，他们每隔二三个礼拜总要争闹一次。

这一次，她是在楼上打牌。她的二姊因为没事做，气闷不过，所以临时约了几个人来打小牌玩玩。第一个自然是约她了。因为是临时约成的，所以没有预先告诉他。他下午回家手里拿着一包街上买的他的妻爱吃的糖炒栗子，还是滚热的，满想一进门，就扬着这包栗子，向着他的妻叫道："你要不要？"不料他的妻今天却没有立在房门口，又听见楼上的啪，啪，啪的打牌声及说笑声，知道她一定也在那里打牌了，立刻便觉得不高兴起来，紧皱着双眉。

他什么都觉得无趣，读书，做文，练习大字，翻译。如热锅上蚂蚁似的，东爬爬，西走走都无着落处。又赌气不肯上去看看她，只叫蔡嫂把那包果子拿上楼去，意思是告诉她，他已经回来了。满望她会下楼来看他一二次，不料她却专心在牌上，只叫蔡嫂预备晚饭给他吃，自己却不动身，这更使他生气。"有牌打了，便什么事都不管了，都是假的，平常亲亲热热的，到了打牌时，牌便是她的命了，便是她的唯一的伴侣了。"他只管叽哩咕噜的埋怨着，特别怨她的是今天打牌没有预先通知他。这个出于意外的离别,使他异常的苦闷。

书桌上镇纸压着一张她写的信:

我至亲爱的清,你看见我打牌一定很生气的。我今天本来不想打牌,她们叫我再三我才去打的。并且你叫我抄写的诗,我都已抄好了半天了。你说要我抄六张,但是你所选的只够抄三张。你回来,请你再选些,我明天再替你抄。我亲爱的,千万不要生气,你生气,我是很难过的。这次真的我并没有想打牌。都是二姊她自己打电话去叫七嫂和陈太太,我并不知道,如果早知道,早就阻止她了。千万不要生气,我难道不爱你么?请你原谅我吧!你如果生气,我心中是非常的不安的!二姊后来又打一次电话去约七嫂。她说,明天来,约我在家等她。二姊不肯,一定要她来。我想宁可今晚稍打一会,明天就不打了。因为明天是你放假的日子,我不应该打牌,须当陪你玩玩,所以没去阻止她,你想是么?明天一块去看电影,好么?我现在向你请假了。再会!你的眉。

他手执这封信,一行一行的看下去,眼睛渐渐朦胧起来,不觉的,一大滴的眼泪,滴湿了信纸一大块。他心里不安起来。他想:他实在对待眉太残酷了!眉替他做了多少事情!管家记账,打绒线衣服,还替他抄了许多书,不到一年,已抄有六七册了。他半年前要买一部民歌集,是一部世间的孤本,因为嫌它定价略贵,没有钱去买,心里却又着实的舍不下,她却叫他向书坊借了来,昼夜不息的代他抄了两个多月,把四大厚册的书全都抄好了。他想到这里,心里难过极了!"我真是太自私了!太不应该了!有工作,应该有游戏!她做了一个礼拜的苦工,休息一二次去打牌玩玩。难道这是不应该么?我为什么屡次的和她闹?唉,太残忍了,太残忍了!"他恨不得立刻上楼去抱着她,求她宽恕一切的罪过,向她忏悔,向她立誓说,以后决不干涉她的打牌了,不再因此埋怨她了。因为碍着别人的客人在那里,他又不敢走上去。他想等她下楼来再说吧。

时间一刻一刻的过去。他清楚的听着那架假大理石的时钟,的嗒的嗒的走着,且看着它的长针一分一分的移过去。他不能看书,他一心只等待着她下楼。他无聊的,一秒一秒的计数着以消磨这个孤寂的时间。夜似乎比一世纪还长。当、当、当已经十一点钟了。楼上还是啪、啪、啪的打着牌,笑语的,辩论的,不像要终止的样子。他又等得着急起来了!"还不完,还不完!屡次告诉她早些打完,总是不听话!"他叹了一口气,不觉的又责备她起来。拿起她的信,再看了一遍,又叹了一口气,连连的吻着它,"唉!我不是不爱你,不是不让你打牌,正因为爱你,因为太爱了,所以不忍一刻的离开你,你不要错怪了我!"他自言自语着,好像把她的信当作她了。

等待着,等待着,她还不下来。楼上的洗牌声瑟啦瑟啦的响着,几个人的说笑、辩论、计数的声音,隐约的由厚的楼板中传达到下面。似乎她们的兴致很高,一时

148

决不会散去。他无聊的在房里踱来踱去，心里似乎渴要粘贴着什么，却又四处都是荒原，都是汪汪的大洋，一点也没有希望。

十二点钟了，她们还在啪、啪、啪的打牌，且说着笑着。"快乐"使她们忘了时间的长短，他却不能忍耐了。他恨恨的脱了衣服，钻到被中，却任怎样也不能闭眼睡去。"唉！"他曼声的自叹着，睁着眼凝望着天花板。

书之幸运

○ 郑振铎

天一书局送了好几部古书的头本给仲清看。一本是李卓吾评刻的《浣纱记》的上册，附了八页的图，刻得极为工致可爱，送书来的伙计道："这是一部不容易得到的传奇。李卓吾的书在前清是禁书。有好些人都要买它呢。您老人家是老交易，所以先送给您老人家看。"又指着另外一本蓝面子、洁白的双丝线订着的《隋唐演义》，道："这是褚氏原刻的，头本有五十张细图呢，您老人家看看，多末好，多末工细！"说着，便翻几页给他看，"一页也不少，的确是原刻的，字刻一点也不模糊，连框也多末完整。我们老板费了很贵的价钱，昨天才由同行转让来的，刚才拿到手呢。"又指着一本很污秽的黄面子虫蚀了好几处的书道："这是明刻的《隋炀艳史》，外面没有见过。今早才收进来，还没有装订好呢。您老人家如要，马上就可以去装订。看看只有八本，衬订起来可以有十六本，还是很厚的呢。老板说，他做了好几十年的生意，这部书还不曾买过呢。四十回，每回有两张图，共八十张图，都是极精工的。"又指着一本黄面子装订得很好看的书道："这是《笑史》，共十六册，龙子犹原编，李笠翁改订的，外间也极少见。"这位伙计晓得他极喜欢这一类的书，且肯出价钱。

书之幸运！所以一本本的指点给他看。此外还有几部词选，却是不大重要的。

仲清默默的坐在椅上，听着伙计流水似的夸说着，一面不停手的翻着那几本书。书委实都是很好的，都是他所极要买下的，那些图他尤其喜欢。那种工致可爱的木刻，神采奕奕的图像，不仅足以考证古代的种种制度，且可以见三四百年前的雕版与绘画的成绩是如何的进步。那几个刻工，细致的地方，直刻得三五寸之间可以容得十几个人马，个个须眉清晰，衣衫的璧痕一条条都可以看出；粗笨的地方，是刻的一堆一堆的大山，粗粗几缕远水，却觉得逸韵无穷，如看王石谷、八大山人的名画一样。他委实的为这部书所迷恋住了。但外面是一毫不露，怕被伙计看出他的强烈的购买心，要任意的说价，装腔的不卖。

"书倒不大坏；不过都是玩玩的书，没有实用。"他懒懒的装着不大注意的说着。

"虽然是玩玩的书，近几年买的人倒不少，书价比以前贵得好几倍了呢。"伙计道。

"李卓吾的《浣纱记》多少钱？那几部多少钱？"

伙计道："老板吩咐过的，您老人家是老交易。不说虚价。《浣纱纪》是五十块钱，《隋唐演义》是三十块钱，《隋炀艳史》是八十块钱，《笑史》是五十块钱，……"他正要再一部的说下去，仲清连忙阻挡住他道："不必再说了，那些我不要。""价钱真不贵，不是您老人家，真的不肯说实价呢。卖到东洋去，《浣纱记》起码值得一百块钱。《隋炀艳史》起码得卖个两三百块。……"

仲清心里嫌着太贵，照他的价钱计算起来，共要二百块钱以上呢，一时哪里来这许多钱去买！且买了下来，知道宛眉一定又要生气的。心里十分的踌躇，手却不停地翻翻这本，翻翻那本。

很想狠心一下，回绝那个伙计说："我不要买，请送给别人家去！"却又委实的舍不得那几部书归入别人的书室中。踌躇了好一会，表面上是假饰着仔细的在翻看那些书，实则他的心思全不注在书上。

伙计站在他旁边等候着他的回话。

"这几部书都是一点也不残缺的么？没有缺页，也没有破损么？"他随意的问着伙计。

"一点都没有，全是初印最完全的。我们店里已经检查过了，一页也不缺。缺了一页，一个钱都不要，您老人家尽管来退。您老人家是老交易，一点也不会欺骗您老人家的，您老人家放心好了。"

"那末，把这三部书的头本先放在这里吧。"说时，他把《浣纱记》、《隋唐演义》、《隋炀艳史》另放在一边，"其余的你带回去。价钱，我停一刻去和你们老板面议，还要去看看全书。""好的，好的。"伙计带笑的说道，好像他的交易已经成功了，"请您老人家停一刻过来。价钱，老板说是一定不减的。这部《笑史》也给您老人家留下吧，这部书很少见的，有人要拿去做石印呢。"伙计拿起《笑史》也要把它放在《浣纱记》诸书一堆。他连忙摇头道："这部我不要，没有用处，你带给别人家看吧。"伙计缩回手，把它和其他拣剩的书包在一个包袱中，说着"再见，您老人家"而去了。他点点头，仍旧坐下去办他的公事，心里十分踌躇，买不买呢？

他的妻宛眉因为他买书，已经和他争闹过不止几十次了。

"又买书了！家里的钱还不够用呢。你的裁缝账一百多块还没有还，杭州的二婶母穷得非凡，几次写信来问你借几十块钱，你有钱也应该寄些给她用。却自己只管买书去！现在，你一个月，一个月，把薪水都用得一文不剩，且看你，一有疾病时将怎么办！你又没有什么储蓄的底子。做人难道全不想想后来！况且书已经有了这许多了。"她说时指着房间的七八个大书架，这间厢房不算小，却除了卧床前面几尺地外，无处不是书，四面的墙壁都被书架遮没了，只有火炉架上面现出一方的白色。"房间里都堆得满满的了，还买书，还买书，看你把它们放到哪里去？"她很气愤的说着，"下次再买，我一定把你的什么书都扯碎了！"她的牙紧咬着，狠狠的顿一顿足。

他低头坐在椅上，书桌上放着一包新买来的书，沉默不言，任她滔滔的诉说着。

"这些书都是要用的，才买来。"他等着她说完了，抗辩似的回答了一句，但心里却十分的不安。他自己忏悔，不该对他的妻说不由衷的话；他买的书，一大半是随意的购买，委实不是什么因为要用了才去买的。

"要用，要用，只听见你说要用，难道我不晓得么？你买的都是什么小说、传奇，这些书翻翻而已，有什么实用！""你怎么知道没有用？我搜罗了小说是因为要做一部《中国小说考》，这部书还没有人做过呢。"

他的妻气渐渐的平了："难道别处都没有地方借么？为什么定要自己一部一部的买？"

"借么？向哪里去借？那末大的一个上海，哪里有一座图书馆给公众使用？有几家私人的藏书室，非极熟的人却不能进去看，更不用说借出来了。况且他们又有什么书？简直是不完不备的。我也去看过几家了．我所要的书，他们几乎全都没有。怎么不要自己去买呢！唉！在中国研究什么学问，几乎全都是机会使他们成功的。寒士无书可读，要成一个博览者是难于登天呢！"他振振有词的如此的说着，他的妻倒弄得没有什么话可说了。

"不过为了做一部书而去买了那末多的书来，也实在不合算。书店买不买你那部书还是问题，即使买了，三块钱一千字，二块钱一千字的算着，我敢担保定你买书花的钱是决计捞不回来了，工夫白费了是当然！"他的妻恳挚的劝着。

"我也何曾不知道。他们乱写了一顿，出了一二部集子倒立刻有了大作家的称号，一般青年盲目的崇拜着，书铺里也为他们所震吓，有稿子不敢不买了。辛辛苦苦的著作者却什么幸运都没有遇见。唉！世间上的事都是如此。谁叫得响些，谁便有福了。以后，再不买什么捞什子的书了，读书买书有什么用！""非必要的书少买些就好了，何必赌咒说不买书呢。别人的事不去管他，你只自己求己心之所安而已，"他的妻安慰着他说。"不过，你说的话真未见得靠得住的。现在说一定不买，你看不到几天，一定真又要一大包一大包的买进家了。"

他被他的妻说着了真病，倒说得笑起来了。

不多几天，他又买了一大包的书回家了，一大半是随手的无目的的买来的。他的妻见了，又生气起来："你真的一个钱在身边也留不住，总要全都送了出去才安心！家用没有了，叫我去想什么方法，你却又买了一大包的书回来！"她气愤愤的从架上取了一本书抛在地上，"一定要把它们都扯碎了，才可出我的一口气。"说着，又抛了一本书在地上，却究竟不忍实行她扯碎的宣言。他俯下去一本一本的拾起来，仍旧安放在架上，心里却也难过起来，暗暗的恨着自己太不争气了，太无决心了，太喜欢买书了，买了许多不必用的书，徒然摆在架上装装样子，一面却使他经济弄得十分穷困。他叹了一口气，自己怨艾着，他的妻坐在椅上默默的无言。两行清泪挂下她的双颊。他走近她身边，俯下身去，吻她的发，两手紧握着她，忏悔的说道："真对不住，真对不住，又使你生气了！我实在自己太无自制力了。你伤心。我心里真是难过！下次决计再不到书店里去了。"他又咬着牙顿一顿足的誓道："下次再去的不是人！"他的妻仰头望着他，双眼中泪珠还满盈盈的。

像这样的，一年来不止有几十次了。仲清好买书的习惯总是屡改不悛。正和他的妻宛眉打牌的习惯一样。

"你少买书，我就少打牌。"

"你不打牌，我也就不买书。"他们俩常常的这样牵制的互约着，却终于大家都常常的破约，没有遵守着。

现在，仲清要买的书，价钱太大了，他身上又没有几块钱剩下。买不买的问题，总在他心上缭绕着。这一天恰好宛眉又被她五姨请去打牌了，他又得空到天一书局去走一趟。老板见了他来，很恭敬的招呼着他，刚才送书来的伙计也在那里，连忙端了一张凳来请他坐，又送了一杯茶来。

"您老人家请坐用茶，我到栈房里拿书给您。"那个伙计说着出店门去了。

"这几部书真是不容易见到。我做了好几十年的生意了，还不常遇见。《隋唐演义》卖出三部，李卓吾批的《浣纱记》只见过一次，那样好的《隋炀艳史》却简直未曾见过，不是您，真不叫人送去看。赵三爷不知听见谁说，刚才跑来，要看这几部书，我好容易把他回绝了。刘鼎文也正在收买这些小说传奇。不过他们都是买去点缀书架的，不像您是买去用的。"老板这样的滔滔的说着。

"那几部书倒委实不坏，不过你们的价钱未免开得太大了。""不大，不大，不瞒您说，不是您老主顾，真的不肯说实价呢。这种书东洋人最要买，他们的价钱真出得不低，不过我们中国的好东西，不瞒您说，我实在有些不愿意使它们流入异邦。所以本店不大和东洋人来往。不像他们，往往把好书都卖给外国人了。像他们那末样不知保存国粹的做着，不到几十年，恐怕什么宋版元抄，以及好一点的小说、传奇，都要陈列在他们外国人的家里去了。唉，唉，可叹！可叹！"老板似乎很感慨的说着，频频摇着他的光头。

仲清不好说什么，只默默的遥瞩着对面架上的书。慢慢的立起身来，走近架边,无目的的翻翻架上的书,又看看他们标着的价目。

伙计抱了一包的书回到店里来:"你老人家请来看,一页缺残也没有,只有一点虫蚀的地方。不要紧,我们会替您老人家修补好的。"

他一本一本的把这三部书都翻了一遍,委实是使他愈看愈爱。《隋炀艳史》上还有好几幅很大胆的插图,是他向未在别的书图上见过的。每本书,边框行格都是完完整整的,并无断折,一个个字都是锋棱钢利,笔画清晰,墨色也异常的清浓,看起来非常的爽目。一页一页的似乎伸出手来,要招致他来购买它。他心里强烈的燃着购买的愿望,什么宛眉的责难,经济的筹划,他都不计及了,然他表面上却仍装出可买可不买的样子。"书实在不坏,只是价钱太贵了,不让些是难成交的。这种玩玩的书,我倒不一定要买,如果便宜了,便买,贵了,犯不着买,只好请你们送书别家去吧。"

老板道:"价钱是实实的,一个也不能让。不瞒您说,《隋唐演义》我是花了二十五块钱买下的,《浣纱记》是我花了四十块钱买下的,《隋炀艳史》却花了我五十块钱,都是从一个公馆里买来的。除了我,别一家真不肯出那末大的价钱去买它们的。我辛苦了一场,二三十块钱,您总要给我挣的。这一次您别让价了。下次别的交易上,我们吃亏些倒可以。这次委实是来价太贵,不能亏本卖出。"

他明晓得秃头老板说的是一派谎话,却不理会他,假装着不热心要买的样子,说道:"那末,请你的伙计明天到我公事房里把头本拿去吧。太贵了,我买不起。"

老板沉下脸,好像失望的样子,说道:"您说说看,能出多少钱?"

"一百块钱,三部,《隋炀艳史》要衬订过。"

老板摇摇头道:"不成,不成,实在不够本钱。我本没有向您要过虚价。对不起,请您作成了我,不要让价了。大家是老交易,不瞒您说,有好书我总是先送给您看的。"

他很为难,想不到老板这样强硬,知道价是一定不能多让的了。

"那末,多出了十块钱,一百一十块,不能再多了。我向来是很直爽的,不喜欢多讲价。"

"是的,我晓得您。不过这一次委实是吃亏不起。您是老顾主,既然如此我也让去十块钱吧,一共一百四十块。不能再吃亏了。"

他懒懒的走到店门口,跨足要到街上去。心里却实实的欢喜这几部书,生怕被别人抢夺了去。"我再加十块,一共一百二十块,不能再加了。"

"相差有限,请你再加十块钱,一百三十块,就把书取去吧。"

他知道交易可成了,只摇摇头,仍欲跨出店门,"一个钱也不能再加了,实在不便宜。"

老板道:"好了,好了,大家老交易,替您包好了,《隋炀艳史》先放在这里,订好了再送上。"

伙计把《隋唐演义》、《浣纱记》包好了递给他，说道："我替您老人家叫车去，是不是回家？"

他点点头，伙计叫道："黄包车！海格路去不去？多少钱？""今天钱没有带来，隔几天钱取来再给你吧。"他对老板道。"不要紧，不要紧，您随便几时送下都可以。"老板恭敬的鞠躬一下，几乎有九十度的弯下，光光的秃头，全部都显现出；送到门口，又鞠躬了一下，看他上车走了才进去。

他如像从前打得了一次胜仗，占了敌国一大块土地似的喜悦着，双手紧紧的抱着那一包书。别的问题一点也没有想起。他到了家，坐在书桌上，只管翻阅新买来的几部书，心里充满了喜悦，也没有想起他的妻在外打牌的事。平常时候的等待时的焦闷与不安，这时如春初被日光所照射的残雪，一时都消融不见了。"实在买得不贵。"他自想着。

阅了许久，许久，才突然的想起了经济的问题。"怎么样呢？一百二十块钱，一块都还没有着落呢！"他时时的责怪自己的冒失，没有打算到钱，却敢于去买书。自己暗暗的苦闷着后悔着，想同宛眉商议。又怕她生气，责备。

他从来没有开口向人借过钱，这时却不由得不想到"借"的一条路上去了。这是一条唯一的救急的路。

向谁去借呢？叫谁去借呢？他自己永没有向人开口过，实在说不出，只好请宛眉去。这一次已经买了，总得还钱，挨些气也无法。叫她到五姨那里去借，五姨没有，再向二舅去，总可以有。"唉，这样的盘算着，真是苦恼！下次再不冒失去买书了！"懒懒的在灯下翻着新买的书，担着一肚子的忧苦，怕宛眉回来听了，要大怒起来，不肯去借。

嗒、嗒、嗒，门环响着，他知道是他的妻回来了。他心脏加速的猛烈的跳着。"蔡嫂，开门！开门！"他的妻如常的叫道。蔡嫂开了门，她匆匆的走进房，见他独坐在灯下，问道："清，你还没有睡？在看书么？"他点点头，怀着一肚子鬼胎。她走近他，俯头吻了他一下，回头见书桌上放着一堆书，问道："你又买了书么？"他点点头，心里扰乱起来。

"多少钱？你昨天说身边一个钱也没有了，怎么又有钱去买书？是赊账的么？千万不要在外面赊账！你又没有额外的收入，这一笔账怎么还法？唉！又买书！"见他呆呆的如有所思的坐在椅上，一句话不响，便着急的再追问道："怎么不说话？是不是赊账买来的？回答一声说：'不是'，也可以使我宽心些！"他心上难过极了，如果有什么地洞可逃，他一定逃下去了。她见他仍旧呆呆的坐在椅上不言语，便颤声的说道："唉！你还是不说话！想什么心事！是不是赊账买的？请你告诉我一声！说，'不是，'说'不是！'唉！"

他硬了头皮,横了心,摇摇头。她喜悦的说道:"那末,不是赊账的了。是不是?"他点点头。她向前双手抱着他,说道:"好的清,我的清,这样才对!买书不要紧,有多余的钱时可以去买,千万不要负债!"

他沉默着,什么话都说不出口。

全夜在焦苦、追悔、自责中度过。

第二天清早,他起床了,他的妻还在睡。他们没有说什么话。午饭时,他回家吃饭。饭后,坐在书桌上翻阅昨夜买来的《隋唐演义》,一面翻着,一面想同他的妻说话,迟疑了半天,才慢吞吞嗫嚅的说道:"你能否替我到五姨那里借一百二十块钱来?这几天我要用。"他的眼不敢望着她,只凝视着书页,一面手不停的在翻着,虽然假装着很镇定,心却扑扑的跳着,等待她回答。

"什么用,借钱?你向来没有问过人借钱。"她诧异的问。他不声不响,手不停的翻着书页。

"什么用要借钱?你说、你说!不说用途,我不去借。"

他只是不声不响,眼望着书页。

"晓得了,是不是要借去买书,还书店的账?除此之外,你不会有别的用途。"

他点点头,等候她的责备。真的她生气起来,把桌上的书一本一本的抛在地上,"一天到晚只想买书!这个脾气老是不改,我已不知劝说了多少次了!唉、唉!最好把饭钱房钱也都买书去,大家饿死就完了。"她伏着头在桌上,声音有些哽咽。他心里很难过,俯下身去拾书,说道:"不要把这些书糟蹋了,价钱很贵呢。"

她抬起头来问道:"多少钱?是不是借钱就去买这些书?"他点点头,承认道:"是的。"把一本书拿到她面前,指点给她听,"共买了三部书,实在不贵,一百二十块钱。你看,这些画多末工致!如果我肯转卖了,一定可以赚钱。"

她不声不响,接过了书翻了一会。她的眼凝注着他的脸,见他愁眉不展的样子,心里委实不忍。她的气平下去了,叹了一口气道:"为了买书去借钱,唉,下次再不可如此了。没有钱便不要买。欠账是最不好的事!这次我替你去借借看。五姨也不是很有钱的,姨夫财政部里的薪水又几个月没有发了。能不能借来,还是一个问题呢。"

他脸上露出一线宽慰的笑容。"五姨那里没有,二舅那里去问问,他一定会有的。"

"你下次再不可这样冒失的去买书了。"她再三的吩咐着。他点点头,不停手的在翻着书页。似乎一块大石已在心上落下。

中国短篇小说精选

淡　漠

〇郑振铎

　　她近来渐渐的沉郁寡欢,什么也懒得去做,平常最喜欢听的西洋文学史的课,现在也不常上堂了。平常她最活泼,最愿意和几个同学在草地上散步,或是沿着柳荫走着,或是立在红栏杆的小桥上,凝望着被风吹落水面的花瓣,随着水流去。现在她只整天的低了头坐着,懒说懒笑的,什么地方也不去走。她的同学们都觉察出她的异态。尤其是她最好的女同学梁芬和周好之替她很担心,问她又不肯说什么话。任她们说种种安慰的话,想种种法子去逗她开心,她只是淡漠的毫不受感动。

　　有一天,梁芬手里拿着一封从上海来的信,匆匆的跑来向她说道:

　　"文贞,你的芝清又有信给你了,快看,快看!"

　　她懒懒的把信接过来,拆开看了,也不说什么话,便把它塞在衣袋里。

　　梁芬打趣她道:"怎么? 芝清来信,你应该高兴了! 怎么不说话?"

　　她也不答理她,只是摇摇头。

　　梁芬觉得没趣,安慰了她几句话,便自己走开去了。

　　她又从衣袋里把芝清的信取出看了一遍,觉得无甚意思,便又淡漠的把它抛在桌上。

　　无聊的烦闷之感,如霉菌似的爬占在她的心的全部。桌上花瓶里插着几朵离枝不久的红玫瑰花,日光从绿沉沉的梧桐树阴的间隙中射进房里,一个校役养着的黄莺的鸟笼,正挂在她窗外的树枝上,黄莺在笼里宛转的吹笛似的歌唱着。她什么也听不见,看不见,只是闷闷的沉入深思之中。

　　她自己也深深的觉察到自己心的变异。她不知道为什么近来淡漠之感竟这样坚固而深刻的攀据在她的心头? 她自己也暗暗的着急,极想把它泯灭掉。但是她愈是想泯灭了它,它却愈是深固的占领了她的心,如午时山间的一缕炊烟,总在她心上袅袅的吹动。

　　她在半年以前,还是很快活的,很热情的。

　　她和芝清认识,是两年以前的事。那时他们都在南京读书。芝清是南京学生联合会主席,她是女师范的代表。他们会见的时候很多,谈话的机会也很多。他们都是很活泼,很会发议论的。芝清主张教育是神圣的事业,我们无论是为了人类,

为了国家,都应该竭力去倡办一种理想的学校,以教育第二代的人民。有一次,他们坐在草地上闲谈,芝清又慨然的说道:

"我家乡的教育极不发达,没有人肯牺牲了他的前途,为儿童造幸福。所有的小学教员,都是家贫不能升学,借教育事业以搪塞人家,以免被乡人讥为在家坐食的。他们哪里会有真心,又哪里有什么学识办教育? 我毕业后定要捐弃一切,专心在乡间办小学。我家有一所房子,建筑在山上,四面都是竹林围着,登楼可以望见大海;溪流正经过门前,坐在溪旁石上,可以看见溪底的游鱼;夏天卧树阴下,静听淙淙的水声,真是'别有天地非人间',屋后又有一块大草地可以做操场,真是天然的一所好学校。呀! 只……"他说时,脸望着她,如要探索她心里的思想似的。停了一会,便接下去说道:

"只可惜同志不容易找得到。在现在的时候,谁也是为自己的前途奔跑着,钻营着,岂肯去做这种高洁的事业呢? 文贞! 你毕业后想做什么呢?"

她低了头并不回答他,但心里微微的起了一种莫名的扰动,她的脸竟涨得红红的。

沉默了一会,她才低声说道:

"这种理想生活,我也很愿意加入。只不知道毕业后有阻力没有?"

芝清的手指,这时无意中移近她的手边,轻轻的接触着,二人立刻都觉得有一种热力沁入全身心,脸都变了红色。她很不好意思的慢慢的把手移开。

经了这次谈话后,他们的感情便较前挚了许多。同事的人,看见这种情形,都纷纷的议论着。他们只得竭力检点自己的行迹,见面时也不大谈话;只是通信却较前勤得多了,几乎每天都有一封来往。

他们心里都感到一种甜蜜的无上的快乐。同时,却因不能常常见面,见面时不能谈话,心里未免时时有点难过。

她从他的朋友那里,得到他已经结过婚的消息。他也从她的朋友那里,知道她是已经和一位姓方的亲戚订过婚的。虽然他们因此都略略的有些不高兴,都想竭力的各自避开了,预防将来发生什么恶果,然而他们总不能祛除他们的恋感,似乎他们各有一丝不可见的富于感应的线,系住在彼此的心上,愈是隔离得久远,想念之心愈是强烈。

时间流水似的滚流过去,他们的这种恋感,潜入身心也愈深愈固。他们很忧惧,预防这恶果的实现,只是时间上的问题。他们似乎时时刻刻都感有一种潜隐的神力,要推逼他们成为一体。他们心里时时刻刻都带着凄然的情感。各有满肚子的话要待见面时倾吐,而终无见面的机会。便是见面了,也不像从前的健谈,谁都默默的,什么话也说不出,四目相对了许久,到了别离时,除了虚泛的问答外,仍旧是一句要说的话也没有诉说出来。他们都觉得这种情况是决不能永久保持下

中国短篇小说精选

去的。

他们便各自进行，要把各自的婚姻问题先解决了。在道德上，在法律上，都是应该这样做的。

他的问题倒不难解决，他的妻子是旧式的妇人。当他提出离婚的要求时，她不反抗，也不答应，只是低声的哭，怨叹自己的命运。后来他们的家庭被芝清逼促得无可如何，便由两方的亲友出面，在表面上算是完全答应了芝清的要求。不过她不愿意回娘家，仍旧是住在他的家里，做一个食客。芝清的事总算是宣告成功了。

解决她的问题，却有些不容易。她与她的未婚夫方君订婚，原是他们自己主动的。他们是表兄妹。她的母亲是方君的二姨母。他们少时便在一起游戏，在同一的私塾里读书。后来他们都进了学校。当他在中学毕业后，她还在高等小学二年级里读书。五年前的暑假，他们同在他俩的外祖父家里住。这时她正考好毕业。

他们互相爱恋着。他私向她求婚，她羞涩的答应了他。后来他要求他母亲向姨母提求正式婚议，他们都答应了。他们便订了正式的婚约。她很满意；他在本城是一个很活动的人物，又是有才名的。

暑假后，她很想再进学校，他便极力的帮助她。她到了南京，进了女子师范。他们的感情极好，通信极勤。遇到暑假时，便回家相见。

自五四运动爆发后，他们的这种境况便完全变异了，她因为被选为本校的代表，出席于学生会之故，眼光扩大了许多，思想也与前完全不同，对于他便渐渐的感得不满意。后来她和芝清发生了恋爱，对于他更是隔膜，通信也不如从前的勤了。他来了三四封信，她总推说学生会事忙，只寥寥的勉强的复了几十字给他。暑假里也不高兴回去。方君写了一封极长的信给她，诉说自己近来生了一场大病，因为怕她着急，所以不敢告诉她。现在已经好了，请不要挂念。又说，他现在承县教育局的推荐，已被任为第三高等小学的校长。极希望她能够在假期内回来一次。他有许多话要向她诉说呢！但她看了这封信后，只是很淡漠的，似乎信上所说的话，与她无关。她自己也觉得她的感情现在有些变异了！她很害怕；她知道这种淡漠之感是极不对的，她也曾几次的想制止自己的对于芝清的想念，而端力恢复以前的恋感。但这是不可能的。她愈是搜寻，它愈是逃匿得不见踪痕。

她在良心上，确然不忍背弃了方君，但同时她为将来的一生的幸福计，又觉得方君的思想，已与自己不同，自己对于他的爱情又已渐渐淡薄，即使勉强结合，将来也决不会有好结果的；似不应为了道德的问题，牺牲自己一生的幸福。

这种道德与幸福的交斗，在她心里扰乱了许久。结果，毕竟是幸福战胜了。她便写了一封信，说了种种理由，告诉方君，暑假实不能回去。

她与芝清的事。渐渐的由朋友之口，传入方君之耳，他便写了许多责难的信来。这徒然增加她对他的恶感。最后，她不能再忍受，便详详细细的写了一封长

信,述说自己的思想与志愿,并坚决的要求他原谅她的心,答应她解除婚约的要求。隔了几天,他的回信来了,只写了几个字:

"玉已缺不能复完,感情已变不能复联。解除婚约,我不反对。请直接与母亲及姨母商量。"

这又是一个难关。亲子的爱与情人的爱又在她心上交斗着。

她知道母亲和姨母如果听见了这个消息一定要十分伤心的。她不敢使她们知道,但又不能不使她们知道。踌躇了许久,只得硬了头皮,写信告诉她母亲与表兄解约的经过。

她母亲与她姨母果然十分伤心,写了许多信劝他们,想了种种方法来使他们复圆,后来还是方君把一切事情都对她们说了,并且坚决的宣誓不愿再重合,她们才死了心,答应他们的解约。他们的问题都已解决,便脱然无累的宣告共同生活的开始。虽然有许多人背地里很不满他们的举动,但却没有公然攻击的。他们对于这种诽议,却毫不介意;只是很顺适的过着他们甜蜜美满的生活。

他们现在都相信人生便是恋爱,没有爱便没有人生了。他们常常坐在一张椅上看书,互相偎靠着,心里甜蜜蜜的。有的时候,他们乘着晴和的天气,到野外去散步。菜花开得黄黄的,迎风起伏,如金色的波浪。野花的香味,一阵阵的送来,觉得精神格外爽健。他们这时便开始讨论将来的生活问题,凭着他们的理想,把一切计划都订得妥当。

一年过去,芝清已经毕业了。上海的一个学校,校长是他很好的朋友,便来请他去当教务主任。

"去呢,不去呢?"这是他们很费踌躇的问题。她的意思,很希望他仍在南京做事,她说:

"我们的生活,现在很难分开。而且你也没有到上海去的必要。南京难道不能找到一件事么?你一到上海,恐怕我们的计划,都要不能实现了,还有……"

她说到这里,吞吐的说不出话来,眼圈红了,怔视着他,像卧在摇篮里的婴孩渴望他母亲的抚抱。隔了一会,便把头伏在他身上,泣声说道:"我实在离不开你。"

他的心扰乱无主了。像拍小孩似的,他轻轻的拍着她的背臂,说道:"我也离不开你,这事,我们慢慢的再商量吧。"她抬起头来,他们的脸便贴在一起,很久很久才离开了。

他知道在南京很不容易找到事,就算找到事也没有上海的好。不做事原是可以,不过学校已经毕业,而再向家里拿钱用,似乎是不很好出口。因此,他便立意要到上海去。她见他意向已决,便也不再拦阻他,只是心里深深的感到一种不可言说的凄惨,与从未有过的隔异。因此,不快活了好几天。

芝清走了,她寂寞得心神不定,整天的什么事也不做,课也不上,只是默默的想念着芝清，每天都写了极长的甜蜜的信给芝清，但是要说的话总是说不尽。起初，芝清的来信，也是同样的密速与亲切。后来，他因为学校上课，事务太忙，来信渐渐的稀少，信里的话，也显得简硬而无情感。她心里很难过，终日希望接得他的信，而信总是不常来；有信来的时候，她很高兴的接着读了，而读了之后，总感得一种不满足与苦闷。她也不知道这种情绪，是怎样发生的。她原知道芝清的心，原想竭力原谅他的这种简率，但这种不满之感，总常常的魔鬼似的跑来叩她的心的门，任怎样也斥除不去。

半年以后，她也毕业了。为了升学与否的问题，她和芝清讨论了许久许久。她的意见，是照着预定的计划，再到大学里去读书，而芝清则希望她就出来做事，在经济上帮他一点忙。他并诉说上海生活的困难与自己勤俭不敢靡费而尚十分拮据的情形。她很不愿意读他这种诉苦的话。她第一次感到芝清的变异和利己，第一次感到芝清现在已成了一个现实的人，已忘净了他们的理想计划。她想着，心里异常的不痛快。虽然芝清终于被她所屈服，然而二人却因此都未免有些芥蒂。她尤其感得痛苦。她觉得她的信仰已失去了，她的前途已如一片红叶在湍急的浊流上漂泛，什么目的都消散了。由彷徨而消极，而悲观，而厌世；思想的转变，如夏天的雨云一样快。此后她一个活泼泼的人便变成了一个深思的忧郁病者。

有一天，她独自在房里，低着头闷坐着，觉得很无聊，便提起笔来写了一封信给芝清：

我现在很悲观！我正徘徊在生之迷途。我终日沉闷的坐在房里，课也不常去上；便走到课堂里，教师的声音也如蝇蚊之鸣，只在耳边扰叫着，一句也领会不得。

我竭力想寻找人生的目的，结果却得到空幻与坟墓的感觉；我竭力想得到人生的趣味，却什么也如饮死灰色的白汤，不惟不见甜腻之感，而且只觉得心头作恶要吐。唉！芝清，你以为这种感觉有危险么？是的，我自己也有些害怕，也想极力把它扑灭掉。不过想尽了种种方法，结果却总无效，它时时的来鞭打我的心，如春燕的飞来，在我心湖的绿波上，轻轻的掠过去，湖面立刻便起了团的水纹，扩大开去，漾荡得很久很久。没等到水波的平定，它又如魔鬼，变了一阵的凉飕、把湖水又都吹皱了。唉！芝清，你有什么方法，能把这个恶魔除去了呢？

亲爱的芝清，我很盼望你能于这个星期日到南京来一次。我真是渴想见你呀！也许你一来，这种魔鬼便会逃去了。

这几天南京天气都很晴朗，菊花已半开了。你来时，我们可以在菊园里散步一会，再到梧村吃饭。饭后登北极阁，你高兴么？

她写好了，又想不寄去；她想芝清见了信，不见得便会对她表亲切的同情吧！虽然这样想，却终于把信封上了，亲自走到校门，把信抛入门口的邮筒里。

她渴盼着芝清的复信。隔了两天，芝清的信果然来了。校役送这信给她时，她手指接着信，微微的颤抖着。

芝清的信很简单，只有两张纸。她一看，就有些不满意；他信里说，她的悲观都因平日太空想了之故。人生就是人生，不必问它的究竟，也不必找它的目的。我们做一天和尚撞一天钟，低着头办事，读书，同几个朋友到外边去散步游逛，便什么疑问也不会发生了。又说，上海的生活程度，一天高似一天。他的收入却并不增加。所以近来经济很困难，下月寄她的款还正在筹划中呢。南京之行，因校务太忙，恐不能如约。

她读完这封无爱感，不表同情的信，心里深深的起了一种异样的寂寞之感，把抽屉一开，顺手把芝清的信抛进去，手支着额，默默的悲闷着。

她现在完全失望了，她感得自己现在真成了一个孤寂无侣的人了；芝清，她现在已确然的觉得，是与她在两个绝不相同的思想世界上了。

此后，她便不和芝清再谈起这个问题。但她不知怎样，总渴望的要见芝清。速写了几封信约他来，才得到他一封答应要于第二天早车来的快信。

第二天她起得极早，带着异常的兴奋，早早的便跑到车站上去接芝清。时间格外过去得慢；好容易才等到火车的到站。她立在月台上，靠近出口的旁边，细细的辨认下车的人。如蚁般的人，一群群的走过去，只看不见芝清。月台上的人渐渐的稀少了，下车的人，渐渐都走尽了。她又走到取行李的地方，也不见芝清，"难道芝清又爽约不成么？也许一时疏忽，不曾见到他，大概已经下车先到校里去了。"她心里这样无聊的自慰着。立刻跑出车站，叫车回校。到校一问，芝清也没有来。她心里便强烈的感着失望的愤怒与悲哀。第二天芝清来了一封信，说因为校里有紧急的事要商量，不能脱身，所以爽约，请她千万原谅。她不理会这些话，只是低着头自己悲抑着。

她以后便不再希望芝清来了。

她心里除了淡漠与凄惨，什么也没有。她什么愿望都失掉了。生命于她如一片枯黄的树叶，什么时候离开枝头，她都愿意。

中国短篇小说精选

失去的兔

○郑振铎

"贼如果来了，他要钱或要衣服，能给的，我都可以给他。"一家人饭后都坐在廊前太阳光中，虽是十月的时候，天气却不觉十分冷。太阳光晒在身上，透进一缕舒适的暖意。微风吹动翠绿的竹，长竿和细碎的叶的影子也跟了在地上动摇着。

两只红眼睛的白兔，还有六只小兔，在小小的园中东奔西跑的找寻食物。我心里很高兴，微笑的对着大家忽然谈起贼的问题。二妹摇摇头笑道："世界上难有这样的好人。"

母亲笑道："你哥哥他真的会做出来。前年，我们刚搬到这里来时，正是夏天，他把楼上的窗户都洞开了，一点警戒的心也没有。一个多月没有失去一件东西。他大意的说道：'这里倒还没有贼。'不料到了有一天晚上，忽然被贼不费力的偷去了一件春大衣，两套哔叽的洋装，一件羽毛纱的衣服，还有一个客人的长衫。明早他起来了，不见了衣服，才查问起来，看见楼廊上有一架照相箱落下，是匆促中来不及偷走的，栏杆外边的橼格上有一块橡皮底鞋的印纹。他才知道了贼是从什么地方上来的。但他却不去报巡警，说道：'不要紧，让他拿去好了，我还有别的衣服穿呢。'你们看他可笑不可笑。后来贼被捉了，在警局里招出偷过某处某处。于是巡警把他们带来这里查问。一个是平常做生意人的样子、一个是很老实的老头子，如一个乡下初上来的愚笨的底下人。你哥哥道：'东西已被偷去了，钱已被花尽了。还追问他们做什么？'巡警却埋怨他一顿，说他为什么不报警局呢。"三妹道："哥哥对衣服是不希罕的，偷去了所以不在意。如果把他的书偷走了，看他不暴怒起来才怪呢！前半个月，我见他要找一本书找不到，在乱骂人，后来才记起来被一个朋友带走了。他咕咕絮絮的自言自语道：'再不借人了，再不借人了。自己要用起来，却不在身边！'"她一边说，一边学着我着急的样子，逗引得大家都笑了。

祖母道："你哥哥少时候真有许多怪脾气。他想什么，真会做出什么来呢。"

我正色的说道："说到贼，他真不会偷到书呢！偷了书，又笨重，又卖不得多少钱。不过我对于贼，总是原谅他们的。人到了肚皮饿得叫着时，什么事做不出来。我们偶然饿了一顿，或迟了一刻吃饭，已经忍耐不住了，何况他们大概总是饿了几顿肚子的，如何不会迫不得已的去做贼。有一次，我在北京，到琉璃厂书店里去，见一部古书极好，便买了下来，把身上所有的钱都用尽了，连回家的车钱都没有了。近旁又无处可借。那时恰好是午饭时候，肚里饥饿得好像有虫要爬到嘴边等候着食物的入口。我勉强的沿路走着。见一路上吃食店里坐客满满的，有的吃了很满足的出来，有的骄傲的走了进去。我几次也想跟了他们走进，但一摸，衣袋里是空空的，终于不敢走进。但看见热气腾腾的馒头饺子陈列在门前，听见厨房里铁铲炒菜的声音，铁锅打得嗒、嗒的声音，又是伙计们：'火腿白菜汤一碗，冬菜炒肉丝一盘，烙饼十个，多加些儿油'的叫着，益觉得肚里饥饿起来，要不是被'法律'与'羞耻'牵住了，我那时真的要进去白吃一顿了。

以此推之，他们饿极了的人，如何能不想法子去偷东西！况且，他们偷东西也不是全没有付代价的。半夜里人家都在被窝中暖暖的熟睡着，他们却战战瑟瑟的在街角巷口转着。审慎了又审慎，迟疑了又迟疑，才决定动手去偷。爬墙、登屋、入房,开箱,冒了多少危险,费了多少气力,担了多少惊恐。这种代价恐怕万非区区金钱所能抵偿的呢。不幸被捉了,还要先受一顿打,一顿吊,然后再坐监中几个月或几年。从此无人肯原谅他,无人肯有职业给他。'他是做过贼的,'大家都是如此的指目讥笑着他,且都避之若虎狼。其实他们岂是甘心做贼的!世上有许多人,贪官、军阀、奸商、少爷等等,他们却都不费一点力,不担一点惊,安坐在家里,明明的劫夺、偷盗一般人民的东西,反得了荣誉、恭敬,挺胸凸腹的出入于大聚会场,谁敢动他们一根小毫毛。古语说,'窃钩者诛,窃国者侯'真是不错!"我越说越气愤,只管侃侃的说下去,如对什么公众演说似的。

"哥哥在替贼打抱不平呢。"三妹道。

"你哥哥的话倒还不错,做了贼真是可怜。"祖母道。

"况且,贼也不是完全不能感化的。某时,有一个官,知道了家里梁上有贼伏着,他便叫道:'梁上君子,梁上君子,请你下来,我们谈谈。'贼怕得了不得,战战兢兢的下梁来,跪在他面前求赦,他道:'请起来。你到这里来,自然是迫不得已的。你到底要用多少钱,告诉我,我可以给你。'这个出于意外的福音,把贼惊得呆了,他一句话也说不出,半晌,才嗫嚅的说道:'求老爷放了我出去,下次再不敢来了。'某官道:'不是这样说,我知道你如果不因为没有饭吃,也决不至于做贼的。'说时,便踱进了上房,取出了十匹布,十两银子,说道:'这些给你去做小买卖。下次再不可做这些事了。本钱不够时,再来问我要。'贼带了光明有望的前途走了回去,以后便成了一个好人。我还看了一部法国的小说。它写一个流落各地的穷汉,有一天被一个牧师收在他家里过夜。他半夜时爬起床来偷了牧师的一只银烛台逃走了。第二天,巡警捉了这个人到牧师家里来,问牧师那只烛台是不是他家的。牧师笑道:'是的,但我原送给他两只的,为什么他只带了一只去?'这个流浪人被感动得要哭了。后来,改姓换名,成为社会中一个很著名的人物。可知人原不是完全坏的,社会上的坏人都是被环境迫成的。"

大家都默默无语,显然的是都同情于我的话了。太阳光还暖暖的晒着,竹影却已经长了不少。祖母道:"坐得久了,外面有风,我要进去了。"

母亲,二妹,三妹都和祖母一同进屋去了,廊上只有我和妻二人留着。

"看那小兔,多有趣。"妻指着墙角引我去看。

约略只有大老鼠大小,长长的两只耳朵,时时耸直起来,好像在听什么,浑身的毛,白得没有一点污瑕,不像它们父母那末样已有些淡黄毛间杂着,两只眼睛红得如小火点一样,正如大地为大雪所掩盖时,雪白的水平线上只露出血红的半轮夕阳。我没有见过比它们更可爱的生物。它们有时分散开,有时奔聚在母亲的身边,有时它们自己依靠在一处,它们的嘴,互相磨擦着,像是很友爱的。有时,它们也学大兔的模样,两只后足一弹,跳了起来。

"来喜,拿些菠菜来给小兔吃,"妻叫道。

菠菜来了,两只大兔来抢吃,小兔们也不肯落后,来喜把大兔赶开了,小兔们也被吓逃了。等一刻,又转身慢慢的走近来吃菜了。

"看小兔,看小兔,在吃菜呢。"几个邻居的孩子立在铁栅门外望着,带着好奇心。

妻道:"天天有许多人在门外望着,如不小心,恐怕要有人来偷我们的兔子。"

"不会的,不会,他们爬不进门来。"我这样安慰着妻,但心里也怕有失,便叫道:"根才,根才,晚上以前放兔子的铁笼子仍旧拿出来,把兔子都赶进笼里去。散在园里怕有人要偷。"根才答应了。

第二天早晨,我下了楼,第一件事便是去看兔子,但是园里不见一只兔子的影子。再找兔笼子也不见了。

"根才,根才,你把兔笼放在哪里去了?"我吃惊的叫着。"根才不在家,买小菜去了。"张嫂答应道。

"你晓得根才把兔笼子放在哪里?"我问张嫂。

"我不晓得。昨天晚上听见根才说,把兔子赶了半天,才一只一只捉进笼去。后来就不晓得他把笼子放在哪里了。"张嫂答道。

我到处的找,园中,廊上,厅中,厨房中,后天井,晒台上,书房中,各处都找遍了,兔子既不见一只,兔笼子也无影无踪。

"该死,该死!一定被什么贼连笼偷走了。"我开始有些愤急了。

妻和三妹也下楼来帮我寻找,来喜也来找。明知这是无益的寻找,却不肯就此甘心失去。

我躺在书房中的沙发上,想念着:大兔们还不大可惜,小兔们太可爱了,刚刚是最有趣的时期,却被偷走了。贼呀!该死!该死!为什么不偷别的,却偷了兔去!能卖得多少钱?为什么不把兔拿回来换钱?巡警站在街上做什么的?见贼半夜三更提了兔笼走,难道不会阻止。根才也该死,为什么不把兔笼放到厅上来?

我诅咒贼,怨恨贼,这是第一次,我失了衣服,失了钱,都不恨;但这一次把可爱的小兔提走了,我却痛痛的恨怒了他!这个损失不是金钱的损失!

唉,大姊问我们要过,二妹的朋友也问我们要过。我都托辞不肯给,如今全都失去了。早知这样,还是分给人家的好。"一定没有了,一定被贼偷去了!都是你!你昨天如果不叫根才把兔都捉进笼,一定不会全都失去的!散在园中,贼捉起来多末费力,他们一定不敢来捉的。现在好了,笼子,兔子,一笼子都被捉去了。倒便宜了贼,替他装好在笼子里,提起来省力!"妻在寻找了许久之后,也进了书房,带埋怨似的说着。我两手捧着头,默默无言。

"小兔子,又有几只,一只,二只。"是来喜的声音,在园中喊着,我和妻立刻跳起来奔出去看。

"什么，小兔子已经找到了么？"我叫问着，心里突突的惊喜的跳着。

"不是的，是第二胎的小兔子，还很小呢，只生了两只。"来喜道。

墙角的瓦堆中，不知几时又被大兔做了一个窝，底下是用稻草垫着，草上铺了许多从母兔身上落下的柔毛，上面也是柔毛，做成了一个弯形的顶盖，很精巧，很暖和，两只极小的小兔，大约只有小白鼠大小，眼睛还没有睁开，浑身的毛极薄极细，红的肉色显露在外，柔弱无能力的样子，使人一见就难过。又加了一层的难忍的痛苦与悲悯！

母兔去了，谁给它们乳吃呢？难道看它们生生的饿死！该死的贼，该杀的贼，这简直是犯了万恶不可赦的谋杀罪！"根才怎么还不回来！快去叫巡警去，一定要捉住这偷兔贼，太可恨了！叫他们立刻去查！快些把母兔捉回来！"我愤急的叫着。

"唉！只要贼肯把兔子送回来，什么价钱都肯出，并且决不追究他的偷窃的罪！"我又似对全城市民宣告似的自语着。我们把那两只可怜的小兔从瓦堆中捉出，放在一个竹篮中，就当作它们的窝。

我不敢正眼看它们那种柔弱可怜的惨状。

"快些倒点牛奶给它们吃吧！"我无望的，姑且自慰的吩咐道。

"没有用，没有用，它们不肯吃的。"张嫂道。

我着急的叫道："不管它们吃不吃，你去拿你的好了；不能吃，难道看它们生生的饿死！"

"少爷要，你去拿来好了。"妻说道。

牛奶拿来了，我把它们的嘴放在奶盘中。好像它们的嘴曾动了几动，后来又匍匐的浑身抖战的很费力的爬开了，毫没有要吃的意思。我摇摇头，什么方法也没有。

根才在大家忙乱中提了一大盘小菜进来。

"根才，你把兔笼子放在哪里的？"我道。

"根才，兔子连笼子都不见了！"妻道。

根才惶惑的说道："我把它放在廊前的，怎么会被偷了？"我怒责道："为什么放在廊前？为什么不取来放在客厅上？现在，你看，"我手指着那两个未睁开眼睛的小兔说，"这两只小兔怎么办？都是你害了它们！"

根才无话可答，只摇摇头，半响，才说道："平日放在园中都不会失去，太小心了，反倒不好了。"

我走进书房，取了一张名片，写上几个字，叫根才去报巡警，请他们立刻去找。

根才回来了，带了一句很简单的话来："他们说，晓得了。"

我心里很不高兴。妻道："时候不早了，你到公事房去吧。"在公事房里，我无

中国短篇小说精选

心办事，一心只记念着失去的兔，尤其是那两只留存的未睁眼的小兔。我特地小心的去问好几个同事，有什么方法可以养活它们，又到图书馆，立等的借了几册论养兔的书来，他们都不能给我以一点光明。

午饭时，到了家，问道："小兔呢？怎么样了？"

"很好，还活泼。"妻道。

竹篮上盖了一张报纸，两只小兔在报纸下面沙沙的挣爬着，我不忍把报纸揭开来看。

下午，巡警还没有什么消息报告给我们。我又叫根才去问他们一趟。警官微笑的说道："兔子么，我们一定代你们慢慢的查好了，不过上海地方太大了，找得到否，我们也不知道。"要他们用心去找是无望的了。他们怎么肯为了几只兔子去探访呢？

姊夫来了，他的家住在西门，我特地托他到城隍庙卖兔的地方去看看，有没有像我们家里的兔在那里出卖。

又一天过去了，姊夫来说，那里也没有一毫的影迹。恐怕是偷兔的人提了笼沿街叫卖去了。

两只小兔还在竹篮中沙沙的挣爬着。我一点方法也没有。又给牛奶它们吃，强灌了进去，不久又都吐了出来。

"唉，无望，无望！"我这样的时时叹息着。

祖母不敢来看小兔子，只说，"可怜，可怜，快些给它们奶吃。"

母亲拿了牛奶去灌了它们几次，但也无用。

到了三天了，竹篮里挣爬的声音略低了些，我晓得这两个小小的可怜的生物，临命之期不远了。但我不敢揭开报纸的盖去望望它们。

"有一只不能动了，快要死了，还有一只好一点，还能够在篮上挣爬。"午饭时三妹见了我这样说。

我见来喜用火钳把倒死在地上的那只小兔钳到外面。妻掩了脸不敢看，我坐在沙发上叹息。

"贼，可诅咒的贼！唉，生生的饿死了这两只可怜的生物，真是万死不足以蔽辜！只要我能捉住你呀，……"我紧紧的握着双拳，这样想着。如果贼真的到了我的面前，我一定会毫不踌躇的一拳打了下去。

再隔一天，剩下的那只小兔也倒毙在竹篮中了。

"贼，该死的贼！……"我咬紧了牙根，这样的诅咒着，不能再说别的话了。

"哥哥失了兔子，比失了什么都痛心些；他现在很恨贼，大概不肯再替贼打抱不平了。"仿佛是三妹在窗外对着什么人说道。我心里充满了痛苦，悲悯，愤怒与诅咒，抱了头默默的坐在书房中。

九　叔

○郑振铎

　　九叔在家庭里，占一个很奇特的地位：无足轻重，而又为人人的眼中钉，心中刺；个个憎他，恨他，而表面上又不敢公然和他顶撞。他走开了，如一片落叶堕于池面，冷漠漠的无人注意。他走开了，从此就没有一个人在别人面前再提起他，也没有人问起他的近况如何，或者他有信来没有。只有大伯父还偶然的说道："老九在湖州不晓得好不好。去了好几个月一封信也没有来过。"只有大姆还偶然的忆起他，说道："九叔的脾气不大好，在那边不晓得和同事住得和洽否？"

　　但是，九叔的信没有来，九叔他自己不久却回来了，他回来了照例是先到大姆的房门口，高声的问道：

　　"大嫂，大嫂，在房里么？大哥什么时候才可回家？"他回来了照例是一身萧然，两袖清风，有时弄得连铺盖也没有，还要大姆拿出钱来，临时叫王升去买一床棉被给他。他回来时，照例是合家在背后窃窃的私议道："讨厌鬼这末快又来了！"人人心中是说不出的憎和恨，家庭中便如一堆干柴上点着了火，从此多事，鸡犬不宁。

　　他是伯祖的第二姨太太生的，他出世时，伯祖已经有六十多岁了。伯祖死时，他还不到八岁，于是大伯父便算是他的严父，他的严师，不仅是一个哥哥。他十岁时，跟了几个兄弟一同上学。是家里自己请的先生。今天是谁逃学，不用说，准是他；今天是谁挨了先生的打，不用说，准是他；今天是谁关了夜学，点上灯还在书房里"子曰，子曰"的念着，不用说，也准是他。好容易两年三年，把《四书》念完了，念完了他的责任便尽了，由"大学之道"起到"则亦无有乎尔"止，原文不动的交还了先生。说到顽皮，打架，他便是第一。带领了满街的孩子在空地上操兵操，带领的是谁，不用说，准是他；抛石块到邻居的窗户里去的是谁，不用说，准是他；把卖糖果的孩子打得哭了，跑到家里来哭诉，惹祸的是谁，不用说，也准是他。

　　大伯父实在管不了他，只好叹了一口气，置之不理。他母亲是般般件件纵容他惯的，大伯父要严管也不敢。但他怕的还只有大伯父，不仅在小时候是怕，到了大时还是怕。"大哥"是他在家庭中唯一的畏敬的，唯一的说他不敢回口的人。

　　他母亲死时，他已经二十多岁了，便常在外面东飘西荡，说是要做买卖，说是要找事做，说是到上海去，说是到省城去。不知在什么时候，祖父留给他的一份薄产，他母亲留给他的一份衣服首饰,都无形无踪的消没了,他便常在父亲家里做食客,管闲事,成了人人的眼中钉,心中刺,闹得鸡犬不宁。

自从大伯父合家搬到上海来后,二婶、五婶也都住在一处,家庭更大,人口更杂,九叔也成了常住的客人,而口舌更多。他每次失业,上海是必由之路而大伯父家便是他必住之地。他的失业,一年二年不算多,而他的就事,两月三月已算久。于是家里的人个个都卷在憎与恨的旋风中,连李妈也被卷入,连荷花也被卷入。五婶是表面上客客气气,背后讽刺批评;二婶是背后罗罗唆唆,表面上板着面孔不理他。而九叔和她便成了明显的不两立的敌人。

九叔爱管闲事,例如:荷花手里提着开水壶,要去泡水,经过他的面前,他便板着脸说道:"荷花,你昨夜又偷吃五太太的饼干么? 大太太不舍得打你。再偷,我来打!"这时,厨房里锵的一声,表明郭妈洗碗时又打碎了一只,九叔便连忙立了起来,赶到厨房里说道:"又打碎碗了! 好不小心的郭妈! 要叫大太太扣下工钱来赔。这样常打碎东西还成么!"李妈又由楼上抱了小弟弟瞪瞪的走下楼梯。"李妈,"九叔又叫住了她,"把小弟弟抱到哪里去? 当心太阳。不要乱买东西给他吃,吃坏了你担当不起。"李妈咕嘟着嘴答道:"又不是我要抱他出去! 是五太太她自己叫我抱他去买十锦糖的。"

他是这样的爱管闲事。于是在傍晚的厨房里窃窃的骂声起来了:"一个男子汉,没出息,不会挣钱,吃现成饭,倒爱管人家的闲事!"朦胧的灯光之中,照见李妈、郭妈和荷花,还有四婶用的蔡妈和厨子阿三。

九叔吵闹得合宅不宁,例如:他天天闲着没事做,天天便站在二婶、五婶,隔壁的黄太太,还有二姨太的牌桌旁边,东张张,西望望,东指点,西教导,似乎比打牌的人还热心。"看了别人的牌,不要乱讲。"黄太太微笑的禁阻他,二婶便狠狠的钉了他一眼。有一次,二婶刚好听的白板,二索对倒,桌上已有红中一对碰出,牌很不小,她把听张伏在桌上,故意不让九叔看见。九叔生了气道:"不看就不看,我还猜不出? 一定有一对白板! 对家和数很大,你们白板大家不要打。"而这时,黄太太刚好摸到一张白板,正要随手打出,听他一说,迟疑了一下,便换了一张熟牌打出。结局是二婶没有和出。她忍不住埋怨道:"爱看牌就不要讲话! 东看西看的,什么牌都知道了。"

九叔光了眼望她道:"二嫂说什么,我又没有看见你的! 自己输急了,倒要埋怨别人!"

要不是黄太太和五婶连忙笑劝,一场大闹是决不免的。看了黄太太和五婶的脸上,看了打牌的份上,二婶只好咕嘟着嘴,忍气吞声的不响,而九叔也只好咕嘟着嘴,忍气吞声的不响。这一场牌的结果,二婶是大输,她便罗罗唆唆的在房里骂了九叔半夜。九叔便是她输钱的大原因。她的牌刚刚转风,九叔恰来多嘴,使她这一副牌不和;这一副牌不和,便使她一直倒霉到底。这罪过不该九叔担负又该谁担负的?

"好不要脸,一个男子汉,三十多岁了,还住在哥哥家里吃闲饭,管闲事。有骨气的人要出去自己挣钱才好。不要脸的,好样子! 爱管闲事……吃闲饭! 好样子!"她的骂话,颠之倒之是这几句。

不知以何因缘,她骂的话竟句句都传入九叔的耳朵里。第二天,大伯父出门后,九叔就大发雷霆了,瘦削的脸铁青铁青的,颧骨高高突出,双眼睁大了,如两只小灯笼,似欲择人而噬。手掌击着客厅的乌木桌,啪啪的发出大声,然后他的又高又尖的声带,开始发音了。

"自己输急了,反要怪着别人,好样子! 我吃的是大哥的饭,谁配管我! 我住的是大哥的家,爱住便住,谁又配赶我走! 要赶我,我倒偏不走! 怕我管闲事,我倒偏要管管! 大哥也不能捆我走! 大哥的家,我不能住么? 快四十的人了,还打扮得怪怪气气的,好样子! 自己不照照镜子看!"

这又高又尖的指桑骂槐的话,足够使二婶在她房里听得见,她气得浑身发抖,也颤声的不肯示弱的回骂着:

"好样子! 一天到晚在家吃闲饭,生事,骂人! 配不配? 凭什么在家里摆大架子! 没有出息的东西,三十多岁了,还吃着别人的,住着别人的,好样子! 没出息……"

二婶的话,直似张飞的丈八蛇矛,由二婶的房里,恰恰刺到他的心里,把他满腔的怒火拨动了。他由客厅跳了起来,直赶到后天井,双手把单衫的袖口倒卷了起来,气冲冲的仿佛要和谁拼命。

他站在二婶窗口,问道:"二婶,你骂谁?"

二婶颤声的答道:"我说我的话,谁也管不着!"

"管不着! 骂人要明明白白的,不要棉里藏针! 要当面骂才是硬汉! 背后骂人,算什么东西! 好样子! 输急了,倒反怪起别人来。怕输便别打牌! 又不是吃你家的饭,你配管我! 二哥刚刚有芝麻大的差事在手,你便威风起来,好样子! 不看看自己从前的……"

二婶再也忍不住了,从椅上立起来,直赶到房门口,一手指着九叔,说道:"你敢说我……大伯还……"她的声音更抖得利害,再也没有勇气接说下去。

九叔还追了进一步:"谁敢说你,现在是局长太太了! 有本领立刻叫二哥回来吞了我。一天到晚,花花绿绿,怪怪气气的,打扮谁看。没孩子的命,又不让二哥娶小。醋瓶子,醋罐子!"这一席话,如一把牛耳尖刀,正刺中二婶的心的中央。她由房门口倒退了回来,伏在床上号啕大哭。

这哭声引起了全家的惊惶。七叔和王升硬把九叔的双臂握着,推了他出外,而

中国短篇小说精选

169

五婶、大姆、李姆、郭姆、荷花都拥挤在二婶的身边,劝慰的语声,如傍晚时巢上的蜜蜂的营营作响,热闹而密集。

他是这样的闹得合家不宁。

等到大伯父从厅里回家,这次大风波已经平静下去了。九叔不再高声的吵闹,二婶也不再号啕,不再啜泣。母亲和五婶已把她劝得不再和"狗一般的人"同见识,生闲气。

这一夜在房里,大姆轻喟了一口气,从容的对大伯父说道:"九叔也闲得太久了,要替他想想法子才好。"

大伯父道:"我何尝不替他着急。现在找事实在不易。去年冬天,好容易荐他到奔牛去,但不到两个月,他又回来了。他每次不是和同事闹,便是因东家撤差跟着走。这叫我怎么办。他的运气固然不好,而他的脾气也太坏了。"

大姆道:"你想想看,还有别的地方可荐么?你昨天不是说四姊夫放了缺。何不荐他到四姊夫那里去试试?"

大伯父道:"姑且写一封信试试看。事呢,也许有,只怕不会有好的轮到他。"

第三天早晨,九叔动身了。他走开了,如一片落叶堕于池面,冷漠漠的无人注意。他走开了,从此就没有一个人在别人面前再提起他,也没有人问起他的近况如何,或者他有信来没有。只有大姆还偶然的忆起他,只有大伯父还偶然的说起他。他走开了,家里也并不觉少了一个人。只有一件很觉得出:口舌从此少了;而荷花的偷吃,郭妈的打碎碗,李妈的抱小弟弟出门,也不再有人去管。

这一次,他的信却比他自己先回来。他在信上说:"四姊夫相待甚佳,惟留弟在总局,说,待有机会再派出去。"隔了几月,第二封信没有来,他自己又回来了。

这一次,失业只有半年多,而就事的时候也不少于半年,这是他失业史上空前记录。他回来了,依旧是一身萧然,两袖清风,依旧是合家窃窃的私议道:"讨厌鬼又来了!"依旧是柴堆上点着了火,从此鸡犬不宁,口舌繁多。

"四姊夫太不顾亲戚的情面了。留在总局半年,一点事也不派。到他烟铺上说了不止十几次,而他漠然的不理会。他的兄弟,他母亲的侄子,他的远房叔叔,都比我后到,一个个都派到了好差事。我留在总局里,只吃他一口闲饭,一个钱也不见面。老实说,要吃一口饭,什么地方混不到,何必定要在他那里!所以只好走了!"他很激昂的对大伯父说,大伯父不说什么,沉默了半天,只说道:"做事还要忍耐些才好……不过,路上辛苦,早点睡去吧。"回头便叫道:"王升,九老爷的床铺铺好了没有?"王升只随口答应道:"铺好了。"其实他的被铺席子,都要等明天大姆拿出钱来再替他去置办一套。

这时正是夏天。夏夜是长长的,夏夜的天空蔚蓝得如蓝色丝绒的长袍,夏夜的星光灿烂如灯光底下的钻石。九叔吃了晚饭,不能就睡,便在夏夜的天井里,拖了一张凳子来,坐在那里拉胡琴。拉的还是他每个夏夜必拉的那个烂熟的福建调子《偷打胎》。他那又高又尖的嗓子,随和了胡琴声,粗野而讨人厌的反复的唱着。微亮的银河横亘天空,深夜的凉风吹到人身上,使他忘记这是夏天。清露正无声的聚集在绿草上,花瓣上。而九叔的"歌兴"还未阑。李妈、郭妈、荷花们这时是坐在后天井里,大蒲扇啪啪的声响着。见到的是和九叔见到的同一的夏夜的天空。荷花已经打了好几次的呵欠了。

二婶在房里,正提了蚊灯在剿灭帐子里面的蚊寇,预备安舒的睡一夜。她听见九叔还在唱,便自语道:"什么时候了,还在吵嚷着! 真是讨厌鬼,不知好歹!"

然而,谁能料到呢,这个讨厌鬼却竟有一次挽救了合家的厄运。真的,谁也料不到这厄运竟会降到我们家里来,更料不到这厄运竟会为讨厌鬼的九叔所挽救。

黄昏的时候,电灯将亮未亮。大伯父未回家;王升出去送信了;七叔是有朋友约去吃晚饭。除了九叔和阿三外,家里一个男子也没有。李妈抱小弟弟在楼上玩骨牌;荷花在替母亲捶腿;郭妈在厨房里煮稀饭。这时,大门蓬蓬的有人在敲着,叫道"快信,快信!"二婶道:"奇怪,快信怎么在这个时候来!"她见没人开门,便叫上在她房里收拾东西的蔡妈道:"你去开门吧。先问问是哪里来的快信。"

蔡妈在门内问道:"哪里寄来的快信?"

门外答道:"北京来的,姓周的寄来的。"

呀的一声,蔡妈把大门开了,门外同时拥进了三个大汉。蔡妈刚要问做什么,却为这些不速之客的威武的神气所惊,竟把这句问话梗在喉头吐不出。

"你们太太在哪里,快带我们去见她。"来客威吓的说道。蔡妈吓得浑身发抖,双腿如疯瘫了一样,一步也走不动,而来客已由天井直闯到客厅。

全家在这时都已觉得有意外事发生了。不知什么时候,九叔已由他自己的房里溜到楼上来。他对五婶道:"不要忙乱,把东西给他们好了。"五婶颤声道:"李妈,当心小弟弟。他们要什么都给他们便了。"四婶最有主张,已把金铞子、钻戒指脱下放到痰盂里去。母亲索索的打冷战不已,一句话也说不出,一步路也不能走动。

九叔已很快的上了阁楼,由那里再爬到隔壁黄家的屋瓦上,由他家楼上走下,到了弄口,取出警笛鸣鸣的尽力吹着,并叫道:"弄里有强盗,强盗!"

弄里弄外,人声鼎沸,同时好几只警笛悠扬的互答着。那几个大汉,匆匆的由后门逃走了,不知逃到哪里去。家里是一点东西也没有失,只是空吓了一场而已。

大姆只是念佛:"南无阿弥陀佛! 亏得菩萨保佑,还没有进房来!"

五婶道:"还亏得是九叔由屋瓦上爬过黄家,偷出弄口吹叫子求救,才把强盗吓跑了。"

大姆轻松的叹了一口气道:"究竟是自己家里的人,缓急时有用!"

谁会料得到这合家的眼中钉、心中刺的九叔,缓急时竟也有大用呢?

然而,谁更能料到呢,这合家的眼中钉、心中刺的九叔,过了夏大后,便又动身去就事了呢? 而且这一去,竟将一年了,还不归来。

　　谁更能料到,九叔在一年之后归来时,竟不复是一身萧然呢? 他较前体面得多了。身上穿的是高价的熟罗衫,不复为旧而破的竹布长衫;身边带的是两口皮箱,很沉重,很沉重的,一只网篮,满满的东西,几乎要把网都涨破了,一大卷铺盖,用雪白的毯子包着,不复是"双肩担一嘴"的光棍;说话是甜蜜蜜的,而不复是尖尖刻刻的谩骂。

　　五婶道:"九叔发福了,换了一个人了。"

　　他回来时,照例先到大姆的房门口,高声的问道:"大嫂,大嫂,在房里么? 大哥什么时候才可回家?"他回来了,合家不再在背后窃窃的私议道:"讨厌鬼又来了!"

　　他回来了,家里添了一个新的客人,个个都注意他的客人。大姆问他道:"九叔,听说发财了,恭喜,恭喜! 有了九婶婶了么?"

　　他微笑的谦让道:"哪里的话,不过敷衍敷衍而已。局里忙得很,勉强请了半个月的假,来拜望哥嫂们。亲是定下了,是局长的一个远房亲戚。"他四顾的看着房里说道:"都没有变样子。家里的人都好么?"荷花正在替大姆捶腿背。他道:"一年多不见,荷花大得可以嫁人了。"

　　合家都到了大姆的房里,二婶、五婶、七叔,连李妈、郭妈、蔡妈,拥拥挤挤的立了坐了一屋子,都看着九叔。五婶问道:"九叔近来也打牌么?"

　　"在局里和同事时常打,不过打得不大,至多五十块底的。玩玩而已,没有什么大输赢。"九叔答道。

　　饭后,黄太太也来了。她微笑的问道:"下午打牌好不好? 九叔也来凑一脚吧。横竖在家里没事。只怕牌底太小,九叔不愿意打。"

　　九叔道:"哪里的话。大也打,小也打。不过消遣消遣而已。"

　　花啦一声,一百三十多张麻将牌便倒在桌上,而九叔便居然上桌和黄太太、二婶、五婶同打,不再在牌桌旁边,东张张,西望望,东指点,西教导,惹人讨厌了。

　　谁料到九叔有了这样的一天。

　　这时正是夏夜,夏夜是长长的,夏夜的天空蔚蓝得如蓝色丝绒的长袍,夏夜的星光是灿烂如灯光底下的钻石。在这夏夜的天井里,只缺少了一个九叔,拉着胡琴,唱着那熟悉的福建调子《偷打胎》。微亮的银河横亘天空,深夜的凉风,吹到人身上,使他忘记这是夏天。清露正无声的聚集在绿草上,花瓣上。在这夏夜的后天井里,同时还缺少了李妈、郭妈、荷花们,也不见大蒲扇的啪啪的响着,也不见荷花的打呵欠。

　　上房灯光红红的,黑压压的一屋子人影。牌声悉悉率率的,啪啪噼噼的,打牌的人,叫着,笑着,而李妈、郭妈、荷花们忙着装烟倒茶,侍候着他们打牌的人。

为奴隶的母亲

○柔　石

她底①丈夫是一个皮贩，就是收集乡间各猎户底兽皮和牛皮，贩到大埠上出卖的人。但有时也兼做点农作，芒种的时节，便帮人家插秧，他能将每行插得非常直，假如有五人同在一个水田内，他们一定叫他站在第一个做标准，然而境况是不佳，债是年年积起来了。他大约就因为境况的不佳。烟也吸了，酒也喝了，钱也赌起来了。这祥，竟使他变做一个非常凶狠而暴躁的男子，但也就更贫穷下去。连小小的移借，别人也不敢答应了。

在穷底结果的病以后，全身便变成枯黄色，脸孔黄的和小铜鼓一样，连眼白也黄了。别人说他是黄疸病，孩子们也就叫他"黄胖"了。有一天，他向他妻说：

"再也没有办法了。这样下去，连小锅也都卖去了。我想，还是从你底身上设法罢。你跟着我挨饿，有什么办法呢？"

"我底身上？……"

他底妻坐在灶后，怀里抱着她刚满五周的男小孩——孩子还在啜着奶，她讷讷地低声地问。

"你，是呀，"她底丈夫病后的无力的声音，"我已经将你出典了……"

"什么呀？"她底妻子几乎昏去似的。

屋内是稍稍静寂了一息。他气喘着说：

"三天前，王狼来坐讨了半天的债回去以后，我也跟着他去，走到九亩潭边，我很不想要做人了。但是坐在那株爬上去一纵身就可落在潭里的树下，想来想去，总没有力气跳了。猎头鹰在耳朵边不住地哼，我底心被它叫寒起来，我只得回转身，但在路上，遇见了沈家婆，她问我，晚也晚了，在外做什么。我就告诉她，请她代我借一笔款，或向什么人家的小姐借些衣服或首饰去暂时当一当，免得王狼底狠一般得绿眼睛天天在家里闪烁。可是沈家婆向我笑道：

"'你还将妻养在家里做什么呢？你自己黄也黄到这个地步了。'

"我底着头站在她面前没有答，她又说：

---

①　底:同"的"。

"'儿子呢，你只有一个，舍不得。但妻——'"

"我当时想：'莫非叫我卖去妻子么？'"

而她继续道：

"'但妻——虽然是结发的，穷了，也没有法。还养在家里做什么呢？'"

"这样，她就直说出：'有一个秀才，因为没有儿子，年纪已五十岁了，想买一个妾；又因他底大妻不允许，只准他典一个，典三年或五年，叫我物色相当的女人：年纪约三十岁左右，养过两三个儿子的，人要沉默老实，又肯做事，还要对他底大妻肯低眉下首。这次是秀才娘子向我说的，假如条件合，肯出八十元或一百元的身价。我代她寻好几天，总没有相当的女人。'她说：'现在碰到我，想起了你来，样样都对的。'当时问我底意见怎样，我一边掉了几滴泪，一边却被她催的答应她了。"

说到这里，他垂下头，声音很低弱，停止了。他底妻简直痴似的，话一句没有。又静寂了一息，他继续说：

"昨天，沈家婆到过秀才底家里，她说秀才很高兴，秀才娘子也喜欢，钱是一百元，年数呢，假如三年养不出儿子，是五年。沈家婆并将日子也拣定了——本月十八，五天后。今天，她写典契去了。"

这时，他底妻简直连腑脏都颤抖，吞吐着问：

"你为什么早不对我说？"

"昨天在你底面前旋了三个圈子，可是对你说不出。不过我仔细想，除出将你底身子设法外，再也没有办法了。"

"决定了么？"妇人战着牙齿问。

"只待典契写好。"

"倒霉的事情呀，我！——一点也没有别的方法了么？春宝的爸呀！"

春宝是她怀里的孩子的名字。

"倒霉，我也想到过，可是穷了，我们又不肯死，有什么办法？今年，我怕连插秧也不能插了。"

"你也想到过春宝么？春宝还只有五岁，没有娘，他怎么好呢？"

"我领他便了，本来是断了奶的孩子。"

他似乎渐渐发怒了。也就走出门外去了。她，却呜呜咽咽地哭起来。

这时，在她过去的回忆里，却想起恰恰一年前的事：那时她生下了一个女儿，她简直如死去一般地卧在床上。死还是整个的，她却肢体分作四碎与五裂。刚落地的女婴，在地上的干草堆上叫："呱呀，呱呀。"声音很重的，手脚揪缩。脐带绕在她底身上，胎盘落在一边，她很想挣扎起来给她洗好，可是她底头昂起来，身子凝滞在床上。这样，她看见她底丈夫，这个凶狠的男子，红着脸，提了一桶沸水到女婴的旁边。她简单用了她一生底最后的力向他喊："慢！慢……"但这个病前极凶狠的男子,没有一分钟商量的余地,也不答半句话,就将"呱呀,呱呀,"声音很重地在叫着的女儿,刚出世的新生命,用他底粗暴的两手捧起来,如屠户捧将杀的小羊一般,扑通,投下在沸水里了!除出沸水的溅声和皮肉吸收沸水的嘶声以外,女孩一声也不喊——她疑问地想,为什么也不重重地哭一声呢?竟这样不响地愿意冤枉死去么?啊!——她转念,那是因为她自己当时昏过去的缘故,她当时剜去了心一般地昏去了。

想到这里,似乎泪竟干涸了。"唉!苦命呀!"她低低地叹息了一声。这时春宝拔去了奶头,向他底母亲的脸上看,一边叫:

"妈妈!妈妈!"

在她将离别底前一晚,她拣了房子底最黑暗处坐着。一盏油灯点在灶前,萤火那么的光亮。她,手里抱着春宝,将她底头贴在他底头发上。她底思想似乎浮漂在极远,可是她自捉摸不定远在那里。于是慢慢地跑过来,跑到眼前,跑到她底孩子底身上。

她向她底孩子低声叫:

"春宝,宝宝!"

"妈妈。"孩子含着奶头答。

"妈妈明天要去了……"

"唔。"孩子似不十分懂得,本能地将头钻进他母亲底胸膛。

"妈妈不回来了,三年内不能回来了!"

她擦一擦眼睛,孩子放松口子问:

"妈妈那里去呢?庙里么?"

"不是,三十里路外,一家姓李的。"

"我也去。"

"宝宝去不得的。"

"呃!"孩子反抗地,又吸着并不多的奶。

"你跟爸爸在家里,爸爸会照料宝宝的:同宝宝睡,也带宝宝玩,你听爸爸底话好了。过三年……"

她没有说完,孩子要哭似地说:

"爸爸要打我的!"

"爸爸不再打你了。"同时用她底左手抚摸着孩子底右额,在这上,有他父亲在杀死他刚生下的妹妹后第三天,用锄柄敲他,肿起而又平复了的伤痕。

她似要还想对孩子说话,她底丈夫踏进门了。他走到她底面前,一只手放在袋里,掏取着什么,一边说:

"钱已经拿来七十元了。还有三十元要等你到了十天后付。"

停了一息说："也答应轿子来接。"

又停了一息说："也答应轿夫一早吃好早饭来。"

这样，他离开了她，又向门外走出去了。

这一晚，她和她底丈夫都没有吃晚饭。

第二天，春雨竟滴滴淅淅地落着。

轿是一早就到了。可是这妇人，她却一夜不曾睡。她先将春宝底几件破衣服都修补好；春将完了，夏将到了，可是她，连孩子冬天用的破烂棉袄都拿出来，移交给他底父亲——实在，他已经在床上睡去了。以后，她坐在他底旁边，想对他说几句话，可是长夜是迟延着过去，她底话一句也说不出。而且，她大着胆向他叫了几声，发了几个听不清楚的声音，声音在他底耳外，她也就睡下不说了。

等她朦朦胧胧地刚离开思索将要睡去，春宝醒了，他就推叫他底母亲，要起来。以后当她给他穿衣服的时候。向他说："宝宝好好地在家里，不要哭，免得你爸爸打你。以后妈妈常买糖果来，买给宝宝吃，宝宝不要哭。"

而小孩子竟不知道悲哀是什么一回事，张大口子"唉，唉，"她唱起来了。她在他底唇边吻了一吻，又说：

"不要唱，你爸爸被你唱醒了。"

轿夫坐在门首的板凳上，抽着旱烟，说着他们自己要听的话。一息，邻村的沈家婆也赶到了。一个老妇人，熟悉世故的媒婆，一进门，就拍拍她身上的雨点，向他们说：

"下雨了，下雨了，这是你们家里此后会有滋长的预兆。"

老妇人忙碌似地在屋内旋了几个圈，对孩子底父亲说了几句话，意思是讨酬报。因为这件契约之能订的如此顺利而合算，实在是她底力量。

"说实在话，春宝底爸呀，再加五十元，那老头子可以买一房妾了。"她说。

于是又转向催促她——妇人却抱着春宝，这时坐着不动。老妇人声音很高地：

"轿夫要赶到他们家里吃中饭的，你快些预备走呀！"

可是妇人向她瞟了一瞟，似乎说：

"我实在不愿离开呢！让我饿死在这里罢！"

声音是在她底喉下，可是媒婆懂得了，走近到她前面，迷迷地向她笑说：

"你真是一个不懂事的丫头，黄胖还有什么东西给你呢？那边真是一份有吃有剩的人家，两百多亩田，经济很宽裕，房子是自己底，也雇着长工养着牛。大娘底性子是极好的，对人非常客气，每次看见人总给人一些吃的东西。那老头子——实在并不老，脸是很白白的，也没有留胡子，因为读了书，背有些偻偻的，斯文的模样。可是也不必多说，你一走下轿就看见的，我是一个从不说谎的媒婆。"

妇人拭一拭泪，极轻地：

"春宝……我怎么抛开他呢！"

"不用想到春宝了。"老妇人一手放在她底肩上，脸凑近她和春宝。"有五岁了，古人说：'三周四岁离娘身'，可以离开你了。只要你肚子争气些，到那边，也养下一二个来，万事都好了。"

轿夫也在门首催起身了，他们噜苏着说：

"又不是新娘子，啼啼哭哭的。"

这样，老妇人将春宝从她底怀里拉去，一边说：

"春宝让我带去罢。"

小小的孩子也哭了，手脚乱舞的，可是老妇人终于给他拉到小门外去。当妇人走进轿门的时候，向他们说：

"带进屋里来罢，外边有雨呢。"

她底丈夫用手支着头坐着，一动没有动，而且也没有话。

两村的相隔有三十里路，可是轿夫的第二次将轿子放下肩，就到了。春天的细雨，从轿子底布蓬里飘进，吹湿了她底衣衫。一个脸孔肥肥的，两眼很有心计的约摸五十四五岁的老妇人来迎她，她想：这当然是大娘了。可是只向她满面羞涩地看一看，并没有叫。她很亲昵似的将她牵上阶沿，一个长长的瘦瘦的而面孔圆细的男子就从房里走出来。他向新来的少妇，仔细地瞧了瞧，堆出满脸的笑容来，向她问：

"这么早就到了么？可是打湿你底衣裳了。"

而那位老妇人，却简直没有顾到他底说话，也向她问：

"还有什么在轿里么？"

"没有什么了。"少妇答。

几位邻舍的妇人站在大门外，探头张望的；可是她们走进屋里面了。

她自己也不知道这究竟为什么，她底心老是挂念着她底旧的家，掉不下她的春宝。这是真实而明显的，她应庆祝这将开始的三年的生活——这个家庭，和她所典给他的丈夫，都比曾经过去的要好，秀才确是一个温良和善的人，讲话是那么地低声，连大娘，实在也是一个出乎意料之外的妇人，她底态度之殷勤，和滔滔的一席话：说她和她丈夫底过去的生活之经过，从美满而漂亮的结婚生活起，一直到现在，中间的三十年。她曾做过一次的产，十五六年以前，养下一个男孩子，据她说，是一个极美丽又极聪明的婴儿，可是不到十个月竟患天花死去了。这样，以后就没有养过第二个。在她底意思中，似乎——似乎——早就叫她底丈夫娶一房妾，可是他，不知是爱她呢，还是没有相当的人——这一层她并没有说清楚；于是，就一直到现在。这样，竟说得这个具着扑素的心地的她，一时酸，一会苦，一时甜上心头，一时又咸的压下去了。最后这个老妇人并将她底希望也向她说出来了。她底脸是娇红的，可是老夫人说：

"你是养过三四个孩子的女人了，当然，你是知道什么的，你一定知道的还比我多。"

这样，她说着走开了。

当晚，秀才也将家里底种种情形告诉她，实际，不过是向她夸耀或求媚罢了。她坐在一张橱子的旁边，这样的红的木橱，是她旧的家所没有的，她眼睛白晃晃地瞧着它。秀才也就坐在橱子底面前来，问她：

"你叫什么名子呢？"

她没有答，也并不笑，站起来，走在床底前面，秀才也跟到床底旁边，更笑地问她：

"怕羞么？哈，你想你底丈夫么？哈，哈，现在我是你底丈夫了。"声音是轻轻的，又用手去牵着她底袖子。"不要愁罢！你也想你底孩子的，是不是？不过——"

他没有说完，却又哈的笑了一声，他自己脱去他外面的长衫了。

她可以听见房外的大娘底声音在高声地骂着什么人，她一时听不出在骂谁，骂烧饭的女仆，又好像骂她自己，可是因为她底怨恨，仿佛又为她而发的。秀才在床上叫道：

"睡罢，她常是这么噜噜苏苏的。她以前很爱那个长工，因为长工要和烧饭的黄妈多说话，她却常要骂黄妈的。"

日子是一天天地过去了。旧的家，渐渐地在她底脑子里疏远了，而眼前，却一步步地亲近她使她熟悉。虽则，春宝底哭声有时竟在她耳朵边响，梦中，她也几次地遇到过他了。可是梦是一个比一个缥缈，眼前的事务是一天比一天繁多。她知道这个老妇人是猜忌多心的，外表虽则对她还算大方，可是她底嫉妒的心是和侦探一样，监视着秀才对她的一举一动。有时，秀才从外面回来，先遇见了她而同她说话，老妇人就疑心有什么特别的东西买给她了，非在当晚，将秀才叫到她自己底房内去，狠狠地训斥一番不可。"你给狐狸迷着了么？""你应该称一称你自己底老骨头是多少重！"像这样的话，她耳闻到不止一次了。这样以后，她望见秀才从外面回来而旁边没有她坐着的时候，就非得急忙避开不可。即使她在旁边，有时也该让开些，但这种动作，她要做的非常自然，而且不能让别人看出，否则，她又要向她发怒，说是她有意要在旁人的前面暴露她大娘底丑恶。而且以后，竟将家里的许多杂务都堆积在她底身上，同一个女仆那么样。她还算是聪明的，有时老妇人底换下来的衣服放着，她也给她拿去洗了，虽然她说：

"我底衣服怎么要你洗呢？就是你自己底衣服，也可叫黄妈洗的。"可是接着说："妹妹呀，你最好到猪栏里去看一看，那两只猪为什么这样喁喁叫的，或者因为没有吃饱罢，黄妈总是不肯给它们吃饱的。"

八个月了，那年冬天，她底胃却起了变化：老是不想吃饭，想吃新鲜的面，番薯等。但番薯或面吃了两餐，又不想吃，又想吃馄饨，多吃又要呕。而且还想吃南瓜和梅子——这是六月里的东西，真稀奇，向那里去找呢？秀才是知道在这个变化中所带来的预告了。他整日地笑微微，能找到的东西，总忙着给她找来。他亲身给她街上去买橘子，又托便人买了金柑来，他在廊沿下走来走去，口里念念有词的，不知说什么。他看她和黄妈磨过年的粉，但还没有磨了三升，就向她叫："歇一歇罢，长工也好磨的，年糕是人人要吃的。"

有时在夜里，人家谈着话，他却独自拿了一盏灯，在灯下，读起《诗经》来了：

"关关雎鸠，

在河之洲，

窈窕淑女，

君子好逑——"

这时长工向他问：

"先生，你又不去考举人，还读它做什么呢？"

他却摸一摸没有胡子的口边，怡悦地说道：

"是呀，你也知道人生底快乐么？所谓：'洞房花烛夜，金榜挂名时。'你也知道这两句话底意思么？这是人生底最快乐的两件事呀！可是我对于这两件事都过去了，我却还有比这两件更快乐的事呢！"

这样，除出他底两个妻以外，其余的人们都大笑了。

这些事，在老妇人眼睛里是看得非常气恼了。她起初闻到她的受孕也欢喜，以后看见秀才的这样奉承她，她却怨恨她自己肚子地不会还债了。有一次，次年三月了，这妇人因为身体感觉不舒服，头有些痛，睡了三天。秀才呢，也愿她歇息歇息，更不时地问她要什么，而老妇人却着实地发怒了。她说她装娇，噜噜苏苏地说了三天。她先是恶意地讥嘲她：说是一到秀才底家里就高贵起来了，什么腰酸呀，头痛呀，姨太太的架子也都摆出来了；以前在自己底家里，她不相信她有这样的娇养，恐怕竟和街头的母狗一样，肚皮里有着一肚子的小狗，临产了，还要到处地奔求着食物。现在呢，因为"老东西"——这是秀才的妻叫秀才的名字——趋奉了她，就装着娇滴滴的样子了。

"儿子，"她有一次在厨房里对黄妈说："谁没有养过呀？我也曾怀过十个月的孕，不相信有这么的难受。而且，此刻的儿子，还在'阎罗王的簿里'，谁保的定生出来不是一只癞蛤蟆呢？也等到真的'鸟儿'从洞里钻出来看见了，才可在我底面前显威风，摆架子，此刻，不过是一块血的猫头鹰，就这么的装腔，也显得太早一点！"

当晚这妇人没有吃晚饭，这时她已经睡了，听了这一番婉转的冷嘲与热骂，她呜呜咽咽地低声哭泣了。秀才也带衣服坐在床上，听到浑身透着冷汗，发起抖来。他很相扣好衣服，重新走起来，去打她一顿，抓住她底头发狠狠地打她一顿，泄泄他一肚皮的气。但不知怎样，似乎没有力量，连指也颤动，臂也酸软了，一边轻轻地叹息着说：

"唉，一向实在太对她好了。结婚了三十年，没有打过她一掌，简直连指甲都没有弹到她底皮肤上过，所以今日，竟和娘娘一般地难惹了。"

同时，他爬过到床底那端，她底身边，向她耳语说：

"不要哭罢，不要哭罢，随她吠去好了！她是阉过的母鸡，看见别人的孵卵是难受的。假如你这一次真能养出一男孩子来。我当送你两样宝贝——我有一只青玉的戒指，我有一只白玉的……"

他没有说完，可是他忍不住听下门外的他底大妻底喋喋的讥笑声音，他急忙地脱去了衣服，将头钻进被窝里去，凑向她底胸膛，一边说：

"我有白玉的……"

肚子一天天地膨胀的如斗那么大，老妇人终究也将产婆雇定了，而且在别人的面前，竟拿起花布来做婴儿用的衣服。酷热的暑天到了尽头，旧历的六月，他们在希望的眼中过去。秋开始，凉风也拂拂地乡镇上吹送。于是有一天，这全家的人们都到了希望底最高潮，屋里底空气完全地骚动起来。秀才底心更是异常地紧张，他在天井上不断地徘徊，手里捧着一本历书，好似要读它背诵那么地念去——"戊辰"，"甲戌"，"壬寅之年"，老是反复地轻轻的说着。有时他底焦急的眼光向一间关了窗的房子望去——在这间房子内是有产母底低声呻吟的声音；有时他向天上望一望被云笼罩着的太阳，于是又走走向房门口，向站在房门内的黄妈问：

"此刻如何？"

黄妈不住地点着头不做声响，一息，答：

"快下来了，快下来了。"

于是他又捧了那本历书，在廊下徘徊起来。

这样的情形，一直继续到黄昏底青烟在地面起来，灯火一盏盏的如春天的野花般在屋内开起，婴儿才落地了，是一个男的。婴儿底声音很重地在屋内叫，秀才却坐在屋角里，几乎快乐到流出泪来了。全家的人都没有心思吃晚饭，在平淡的晚餐席上，秀才底大妻向佣人们说道：

"暂时瞒一瞒罢，给小猫头避避晦气；假如别人问起，也答养一个女的好了。"

他们都微笑地点点头。

一个月以后，婴儿底白嫩的小脸孔，已在秋天的阳光里照耀了。这个少妇给他哺着奶，邻舍的妇人围着他们瞧，有的称赞婴儿底鼻子好，有的称赞婴儿底口子好，有的称赞婴儿底两耳好；更有的称赞婴儿底母亲，也比以前好，白而且壮了。老妇人却和老祖母那么地吩咐着，保护着，这时开始说：

"够了，不要弄他哭了。"

关于孩子底名字,秀才是煞费苦心地想着,但总想不出一个相当的字来。据老妇人底意见,还是从"长命富贵"或"福禄寿喜"里拣一个字,最好还是"寿"字或"寿"同意义的字,如"其颐","彭祖"等。但秀才不同意,以为太通俗,人云亦云的名字。于是翻开了《易经》,《书经》,向这里面找,但找了半月,一月,还没有恰贴的字。在他底意思:以为在这个名字内,一边要祝福孩子,一边要包含他底老而得子底蕴义,所以竟不容易找。这一天,他一边抱着三个月的婴儿,一边又向书里找名字,戴着一副眼镜,将书递到灯底旁边去。婴儿底母亲呆呆地坐在房内底一边,不知思想着什么,却忽然开口说:

"我想,还是叫他'秋宝'罢。"屋内的人们底几对眼睛都转向她,注意地静听着:"他不是生在秋天吗?秋天的宝贝还是叫他'秋宝'罢。"

秀才立刻接着说道:

"是呀,我真极费心思了。我年过半百,实在到了人生的秋期;孩子也正养在秋天;'秋'是万物成熟的季节,秋宝,实在是很好的名字呀!而且《书经》里没有么?'乃亦有秋',我真乃亦有'秋'了!"

接着,又称赞了一通婴儿底母亲:说是呆读书实在无用,聪明是天生的。这些话,说的这妇人连坐着都局促不安,垂下头,苦笑地又含泪地想:

"我不过因春宝想到了。"

秋宝是天天成长的非常可爱地离不开他底母亲了。他有出奇的大的眼睛,对陌生人是不倦地注视地瞧着,但对他底母亲,却远远地一眼就知道了。他整天的抓住了他底母亲,虽则秀才是比她还爱他,但不喜欢父亲;秀才底大妻呢,表面也爱他,似爱她自己亲生的儿子一样,但在婴儿底大眼睛里,却看她似陌生人,也用奇怪的不倦的视法。可是他的执住他底母亲愈紧,而他底母亲离开这家的日子也愈近了。春天底口子咬住了冬天底尾巴;而夏天底脚又常是紧随着在春天底身后的;这样,谁都将孩子底母亲底三年快到的问题横放在心头上。

秀才呢,因为爱子的关系,首先向他底大妻提出来了:他愿意再拿出一百元钱,将她永远买下来。可是他底大妻底回答是:

"你要买她,那先给药死罢!"

秀才听到这句话,气的只向鼻孔放出气,许久没有说;以后,他反而做着笑脸地:

"你想想孩子没有娘……"

老妇人也尖利地冷笑地说:

"我不好算是他底娘么?"

在孩子的母亲的心呢,却正矛盾这两种的冲突了:一边,她底脑里老是有"三年"这两个字,三年是容易过去的,于是她底生活便变做在秀才家里底用人似的了。

而且想象中的春宝,也同眼前的秋宝一样活泼可爱,她既舍不得秋宝,怎么就能舍得掉春宝呢? 可是另一面边,她实在愿意永远在这新的家里住下去,她想,春宝的爸爸不是一个长寿的人,他底病一定是在三五年之内要将他带走到不可知的异国里去的,于是,她便要求她底第二个丈夫,将春宝也领过来,这样,春宝也在她底眼前。

有时,她倦坐在房外的沿廊下,初夏的阳光,异常地能令人昏朦地起幻想,秋宝睡在她底怀里,含着她底乳,可是她觉得仿佛春宝同时也站在她底旁边,她伸出手去也想将春宝抱近来,她还要对他们兄弟两人说几句话,可是身边是空空的。在身边的较远的门口,却站着这位脸孔慈善而眼睛凶毒的老妇人,目光注视着她。这样,恍恍惚惚地敏悟:"还是早些脱离开罢,她简直探子一样地监视着我了。"可是忽然怀内的孩子一叫,她却又什么也没有的只剩着眼前的事实来支配她了。

以后,秀才又将计划修改了一些:他想叫沈家婆来,叫她向秋宝底母亲底前夫去说,他愿否再拿进三十元——最多是五十元,将妻续典三年给秀才。秀才对他底大妻说:

"要是秋宝到五岁,是可以离开娘了。"

他底大妻正是手里捻着念佛珠,一边在念着"南无阿弥陀佛"。

古渡头

○叶 紫

太阳渐渐地隐没到树林中去了,晚霞散射着一片凌乱的光辉,映到茫无际涯的淡绿的湖上,现出各种各样的彩色来。微风波动着皱纹似的浪头,轻轻地吻着沙岸。

破烂不堪的老渡船,横在枯杨的下面。渡夫戴着一顶尖头的斗笠,弯着腰,在那里洗刷一叶断片的船篷。

我轻轻地踏到他的船上,他抬起头来,带血色的昏花的眼睛,望着我大声地生气地说道:

"过湖吗,小伙子?"

"唔,"我放下包袱,"是的。"

"那么,要等到天明。"他又弯腰做事去了。

"为什么呢?"我茫然地。

"为什么,小伙子,出门简直不懂规矩的。"

"我多给你些钱不能吗?"

"钱? 你有多少钱呢?"他的声音来得更加响亮了,教训似地。他重新站起来,抛掉破篷子,把斗笠脱在手中,立时现出了白雪般的头发。"年纪轻轻,开口就是'钱',有钱就命都不要了吗?"

我不由的暗自吃了一惊。

他从舱里拿出一根烟管,用粗糙的满是青筋的手指燃着火柴。眼睛越加显得细小,而且昏黑。

"告诉你,"他说,"出门要学一点乖! 这年头,你这样小的年纪……"他饱饱地吸足着一口烟,又接着:"看你的样子也不是一个老出门的。哪里来呀?"

"从军队里回来。"

"军队里? ……"他又停了一停,"是当兵的吧,为什么又跑开来呢?"

"我是请长假的。我的妈病了。"

"唔! ……"

两个人都沉默了一会儿,他把烟管在船头上磕了两磕,接着又燃第二口。

夜色苍茫地侵袭着我们的周围,浪头荡出了微微的合拍的呼啸。我们差不多已经对面瞧不清脸膛①了。我的心里偷偷地发急,不知道这老头子到底要玩个什么花头。于是,我说:

"既然不开船,老头子,就让我回到岸上去找店家吧!"

"店家,"老头子用鼻子哼着,"年轻人到底是不知事的。回到岸上去还不同过湖一样的危险吗? 到连头镇去还要退回七里路。唉! 年轻人……就在我这船中过一宵吧。"

他擦着一根火柴把我引到船艘后头,给了我一个两尺多宽的地位。好在天气和暖,还不致于十分受冻。

当他再擦火柴吸上了第三口烟的时候,他的声音已经比较地和缓得多了。我睡着,一面细细地听着孤雁唳过寂静的长空,一面又留心他和我所谈的一些江湖上的情形,和出门人的秘诀。

"……就算你有钱吧,小伙子,你也不应当说出来的。这湖上有多少歹人啊! 我在这里已经驾了四十年船了……我要不是看见你还有点孝心,唔,一点孝心……你家中还有几多兄弟呢?"

"只有我一个人。"

---

① 脸膛:脸,脸盘。

"一个人,唉!"他不知不觉地叹了一声气。

"你有儿子吗,老爹?"我问。

"儿子!唔,……"他的喉咙哽住着。"有,一个孙儿……"

"一个孙儿,那么,好福气啦。"

"好福气?"他突然地又生起气来了,"你这小东西是不是骂人呢?"

"骂人?"我的心里又茫然了一回。

"告诉你,"他气愤地说,"年轻人是不应该讥笑老人家的。你晓得我的儿子不回来了吗?哼!……"歇歇,他又不知道怎么的,接连叹了几声气,低声地说:"唔,也许是你不知道的。你,外乡人……"

他慢慢地爬到我的面前,把第四根火柴擦着的时候,已经没有烟了,他的额角上,有一根一根的紫色的横筋在凸动。他把烟管和火柴向舱中一摔,周围即刻又黑暗起来……

"唉!小伙子啊!"听声音,他大概已经是很感伤了。"我告诉你吧,要不是你还有点孝心,唔!……我是欢喜你这样的孝顺的孩子的。是的,你的妈妈一定比我还欢喜你,要是在病中看见你这样远跑回去。只是,我呢?唔……我,我有一个娃儿……"

"你知道吗?小伙子,我的桂儿,他比你还大得多呀!……是的,比你大得多。你怕不认识他吧?啊你,外乡人……我把他养到你这样大,这样大,我靠他给我赚饭吃呀!……"

"他现在呢?"我不能按耐地问。

"现在,唔,你听呀!……那个时候,我们爷儿俩同驾着这条船。我,我给他收了个媳妇……小伙子,你大概还没有过媳妇儿吧。唔,他们,他们是快乐的!我,我是快乐的!……"

"他们呢?"

"他们?唔,你听呀!……那一年,那一年,北佬来,你知道了吗?北佬是打了败仗的,从我们这里过身,我的桂儿,……小伙子,掳夫子你大概也是掳过的吧,我的桂儿给北佬兵拉着,要他做夫子。桂儿,他不肯,脸上一拳!我,我不肯,脸上一拳!……小伙子,你做过这些个丧天良的事情吗?……"

"是的,我还有媳妇。可是,小伙子,你应当知道,媳妇是不能同公公住在一起的。等了一天,桂儿不回来;等了十天,桂儿不回来;等了一个月,桂儿不回来……"

"我的媳妇给她娘家接去了。"

"我没有了桂儿,我没有了媳妇……小伙子,你知道吗?你也是有爹妈的……我等了八个月,我的媳妇生了一个孙儿,我要去抱回来,媳妇不肯。她说:'等你儿子回来时,我也回来。'"

"小伙子！你看，我等了一年，我又等了两年，三年……我的媳妇改嫁给卖肉的朱胡子了，我的孙子长大了。可是，我看不见我的桂儿，我的孙子他们不肯给我……他们说：'等你有了钱，我们一定将孙子给你送回来。'可是，小伙子，我得有钱呀！"

"是的，六年了，算到今年，小伙子，我没有作过丧天良的事，譬如说，今天晚上我不肯送你过湖去……但是，天老爷的眼睛是看不见我的，我，我得找钱……"

"结冰，落雪，我得过湖；刮风，落雨，我得过湖……"

"年成荒，捐重，湖里的匪多，过湖的人少，但是，我得找钱……"

"小伙子，你是有爹妈的人，你将来也得做爹妈的，你老了，你也得要儿子养你的，……可是人家连我的孩子都不给我……"

"我欢喜你，唔，小伙子！要是你真的有孝心，你是有好处的，象我，我一定得死在这湖中。我没有钱，我寻不到我的桂儿，我的孙子不认识我，没有人替我做坟，没有人给我烧钱纸……我说，我没有丧过天良，可是天老爷他不向我睁开眼睛……"

他逐渐地说得悲哀起来，他终于哭了。他不住地把船篷弄得呱啦呱啦地响；他的脚在船舱边下力的蹬着。可是，我寻不出来一句能够劝慰他的话，我的心头象给什么东西塞得紧紧的。

"就是这样的，小伙子，你看，我还有什么好的想头呢？——"

外面风浪渐渐地大了起来，我的心头也塞得更紧更紧了。我拿什么话来安慰他呢？这老年的不幸者——

我翻来覆去地睡不着，他翻来覆去地睡不着。我想说话，没有说话；他想说话，他已经说不出来了。

外面越是黑暗，风浪就越加大得怕人。

停了很久，他突然又大大地叹了一声气：

"唉！索性再大些吧！把船翻了，免得久延在这世界上受活磨！——"以后便没有再听到他的声音了。

可是，第二天，又是一般的微风，细雨。太阳还没有出来，他就把我叫起了。

他仍旧同我昨天上船时一样，他的脸上丝毫看不出一点异样的表情来，好象昨夜间的事情，全都忘记了。

我目不转睛地瞧着他。

"有什么东西好瞧呢？小伙子！过了湖，你还要赶你的路程呀！"

"要不要再等人呢？"

"等谁呀？怕只有鬼来了。"

离开渡口，因为是走顺风，他就搭上橹，扯起破碎风篷来。他独自坐地船艘上，毫无表情地捋着雪白的胡子，任情地高声地朗唱着：

我住在这古渡的前头六十年。
我不管地，也不管天，
我凭良心吃饭，我靠气力赚钱！
有钱的人我不爱，无钱的人我不怜！
……

校长先生

〇叶　紫

上课钟已经敲过半个钟头了，三个教室里还有两个先生没有到。有一个是早就请了病假，别的一个大概还挨在家里不曾出来。

校长先生左手提着一壶老白酒，右手挟着一包花生，从外面从从容容地走进来了。他的老鼠似的眼睛只略略地朝三个教室看了一看，也没有做声，便一走走到办公室里的那个固定的位置上坐着。

孩子们在教室里哇啦哇啦地吵着，叫着，用粉笔在黑板上画着乌龟。有的还跳了起来，爬到讲台上高声地吹哨子，唱戏。

校长先生并没有注意到这个，他似乎在想着一桩什么心思。他的口里喝着酒，眼睛朝着天，两只手慢慢地剥着花生壳。

孩子们终于打起架来了。

"先生，伊敲我的脑壳！"一个癞痢头孩子哭哭啼啼地走进来，向校长先生报告。

"啥人呀？"

"王金哥——那个跷脚！"

"云叫他来！"校长先生生气地抛掉手中的花生壳，一边命令着这孩子。

不一会儿，那个跷脚的王金哥被叫来了。办公室的外面，便立刻围上了三四十个看热闹的小观众。

"王金哥，侬为啥体要打张三弟呢？"

"先生，伊先骂我。伊骂我——跷脚跷，顶勿好；早晨头死脱，夜里厢变赤老！"

"张三弟，侬为啥体要先骂伊呢？"

"先生，伊先打我。"

"伊先骂我，先生。"

"到底啥人先开始呢？"

"王金哥！"

"张三弟，先生！"

外面看热闹的孩子们，便象在选举什么似地，立刻分成了两派：一派举着手叫王金哥，一派举着手叫张三弟。

校长先生深深地发怒了，站起来用酒壶盖拍着桌子，大声地挥赶着外面看热闹的孩子们——

"去！围在这里——为啥体不去上课呢？"

"阿拉的张先生还勿曾来，伊困在家里——吮没饭吃呢。"

"混帐！去叫张先生来！"校长先生更是怒不可遏地吮喝着。一边盼咐着这两个吵架的孩子——"去，不许你们再吵架了，啥人再吵我就敲破啥人的头！王金哥，依到张先生屋里去叫张先生来。张三弟，依去敲下课钟去——下课了。真的，非把你们这班小瘪三的头通统敲破不可的！真的……"校长先生余怒不息地重新将酒壶盖盖好，用报纸慢慢地扫桌子上的花生壳。

下课钟一响，孩子们便野鸭似地一齐跑到了弄堂外面。接着这，就有一个面容苍白，头发蓬松的中年的女教员，走进了办公室来。

校长先生满脸堆笑地接待着。

"翁先生辛苦啦！"

"孩子们真吵得要命！"翁先生摇头叹气地说，一边用小毛巾揩掉了鼻尖上的几粒细细的汗珠子。"张先生和刘先生又都不来，叫我一个人如何弄得开呢？"

"张先生去叫去了，马上就要来的。"校长先生更加陪笑地，说："喝酒吧，翁先生！这酒的味道真不差呀！嘿，嘿，这里还有一大半包花生……娄，嘿嘿……"

"加以，加以，……"

"唔，那些么，我都知道的，翁先生。只要到明天，明天，就有办法了。一定的，翁先生，嘿嘿……"

"为啥体还要到明天呢？"

"是的！因为，嘿嘿，因为……"

校长先生还欲对翁先生作一个更详细的，恳切的解答的时候，那个叫做张先生的，穿着一身从旧货摊上买来的西装的青年男子，跟着跷脚王金哥匆匆地走进来了。

"校长先生，"他一开言就皱着眉头，露出了痛苦不堪似的脸相，"叫我来是给我工钱的吧？"

"是的，刚才我已经同翁先生说过了。那个，明天，明天一定有办法的。明天……嘿嘿……"

"你不是昨天答应我今天一定有的吗？为啥体还要到明天,明天呢?……"

"因为,嘿嘿……张先生,刚才我已经对翁先生说过了,昨天白天,校董先生们一个都不在家,所以要到今天夜里厢去才能拿到。总之,明天一早晨就有了,就有了!总之,一定的……"

"我昨天夜间就没有晚饭米了。校长先生,请你救救我们吧!我实在再等不到明天了!"张先生的样子象欲哭。"我的老婆生着病,还有孩子们……校长先生……"

"是呀!我知道的。我何尝不同侬一样呢?这都是校董先生们不好呀!学校的经费又不充足。……唉,当年呀!唉唉……娄,侬的肚皮饿了,先喝点儿酒来充充饥吧——这里有酒。我再叫孩子们去叫两碗面来。娄,总之,嘿嘿……这老白酒的味儿真不差呀!……嘿嘿……"校长先生将酒壶一直送到了张先生的面前。

"那么,是不是明天一定有呢,校长先生?"张先生几乎欲哭出声来了,要不是有翁先生在他的旁边牢牢地盯着他时。"酒,我实在地喝不下呀!"他接着说,"我怎能喝这酒呢?我的家里……"

"是了,我知道的。你不要瞧不起这酒呀,张先生。当年孙中山先生在上海的时候,就最欢喜喝这酒。那时候——是的,那时候我还非常年轻的呀——我记得,那时候的八仙桥还只得一座桥呢。中山先生同陈英士住在大自鸣钟的一家小客栈里,天天夜间叫我去治这老白酒,天天夜间哪……那时候,唉,那时候的革命多艰难呀!哪里象现在呢,好好生生的一个东北和华北都给他们送掉了,中山先生如果在地下有知,真不知道要如何地痛哭流涕呢!……张先生,侬不要时时说侬贫穷,贫穷,没饭吃;人啦——就只要有'气节'!'饿死事小,失节事大'。譬如我:就因为不愿意'失节',看不惯那班贪赃卖国的东西,我才不出去做官的。我宁愿坐在这里来喝老白酒。总之,张先生,嘿嘿……翁先生,嘿嘿……人无'志'不立……张先生,侬不要发愁,我包管侬三十六岁交好运。娄,侬来喝喝这杯酒吧!翁先生,侬也来喝一杯……总之,明天无论如何,我给你一个办法……"

第二次的上课钟又响了——校长先生猛地看见壁上的挂钟已经足足地离上课时间过了三十多分了,他这才省悟到自己的说话得太多,太长,忘记了吩咐孩子们敲钟上课。要不是孩子们忍不住自动地去敲钟要子,恐怕他还以为自家是坐在南阳桥的一家小酒店里呢。

张先生为了"气节",只得哭丧脸地拿了两枝粉笔和一本教科书站了起来。翁先生却更象"沉冤莫诉"似地,也只得搔搔头发,扯扯衣襟,懒洋洋地跟着站起来了。大家相对痛苦地看了一眼,回头来再哀求似地,对着校长先生说:

"先生,明天哪!那你就不能再拆我们烂污了啊!"

"那当然娄!"校长先生装成了一个送客一般的姿势,也站起来轻轻地说,"不但依两位先生的,就连生着病的刘先生的薪金,我也得给伊送去呢。"

于是,办公室里又只剩了校长先生一个人,立刻寂静起来了。他一面从从容容地将壶中不曾吃完的老白酒,通统倒在一个高高玻璃杯中,一面又慢吞吞地用手拨开着那些花生衣和花生壳。他想,或者还能从那些残衣残壳里面找寻出一两片可堪入口的花生肉的屑粒来。

第二天的清晨,因为听说有薪金发,三个先生——连那个生着肺病的老头儿刘先生也在内——一齐都跑了来,围在办公室里的那张"校长席"的桌子旁边,静静地伸长着颈子等候着。

"今天无论如何,他要再不给我们薪金,我们决不上课了!"三个人同声地决定着。

孩子们仍然同平常一样:相骂,打架,唱歌,敲钟上课要子……但是校长先生却连影子都没有回来。

"无论如何不上课!无论如何……"张先生将拳头沉重地敲在办公桌子上,唾沫星子老远老远地飞溅到翁先生的苍白的脸上。

"对啦,咳咳!……三四个月来,我就没有看见过他一个铜钱吃药!咳咳……"老头儿刘先生附和着。他那连珠炮似的咳嗽声,几乎使他连话都说不出来了。

孩子们三番五次地催促着先生上课,但翁先生只将那雪白的瘦手一挥:

"去!不欲再到这里来噜嗦了。今天不上课了,你们大家去温习吧!"

因为感到过度的痛苦、焦灼和无聊,翁先生从抽屉里拿出了一团绒线和两枝竹削的长针来,开始动手给小孩结绒绳衣服。张先生只是暴躁得在办公室里跳来跳去,看他那样子不是要打死个把什么人,就是要跟校长先生去拼性命似的。只有老刘先生比较地柔和一点,因为他不但不能跳起来耀武扬威,就连说几句话都感觉到十分艰难,而且全身痉挛着。

整个上午的时间,就在这样的无聊,痛苦和焦灼的等待之中,一分一分地磨过去了。

"假如他下午仍然不来怎么办呢?"翁先生沮丧地说。

"我们到他的家中或者他的姘头那里去,同他理论好了!要不然,就同他打官司打到法院里去都可以的。"张先生在无可奈何中说出了这样一个最后的办法。

"张先生,咳咳……唉!同他到法院里去又有什么用处呢?唉,唉唉……唉!"刘先生勉强地站起来,叫了一个孩子扶着他,送他回家去;因为太吃力,身子几乎要跌倒下来。"依我的,咳咳……还是派一个人四围去寻寻他回来吧!老等在这里,咳咳……我看他无论如何都不会回来的了……"

但是下午,张先生派了第一批孩子们到校长先生的家里去,回来时的报告是:

"不在。"第二批,由张先生亲自统率着,弯弯曲曲地寻到了寻一个麻面的苏州妇人的家里。那妇人一开头就气势汹汹地对着张先生和孩子吆喝着:

"寻啥人呀? 小瘪三! 阿不早些打听打听老娘嗨头是啥格人家! 猪猡! 统统给老娘滚出去……"

因为肚皮饿,而且又记挂着家里的老婆和孩子们,张先生只能忍气吞声地退了出去。好容易,一直寻到夜间十点多钟,才同翁先生一道,在南阳桥的一家小酒店里,总算是找着了那已经喝得酒醉醺醺了的校长先生。

两个人一声不做,只用了一种愤慨和憎恶的怒火,牢牢地盯住着校长先生的那红得发黯色了的脸子。

"阿哈! 张先生,张先生,你们怎么能寻到此地来的呢? 嘿嘿……娄,来来来! 你们大概都还没有吃晚饭吧,娄,这里还有老白酒,还有花生。嘿嘿……娄,再叫堂倌给你们去叫两盘炒面来! 嘿嘿……张先生,翁先生,侬来坐呀! 坐呀……客气啥体呢! 嘿嘿……客气啥体呢! 来呀! 来呀! ……"

"那么,我们的工钱呢?"翁先生理直气壮地问了。

"有的,有的,翁先生,坐呀……喂,堂倌,请侬到对过馆子里去同阿拉叫两盘肉丝炒面来好吗? ……娄,张先生,……娄娄,火速去,侬火速去呀,堂倌!"

"那么,校长先生,谢谢侬了! 如果有钱,就请火速给我一点吧! 我实在不能再在这陪侬喝酒了,我的女人和孩子们今天一整天都呒没吃东西呢! 校长先生……"

"得啦,急啥体呢,张先生,侬先吃盘炒面再说吧! 关于钱,今天我已经见过两位校董先生了,他们都说:无论如何,明天的早晨一定有! 明天,今天十二,明天十三……嘿嘿,张先生! 只要过了今天一夜,明天就好了。明天,我带侬一道到校董先生家里去催好吗? ……嗳嗳,张先生,我看……嗳,侬为啥体还生气呢? 假如侬嫂子……嘿嘿……娄,我这里还有三四只角子,……张先生,嘿嘿……侬看——翁先生伊还呒没生气呢!"

想起了老婆和孩子们,张先生的眼泪似乎欲滴到肉丝炒面的盘子上了。要不是挂记着可怜的孩子们的肚皮实在饿得紧时,他情愿牺牲这三四只角子,同校长先生大打一架。

翁先生慢慢地将一盘炒面吃了净净光光,然后才站起来说:

"校长先生,侬老老实实地告诉我们吧,钱——到底啥时光有? 不要再者骗我们明天明天的。我们都苦来西,都靠这些铜钱吃饭! 娄,今天张先生的家里就有老婆孩子们在等着伊要饭吃……假如……加以,加以……"

"得啦! 翁先生,明天,无论如何有了,决不骗侬的。娄,校董先生们通统对我说过了,我为啥体还骗侬呢? 真的,只要过了今天夜里厢几个钟头就有了。翁先生,张先生,嘿嘿……来呀! 娄,娄,再来喝两杯老白酒吧,这酒的味儿真不差呀!

嘿嘿……娄,当年孙中山先生在上海的时候,就最欢喜喝这酒了!那时候我还交关年轻啦。还有,还有……娄,那时候……"

张先生估量校长先生又要说他那千遍一例的老故事了,便首先站了起来,偷偷地藏着两只双银角子,匆匆忙忙地说:

"我实在再不能陪侬喝酒了,校长先生,请侬帮帮忙救救我们吧!明天要再不给我们,我们通统要饿死了……"

"得啦!张先生,明天一定有的——一定的。"

翁先生也跟着站了起来:

"好吧,校长先生,我们就再等到侬明天吧!"

"得啦,翁先生,明天一定的了——一定的……你们都不再喝一杯酒去吗?……"

两个人急忙忙地走到小酒店的外面,时钟已经轻轻的敲过十一下了。迎面吹来了一阵深秋的刺骨的寒风,使他们一同打了一个大大的冷嗦。

"张先生,明天再见吧!"翁先生在一条小弄堂口前轻轻地说。

"对啦,明天再见吧!翁先生。"

时间,虽然很有点象老牛的步伐似地,但也终于在一分一分地磨过去。

明天——明天又来了……

夜哨线

○叶　紫

一

队伍停驻在这接近敌人区的小市镇上,已经三天了,明天,听说又要开上前线去。

赵得胜的心里非常难过,满脸急得通红的。两只眼睛夹着,嘴巴瘪得有点象刚刚出水的鲇鱼;涎沫均匀地从两边嘴巴上流下来,一线一线地掉落在地上。

他好容易找着了刘上士,央告着替他代写了一张请长假的纸条儿。准备再找班长,转递到值星官和连长那儿去。

大约是快要开差了的原故呢,晚饭后班长和副班长都不知道跑到哪里去了,赵得胜急得在草地上乱窜乱呼。

"你找谁呀,小憨子?"

赵得胜回头一望,三班杨班长正跟着在他的后面装鬼脸儿。赵得胜很吃力地笑了一下:

"我,我寻不到我们的班长,他,他,……"

"那边不是李海三同王大炮吗?你这蠢东西!"

杨班长用手朝西面的破墙边指了一指。赵得胜笑也来不及笑地朝那边飞跑了过去。

他瞧着,班长同副班长正在那墙角下说得蛮起劲的。

"什么事情呀,小憨子?"

王班长的声音老有那么大,象戏台上的花脸一样。

"我,我,我,……"赵得胜的心里有点不好意思了。

"你又要请长假吗?"

"我,我,报告班长!……我,……"

"你真是一个蠢东西呀!"

班长象欲发脾气般地站起来了,赵得胜连忙吓得退下几步。他有点怕班长,他知道,班长是一位有名的大炮啊。

"我,我的妈妈,说不定这两天又……"

"那有什么办法呢?那有什么办法呢?你!你!蠢东西!我昨天还对你说过那么多!……"

"我只要求你老人家给我递递这个条子!"

"猪!猪!猪!……"

班长一手夺过来那张纸条子,生气地象要跑过去打他几下!赵得胜吓得险些儿哭起来了。

副班长李海三连忙爬起来,他一把拖住着王大炮:

"你,老王!你的大炮又来了!"

王班长禁不住一笑,他回头来瞅住着李海三:"你看,老李,这种东西能有什么用场,你还没有打下来他就差不多要哭了。"

"我,我原只要求班长给我转上这条子去!我,我的娘……"

"你还要说!你!你!"

"来,小赵!"李海三越了一步上去,他亲切地握住着赵得胜的手:"你不要怕他,他是大炮呀。你只说:你晓不晓得明天就要出发了?"

"报告副班长,我,我晓得!"

"那么谁还准你的长假呢?"

"我,我今天早上,还看见胡文彬走了。……"

"胡文彬是连长的亲戚呀!"李海三赶忙回说了一句。接着:"告诉你,憨子!你请长假连长是不会准你的。你不是已经请过三四次了吗?这个时候,谁还能管你的妈死妈活呢?况且,明天就要开差啦。班长昨天不是还对你说过许多吗?你请准假回去了也不见得会有办法。还是等等吧!憨子,总会有你……"

"我,我不管那些。班长,我要回去。不准假,我,我得开小差①!……"

"开小差?抓回来枪毙!"大炮班长又叫起来了。

"开小差也不容易呀!"李海三也接着说,"四围都有人,你能够跑得脱身吗?"

"我,我,我不管!……"

"为什么定要这样地笨拙呢?"

李海三又再三地劝慰了他一番。并且还转弯抹角地说了好一些不能够请准长假又不可以开小差的大道理给他听,赵得胜才眼泪婆娑地拿着纸条儿走开了。

王大炮坐了下来。他气得脸色通红的:

"这种人也要跑出来当兵,真正气死我啊!"

"气死你?不见得吧!"李海三笑了一笑,又说:"你以为这种人不应该出来当兵,为什么你自己就应该出来当兵呢?"

"我原是没有办法呀!要是当年农民协会不坍台的话,嘿!……"王大炮老忘不了他过去是乡农民协会的委员长,说时还把大指拇儿高高地翘起来。

"农民协会?好牛皮!你现在为什么不到农民协会去呢?……你没有办法,他就有办法?他就愿意出来当兵的吗?"

李海三一句一句地逼上去,王大炮可逼得沉默了。他把他那两只庞大的眼珠子向四围打望了一回,然后又将那片快要沉没了下去的太阳光牢牢地盯住。

"真的呢?"他想,"赵得胜原来不曾想过要出来当兵啦!……他虽然不曾干过农民协会,但据他自己说,他从前也还是一个规规矩矩的农民呢!……譬如说:象我自己这样的人吗!……"

他没有闲心再往下想了。他突然地把视线变了一回,昂着头,将牙门咬得绷紧,然后又用手很郑重地在李海三的肩上拍了一下:

"老李!你说的,如果上火线时,是不是一定会遇着那班人呢?"

"上火线?你老这样性急做什么啊!"

李海三又对他笑了一笑。他的脸儿窘得更红了。他想起他在特务连里当了四年老爷兵,从没有打过一次仗,不由得又朝李海三望了一下。虽然他的话儿是给李海三窘住了;但他总觉得他的心里,还有一件什么东西哽着,他须得吐出来,他须向

<hr>

① 开小差:原指军人脱离队伍私自逃跑,现在常用来比喻擅自离开工作岗位或逃避任务的行为。

李海三问个明白。李海三是当过十多年兵的老军户,而且还被那班人俘虏去过两回,见识比他自己高得多,所以李海三的一切都和他说得来。自从他由旅部特务连调到这三团一营三连来当班长以后,渐渐地,他俩都好象是走上了那么一条路道。他还常常扭住着李海三,问李海三,要李海三说给他一些动听的故事。特别是关于上火线的和被俘虏了过去的情况。

"你老这样性急做什么啊?"

每次,当王大炮追问得很利害时,李海三总要拿这么一句话来反问他。因为李海三知他的过于性急的心情,不给稍为压制一下,难免要闹出异外的乱子的。

现在,他又被李海三这么一问,窘得脸儿通红,说不出一句话了。半晌,他才忸忸怩怩地申辩着:

"并不是我着急呢! 你看,赵得胜那个小憨子那样可怜的,早些过去了多好啊!"

"急又有什么用处呢?"李海三从容地站了起来。停停,他又说:"我们回去吧! 好好地再去劝劝他,免得他急出来异外的乱子,那才糟糕啊!"

"好的! ……"

当他们回到了兵舍中去找寻赵得胜的时候,太阳差不多已经没入到地平线下了。

二

第二天,连长吩咐着弟兄们:都须各自准备得好好的,只等上面的命令一下来,马上就得出发上前线。

弟兄们都在兵舍中等待着。吃过了早饭,又吃过了午饭,出发的命令还没有看见传下来。王大炮他有些儿忍不住了:

"我操他的祖宗! 难道不出发了吗?"

"是呀! 这时候还没有命令下来。"又有一个附和着。

"急什么啊!"李海三接着说,"不出发不好吗? 操你们的哥哥,你们都那么欢喜当炮灰的!"

"不是那么说的啊! 李副班长。"第六班的一个兵士说,"要是真不出发了那才好呢。这样要走不走的,多难熬啊,出又不许你出去,老要你守在这臭熏熏的兵舍里。"

"急又有什么办法呢,依你的?"

大家又都七七八八地争论了一番,出发不出发谁也没有方法能肯定。王大炮急的满兵舍乱跳起来。赵得胜他老是愁眉皱眼地不说一句话。

看看的，又是吃饭的时候了，弟兄们都白白地给关在兵舍里一个整日。

"我操他的八百代祖宗！硬将老子们坐禁闭！老子，老子，要依老子在特务连的脾气！……"

一直到临睡的时候，王大炮他还象有些不服气似的。

第三天，……第四天，……仍旧没有看见传下来出发的命令，天气已经渐渐地热得令人难熬了。兵舍里一股一股的臭气蒸发出来，弟兄们尽都感受着一阵阵恶心和头痛。汗也涔涔地流下来，衣服都象给浸湿在水里。

"我操他的八百代祖宗！我操他的八百代祖宗！我操他的八百代祖宗！老子……"

要不是李海三压制他一下，王大炮简直就想在这兵舍里造起反来。

其他的弟兄们也都是一样，面部都挂上了异常愤怒的表情。虽然连长和排长都来告诉过他们了："只等上面一有不必出发了的命令下来时，就可以放你们走出兵舍。"但他们都仍旧还是那么愤愤不平的。

赵得胜听见连长说或者还有可以不出发的希望，他的心中立刻就活动了许多，他又将那张请长假的纸条从干粮袋里拿出来了，他准备再求班长给他递上去。

"班，班长！假如真的不再出发的话，我，我要求你老人家。"

"你又来了！你又来了！你！——你！"

赵得胜一吓，又连忙战战兢兢地把那只拿纸条儿的手缩了回来。带着可怜的，惊慌失措的目光。朝右面的李海三望了一眼。

"不出发，小憨子！哪有那样好的事情啊！"李海三微笑地安慰了他一句。

忽然，在第五天的一个大清早，大约是旅司令部已经打听到敌人都去远的原故吧，传一个立即出发的命令下来："着全旅动员，迅速地向敌方搜索进展！"

又大约是因为怕的中敌人的"诱兵计"，所以将全旅人分做三路向敌方逼近包围。第一第二两团担任左右翼，一齐很急速地出动。第三团和旅部从中路缓缓地追上来，务使敌人无法用计，统统地落入到这包围里面，杀得他妈妈的一个也不留！

一切都准备好了，出发时，太阳也已经渐渐地出了山。

在队伍的行动中，赵得胜的心里，他比死了爹妈还要难过。乌七八糟的，他真想就在这队伍里嚎啕大哭起来。他不时眯着眼睛瞅瞅王班长：王班长简直象有上天堂般那样地快活，他的心里更加痛苦得说不出话来了。他明白：人家谁都没有他赵得胜的出身苦，人家谁都是快乐的。只有他，他的父亲，他的牛，……他抛下了老娘和妻子，他跑出来当兵的唯一目的是要替父亲报仇雪恨，作个把大小的官儿回去吐气扬眉的。现在，不料弄了两三年了，他还是只能够当一个小兵。他的心里这才完全地明白了，当兵原并不是他的路儿啊！不但不能做官报仇，甚至于有时候会连自己的性命都保不住；他真是大悔不该出来当兵的！所以，他越看见人家快乐和不住地叫他做小憨子时,他的心中就越加感到痛苦。他原来并不是什么憨子啦。

连长不准他的假,班长又叫他不要开小差,妈病着写信来叫他回去,他的一颗七上八下的心儿,越加弄得四分五裂了。

队伍前进一步,赵得胜的心儿就要疼痛一回;那许多弟兄们的脚步儿,都象是踏在他赵得胜一个人的心上。他差不多些儿要晕倒下来了。

王班长他们仍旧还是那么快活地和弟兄们谈谈笑笑。

天,没有一丝儿云。热度随着太阳升高了。灰尘一阵一阵地跟着弟兄们的脚步扬起来,黄雾般的,象翻腾着一条拉长的烟幕阵。

旷野里渐渐地荒凉起来了,老远老远地还看不到一个行人的踪迹。偶然有一两只丧家的猫犬,从稻田荒家里钻了出来,随着便惊慌失措地向没有人踪的地方飞跑着。

越走越热,太阳一步一步地象火一样悬挂在天空,熊熊地燎烧着大地。汗从每一个弟兄们的头上流下来,流下来,⋯⋯豆大一颗的掉在地上。

地上也热热地发了烫,脚心踏在上面要不赶快地提起来,就有些刺辣辣的难熬。飞尘也越来越厚了,粘住着人们的有汗的脸膛,使你窒息得不得不张开口来舒气。

"我操他的八百代祖宗,热死人啊!"

背上背的简直是一盆火。无论是军毯、弹带、干粮袋、水壶——都象变成了一大堆烧红了的柴炭,而且越驮越重了。王大炮浑身是汗,象落汤鸡似的,他的口里不住地哇啦哇啦地乱叫着。他骂骂天,又骂骂地,青烟一阵一阵地从他的内心里熏出来,他恨不得把整个水壶都吞到他的肚里去。

老王,你还急着要出发吗?"开心呀!"李海三朝他笑着说。王大炮便一声不响地跑上去将李海三的水壶也抢着喝光了。

队伍又迅速地转过了好几个村庄。路上,荒凉得差不多同原始时代一样。没有人,没有任何生物。老百姓的屋子里全空的,有好一些已经完全倒塌下来了;要不然就只有一团乌黑的痕迹。这,大约是老百姓们在临行的时候下着很大的决心的表示呢。没有了丝毫的东西悬挂在他们的心坎里,走起路来是多么的畅快啊!

"你看!他们宁肯这样下决心地扫数跟着别人一同走,倒不愿留在这儿长住着。这就完全是为了那么些个原因啊!"李海三时常很郑重地,偷偷地指着沿路所见到的各种情形,一样一样地告诉给王大炮听。

到正午,太阳简直烧得弟兄们无法可施了,有好些都晕倒下来。口中吐出许多雪样的唾沫,一直到面颜灰白,完全停歇了他们的呼吸为止。

"天哪!"

好容易才有命令下来:教停住在一个比较阴凉的小山底下吃午饭。

三

下午,天上毕竟浮起了几片白云,旷野不时还有微微的南风吹动,天气好像是比较阴凉得多多了。

弟兄们都透回了几口闷气,重新地放开着大步,奔逐着这无止境的征程。

旷野里简直越走越荒凉得不成世界啊!渐渐地,连一座不大十分完整的芦苇屋子都看不到了。只有路畔的树桠上,还可以见到许多用白灰写上的惊心动魄的字句。

"操他的爹爹,说得那样有劲啊!"

弟兄们又都自由地谈笑着,有些看到那些白灰字句儿,象不相信似地骂。

"也说不定呢。"又有带有怀疑的口吻的人。

王大炮同李海三都沉默着,好象是在冥想那字句中的味儿似的。赵得胜老是哭丧脸地不说一句话。

队伍又迅速地前进了十来个村湾。

远远地有一座小山耸立!

在前面,尖兵连的速度忽然加快起来,象是发现了目标似的。于是,后面的队伍也跟着急速了。

传令兵往往来来地奔驰着,喘息不停的。光景是遇着了敌人吧,弟兄们的心头都紧了一下!

王大炮兴高采烈地朝李海三问:

"老李!是不是遇着了敌人啦?"

老李没有答他。

走,快,突然地,在离那小山不到一千米达距离的时候:——

砰!

尖兵连中响了一枪。弟兄们的心中,立时感受着一层巨大的压迫。特别是赵得胜,这一下枪声几乎把他的灵魂都骇到半天云中去了,他勉强地镇静着,定神地朝关面望了一眼。

砰!砰砰!哒吼!……

尖兵连和第一连已经向左右配备着散开了。目标好象就是在前面那座小山上。但是,前面的枪声都是那样乱而迟缓的,并不象是遇见了敌人呀!目标,那座小山上也没有见有敌人的回击。

随即,营长又命令着第三连也跟着散开上来。

大家都怀着鬼胎呢,胡里胡涂的。散开后,却将枪膛牢牢地握住,有的预先就把保险机拨开了,静听官长们的命令下来。

"枪口朝天!"官长们象开玩笑似地叫着!

"怎么?……"弟兄们大半都坠入到雾里云中了,"这是一回什么事呀!我操他的妈妈!"

大家又都小心地注视着前面。轻轻地将枪膛擎起,各自照命令放射着凌乱的朝天枪。向那座小山象包围似的,频频地逼近去!

砰砰!哒吼!砰砰砰!……

渐渐离小山不到二百米达了,号兵竟又莫明其妙地吹起冲锋号来:

帝大丹,帝大丹!帝……

"杀!"

弟兄们莫明其妙地跟着减"杀!"一股劲三四连人都到了小山的底下。

山上并没有一个敌人。

大家越弄越莫明其妙了。营长骑着一匹黑马从后面赶了上来。白郎林手枪擎得高高的,象督战的神气。

于是,弟兄们又都赶着冲到了小山的顶上。

"到底是一回什么事呀?妈的!"大家都定神地朝小山底下一望,那下面——天哪!那是一些什么东西呢?一片狂阔的海,——人的海!都给挤在这山下的一条谷子口里。男的,女的,老的,小的,一大群,一大群!……有的还牵着牛,拉着羊,有的肩着破碎不堪的行囊、锅灶,……哭娘呼爷地在乱窜乱跑,一面举着仓皇骇急的目光,不住地朝小山上面打望着。

"是老百姓吗?这样多呀!"大家都奇怪起来。

接着又是一个冲锋,三四连人都冲到了小山的下面。

老百姓们象翻腾着的大海中的波浪,不顾性命地向谷子的外面奔逃。孩子,妇人,老年的,大半都给倒翻在地下,哭声庞杂的,纷纷乱乱的,震惊了天地。

"围上去!围上去呀!统统给搜查一遍,这些人里面一定还匿藏着'匪党'!"

营长的命令,由连长排长们复诵下来。弟兄们只得遵着将老百姓们团团围住了。

老百姓们越发象杀猪般地号叫着。

"这是一回什么事呀?我操他的八百代祖宗!……"王大炮的浑身象掉在冰窖里,他险些儿叫骂了出来。

"搜查!搜查!"

班长们都对弟兄们吩咐着。王大炮他可痴住了。李海三朝着他做着许多手势儿他全没看见。

老百姓都一齐凄切地,哀告地哭嚷起来。

"这,这,老总爷! 这里面没有什么东西呀!"

拍! ——

"解开,我操你的妈妈!"不肯解开的脸上吃了一个巴掌。

"老总爷,这,这是我的性命呀! 做,做好事!"

拍! ——做好事的又是一个耳光。

"哎哟! 我的大姐儿呀!"

"我的妈呀!"

营长的勤务兵,在人丛中拖着两个年轻的女人飞跑着。

"老总爷呀! 牛,牛,你老人家有什么用处呢? 修,修,修修好啊……"

"放手! 老猪!"

拍! 砰! 通! ……

人家的哭声和哀告声,自己的巴掌声和枪托声,混乱地凑成了一曲凄凉悲痛的音乐。

王大炮的眼睛瞪得有牯牛①那么大,他吩咐自己全班的弟兄们一动也不许动地站着。他的心火一阵阵蓬勃上来了,他可从来没有看见过这样的场面,他跳起三四尺高地朝官兵们大叫大骂着:

"抢! 强盗,我操你们的八百代祖宗!"

李海三的心中一急:——"完了! 这性急的草包!"他想用手来将王大炮的嘴巴扪住,可是被王大炮一跤摔倒了! 他再翻身立起来时,王大炮已经单身举枪向连营长们扑了过去!

"你们这些强盗! 我操你们的——"

拍! 通! 砰! ——

第三排的梁排籀赶上来栏前一脚,将王大炮绊倒在地下,王大炮的一枪便打在泥土上。

"报告营长!"梁排长一脚踏着王大炮的背心,"他,他惑乱军心,反抗命令!"

"他叫什么名字?"营长发战地叫。

"三连一班班长王志斌!"

"绑起来!"

李海三已经急得没有主张了。他举起枪来大声呼叫着:

"弟兄们,老百姓们! 我们都没有活命了! 我们的班长已经被——"

砰!

李副班长的右手同枪身突然地向下面垂落着,连长的小曲尺还在冒烟。

———————————————

① 牯牛:即公牛。

"绑起来!"

赵得胜和其他的弟兄们都亡魂失魄了,他们望望自己被绑着的两个班长,又望望满山满谷的老百姓,他们可不知道怎样着才是路儿。

随即,连排长们又举起枪来,复诵着营长的命令:

"将乱民们统统驱逐到谷子的外面去。谁敢反抗命令,惑乱军心:——格杀勿论!"

弟兄们都相对着瞪瞪眼,无可奈何地只得横下心来将老百姓们乱驱乱赶。

"我家大姐儿吓!"

"牛啦! 我的命啦!"

"妈呀! ……"

妇人,老头子和孩子们大半都不肯走动,哭闹喧天的,赖在地下打着磨旋儿。他们宁肯吃着老总爷的巴掌和枪托,宁肯永远倒在这谷子里不爬起来,他们死也不肯放弃他们的女儿、牲畜、妈妈,……他们纠缠着老总们的腿子和牲畜的辔绳,拼死拼活地挣扎着。……

"赵得胜! 你跑去将那个老头子的牯牛夺下来呀!"排长看见赵得胜的面前还有一个牵牛的老头儿在跑。

赵得胜一吓,他慌慌忙忙地只好硬着心肠赶上去,将那个老头儿的牛辔绳夺下来。那个老头儿便卜通一声地朝他跑了下去:

"老总爷爷呀! 这一条瘦牛,放,放了我吧! ……"

"牵来呀! 赵得胜!"

排长还在赵得胜的后面呼叫着,赵得胜没魂灵地轻轻地将那条牛辔绳一紧,那个老头儿的头就象捣蒜似地磕将下来。

"老总爷爷啊! 修修好呀!"

赵得胜急得没有办法了,他将枪托举了起来,看定着那个老头儿,准备想对他猛击一下! ——可是,忽然,他的眼睛一黑,——两支手角触了电般地流垂下来,枪险些儿掉在地下。

他的眼泪暴雨般地落着,地上跪着的那个老头儿,连忙趁这机会牵着牛爬起来就跑。

砰! ——

"什么事情,赵得胜?"

排长一面放着枪将那个牵牛的老头儿打倒了,一面跑上来追问越得胜。

"报告排长,"赵得胜一急:"我,我的眼睛给中一抓沙!"

"没用的东西,滚! 越快将这条牛牵到道边大伙儿中间去!"

接着,四面又响了好几下枪声,不肯放手自己的女儿、牲畜的,统统给打翻在地下。其余的便象潮水似地向谷子外面飞跑着：

"妈呀！……天啦！……大姐儿呀！……"

赵得胜牵着牛儿一面走一面回头来望望那个躺在血泊中的老头子，他的心房象给乱刀砍了千百下。他再朝两边张望着：那逃难的老百姓，……那被绑着的班长们，……他的浑身就象炸了似的，灵魂儿给飞到海角天涯去了。

山谷中立时肃清得干干净净。百姓们的哭声也离的远了。营长才得意得象打了胜仗似地传下命令去：

"着第一连守住这山北的一条谷子口。二三连押解着俘虏们随营部退驻到山南去。"

四

左右翼不利的消息，很快地传进了弟兄们的耳鼓里。军心立刻便感惶惶的不安。

"什么事情呀！"

"大约是左右两方都打了败仗吧！"

"轻自些啊！王老五。刚才传令兵告诉我：第一团还全部给俘虏了去哩！"

"糟啦！"

在安营的时候，弟兄们都把消息儿轻声细语地到处传递。好些的心房，都给听得频频地跳动。

"也俘虏了些那边的人吗？"

"不多，听说只有二十几，另外还有十来个自己的逃兵。"

"这是怎么弄的啦！"

之后，便有第二团的一排人，押解着三四十个俘虏逃兵到这边儿来了，营长吩咐着都给关在那些牛羊叛兵一道。因为离旅团部都太远了，恐怕夜晚中途出乱子。

关牛羊和叛兵的是一座破旧的庙宇，离小山约摸有五六百米达。双方将逃兵俘虏都交接清楚之后，太阳还正在衡山。

夜，是乌黑无光的。星星都给掩饰在黑云里面，……弟兄们发出了疲倦的鼾声。

这时，在离破庙前二百米达的步哨线上，赵得胜他正持着枪儿在那里垂头丧气地站立着。他的五脏中，象不知道有一件什么东西给人家咬去了一块，那样创痛的使他浑身都感到凄惶，战栗！……渐渐地，全部都失掉了主持！他把一切的事情，统统收集了到他自己的印象里面来，象翻腾着的车轮似的，不住地在他的脑际里旋转：

"三年来当兵的苦况,每次的作战,行军,……豪直的王班长,亲昵的李海三,长假,老百姓,牵牛的老头儿,父亲,母亲,妻子,欺人仗势的民团!……"

什么事情都齐集着,都象有一道电流通过在他自己的上下全身,酸痛得木鸡似的,使他一动都不能动了。他再忍心地把白天的事件逐一地回想着,他的身心战动得快要晕倒了下来:

"那么些个老百姓啊!还有,七八个年轻的女子,班长,牵牛的老头儿,官长们的曲尺——砰!……"

天哪!赵得胜他怎么不心慌呢!尤其是那一个牵牛的老头儿。那一束花白胡子,那一阵捣蒜似的叩头的哀告!……他,他只要一回想到,他就得发疯啊!

"是的!是的!"他意识着,"我现在是做了强盗了啦!同,同民团,同自己的仇人……天啊!"

父亲临终时候的惨状,又突然地显现在他的前面了:

"伢子啊!你,你应当记着!爹,爹的命苦啦!你,你,你应当争,争些气!……"

民团的鞭挞,老板的恶声,父亲的捣蒜似的响头,牛的咆哮!……啊啊!

"我的爹呀!"

他突然地放声地大叫了一句,眼泪象串珠似地滚将下来,他懊丧得想将自己的身心完全毁灭掉。他已经压根儿明白过来了。三四年来,自家不但没有替父亲报过仇,而且还一天不如一天地走上了强盗的道路了,同民团,同老板们的凶恶长工们一样!……今天,山谷中的那一个老头子,那一条牛,砰!……天哪!

"怎么办呢?……我,我!……"

"妈病,妈写信来叫我回去。班长,班长不许我开小差!……"

他忽然地又想到了班长了:绑着,王志斌还是乱叫乱骂,李海三的右手血淋淋地穿了一个大窟窿,他的心中又是一阵惊悸!

我真不能再在这儿久停了啊!明,明天,说不定我也得同他们一样。绑着,停停一定得押到后方去杀头啦!"

他瞧瞧两百米达外的那座古庙。

"怎么办呢?我,我还是开小差比较稳当些吧!……"

他象得到了很大决定似的。他望望四面全是黑漆般的没有一个人,他的胆象壮了许多了。他轻轻将枪身放下,又将子弹带儿解下来,干粮袋、水壶,……紧紧地都放在一道。

"就是这样走吧!"

他轻身地举着步子准备向黑暗的世界里奔逃。刚刚还只走得三五步,猛的又有一件事情象炸药似地轰进了他的心房。他又连忙退回上来了。

"逃？也逃不得啦！四面全有兵营，这样长远的旷野里，一下不小心给捉了回来，嘿！也，也得和第二团押回来的那些逃兵一样，明儿，也，也一定枪毙啦！……"

他一浑身冷汗！况且，他知道，纵逃了回去，也不见得会有办法的。他又将枪械背握起来，痴痴地站住了。他可老想不出来一条良好的路道。惊慌，惨痛，焦灼，……各种感慨的因子，一齐都麇集在他的破碎的心中！……

他抬头望望天，天上的乌云重层地飞着，星星给掩藏得干干净净了。他望望四周，四围黑得那样怕人的，使他不敢多望。

"怎么办啦？"

他将眼睛牢牢地闭着，他想静心地能想出一个好的办法来。

旷野中象快要沉没了一样。

"我，呜，呜，呜！……大姐儿呀！……呜……"

"呜呜！妈啦！……"

微风将一阵凄切的呜咽声送进到他的耳鼓中来，他的心中又惊疑了一下！

"怎么的？"

他再静着心儿听过去，那声音轻轻地，悲悲切切地随着微风儿吹过来，象柔丝似地将他的全身都缚住了，渐渐地，使他窒息得透不过来气。

他狠心地用手将两只耳朵复住，准备不再往下听。可是，莫明其妙地，他的眼睛也忽然会作起怪来。无论是张开或闭着，他总会看见他的面前躺卧着无数具浑身血迹的死尸：里面有他的父亲，老百姓，妇人，孩子，牵牛的老头儿，王李班长，俘虏，逃兵……他惊惶得手忙脚乱，他猛的一下跳了起来。

"这，这是什么世界呀！"

他叫着。他这才象完全真正地明白过来了，往日王李班长所对他说的那许多话儿句句都象是真的了，句句都象是确切的事实了。非那么着那么着决没有办法啊！这世界全是吃人的！他这才完全真正地明白了。

他象获得宝贝似的，浑身都轻快。可是：——

"怎么办呢？"

他紧紧地捏着手中的枪。他意识了他原只有一个人呀！怎么办呢？他再抬头望望那座古庙，他连自己都不觉得要笑了起来：

"难怪人家都叫我做小憨子啦！我为什么真有这样笨呢？"

他于是轻轻地向那座古庙儿跑了过来，他中途计划了一个对付那些卫兵们的办法。

"口令？"

"安！"

"你跑来做什么呀，赵得胜？"

"你们一共只有四个人吗？……赶快去,连长在我的步哨线上有要紧的话儿叫你们。"

"查哨？他为什么不到这儿来呢？"

"你们一去就明白了。这儿他叫你们暂交给我替你们代守一下!"

四个都半信半疑地跑了过去。赵得胜者见他们去远了,喜的连忙钻进古庙中来:

"王班长!"

"谁呀?"

"是我,赵得胜!"

"你来了吗?"

"是! 不要做声呀!"

喳!

他一刀将王大炮绑手的绳儿割断了。接着又:"喳! 喳! ……"

李海三便轻轻地问了赵得胜一声:

"怎么的? 外面的卫兵呢?"

"不要响! 他们给我骗去了马上就要来的。你们都必须轻声地跟在我的后面,准备着,只等他们一回来,你们就一齐扑上去! ……"

"好的!"

大家都在黑暗中等待着。远远的有四个人跑来了。

"口令?"

"安!"那边跑近来接着说:"赵得胜,连长不见啦!"

"连长到这儿来了。"

四个连忙跑拢了,不提防黑暗中的人猛扑了出来,将四个人的脖子都掐住了!

"愿死愿活?"

"王班长,我们都愿,愿,……"四个缴了枪的服从了。

"好!"李海三说,"大家都把枪拿好! 小赵,还是你走头,分程去扑那两个枪前哨。"

"唔! ……"

叛兵、俘虏,几十个人,都轻悄地蠕动着。象狗儿似的,伏在地下,慢慢地,随着动摇了的夜哨线向着那座大营的"枪前哨"扑来。

夜色,深沉的,严肃的,象静待着一个火山的爆裂!

腿上的绷带

○萧　红

　　老齐站在操场腿上扎着绷带，这是个天空长起彩霞的傍晚，墙头的枫树动荡得恋恋爱人。老齐自己沉思着这次到河南去的失败，在河南工作的失败，他恼闷着。但最使他恼闷的是逸影方才对他谈话的表情，和她身体的渐瘦。她谈话的声音和面色都有些异样，虽是每句话照常的热情。老齐怀疑着，他不能决定逸影现在的热情有没有几分假造或是有别的背景，当逸影把大眼睛转送给他，身子却躲着他的时候，但他想到逸影的憔悴。他高兴了，他觉得这是一笔收入，他当作逸影为了思念他而悴憔的，在爱情上是一笔巨大的收入。可是仍然恼闷，他想为什么这次她不给我接吻就去了。

　　墙头的枫树悲哀的动荡，老齐望着地面，他沉思过一切。

　　校门口两个披绒巾子的女同学走来，披绿色绒巾的向老齐说：

　　"许多日不见了，到什么地方去来？"

　　另一个披着青蓝色绒巾的跳跃着跟老齐握手并且问：

　　"受了伤么，腿上的绷带？"

　　捧不住自己的心，老齐以为这个带着青春的姑娘，是在向他输送青春，他愉快地在笑。可是老齐一想到逸影，他又急忙地转变了，他又伤心地在笑。

　　女同学向着操场那边的树荫走去，影子给树荫淹没了，不见了。

　　老齐坐在墙角的小凳上，仍是沉思着方才沉思过的一切。墙头的枫树勉强摆着叶子，风来了柳条在风中摇动，荷叶在池头浮走。

　　围住荷池的同学们，男人们抽缩着肩头笑，女人们拍着手笑。有的在池畔读小说，有的在吃青枣，也有的男人坐在女人的阳伞下，说着小声的话。宿舍的窗子都打开着，坐在窗沿的也有。

　　但，老齐的窗帘没有掀起，深长地垂着，带有阴郁的气息垂着。

　　达生听说老齐回来，去看他，顺便买了几个苹果。达生抱着苹果在窗下绕起圈子来。他不敢打开老齐的窗子，因为他们是老友，老齐的一切他都知道，他怕是逸影又在房里。因为逸影若在老齐房里，窗帘什么时候都是放下的。达生的记忆使他不能打门，他坐在池畔自己吃苹果。别的同学来和达生说话，其实是他的苹果把同学引来的。结果每人一个,在倒垂的柳枝下,他们谈起关于女人的话,关于自己的话,最后他们说到老齐了。有的在叹气,有的表示自己说话的身分,似乎说一个字停两停。就是……这样……事……为什么不……不苦恼呢?哼!

苹果吃完了,别的同学走开了,达生猜想着别的同学所说关于老齐的话,他以为老齐这次出去是受了什么打击了么?他站起来走到老齐的窗前,他的手触到玻璃了,但没作响。他的记忆使他的手指没有作响。

达生向后院女生宿舍走去。每次都是这样,一看到老齐放下窗帘,他就走向女生宿舍去看一次,他觉得这是一条聪明的计划。他走着,他听着后院的蝉吵,女生宿舍摆在眼前了。

逸影的窗帘深深地垂下,和老齐一样,完全使达生不能明白,因为他从不遇见过这事。他心想:"若是逸影在看齐的房里,为什么她的窗帘也放下?"

达生把持住自己的疑惑,又走回男生宿舍去,他的手指在玻璃窗上作响。里面没有回声,响声来得大些,也是没有回声。再去拉门,门闭得紧紧的,他用沉重而急躁的声音喊:

"老齐!老齐,老齐!"

宿舍里的伙计,拖着鞋,身上的背心被汗水湿透了,费力的半张开他的眼睛,显然是没听懂的神情,站在达生的面前说:

"齐先生吗?病了,大概还没起来。"

老齐没有睡,他醒着,他晓得是达生来了。他不回答友人的呼喊,同时一种爱人的情绪压倒友人的情绪,所以一直迟延着,不去开门。

腿上扎着绷带,脊背曲作弓形,头发蓬着,脸色其像一张秋天晒成的干菜,纠皱,面带绿色,衬衫的领子没有扣,并且在领子上扯一个大的裂口。最使达生奇怪的,看见老齐的眼睛红肿着。不管怎样难解决的事,老齐从没哭过,任凭哪一个同学也没看过他哭,虽是他坐过囚受过刑。

日光透过窗帘针般地刺在床的一角和半壁墙,墙上的照片少了几张。达生认识逸影的照片一张也没有了,凡是女人的照片一张都不见了。

蝉在树梢上吵闹,人们在树下坐着,荷池上的一切声音,送进老齐的窗间来,都是穿着忧悒不可思议的外套。老齐烦扰着。

老齐眼睛看住墙上的日光在玩弄自己的手。达生问了他几句关于这次到河南去的情况。老齐只很简单地回答了几句:

"很不好。"

"失败,太失败了!"

达生几次不愿意这样默默地坐着,想问一问关于照片的事,就像有什么不可触的悲哀似的,每句老齐都是躲着这个,躲着这个要爆发的悲哀的炸弹。

全屋的空气，是个不可抵抗的梦境，在恼闷人。老齐把床头的一封信抛给达生，也坐在椅子上看：

"我处处给你做累，我是一个不中用的女子，我自己知道，大概我和你走的道路不一样，所以对你是不中用的。过去的一切，叫它过去，希望你以后更努力，找你所最心爱的人去，我在向你庆祝……"

达生他不晓得逸影的这封信为何如此浅淡，同时老齐眼睛红着，只是不流眼泪。他在玩弄着头发，他无意识，他痴呆，为了逸影，为了大众，他倦怠了。

达生方才读过的信是一早逸影遣人给老齐送来的，在读这封信的时候，老齐是用着希望和失望的感情，现在完全失望了。他把墙上女人的照片都撕掉了，他以为女人是生着有刺的玫瑰，或者不是终生被迷醉，而不能转醒过来，就是被毒刺伤了，早年死去。总之，现在女人在老齐心里，都是些不可推测的恶物，蓬头散发的一些妖魔。老齐把所有逸影的照片和旧信都撕掉了丢进垃圾箱去。

当逸影给他的信一封化一封有趣味。有感情时，他在逸影的信里找到了他所希望的安慰。那时候他觉得一个美丽的想象成事实了，美丽的事是近着他了。但这是一个短的梦，夭亡的梦，在梦中他的玫瑰落了，残落了。

老齐一个人倒在床上。北平的秋天，蝉吵得厉害，他尽量地听蝉吵，腿上的绷带时时有淡红色血沁出来，也正和他的心一样，他的心也正在流着血。

老齐的腿是受了枪伤。老齐的心是受了逸影的伤，不可分辩。现在老齐是回来了，腿是受了枪伤了。可是逸影并没到车站去接他，在老齐这较比是颗有力的子弹，暗中投到他的怀里了。

当老齐在河南受了伤的那夜，草地上旷野的气味迷茫着他，远近还是枪声在响。老齐就在这个时候。他还拿出逸影的照片看。

现在老齐是回来了，他一人倒在床上看着良己腿上的绷带。

逸影的窗帘，一天，两天永久的下垂，她和新识爱人整天在窗帘里边。

老齐他以为自然自己的爱人分明是和自己走了分路，丢开不是非常有得价值吗？他在检查条箱，把所有逸影的痕迹都要扫除似的。小手帕撕碎了，他从前以为生命似的事物撕碎了。可是他一看到床上的被子，他未敢动手去撕，他感到寒冷。因为回忆，他的眼睛晕花了，这都是一些快意的事，在北海夜游，在西山看枫叶。最后一件宏大的事业使他兴奋了，就是那次在城外他和逸影被密探捕获的事，因为没有证据，第二天释放了。床上这张被子就是那天逸影送给他的，做一个共同遇难的标记。老齐想到这里，他觉得逸影的伟大、可爱，她是一个时代的女性，她是一个时代最前线的女性。老齐摇着头骄傲的微笑着，这是一道烟雾，他的回想飘散了去。他还是在检查条箱。

地板上满落了日影，在日影的斜线里有细尘飞扬，屋里苦闷的蒸热。逸影的笑声在窗外震着过去了。

　　缓长的昼迟长的拖走,在午睡中,逸影变做了一只蝴蝶,重新落在老齐的心上。他梦着同逸影又到城外去,但处处都使他危险有密探和警察环绕着他们。逸影和从前也不一样,不像从前并着肩头走,只有疏远着。总之,他在梦中是将要窒息了。

　　荷池上柳树刮起清风在摆荡,蝉在满院的枣树上吵。达生穿过蝉的吵声,而向老齐的宿舍走去,别的同学们向他喊道:

　　"不要去打搅他呀!"

　　"老齐这次回来,不管谁去看他,他都是带着烦厌的心思向你讲话。"

　　他们的声音使老齐在梦中醒转来。达生坐在床沿,老齐的手在摸弄腿上的绷带。老齐的眼睛模糊,不明亮,神经质的,他的眉紧皱在一起和两条牵连的锁链一样。达生知道他是给悲哀在毁坏着。

　　他伴老齐去北海,坐在树荫里,老齐说着把腿上的绷带举给达生看:

　　"我受的伤很轻,连胫骨都没有穿折。"他有点骄傲的气慨,"别的人,头颅粉碎的也有,折了臂的也有,什么样的都有,伤重的都是在草地上滚转,后来自己死了。"

　　老齐的脸为了愤恨的热情,遮上一层赤红的纱幕。他继续地说下去:"这算不了什么,我计算着,我的头颅也献给他的,不然我们的血也是慢慢给对方吸吮了去。"

　　逸影从石桥边走过来,现在她是换上了红花纱衫,和一个男人。男人是老齐的同班,他们打了个招呼走过去了。

　　老齐勉强地把持住自己,他想接着方才的话说下去。但这是不可能的。他忘了方才说的是什么,他把持不住自己了,他脸红着。后来还是达生提起方才的话来,老齐才又接着说下去,所说的却是没有气力和错的句法。

　　他们开始在树荫里踱荡。达生说了一些这样那样的话,可是老齐一句不曾理会。他像一个发疟疾的人似的,血管觉得火热一阵,接着又寒冷下去,血液凝结似的寒冷下去。

　　一直到天色暗黑下去,老齐才回到宿舍。现在他全然明白了。他知道逸影就是为了纱衫才去恋爱那个同学。谁都知道那个同学的父亲是一个工厂的厂主。

　　老齐愿意把床上的被子撕掉,他觉得保存这些是没有意义的。同时他一想到逸影给人做过丫环,他的眼泪流下来了。同时他又想到,被子是象征着两个受难者,老齐狂吻着被子哭,他又想到送被子的那天夜里,逸影的眼睛是有多么生动而悦人。老齐狂吻着被子,哭着,腿上的绷带有血沁了出来。

夜 风

○萧　红

一

　　老祖母几夜没有安睡,现在又是抖着她的小棉袄了! 小棉袄一拿到祖母的手里,就怪形的在作恐吓相。仿佛小棉袄会说出祖母所不敢说出的话似的。外面风声又起了:——唰——唰……

　　祖母变得那样可怜,小棉袄在手里总那样拿着,窗纸也响了! 没有什么,是远村的狗吠。身影在壁间摇摇,祖母,灭下烛,睡了! 她的小棉袄又放在被边。可是这也没有什么,祖母几夜都是这样睡的。

　　屋中并不黑沉,虽是祖母熄了烛。披着衣裳的五婶娘,从里间走出来,这时阴惨的月光照在五婶娘的脸上,她站在地心用微而颤的声音说:

　　"妈妈! 远处许是来了马队,听! 有马蹄响呢!"老祖母还没忘掉做婆婆特有的口气向五婶娘说:"可恶的×××又在寻死。不碍事,睡觉吧。"

　　五婶娘回到自己的房里,去唤醒她的丈夫,可是又不敢。因为她的丈夫从来英勇,在村中著名的,而没怕过什么人。枪放得好,马骑得好。前夜五婶娘吵着×××是挨了丈夫的骂。不碍事,这话正是碍事,祖母的小棉袄又在手中颠倒了! 她把袖子当作领子来穿,没有燃烛,歪斜着站起来,可是又坐下了。这时她已经把壁间满是灰尘的铅弹枪取下来,在装子弹。她想走出去上炮台望一下,其实她的腿早已不中用了,她并不敢放枪。

　　远村的狗吠得更甚了! 像人马一般的风声也上来了。院中的几个炮手,还有老婆婆的七个儿子通通起来了! 她最小的儿子还没上炮台,在他自己的房中抱着他新生的小宝宝。老祖母骂着:

　　"呵! 太不懂事务了! 这是什么时候? 还没有急性呀!"这个儿子,平常从没挨过骂,现在也骂了。接着小宝宝哭叫起来。别的房中,别的宝宝,也哭叫起来。可不是吗? 马蹄响近了,风声更恶,站在炮台上的男人们持着枪杆,伏在地下的女人们抱着孩子。不管哪一个房中都不敢点灯,听说×××是找光明的。

大院子里的马棚和牛棚,安静着,像等候恶运似的。可是不然了! 鸡,狗,和鸭鹅们,都闹起,就连放羊的童子也在院中乱跑。

马,认清是马形了! 人,却分不清是什么人。天空是月,满山白雪,风在回旋着,白色的山无止境的牵连着。在浩荡的天空下,南山坡口,游动着马队,蛇般地爬来了! 二叔叔在炮台里看见这个,他想灾难算是临头了! 一定是来攻村子。他跑向下房去,每个雇农给一支枪,雇农们欢喜着,他们想:地主多么好啊! 张二叔叔多么仁慈! 老早就把我们当做家人看待的。现在我们共同来御敌吧! ——

往日地主苛待他们,就连他们最反对的减工资,现在也不恨了! 只有御敌是当前要做的。不管厨夫,也不管是别的役人,都喜欢着提起枪跑进炮台去。因为枪是主人从不放松给他们拿在手里。尤其欢喜的是放羊的那个童子,——长青。他想,我有一支枪了! 我也和地主的儿子们一样的拿着枪了! 长青的衣裳太破,裤子上的一个小孔,在抢着上炮台时裂了个大洞。人马近了! 大道上飘着白烟,白色的山和远天相接,天空的月彻底的照着,马像跑在空中似的。这也许是开了火吧! ——砰! 砰……炮手们看得清是几个探兵作的枪声。

长青在炮台的一角,把住他的枪,也许是不会放,站起来,把枪嘴伸出去,朝着前边的马队。这马队就是地主的敌人。他想这是机会了! 二叔叔在后面止住他:

"不要! ——等近些放!"

绕路去了! 数不尽的马的尾巴渐渐消失在月夜中了! 墙外的马响着鼻子,马棚里的马听了也在响鼻子。这时老祖母欢喜的喊着孙儿们:

"不要尽在冷风里,你们要进屋里来取暖,喝杯热茶。"

她的孙儿们强健的回答:

"奶奶! 我们全穿皮袄,我们在看守着,怕贼东西们再转回来。"

炮台里的人稀疏了! 是凡地主和他们儿子都转回屋去,可是长青仍蹲在那里,作一个小炮手的模样,枪嘴向前伸着,但棉裤后身作了个大洞,他冷得几乎是不能耐,要想回房去睡。没有当真那么作,因为想起了张二叔叔——地主平常对他的训话了:"为人要忠,你没看见古来有忠臣孝子吗? 忍饿受寒,生死不怕,真是可佩服的。"

长青觉得这正是尽忠也是尽孝的时候,恐怕错了机会似的,他在捧着枪,也在作一个可佩服的模样。裤子在屁股间的一个大洞裂着。

二

这人是谁呢? 头发蓬着,脸没有轮廓,下垂的头遮盖住。暗色的房间破乱得正像地主们的马棚。那人在啼着,好像失去丈夫的乌鸦一般。屋里的灯灭了! 窗上的影子飘忽失去。两棵立在门前的大树,光着身子在嚎叫已失去的它的生命。风止了！篱笆也不响了！整个的村庄,默得不能再默。儿子,长青。回来了。

在屋里啼哭着,穷困的妈妈听得外面有踏雪声,她想这是她的儿子吧！可是她又想,儿子十五天才可以回一次家,现在才十天,并且脚步也不对,她想这是一个过路人。柴门开了！柴门又关了！篱笆上的积雪,被振动落下来,发响。

妈妈出去,像往日一样,把儿子接进来,长青腿软得支不住自己的身子,他是歪斜着走回来的,所以脚步差错得使妈妈不能听出。现在是躺在炕上,脸儿青青的流着鼻涕;妈妈不晓得是发生了什么事。心痛的妈妈急问:

"儿呀,你又牧丢了羊吗？主人打了你吗？"长青闭着眼睛摇头,妈妈又问:

那是发生了什么事？来对妈妈说吧！"

长青是前夜看守炮台冻病了的,他说:

"妈妈！前夜你没听着马队走过吗？张二叔叔说×××是万恶之极的,又说专来杀小户人家。我举着枪在炮台里站了半夜。"

"站了半夜又怎么样呢？张二叔叔打了你吗？"

"妈妈,没有,人家都称我们是小户人家,我怕马队要来杀妈妈,所以我在等候着打他们。"

"我的孩子,你说吧！你怎么会弄得这样呢？"

"我的裤子不知怎么弄破了！于是我病了！"

妈妈的心好像是碎了！她想丈夫死去三年,家里从没买过一尺布,和一斤棉。于是她把儿子的棉裤脱了下来,向着灯照了照,一块很厚的,另一块是透着亮。

长青抽着鼻子哭,也许想起了爸爸。妈妈放下了棉裤,把儿子抱过来。

豆油灯像在打寒颤似的火苗哆嗦着,唉！穷妈妈抱着病孩子。

三

张老太太又在抖着她的小棉袄了！

张二叔叔走过来,看着妈妈抖得怪可怜的,他安慰着:"妈妈！这算不了什么,您想,我们的炮手都很能干呢！并且恶霸们,有天理昭彰,妈妈您睡下吧！不要起来,没有什么事！"

"可是我不能呢,我不放心。"

张老太说着外面枪响了！全家的人,像上次一样,男的提着枪,女的抱着孩子。风声似乎更紧,树林在啸。

这是一次虚惊,前村捉着个小偷。一阵风云又过了！在乡间这样的风云是常常闹的。老祖母的惊慌似乎成了癖。全家的人,管谁都在暗笑她的小棉袄。结果就是什么事也没发生，但，她的小棉袄仍是不留意的拿在手里，虽是她只穿着件睡觉的单衫。

张二叔叔同他所有的弟兄们坐在老太太的炕沿，老六开始说：

"长青那个孩子，怕不行，可以给他结帐的，有病不能干活计的孩子，活着又有什么用？"

说着把烟卷放在嘴里，抱起他三年前就患着瘫病的儿子走回自己的房子去了。

张老太说：

"长青那是我叫他来的，多做活少做活的不说，就算我们行善，给他碗饭吃，他那样贫寒。"

大媳妇含着烟袋，她是个四十多岁的婆子。二媳妇是个独腿人，坐在她自己的房里。三媳妇也含着烟袋在喊三叔叔回房去睡觉。老四，老五，以至于老七这许多儿媳妇都向老太太问了晚安才退去。老太太也觉得困了似的，合起眼睛抽她的长烟袋。

长青的妈妈，——洗衣裳的婆子来打门，温声的说："老太太，上次给我吃的咳嗽药再给我点吃吧！"张老太也是温和着说：

"给你这片吃了！今夜不会咳嗽的，可是再给你一片吧！"洗衣裳的婆子暗自非常感谢张老太，退回那间靠近草棚的黑屋子去睡了！

第二天是个天将黑的时候，在大院里的绳子上，挂满了黑色的、白色的地主的小孩的衣裳，以及女人的裤子。就是这个时候吧！晒在绳子上的衣服有浓霜透出来，冻得挺硬，风刮得有铿锵声。洗衣裳的婆子咳嗽着，她实在不能再洗了！于是走到张老太的房里。

"张老太，真是废物呢！人穷又生病。"一面说一面咳嗽，"过几天我一定来把所有余下的衣服洗完。"

她到地心那个桌子下，取她的包袱，里面是张老太给她的破毡鞋，二婶子和别的婶子给她的一些碎棉花和裤子之类。这时张老太在炕里，含着她的长烟袋。

洗衣裳的婆子有个破落而无光的家屋，穿的是张老太穿剩的破毡鞋。可是张老太有着明亮的镶着玻璃的温暖的家，穿的是从城市里新买回来的毡鞋。这两个老婆婆比在一起，是非常有趣的。很巧，牧羊的长青走进来，张二叔叔也走进来。老婆婆是这样两个不同形的，生出来的儿子也当然两样，一个是执着鞭子的牧人，一个是把着算盘的地主。

张老太扭着她不是心思的嘴角问：

"我说，老李，你一定要回去吗？明天不能再洗一天吗？"一边用她努力的眼睛望着老李。

"老太太，不要怪我，我实在做不下去了！"长青妈说。

"穷人的骨头想不到这样值钱,我想你的儿子,不知是谁的力量才在这里呆得住。也好。那么,昨夜给你那药片,为着今夜你咳嗽来吃它。现在你可以回家去养着去了!把药片给我,那是很贵呢!不要白费了!"

老李把深藏在包袱里那片预备今夜回家吃的药片拿出来。老李每月要来给张地主洗五次衣服,每次都是给她一些萝卜或土豆,这次都没给。

老婆子挟着几件地主的媳妇们给她的一些破衣服。这也就是她的工银。

老李走在有月光的大道上,冰雪闪着寂寂的光,她,寡妇的脚踏在雪地上,就像一只单身雁在哽咽着她孤飞的寂寞。远树空着枝干,没有鸟雀。什么人全睡了!尽树儿的那端有她的家屋出现。

打开了柴门,连个狗儿也没有,谁出来迎接她呢?!

四

两天过后风声又紧了!真的×军要杀小户人家吗?怎么都潜进破落村户去?李婆子家也曾住过那样的人。

长青真的结了帐了!背着自己的小行李走在风雪的路上。好像一个流浪的、丧失了家的小狗,一进家屋他就哭着。他觉得绝望。吃饭妈妈是没有米的,他不用妈妈问他就自己诉说怎样结了帐,怎样赶他出来,他越想越没路可走,哭到委屈的时候,脚在炕上跳,用哀惨的声音呼着他的妈妈:

"妈妈,我们吊死在爹爹坟前的树上吧。"

可是这次,出乎意料的,妈妈没有哭,没有同情他,只是说:

"孩子,不要胡说了,我们有办法的。"

长青拉着妈妈的手,奇怪的,怎么妈妈会变了呢?怎么变得和男人一样有主意呢?

五

前村的消息传来的时候,张二叔叔的家里还没吃早饭。整个的前村和×军混成一团了!有的说是在宣传,有的说是在焚房屋,屠杀贫农。

张二叔叔放探出去,两个炮手背上大枪,小枪,用鞭子打着马,刺面的严冬的风夺面而过。可是他们没有走到地点,就回来了,报告是这样:

"不知这可是什么埋伏?村民安静着,鸡犬不惊的不知在做些什么?"

张二叔叔问:"那么你们看见些什么呢?"

"我们是站在山坡往下看的,没有马槽,把草摊在院心,马匹在急吃着草,那些恶棍们和家人一样在院心搭着炉,自己做饭。"

全家的人,挤在老祖母的门里门外,眼睛瞪着。全家好像窒息了似的。张二叔叔点着他的头:"唔!——你们去吧!"这话除了他自己,别人似乎没有听见。关闭的大门外面有重车轮轴轧轧经过的声音。

可不是吗?敌人来了!方才吓得像木雕一般的张老太也扭走起来。

张二叔叔和一群小地主们捧着枪不放,希望着马队可以绕道过去。马队是过去了一半,这次比上次的马匹更多。使张二叔叔纳闷的是后半部的马队也夹杂着爬犁小车!并且车上也像有妇女们坐着。更近了!二叔叔是千真万真看见了一些雇农,李三,刘福,小秃……一些熟识的佃农。二叔叔气得仍要动起他地主的怒来大骂。

兵们从东墙回转来,把张二叔叔的房舍包围了!开了枪。这不是夜,没有风,这是在光明的朝阳下。张二叔叔是第一个倒地。在他一秒钟清明的时候,他看见了长青和他的妈妈——李婆子也坐在爬犁上,在挥动着拳头……

哑老人

○萧 红

孙女——小岚大概是回来了吧,门响了下。秋晨的风洁静得有些空凉,老人没有在意,他的烟管燃着,可是烟纹不再作环形了,他知道这又是风刮开了门。他面向外转,从门口看到了荒凉的街道。

他睡在地板的草帘上,也许麻袋就是他的被褥吧,堆在他的左近,他是前月才患着半身肢体不能运动的病,他更可怜了。满窗碎纸都在鸣叫,老人好像睡在坟墓里似的,任凭野甸上是春光也好,秋光也好,但他并不在意,抽着他的烟管。

秋凉毁灭着一切,老人的烟管转走出来的烟纹也被秋凉毁灭着。

这就是小岚吧,她沿着破落的街走,一边扭着她的肩头,走到门口,她想为什么门开着,——可是她进来了,没有惊疑。

老人的烟管没烟纹走出,也像老人一样的睡了。小岚站在老人的背后,沉思了一刻,好像是在打主意——唤醒祖父呢——还是让他睡着。

地上两张草帘是别的两个老艺丐的铺位,可是空闲着。小岚在空虚的地板上绕走,她想着工厂的事吧。

非常沉重的老人的鼾声停住了，他衰老的灵魂震动了一下。那是门声，门又被风刮开了，老人真的以为是孙女回来给他送饭。他歪起头来望一望，孙女跟着他的眼睛走过来了。

小岚看着爷爷震颤的胡须，她美丽、凄凉的眼笑了，说："好了些吧？右半身活动得更自由了些吗？"

这话是用眼睛问的，并没有声音。只有她的祖父，别人不会明白或懂得这无声的话，因为哑老人的耳朵也随着他的喉咙有些哑了，小岚把手递过去，抬动老人的右臂。

老人哑着——咔……咔……哇……

老人的右臂仍是不大自由，有些痛，他开始寻望小岚的周身。小岚自愧地火热般的心跳了，她只为思索工厂要裁她的事，从街上带回来的包子被忘弃着，冰凉了。

包子交给爷爷："爷爷，饿了吧？"

其实，她的心一看到包子早已惭愧着，恼恨着，可是不会意想到的，老人就拿着这冰冷的包子已经在笑了。

可爱的包子倒惹他生气，老人关于他自己吃包子，感觉十分有些不必需。他开始作手势：扁扁的，长圆的，大树叶样的；他头摇着，他的手不意的、困难而费力地在比作。

小岚在习惯上她是明白。这是一定要她给买大饼子（玉米饼）。小岚也作手势，她的手向着天，比作月亮大小的圆环，又把手指张开作一个西瓜形，送到嘴边去假吃。她说：

"爷爷，今天是过八月节啦，所以爷爷要吃包子的。"

这时老人的胡须荡动着，包子已经是吞掉了两个。

也许是为着过节，小岚要到街上去倒壶开水来。他知道自家是没有水壶，老人有病，罐子也摆在窗沿，好像是休息，小岚提着罐子去倒水。

窗纸在自然地鸣叫，老人点起他的烟管了。

这是十分难能的事，五个包子却留下一个。小岚把水罐放在老人的身边，老人用烟管点给她，……咔……哇……

小岚看着白白的小小的包子，用她凄怆的眼睛，快乐地笑了，又惘然地哭了，她为这个包子伟大的爱，唤起了她内心脆弱得差不多彻底的悲哀。

小岚的哭惊慌地停止。这时老人哑着的嗓子更哑了，头伏在枕上摇摇，或者他的眼泪没有流下来，胡须震荡着，窗纸鸣得更响了。

"岚姐，我来找你。"

一个女孩子，小岚工厂的同伴，进门来，她接着说：

"你不知道工厂要裁你吗？我抢着跑来找你。"

小岚回转头向门口作手势，怕祖父听了这话，平常她知道祖父是听不清的，可是现在她神经质了，她过于神经质了。

可是那个女孩子还在说：

"岚姐，女工头说你夜工做得不好，并且每天要回家两次。女工头说小岚不是没有父母吗？她到工厂来，不说她是个孤儿么？所以才留下了她，——也许不会裁了你！你快走吧。"

老人的眼睛看着什么似的那样自揣着，他只当又是邻家姑娘来同小岚上工去。

使老人生疑的是小岚临行时对他的摇手，为什么她今天不作手势，也不说一句话呢？老人又在自解，也许是工厂太忙。

老人的烟管是点起来的，幽闲的他望着烟纹，也望着空虚的天花板。凉澹的秋的气味像侵袭似的，老人把麻袋盖了盖，他一天的工作只有等孙女。孙女走了，再就是他的烟管。现在他又像是睡了，又像等候他孙女晚上回来似地睡了。

当别的两个老乞丐在草帘上吃着饭类东西的时候，不管他们的铁罐搬得怎样响，老人仍是睡着，直到别的老乞丐去取那个盛热水的罐时，他算是醒了。可是打了个招呼，他又睡了。

"他是有福气的，他有孙女来养活他，假若是我患着半身不遂的病，老早就该死在阴沟了。"

"我也是一样。"

两个老乞丐说着，也要点着他们的烟管，可是没有烟了，要去取哑老人的。

忽然一个包子被发现了，拿过来，说给另一个听：

"三哥，给你吃吧，这一定是他剩下来的。"

回答着："我不要，你吃吧。"

可是另一个在说："我不要"这三个字以前，包子已经落进他的嘴里，好像他让三哥吃的话是含着包子说的。

他们谈着关于哑老人的话：

"在一月以前，那时你还不是没住在这里吗，他讨要过活，和我们一样。那时孙女缝穷，后来孙女人了工厂，工厂为了做夜工是不许女工回家的，记得老人一夜没有回来。第二天早晨，我到街头看他，已睡在墙根，差不多和死尸一样了。我把他拖回房里，可是他已经不省人事了。后来他的孙女每天回来看护他，从那时起，他就患着病了。"

"他没有家人么？"。

"他的儿子死啦，媳妇嫁了人。"

两个老乞丐也睡在草帘上，止住了他们的讲话，直到哑老人睡得够了，他们凑到一起讲说着，哑老人虽然不能说话，但也笑着。

这是怎么样呢？天快黑了，小岚该到回来的时候了。老人觉到饿，可是只得等着。那两个又出去寻食，他们临出去的时候，罐子撞得门框发响，可是哑老人只得等着。

一夜在思量，第二个早晨，哑老人的烟管不间断地燃着，望望门口。听听风声，都好像他孙女回来的声音。秋风竟忍心欺骗哑老人，不把孙女带给他。

又燃着了烟管，望着天花板，他咳嗽着。这咳嗽声经过空冷的地板，就像一块铜掷到冰山上一样，响出透亮而凌寒的声来。当老人一想到孙女为了工厂忙，虽然他是怎样的饿，也就耐心地望着烟纹在等。

窗纸也像同情老人似的，耐心地鸣着。

小岚死了，遭了女工头的毒打而死，老人却不知道他的希望已经断了路。他后来自己扶着自己颤颤的身子，把往日讨饭的家伙。从窗沿取来，挂了满身，那些会活动的罐子，配着他直挺的身体，在作出痛心的可笑的模样。他又向门口走了两步，架了长杖，他年老而蹀躞的身子上有几只罐子在凑趣般地摇动着，那更可笑了，可笑得会更痛心。

蓦然地，他的两个老伙伴开门了，这是一个奇异的表情，似一朵鲜红的花突然飞到落了叶的枯枝上去。走进来的两个老乞丐正是这样，他们悲惨而酸心的脸上，突然作笑。他们说：

"老哥，不要到街上去，小岚是为了工厂忙，你的病还没好，你是七十多岁的人了，这里有我们三个人的饭呢，坐下来先吃吧，小岚会回来的。"

讲这些话的声音，有些特别。并且嘴唇是不自然地起落，哑老人听不清他们究竟说的是什么，就坐下来吃。

哑老人算是吃饱了，其余的两个，是假装着吃，知道饭是不够的。他不能走路，他颤颤着腿，像爬似地走回他的铺位。

"女工头太狠了。"

"那样的被打死，太可怜，太惨。"

哑老人还没睡着的时候，他们的议论好像在提醒他。他支住腰身坐起来，皱着眉想——死……谁死了呢？

哑老人的动作呆得笑人，仿佛是个笨拙的侦探，在侦查一个难解的案件。眉皱着，眼瞪着，心却糊涂着。

那两个老乞丐，蹑着脚，拿着烟管想走。

依旧是破落的家屋，地板有洞，三张草帘仍在地板上，可是都空着，窗户用麻袋或是破衣塞堵着，有阴风在屋里飘走。终年没有阳光，终年黑灰着，哑老人就在这洞中过他残老的生活。

现在冬天，孙女死了，冬天比较更寒冷起来。

中国短篇小说精选

217

门开处，老人幽灵般地出现在门口，他是爬着，手脚一起落地地在爬着，正像个大爬虫一样。他的手插进雪地去，而且大雪仍然是飘飘落着，这是怎样一个悲惨的夜呀，天空挂着寒月。

并没有什么吃的，他的罐子空着，什么也没讨到。

别的两个老乞丐，同样是这洞里爬虫的一分子，回来了说："不要出去呀，我们讨回来的东西只管吃，这么大的年纪。"

哑老人没有回答，用呵气来温暖他的手，肿得萝卜似的手。饭是给哑老人吃了，别人只得又出去。

屋子和从前一样破落，阴沉的老人也和从前一样吸着他的烟管。可是老人他只剩烟管了，他更孤独了。

从草帘下取出一张照片来，不敢看似的他哭了，他绝望地哭，把躯体偎作个绝望的一团。

当窗纸不作鸣的时候，他又在抽烟。

只要抡动一次胳膊，在他全像搬转一只铁钟似的。要费几分钟。

在他模糊中，烟火坠到草帘上，火烧到胡须时，他还没有觉察。

他的孙女死了，伙伴没在身边，他又哑，又聋，又患病，无处不是充满给火烧死的条件。就这样子，窗纸不作鸣声，老人滚着，他的胡须在烟里飞着白白的。

白金的女体塑像

○穆时英

一

六点五十五分：谢医师醒了。

七点：谢医师跳下床来。

七点十分到七点三十分：谢医师在房里做着柔软运动。

八点十分：一位下巴刮得很光滑的，中年的独身汉从楼上走下来。他有一张清癯的，节欲者的脸；一对沉思的，稍含带点抑郁的眼珠子；一个五尺九寸高，一百四十二磅重的身子。

218

八点十分到八点二十五分:谢医师坐在客厅外面的露台上抽他的第一斗板烟。

八点二十五分:他的仆人送上他的报纸和早点———一壶咖啡,两片土司,两只煎蛋,一只鲜橘子。把咖啡放到他右手那边,土司放到左手那边,煎蛋放到盘子上面,橘子放在前面,报纸放到左前方。谢医师皱了一皱眉尖,把报纸放到右前方,在胸脯那儿划了个十字,默默地做完了祷告,便慢慢儿的吃着他的早餐。

八点五十分:从整洁的黑西装里边挥发着酒精,板烟,炭比酸,和咖啡的混合气体的谢医师,驾着一九二七年的 Morris 跑车往四川路五十五号诊所里驶去。

二

"七!第七位女客……谜……?"

那么地联想着,从洗手盆旁边,谢医师回过身子来。

窄肩膀,丰满的胸脯,脆弱的腰肢,纤细的手腕和脚踝,高度在五尺七寸左右,裸着的手臂有着贫血症患者的肤色,荔枝似的眼珠子诡秘地放射着淡淡的光辉,冷静地,没有感觉似的。

"请坐!"

她坐下了。

和轻柔的香味,轻柔的裙角,轻柔的鞋跟,一同地走进这屋子来坐在他的紫姜色的板烟斗前面的,这第七位女客穿了暗绿的旗袍,腮帮上有一圈红晕,嘴唇有着一种焦红色,眼皮黑得发紫,脸是一朵惨淡的白莲,一副静默的,黑宝石的长耳坠子,一只静默的,黑宝石的戒指,一只白金手表。

"是想诊什么病,女士?"

"不是想诊什么病;这不是病,这是一种……一种什么呢?说是衰弱吧,我是不是顶瘦的,皮肤层里的脂肪不会缺少的,可以说是血液顶少的人。不单脸上没有血色,每一块肌肤全是那么白金似的。"她说话时有一种说梦话似的声音。远远的,朦胧的,淡漠地,不动声色地诉说着自己的病状,就像在诉说一个陌生人的病状似的,却又用着那么亲切委婉的语调,在说一些家常琐事似的。"胃口简直是坏透了,告诉你,每餐只吃这么一些,恐怕一只鸡还比我多吃一点呢。顶苦的是晚上睡不着,睡不香甜,老会莫名其妙地半晚上醒过来。而且还有件古怪的事,碰到阴暗的天气,或太绮丽了的下午,便会一点理由也没有地,独自个儿感伤着,有人说是虚,有人说是初期肺病。可是我怎么敢相信呢?我还年轻,我需要健康……"眼珠子猛的闪亮起来,可是只三秒钟,马上又平静了下来,还是那么诡秘地没有感觉似的放射着淡淡的光辉;声音却越加朦胧了,朦胧到有点含糊。"许多人劝我照几个月太阳灯,或是到外埠去旅行一次,劝我上你这儿来诊一诊……"微微地喘息着,胸侧涌起了一阵阵暗绿的潮。

沉淀了三十八年的腻思忽然浮荡起来，谢医师狼狈地吸了口烟，把烟斗拿开了嘴，道：

"可是时常有寒热？"

"倒不十分清楚，没留意。"

（那么随便的人！）

"晚上睡醒的时候，有没有冷汗？"

"最近好像是有一点。"

"多不多？"

"嗳……不像十分多。"

"记忆力不十分好？"

"对了，本来我的记忆力是顶顶好的，在中西念书的时候，每次考书，总在考书以前两个钟头里边才看书，没一次不考八十分以上的……"喘不过气来似的停了一停。

"先给你听一听肺部吧。"

她很老练地把胸襟解了开来，里边是黑色的亵裙，两条绣带娇慵地攀在没有血色的肩膀上面。

他用中指在她胸脯上面敲了一阵子，再把金属的听筒按上去的时候，只觉得左边的腮帮儿麻木起来，嘴唇抖着，手指僵直着，莫名其妙地只听得她的心脏，那颗陌生的，诡秘的心脏跳着。过了一回，才听见自己在说：

"吸气！深深地吸！"

一个没有骨头的黑色的胸脯在眼珠子前面慢慢儿的膨胀着，两条绣带也跟着伸了个懒腰。

又听得自己在说："吸气！深深地吸！"

又瞧见一个没有骨头的黑色的胸脯在眼珠子前面慢慢儿的胀膨着，两条绣带也跟着伸了个懒腰。

一个诡秘的心剧烈地跳着，陌生地又熟悉地。听着听着，简直摸不准在跳动的是自己的心，还是她的心了。

他叹了口气，竖起身子来。

"你这病是没成熟的肺痨，我也劝你去旅行一次。顶好是到乡下去——"

"去休养一年？"她一边钮上扣子，一边瞧着他，没感觉似的眼光在他脸上搜求着。"好多朋友，好多医生全那么劝我，可是我丈夫抛不了在上海的那家地产公司，又离不了我。他是个孩子，离了我就不能生活的。就为了不情愿离开上海……"身子往前凑了一点："你能替我诊好的，谢先生，我是那么地信仰着你啊！"——这么恳求着。

"诊是自然有方法替你诊,可是,……现在还有些对你病状有关系的话,请你告诉我。你今年几岁?"

"二十四。"

"几岁起行经的?"

"十四岁不到。"

(早熟!)

"经期可准确?"

"在十六岁的时候,时常两个月一次,或是一月来几次,结了婚,流产了一次,以后经期就难得能准。"

"来的时候,量方面多不多?"

"不一定。"

"几岁结婚的?"

"二十一。"

"丈夫是不是健康的人?"

"一个运动家,非常强壮的人。"

在他前面的这第七位女客像浸透了的连史纸似的,瞧着马上会一片片地碎了的。谢医师不再说话,尽瞧着她,沉思地,可是自己也不知道在想些什么。过了回儿,他说道:

"你应该和他分床,要不然,你的病就讨厌。明白我的意思吗?"

她点了点脑袋,一丝狡黠的羞意静静地在她的眼珠子里闪了一下便没了。

"你这病还要你自己肯保养才好,每天上这儿来照一次太阳灯,多吃牛油,别多费心思,睡得早起得早,有空的时候,上郊外或是公园里去坐一两个钟头,明白吗?"

她动也不动地坐在那儿,没听见他的话似的,望着他,又像在望着他后边儿的窗。

"我先开一张药方你去吃,你尊姓?"

"我丈夫姓朱。"

把开药方的纸铺在前面,低下脑袋去沉思的谢医师瞧见歪在桌脚旁边的,在上好的网袜里的一对脆弱的,马上会给压碎了似的脚踝,觉得一流懒洋洋的流液从心房里喷出来,流到全身的每一条动脉里边,每一条微血管里边,连静脉也古怪地痒起来。

(十多年来诊过的女性也不少了,在学校里边的时候就常在实验室里和各式各样的女性的裸体接触着的,看到裸着的女人也老是透过了皮肤层,透过了脂肪性的线条直看到她内部的脏腑和骨骼里边去的;怎么今天这位女客人的诱惑性就骨蛆似的钻到我思想里来呢？谜——给她吃些什么药呢……）

开好了药方，抬起脑袋来，却见她正静静地瞧着他，那淡漠的眼光里像升发着她的从下部直蒸腾上来的热情似的，觉得自己脑门那儿冷汗尽渗出来。

"这药粉每饭后服一次，每服一包，明白吗？现在我给你照一照太阳灯吧，紫光线特别地对你的贫血症的肌肤是有益的。"

他站起来往里边那间手术室里走去，她跟在后边儿。

是一间白色的小屋子，有几只白色的玻璃橱，里边放了些发亮的解剖刀，钳子等类的金属物，还有一些白色的洗手盆，痰盂，中间是一只蜘蛛似的伸着许多细腿的解剖床。

"把衣服脱下来吧。"

"全脱了吗？"

谢医师听见自己发抖的声音说："全脱了。"

她的淡淡的眼光注视着他，没有感觉似的。他觉得自己身上每一块肌肉全麻痹起来，低下脑袋去。茫然地瞧着解剖床的细腿。

"袜子也脱了吗？"

他脑袋里边回答着："袜子不一定要脱了的。"可是褰裙还要脱了，袜子就永远在白金色的腿上织着蚕丝的梦吗？他的嘴便说着："也脱。"

暗绿的旗袍和绣了边的褰裙无力地委谢到白漆的椅背上面，袜子蛛网似的盘在椅上。

"全脱了。"

谢医师抬起脑袋来。

把消瘦的脚踝做底盘，一条腿垂直着，一条腿倾斜着，站着一个白金的人体塑像，一个没有羞惭，没有道德观念，也没有人类的欲望似的，无机的人体塑像。金属性的，流线感的，视线在那躯体的线条上面一滑就滑了过去似的。这个没有感觉，也没有感情的塑像站在那儿等着他的命令。

他说："请你仰天躺到床上去吧！"

（床！仰天！）

"请你仰天躺到床上去吧！"像有一个洪大的回声在他耳朵旁边响着似的，谢医师被剥削了一切经验教养似的慌张起来；手抖着，把太阳灯移到床边，通了电，把灯头移到离她身子十时的距离上面，对准了她的全身。

她仰天躺着，闭上了眼珠子，在幽微的光线下面，她的皮肤反映着金属的光，一朵萎谢了的花似的在太阳光底下呈着残艳的，肺病质的姿态。慢慢儿的呼吸匀细起来，白桦树似的身子安逸地搁在床上，胸前攀着两颗烂熟的葡萄，在呼吸的微风里颤着。

（屋子里没第三个人，那么瑰艳的白金的塑像啊，"倒不十分清楚留意"很随便的人，性欲的过度亢进，朦胧的语音，淡淡的眼光诡秘地没有感觉似的，放射着升发了的热情，那么失去了一切障碍物一切抵抗能力地躺在那儿呢——）

谢医师觉得这屋子里气闷得厉害，差一点喘不过气来。他听见自己的心脏要跳到喉咙外面来似的震荡着，一股原始的热从下面煎上来。白漆的玻璃橱发着闪光，解剖床发着闪光，解剖刀也发着闪光，他的脑神经纤维组织也发着闪光。脑袋涨得厉害。

"没有第三个人！"这么个思想像整个宇宙崩溃下来似的压到身上，压扁了他。

谢医师浑身发着抖，觉得自己的腿是在一寸寸地往前移动，自己的手是在一寸寸地往前伸着。

白桦似的肢体在紫外光线底下慢慢儿的红起来，一朵枯了的花在太阳光里边重新又活了回来似的。

（第一度红斑已经出现了！够了，可以把太阳灯关了。）

一边却麻痹了似的站在那儿，那原始的热尽煎上来，忽然，谢医师失了重心似的往前一冲，猛的又觉得自己的整个的灵魂跳了一下，害了疟疾似地打了个寒噤，却见她睁开了眼来。

谢医师咽了口黏涎子，关了电流道：

"穿了衣服出来吧。"

把她送到门口，说了声明天会，回到里边，解松了领带和脖子那儿的衬衫扣子，拿手帕抹了抹脸，一面按着第八位病人的脉，问着病症，心却像铁钉打了一下似的痛楚着。

三

四点钟，谢医师回到家里。他的露台在等着他，他的咖啡壶在等着他，他的图书室在等着他，他的园子在等着他，他的罗倍在等着他。

他坐在露台上面，一边喝着浓得发黑的巴西咖啡，一边随随便便地看着一本探险小说。罗倍躺在他脚下，他的咖啡壶在桌上，他的熄了火的烟斗在嘴边。

树木的轮廓一点点的柔和起来，在枝叶间织上一层朦胧的，薄暮的季节梦。空气中浮着幽渺的花香。咖啡壶里的水蒸气和烟斗里的烟一同地往园子里行着走去，一对缠脚的老妇人似的，在花瓣间消逝了婆娑的姿态。

他把那本小说放到桌上，喝了口咖啡，把脑袋搁在椅背上，喷着烟，白天的那股原始的热还在他身子里边蒸腾着。

"白金的人体塑像！一个没有血色，没有人性的女体，异味呢。不能知道她的感情,不能知道她的生理构造,有着人的形态却没有人的性质和气味的一九三三年新的性欲对象啊!"

他忽然觉得寂寞起来。他觉得他缺少个孩子,缺少一个坐在身旁织绒线的女人;他觉得他需要一只阔的床,一只梳妆台,一些香水,粉和胭脂。

吃晚饭的时候,谢医师破例地去应酬一个朋友的宴会,而且在筵席上破例地向一位青年的孀妇献起殷勤来。

四

第二个月。

八点:谢医师醒了。

八点至八点三十分:谢医师睁着眼躺在床上,听谢太太在浴室里放水的声音。

八点三十分:一位下巴刮得很光滑的,打了条红领带的中年绅士和他的太太一同地从楼上走下来。他有一张丰满的脸,一对愉快的眼珠子,一个五尺九寸高,一百四十九磅重的身子。

八点四十分:谢医师坐在客厅外面的露台上抽他的第一枝纸烟(因为烟斗已经叫太太给扔到壁炉里边去了),和太太商量今天午餐的餐单。

九点廿分:从整洁的棕色西装里边挥发着酒精,咖啡,炭化酸和古龙香水的混合气体的谢医师,驾着一九三三年的 srudebaker 轿车把太太送到永安公司门口,再往四川路五十五号的诊所里驶去。

圣处女的感情

○穆时英

白鸽,驼了钟声和崇高的晴空,在教堂的红色的尖塔上面行着,休息日的晨祷就要开始了。

低下了头,跟在姆姆的后边,眼皮给大风琴染上了宗教感,践在滤过了五色玻璃洒到地上来的静穆的阳光上面,安详地走进了教堂的陶茜和玛丽,是静谧,纯洁,到像在银架上燃烧着的白色的小蜡烛。

她们是圣玛利亚的女儿,在她们的胸前挂了镶着金十字架的项链,她们的额上都曾在出生时受清凉的圣水洗过,她们有一颗血色的心脏,她们一同地披着童贞女的长发坐在草地上读《大仲马的传奇》,她们每天早上站在姆姆面前请早安,让姆姆按着她们的头慈蔼地叫她们亲爱的小宝贝,每天晚上跪在基督的磁像前面,穿了白纱的睡衣,为她们的姆姆祈福,为她们的父亲和母亲祈福,为世上的受难者祈福,而每星期日,她们跟着姆姆到大学教堂里来,低声地唱着福音。

现在,她们也正在用她们的朴素的、没有技巧的眼看着坛上的基督,在白色的心脏里歌唱着。

可是唱了福音,坐下来听有着长发的老牧师讲《马太传》第八章的时候,她们的安详的灵魂荡漾起来了。

在她们面前第三排左方第五只座位上的一个青年回过头来看了她们两个人。他是有着那么明朗的前额,那么光洁的下巴和润泽的脸,他的头发在右边的头上那么滑稽地鬈曲着,他的眼显示他是一个聪明而温柔的人,像她们的父亲,也像基督,而且他的嘴是那么地笑着呵!

他时常回过头来看她们。

做完了祈祷,走出教堂来的时候,他走在她们面前,站在大理石的庭柱旁边又看了她们。

于是,她们的脸越加静谧起来,纯洁起来,像她们的姆姆一样,缓慢地走下白色的步阶。

他在她们后边轻轻地背诵着《雅歌》里的一节:

Thou hast ravished my heart,my sister,mysponse

Thou hast raivished my heart

With one of thine eyes

with one chain of thy neck.

从白色的心脏里边,她们温婉地笑了。

她们的对话的音乐柔和地在白色的窗纱边弥漫着。

窗外的平原上,铺着广阔的麦田,和那面那所大学的红色的建筑,秋天下午的太阳光那么爽朗地泛滥在地平线上面,远处的花圃的暖室的玻璃屋顶也高兴地闪耀起来了。

"他们那面,星期日下午可是和我们一样地坐在窗前望着我们这边呢?"

"我们是每星期日下午坐在窗前看着他们那边的。"

"今天的晨祷真是很可爱的。"

"陶茜,今天那个青年看你呢!"

"不是的,是看了你呵!"

"他的气概像达达安。"

"可是,他比达达安年轻多了。达达安一定是有胡髭的人。"

"那还用说,达达安一定没他那么好看。"

"你想一想,他的前额多明朗!"

"他一定是一个很聪明的人。"

"而且也是很温柔,脾气很好的人——你只要看一看他的眼珠子!"

"他的下巴那儿一点胡髭也没有!"

"那里没有? 你没有看清楚,我看仔细他是有一点的。"

"恐怕也像哥那么的,没有胡髭,天天刮,刮出来的吧?"

"也许是吧。他那样的人是不会有胡髭的。"

"他右边的头发是鬈曲的,而且鬈曲得那么滑稽!"

"他的嘴才是顶可爱呢,像父亲那么地笑着!"

"而且他的领带也打得好。"

"你想一想他的衣服的样子多好!"

"他走路的姿势使我想起诺伐罗。"

"你说我们应该叫他什么呢?"

"Beau Stranger"

"我也那么想呢!"

一同地笑了起来。

"可是他看了你呢!"

"他也看了你呢!"

一同地沉默了。

可是那爽朗的太阳光都在她们的心脏里边照耀起来。

"呵!"

"呵!"

仿佛听到他的声音在她们耳朵旁边轻轻地背诵着《雅歌》。

第二天早上,她们刚坐在床上,两只手安静地合着,看着自己的手指,为了一夜甜着的睡眠感谢着上帝的时候,一个用男子的次中音唱的歌声,清澈地在围墙外面飘起来,在嗒嗒的马蹄声里边,在温暖的早晨里边。

"玛丽!"

"是他的声音呢,陶茜。"

那芳菲的,九月的歌声和马蹄一同地在寂静的原野上震荡着,在她们的灵魂上振荡着。

是在记忆上那么熟悉的声音呵!

裸了脚从床上跳了起来跑到窗口,看见一个穿了麻色的马裤,在晨风里飘扬着蔚蓝的衬衫的人，骑着一匹棕榈色的高大的马，在飒爽的秋的原野上缓缓地踱着。

从他的嘴唇里，高亢的调子瀑布似的，沙沙地流了出来，流向她们的窗，流向她们。

"可是他吗，玛丽？"

"是他吧，陶茜，你看一看他的肩膀，那么阔大的肩膀，一个拿宝剑的肩膀呢！"

"还有他骑在马上的姿势，一棵美丽小柏树的姿势！"

他耸了耸身子，那匹马跳过了一条小溪，在原野上面奔跑起来了。

"跳过那条小溪的时候，我真替他担心呢！"

玛丽心里边想："应该担心的是我呢！"一面说道："陶茜，你侮辱了他了，跳过那么窄狭的一条小溪，是用不到你替他担心的。"

"应该是你替他担心吧？"

一面想："昨天他看了的是我，不是你，就是替他担心也是白费的吧。"

那匹马越跑越快，而他是那么英俊地挥着鞭子往马头上打去，马昂着头跳跃起来。

"呵！"

"呵！"

两个人全说不出话来了。

看了看玛丽的脸，为了她的欢喜的脸色，陶茜说道："昨天他看了你时，可曾看见你眼角的那颗小疤吗？"

"那颗美丽的小疤，当然他一开头就注意了的。"玛丽骄傲地说。为了陶茜的得意的脸色，她又加了一句："我为你忧虑呢，陶茜，恐怕昨天他已经看见了你额角上那条伤痕。"

两个人全堵起了嘴。陶茜站到窗的左边，玛丽站到窗的右边。

他在一座黄石建的别墅旁边弯了个圈子，又跑回来了，跑近她们的窗前时，马忽然横走了几步，猛的站了起来，他俯着上半身，两条腿夹着马腹，拖住了马鬃，用拳头往它的脖子上澎澎地打去。

两个人全吃惊得叫了起来。

他回过头来，看了陶茜又看了玛丽。

两个人都笑了。

陶茜有一只洁白的小床，玛丽也有一只洁白的小床，在床上，她们有着同样的梦。

温暖的九月的夜空下，原野在澄澈的月色里边沉沉地睡着，松脂散发着芳烈的气味，在窗前有着靡芜，郁金香和丁香，在她们的心脏里边有着罗曼斯的花朵的微妙的香味，而在原野上，是有着轻捷的马蹄声。

他唱着，穿了金线制的王子的衣服，悄悄地穿过了树林，跳过了小溪，在黑暗的原野上悄悄地来了，向着她们的小巧的卧室。

从梦中，她们为了他的芳菲的歌声醒来了。

跑到窗前，摆在她们眼前是一个莲紫色的夜。

他站在马鞍上，腰旁挂了把短剑，穿了棉的披肩，拈了一朵玫瑰，那么地美丽，那么地英俊，像一个王子，完全像一个王子，或者像一个骑士。

他向她们说："和我一同地去吧，骑在我的马上，到那边去，到快乐的王国去。那面有绯色的月，白鸽，花圃，满地都是玫瑰，那面还有莲紫色的夜，静谧的草原，玲珑的小涧，和芳菲的歌声。和我一同去吧，我的公主，我的太阳，我的小白鸽！"

于是他从藤蔓上面爬了上来，抱着她们跳下去，骑在马上悄悄地往静谧的平原中跑去。

她们有着同样的梦，因为她们是躺在床上，玛丽有一只洁白的小床，陶茜也有一只洁白的小床。

可是轻捷的马蹄声呢？

她们爬了起来，站到窗前。

广漠而辽阔的原野是无边无际地伸展开去，在黑暗里沉沉地睡着。

于是她们有了潮润的眼和黑色的心。

在静谧的午夜里，两个纯洁的圣处女，披了白纱的睡衣，在基督的像前跪了下来：

"主呵，请恕宥你的女儿，她是犯了罪，她是那么不幸，那么悲伤，主呵，请你救助你的女儿……"那么地祈祷着。